OCHO JUEVES

Pablo del Río nació en 1964 en una comarca palentina rica en osos, lobos y pantanos. Licenciado en Filosofía, cambió la ilusión pedagógica por una enorme atracción por el cine y fundó su propia cabecera, Cameraman, destinada a la producción cinematográfica.

Autor de *Doce abuelas* y *Ocho jueves*, ha cosechado un enorme éxito por parte de lectores y medios de comunicación, y acaba de publicar su nueva novela, *Seis cocodrilos.*

Este libro se ha elaborado con papel procedente de bosques gestionados de forma sostenible, reciclado y de fuentes controladas, avalado por el sello de PEFC, la asociación más importante del mundo para la sostenibilidad forestal.

EMBOLSILLO apuesta para frenar la crisis climática y desea contribuir al esfuerzo colectivo y permanente de proteger y preservar el medio ambiente y nuestros bosques con el compromiso de producir nuestros libros con materiales sostenibles.

PABLO DEL RÍO

OCHO JUEVES

EMBOLSILLO

Benito Castro, 6
28028 MADRID
www.maeva.es

ISBN: 978-84-18185-81-6
Depósito legal: M-3672-2025

Diseño e imagen de cubierta: © Sylvia Sans Bassat
Fotografía del autor: © Lidia del Río
Preimpresión: Gráficas 4, S.A.
Impreso por CPI Black Print (Barcelona)
Impreso en España / Printed in Spain

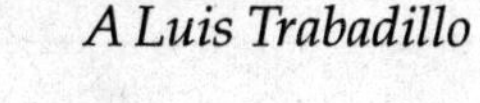

A Luis Trabadillo

Escenarios de la novela

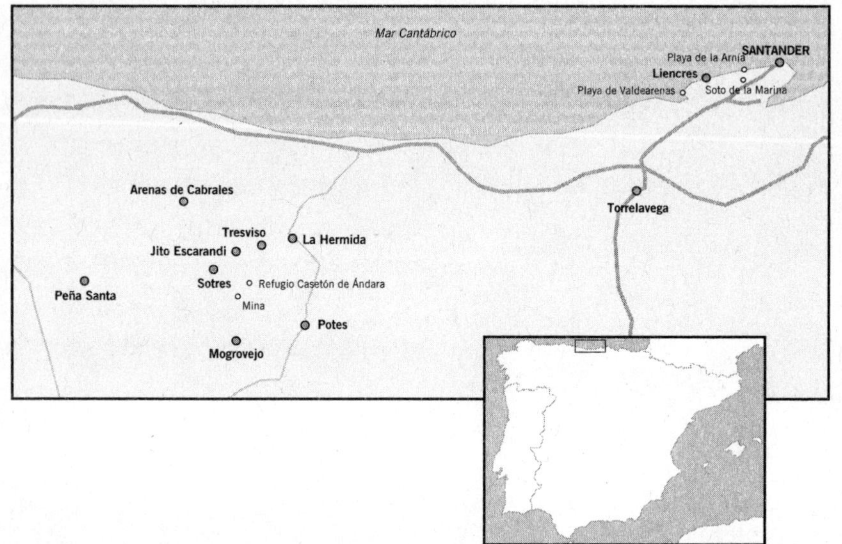

No hay más que dos legados:
el de las ilusiones y el de los desengaños.

Niebla
Miguel de Unamuno

1

Mayo de 2019

Los relojes de arena no se limitan a marcar la hora como cualquier otro. Ilustran una cuenta atrás, anuncian el tiempo que queda. Ese maldito hilo cae con la insoportable cadencia de una agonía.

Los montañeros franceses hacen cumbre en la Morra de Lechugales. En su regreso comienza a llover con furia, circunstancia que no tenían prevista. El pronóstico meteorológico auguraba lluvias en la zona noroeste de los Picos de Europa y un cielo claro en la vertiente sur, por la que iban a transitar.

En la ascensión observaron varias cuevas horadas en la roca. No se detuvieron a investigar; ya tendrían tiempo de ejercer de exploradores en el descenso. El conductor de la furgoneta que los acercó hasta el inicio de la ruta les había contado que en esa zona del macizo oriental había una antigua explotación de blenda con un centenar de bocaminas.

En cuanto comienza a jarrear, se cobijan en una cueva. La fiereza del viento dispara la lluvia al interior, de modo que retroceden unos metros hacia el fondo con la esperanza de que deje de llover en breve. No han terminado de desfilar hacia las entrañas de la mina cuando se escucha un crujido inquietante, como si la montaña se hubiera desgajado por la mitad y la bocamina quedara en medio. Se miran unos a otros, apenas se ven las caras: la poca iluminación que llega del exterior no sobra, pero les alcanza para comprobar que el brillo de los ojos no proviene de un repentino sentimiento de hermandad, sino de un latigazo de pánico.

Tras el rugido, algunos montañeros apuestan por salir de inmediato. Es más inteligente empaparse hasta los huesos que esperar a la próxima sacudida y quedar enterrados ahí dentro. No puede restar mucha distancia entre la cueva y el Casetón de Ándara, un refugio con todas las comodidades y donde podrían desprenderse de la ropa mojada, tomar un caldo caliente y, lo más esencial, aguardar a que cambie el tiempo al amparo de un techo seguro.

Maurice, el mayor del grupo, se muestra contrario a salir a la intemperie. Prefiere permanecer bajo la protección de la bocamina antes que pillar una pulmonía o despeñarse por un precipicio a consecuencia de un resbalón. «Esta cueva lleva abierta un siglo y no ha dado problemas de fiabilidad hasta la fecha», diserta tras una socarrona carcajada.

Se suscita una discusión entre los que desean quedarse y quienes prefieren abandonar cuanto antes aquel agujero. La disputa se zanja antes de haberse iniciado. Para ser más concretos, en el preciso momento en que un flujo de tierra comienza a desprenderse de la bóveda y forma un pequeño montón en medio de la cueva. Un flujo de tierra similar al que cae en un reloj de arena.

¡Un reloj de arena!

La imagen recuerda el símbolo de la cuenta atrás en los concursos televisivos. ¿Se trata de una mera casualidad o la naturaleza —pródiga en avisos previos a que se desencadenen las catástrofes— les está lanzando una advertencia?

No da tiempo a comprobarlo. Un segundo chirrido, más ahogado que el anterior pero más vehemente, hace retumbar la cueva. Los chicos perciben una propulsión en los pies, una sacudida de tal magnitud que los despide hacia arriba un par de centímetros. La mínima fisura por la que caía el chorrillo de tierra se alarga hacia los extremos y deja en el techo la forma de una dentadura. En la bóveda se abren las fauces de un ogro que da miedo.

El hilo de tierra no tarda en convertirse en torrente y termina en una catarata de piedras del tamaño de huevos de avestruz. Cuando se quieren dar cuenta, un fragmento de la bóveda se ha resquebrajado por completo. Lo que retumba como música de timbales tiene poco de melódico, más bien se corresponde con el estrépito desencadenado por rocas cada vez mayores que se desprenden del techo y chocan entre sí como borrachos en una fiesta. Piedras del tamaño de una lavadora caen a plomo sobre el suelo de la cueva; otras menores se derraman desde las paredes y ruedan hasta quedar parapetadas junto a las que ya se han asentado.

Llega un momento en que el polvo no les deja atisbar la escena, como si hubieran hecho una hoguera con paja mojada. Lo que escuchan a continuación responde a un siniestro concierto de estridencias y traqueteos. La luz exterior mengua a cada embate. El paulatino apagón solo puede significar una cosa: la bocamina se cierra, tapiada por las piedras y la tierra descolgadas de la bóveda.

El polvo acumulado en la gruta les dificulta la respiración. Se escuchan toses y lamentos por no haber abandonado la cueva antes de que se convirtiera en una ratonera. Protestas fuera de plazo, como ocurre siempre con el arrepentimiento. Acusaciones cruzadas, exabruptos, reproches improductivos, quejidos de desesperación que enmudecen cuando una segunda grieta se cierne sobre sus cabezas. Esta se despereza con más ímpetu que la anterior. Las rocas amenazan con enterrarlos vivos. En un acto reflejo para sortear el derrumbamiento, dan un par de pasos hacia atrás medio a oscuras. A continuación, se escuchan alaridos que repican en los oídos como timbrazos. Son gritos de espanto y fatalidad.

Durante décimas de segundo, los cuerpos vuelan. Aterrizan en una superficie rígida, dura y de relieve irregular. Lo que se oye luego es un coro cacofónico de gemidos, sollozos y aullidos de dolor.

Han caído en un pozo oculto en el fondo del túnel. El mazazo es terrible, sobre todo porque los ha pillado por sorpresa y se han desplomado de espalda mientras retrocedían. No les quedaba elección. De no haber reculado hacia el interior de la cueva, hubieran quedado sepultados bajo las piedras.

Tras el impacto, el joven Bertrand comienza a sentir dolor. Un fuerte golpe en el hombro derecho y una sensación abrasadora en la rodilla del mismo lado son la causa.

Debajo de las piernas nota algo blando. Ha caído sobre uno de sus compañeros, que le sirve de colchón. La oscuridad es casi absoluta y la luz, mortecina y escasa, mana desde muy arriba, se cuela a través de una rendija no mayor que un lápiz. Bertrand tiene la espalda apoyada contra una pared de roca y el trasero en el cuerpo de un compañero que no se queja. Imagina que el chico yace inconsciente. Ni se le pasa por la cabeza que pueda estar muerto, aunque no lo descarta. Busca a tientas. Al acercar la mano derecha para palparlo, nota un calambrazo en el hombro. No puede moverlo. Extiende la mano izquierda hacia el compañero, le zarandea la pierna, pero no se inmuta. Recorre con los dedos el resto del cuerpo hasta que localiza el pecho. Resopla al comprobar que conserva el latido.

No considera una alternativa muy tentadora agonizar ahí abajo. Debe tomar decisiones de inmediato. La primera consiste en pedirle a sus compañeros que describan su estado y que los más sanos busquen una salida lo antes posible. De los siete, cuatro enumeran vagamente las heridas. Los tres restantes no se manifiestan, ni siquiera jadean. Gracias al azar, los daños de Bertrand son los más leves del grupo. Se sacude de inmediato el intento de rebeldía ante la adversidad. Será muy complicado remontar el agujero. No ve a nadie en condiciones de trepar. Cero de siete; triste balance para lo que ha sido hasta el momento una festiva ruta de montaña. El grupo había ido desde Rennes para disfrutar durante unos días de los Picos de Europa, una cordillera que les gusta por el aspecto lunar de sus cumbres punzantes y descarnadas, como si las hubieran frotado con lija hasta alcanzar ese característico plateado mate con incrustaciones anaranjadas en algunas de ellas.

El corazón le da un vuelco. La situación no pinta nada bien. Quizá no todos vuelvan a casa.

Ante la imposibilidad de remontar el pozo, Bertrand decide llamar a emergencias. Como guarda el móvil en la mochila, usa la mano izquierda para quitársela y procura no rozar con los tirantes el hombro dañado. Abre un bolsillo lateral y saca el teléfono. La pantalla conserva la iluminación, pero no la solidez: presenta docenas de fisuras. A duras penas consigue distinguir los iconos de las aplicaciones. Al menos logra hacer la llamada y que la operadora entienda su pobre dominio del español. La mujer le pregunta dónde se encuentran. El chico le cuenta que en una bocamina entre la Morra de Lechugales y el refugio de Ándara, con toda seguridad más cercana al refugio que a la montaña, pues llevaban dos horas de descenso cuando ha comenzado a diluviar. Ella le comenta algo que ya sabía: deberá ser más preciso, hay más de un centenar de bocaminas dispersas en una zona muy amplia. Le sugiere el método de localización más rápido: enviar la posición a través de cualquier aplicación que funcione. La maniobra no va a resultar fácil, las innumerables fisuras de la pantalla hacen imposible localizar los iconos. Tras varios toqueteos y un caótico popurrí de tonos, duda de que el mensaje haya llegado a su destino.

Transcurre el tiempo y Bertrand tiene la amarga sensación de que nadie conoce su paradero. Con tan pocas esperanzas de ser rescatados, tendrá que ingeniárselas como sea para salir de la fosa.

Enciende la linterna del teléfono y enfoca a sus compañeros, que le devuelven un espectáculo desolador: caras ensangrentadas, cuerpos retorcidos, miradas extraviadas... El fondo del pozo le recuerda a esas prisiones de países tercermundistas donde se hacinan los presos en verdaderas montoneras.

Enfoca con la linterna hacia arriba para hacerse una idea de la situación. Calcula que el pozo medirá unos tres metros de diámetro y ocho de altura, más o menos. Las paredes, casi verticales, carecen de salientes que sirvan de estribos. Lo aconsejable sería ahorrar batería.

Su pierna derecha ha quedado doblada y el dolor de la rodilla se vuelve insoportable. La estira hasta que encuentra un obstáculo. Se imagina que ha topado con el cuerpo de otro compañero. Hurga para discernir de quién se trata. Palpa una textura dura y curvada. Intuye que corresponde a una rodilla, pues algunos visten pantalón corto. La zarandea, pero no se mueve, y el compañero tampoco se queja de la manipulación. Algo no va bien. La superficie le resulta demasiado fría al tacto. Recupera el teléfono y vuelve a encender la linterna. No es una rodilla lo que termina de manosear, sino un cráneo. Pasa revista al resto del cuerpo. A su lado yace un cadáver descompuesto. Bajo el chubasquero no quedan más que huesos. Suerte que los compañeros permanecen sumidos en el dolor y no reparan en el descubrimiento. El chico apaga la linterna de inmediato.

Al menos hay un cadáver en el fondo del pozo y quizá no sea el último, a juzgar por los gemidos que escucha, cada vez más tenues y algunos ya extintos. Un escalofrío le recorre la nuca tras recibir la visita del peor enemigo de un montañero: el pánico. Resignado, apoya la cabeza en la roca y cierra los ojos.

No ha pasado ni media hora desde la caída en el pozo cuando percibe una vibración. Se avecina un nuevo desprendimiento y el punto final a toda esperanza, si es que le quedaba alguna.

Las penitencias no suelen ser proporcionales al pecado cometido. O se pasan, o se quedan cortas. En este caso, un asomo de inconsciencia los condenará a una tortura infame.

Quizá ninguno regrese a casa. Un tercer derrumbamiento los castigará con una muerte terrible, peor incluso que la sobrevenida por el impacto contra el fondo pétreo. Si se clausura la bocamina por completo, morirán de asfixia, robándose el último aliento unos a otros, como los peces cuando se deseca un río.

POR FORTUNA, EL montañero francés ha errado en el pronóstico. El temblor que ha escuchado desde el fondo del pozo no aventura un nuevo hundimiento; proviene de las barras de acero con que los guardias del GREIM de Potes hacen palanca para desplazar las rocas más pequeñas y abrir un orificio de suficiente tamaño como para rescatar al grupo.

La luz, que penetraba hasta ese momento con timidez, crece en intensidad, como si alguien hubiera puesto la mano sobre la llama de una vela y la retirase de repente. Se descuelgan dos guardias por sendas cuerdas. Sus potentes focos deslumbran a los montañeros que permanecían conscientes. Pasan revista a los chicos y evalúan con diligencia la gravedad de cada uno de ellos. Un guardia grita hacia el exterior que necesitarán cuatro camillas, pues deben ascender a varios heridos inmovilizados. Los guardias sacan a los montañeros con delicadeza y milagrosa celeridad. Como es natural, deciden el orden de rescate en función de la urgencia, y al joven Bertrand lo dejan para el final. A buen seguro que nunca celebrará con más entusiasmo ser el último en algo.

A decir verdad, el último en ser extraído es el cadáver de un hombre que había cometido el mismo error que los chicos franceses, aunque él había tenido menos suerte. A primera vista no se sabe con certeza si lleva en la cueva cinco años o cincuenta, pero acumula una larga estancia allí abajo.

Bertrand es el montañero que ha tenido más suerte esa mañana, pero es justo reconocer que todo el grupo ha gozado de notable fortuna. Una tonelada más de roca desprendida de la bóveda y la cueva se habría taponado por completo. La enfermería provisional convertida en una fosa común.

2

Hoy es uno de esos días profundamente grises, densos, como si un eclipse hubiera dejado en penumbra la bahía de Santander. Los barcos mercantes no se recortan sobre el horizonte. Hoy se funden con las nubes, como marcas de agua. Las olas arremeten contra el rompeolas del hotel Chiqui y amenazan con anegar la cafetería. El viento fustiga con obstinación las palmeras de la plaza Rubén Darío. Sus ramas, plegadas por completo, parecen un cometa retrocediendo. Ni uno solo de los habituales corredores del paseo de la segunda playa ha osado calzarse las zapatillas y retar al temporal.

El doctor Lomas se acerca a la ventana y observa una radiografía al trasluz. Por más que se lamente, la pifia ha sido consumada y no hay vuelta atrás. Deja la radiografía sobre la cama del paciente y se dedica a mirar a través del cristal.

Si la tristeza fuera un paisaje, ofrecería una estampa similar a la que se aprecia desde la ventana del hospital.

En veinte años de profesión, el doctor Lomas acumula algún que otro despiste. Un par de ellos con desenlace comprometido, pero nunca había cometido un error de esa magnitud y con tan funestas consecuencias.

Le ha pedido a la enfermera que salga de la habitación y lo deje solo. El paciente continúa dormido. Lo ha sedado a conciencia para evitar que se coma la sábana a dentelladas. Cuando se despierte, el médico tendrá que contarle la verdad. Pero se necesitan fuerzas para enfrentarse a una situación así, fuerzas y argumentos, y ambos escasean.

Lomas cavila, reproduce en su mente la secuencia de acontecimientos vividos en el quirófano y no encuentra una explicación que lo deje conforme. La operación quirúrgica había sido impecable desde la anestesia hasta la salida del paciente hacia la sala de reanimación. Algo había tenido que ocurrir para que el buen hacer se fuera al traste. Un momento de debilidad, un instante de desatención quizá, y el caos se adueñó del quirófano e hizo de las suyas.

Saca el móvil del bolsillo y llama al despacho del doctor Claudio Soto, jefe del servicio de Traumatología. Tiene que informarle de lo sucedido cuanto antes. Aunque será difícil relatar lo que ni siquiera es capaz de entender él mismo. Le responde la secretaria con su camaradería habitual.

—Dime, Lomas.

—Charo, necesito que Claudio baje en cuanto pueda a la habitación 209 —solicita con voz queda—. Hay un problema muy gordo con un postoperatorio.

La mujer se extraña. No tiene al doctor Lomas por un hombre efusivo, pero tampoco lo había escuchado jamás hablar en un tono tan apocado, apenas un susurro.

—¿Qué ocurre?

—Es un asunto delicado; no lo puedo contar por teléfono. Prefiero que Claudio venga a la habitación.

—De acuerdo —asiente ella con un asomo de preocupación—. Ahora mismo se lo comunico.

—Dile que no me moveré de aquí hasta que aparezca.

La secretaria marca la extensión del doctor Soto y arquea las cejas a la espera de tener éxito. Pillarlo desocupado es un milagro, cuanto más en un día como hoy, con las urgencias colapsadas por la llegada de los montañeros heridos, algunos de ellos graves. Se ha montado bastante lío en los quirófanos.

Al verificar el origen de la llamada, el doctor Soto reacciona en tono condescendiente:

—¿Qué pasa, Charo?

—Ha llamado el doctor Lomas. Hay un problema con un paciente.

—¿Qué le ocurre a Lomas? —articula con retranca, acentuando cada sílaba.

—No lo sé. Solo me ha dicho que bajes lo antes posible.

—Seguro que es uno de esos pijos a los que les gusta quejarse de que la televisión no emite sus canales preferidos. Esto no es un hotel de cinco estrellas, es un hospital, que se aguante.

—Me temo que no es el caso —aduce la secretaria con firmeza—. Lomas nunca llama por menudencias. Parecía bastante angustiado.

—Iré en cuanto pueda, pero estoy muy liado. Los montañeros no tienen identificación y la mayoría no habla español. No sabemos si son alérgicos a algún medicamento, si padecen insuficiencias... Crucemos los dedos para no tener un susto.

—Creo que es importante, debe darle prioridad. Lomas le espera en la 209 —insiste la secretaria.

—Voy para allá —gruñe Soto antes de colgar.

El médico reniega de su cargo cada vez que las cosas se complican. Era más feliz cuando no ostentaba tanta responsabilidad y solo era un médico volcado en sus pacientes. Incluso su carácter se ha visto afectado desde que lo nombraron jefe de servicio.

Recorre el pasillo a grandes zancadas; toma el ascensor y baja a la segunda planta. Abre la puerta de la habitación y se presenta delante de la cama. Al otro lado, el doctor Lomas lo espera con las manos en los bolsillos de la bata y una profunda desazón dibujada en el rostro.

—¿De quién se trata? —pregunta Soto sin inflexión alguna.

—Nico Romero.

Al doctor Soto le suena el nombre, aunque no lo identifica en ese momento, no es muy bueno para los nombres.

—Es otro montañero, supongo.

—No, Nico no es montañero —corrige Lomas de forma tajante, pero sin ánimo de extenderse en más explicaciones. Le preocupa más otro asunto.

Soto echa un vistazo rápido al paciente, que se mantiene aún bajo el sopor de los sedantes, y luego al parsimonioso goteo del suero. No percibe nada anormal. Posa una mirada incisiva en el doctor Lomas.

—Pues no entiendo a qué viene tanta alarma.

Lomas mueve el mentón en dirección al par de radiografías apoyadas a los pies de la cama. Toma una de ellas y se la muestra a Soto.

—Esta la hicimos cuando ingresó en urgencias. El chico se cayó y sufrió una fractura desplazada de la extremidad distal del radio.

—Ya lo veo. Y bastante desplazada. Está claro que apoyó todo el cuerpo en esa mano al caer y se hizo polvo la muñeca.

Lomas alcanza la segunda radiografía y se planta frente a la ventana. Con un gesto insta a Soto para que lo acompañe. La levanta hasta conseguir el mejor ángulo lumínico posible y con el dedo traza un círculo sobre los huesos de la muñeca.

—Esta se la hicimos tras la operación, ya con la placa puesta.

Soto acerca aún más la imagen al cristal, entrecierra los ojos y se encoge de hombros.

—No veo nada raro.

—Yo tampoco observo nada de particular. Le insertamos la placa, suturamos y lo mandamos a reanimación sin ninguna incidencia reseñable. Antes de irme a casa he querido pasar por la habitación a verlo, no me gusta abandonar el hospital sin comprobar que mis pacientes han salido bien de reanimación y se encuentran en perfecto estado. Cuando abrí la puerta, el hombre discutía con la enfermera a voz en grito. Mezclaba palabras con gimoteos. Yo no entendía ni una palabra de lo que me decía hasta que por fin articuló algo que sí comprendí: «No puedo mover la mano». No le di mayor importancia a la queja. Le informé de que habíamos acoplado una férula que le impedía doblar la muñeca. Gracias a la férula, la muñeca y la mano eran en ese momento una sola pieza, motivo por el cual no podía moverla. Le sugerí que se tranquilizara. Pero él no se refería a la mano, sino a los dedos, en especial al pulgar. El problema era que no podía moverlos. Le apreté el pulgar y no se inmutó. Presioné con más fuerza y dio igual. Hice la misma maniobra con el índice, el corazón, y siguió sin reaccionar. Si le hubiera pasado por encima un tren de mercancías tampoco lo habría sentido. Oprimí el anular y el meñique, en ese caso sí se quejó. Me asusté tanto que pedí que le hicieran una electromiografía. La acabo de descargar en mi teléfono.

Lomas saca el móvil del bolsillo y le muestra la pantalla al doctor Soto. Se aprecia un gráfico de líneas verticales de distinta longitud, similar al aspecto de los archivos digitales de audio.

—Pues bien, aquí tenemos la explicación —señala Lomas.

—No hay ni rastro de actividad eléctrica en las fibras musculares de esos dedos, ¡maldita sea! —reniega el jefe de servicio.

—Ni gota.

—Al tratarse de una fractura desplazada, se pudo lesionar el nervio por sí mismo. ¿Exploraste al paciente para verificarlo?

—Puedes echar un vistazo al informe. La exploración neurovascular distal era normal.

—Se me ocurre que tal vez el nervio mediano sufrió al separarlo para insertar la placa.

—Eso es lo que había pensado en un principio, pero no me convence del todo la idea.

Al rostro del doctor Soto asoma una leve irritación.

—Supongo que has ido muy acelerado a sabiendas de que tenías dos intervenciones después de esta y has tirado del nervio como si fuera la cinta de una persiana.

—En absoluto —niega Lomas, molesto por lo que considera una falta de respeto—. He sido muy meticuloso. Siempre lo soy.

Soto vuelve la vista a la pantalla con preocupación. Por más que achine los ojos, las erráticas líneas del gráfico no cambian.

—Que no haya señal de actividad eléctrica es muy raro. A ver si has pillado el nervio entre la placa y el hueso... —aventura Soto en tono mordaz.

—Ya te he dicho que siempre obro con mucha delicadeza cuando manipulo los nervios. El doctor Baños me acompañó y lo puede corroborar. Además, sabes de sobra que he realizado centenares de operaciones similares. ¡Centenares!

—Pues no se me ocurre otra opción.

—Llevo horas con este asunto y no me explico esa inactividad.

El doctor Soto golpea con el canto de la radiografía el hombro de Lomas y arremete contra él.

—Al atornillar has triturado el nervio entre la placa y el hueso. Y tengo la impresión de que tratarás de justificar esta chapuza diciéndome que ha sido un lamentable error.

—Eso es imposible —se rebela Lomas—. Cómo voy a cometer semejante disparate.

—En la radiografía no podemos ver el nervio. La electromiografía solo nos dice que está de vacaciones, así que habrá que volver a intervenir; solo así sabremos qué demonios le has hecho a este chico.

Tras unos instantes de vacilación, Lomas adopta un tono enigmático.

—Tal vez no esté de vacaciones.

—¿Cómo dices?

—La señal es completamente plana. Cero actividad —admite con voz quebrada.

—Sí, eso ya lo he visto. Lo has triturado como si fuera una aceituna en un molino.

—En ese caso la gráfica mostraría algún pico, aunque fuese mínimo. Creo que el nervio no ha sido «triturado», como tú dices, sino algo peor —vaticina Lomas con expresión cariacontecida.

—¿Puede haber algo peor?

—Pues claro.

—Llevo treinta años en este oficio y ahora me vas a venir tú a dar lecciones —estalla Soto.

—No trato de dar lecciones, únicamente de dar con la clave.

—Explícate.

—Intuyo que ese nervio ha sido... —Lomas guarda el móvil en el bolsillo de la bata y lanza un suspiro de impotencia—. ¡Ha sido seccionado!

—Triturado, seccionado, cortado... Bah, matices —escupe Soto con desdén.

—Lo que trato de decir es que el corte no ha sido fruto de un error producido al atornillar la placa al hueso. Se ha hecho de forma... deliberada.

En el rostro de Soto se acentúa la tensión. Frunce el ceño y se lleva los dedos a la barbilla, como si notara que la barba le ha crecido de repente.

—Ahora sí que no entiendo nada. ¿Acaso has cometido esa carnicería porque te ha dado la real gana?

A pesar de la situación tan delicada en que está sumido, Lomas trata de mantener la calma. Contrarrestar las afrentas del doctor Soto le llevaría a un enfrentamiento estéril. Su objetivo prioritario es sacudirse la sensación de culpabilidad.

—El nervio ha sido seccionado, pero no por mí —sentencia en tono desafiante.

—¿Y quién es el responsable entonces? ¿El doctor Baños? ¿La enfermera? ¿La Santa Inquisición?

—No tengo ni la menor idea. Cuando el chico vuelva a quirófano comprobaremos que el nervio ha sido cortado. —Representa con los dedos la maniobra de abrir y cerrar unas tijeras—. Le han dado un tajo, como si fuera una cuerda.

—Lo que cuentas es una completa chifladura. Me dices que tiene el nervio cortado, y que estás seguro de ello, y luego que no has sido tú. ¿En qué quedamos?

—Ambas circunstancias son compatibles.

—Pues explícame esa compatibilidad, porque se me escapa. Tú realizaste la intervención —brama Soto mientras hunde el dedo índice en el pecho de Lomas—. Y no es la primera vez que metes la pata hasta el fondo. ¿Recuerdas el caso del tendón de Aquiles de aquella profesora?

Menos mal que el otro cirujano te detuvo a tiempo, si no hubieras montado una escabechina de cuidado.

—Bueno, quién no luce un tendón de Aquiles en su currículum. Todos cometemos fallos.

—Unos más que otros —lo reprende Soto.

—La operación fue como la seda. Y lo mismo que te digo yo te lo puede contar el resto del equipo. El doctor Baños estuvo presente todo el tiempo. De hecho, fue él quien realizó la sutura.

Soto se acerca a la cama, observa la mano vendada del paciente y lanza un resoplido largo y sonoro. Su enojo es proporcional a su desesperación.

—El chico tiene que volver a quirófano en cuanto haya disponibilidad. Y en este caso seré yo quien se ocupe de arreglar el desaguisado que has provocado.

—Me parece muy bien. Así te darás cuenta de que la hipótesis que manejo es correcta.

Dadas las circunstancias, el doctor Soto no tiene más remedio que atemperar su ira, consciente de que arremetiendo contra Lomas y sus errores del pasado no conseguirá enmendar la situación. Su tono se vuelve conciliador.

—¿Has dicho que fue Baños quien realizó la sutura?

—En urgencias no daban abasto con los montañeros. Me pidieron que bajara a echar una mano en cuanto pudiera. Como la implantación de la placa estaba terminada, me ausenté el último cuarto de hora y él se encargó de suturar.

—Entonces quizá fue tu compañero quien lo hizo.

—Esa opción queda descartada al cien por cien.

—¿Descartada porque Baños es libra o algo así? —desliza Soto con sorna.

—Lo conozco bien y me parece incapaz de cometer una monstruosidad como esta. Además, el anestesista estaba con él. Y Carmen, la enfermera que asistió a la intervención.

El doctor Lomas se acerca a la cabecera de la cama. No sería de extrañar que la discusión hubiera despertado al paciente. Lo observa con detenimiento, como si la contemplación le sirviera de inspiración.

—Tal vez lo devolvieron al quirófano desde la sala de reanimación cuando nuestro equipo ya lo había abandonado. No se me ocurre otra alternativa.

Soto lanza la radiografía a la cama con rabia y pone los brazos en jarras.

—¿Sugieres que la sala de reanimación de este hospital es un lugar donde la gente va, viene y se lleva cosas con toda tranquilidad?

—No me malinterpretes. No es tan difícil empujar una cama por un pasillo. Los pacientes están sedados y las camas tienen ruedas.

—En este hospital nos regimos por unas directrices que se llaman protocolos. A los quirófanos no se accede cuando quedan libres como si fueran las cajas de un supermercado.

Lomas explota.

—Conozco esos protocolos tan bien como tú, pero es la única solución que se me ocurre. Había bastante movimiento. Todos los quirófanos estaban ocupados. La llegada de los heridos obligó a aplazar intervenciones programadas.

El doctor Soto vuelve a resoplar. Hasta el momento se veía como juez en un caso de negligencia, como un profesor que reprende a un alumno vago y contestatario. Pero la hipótesis de Lomas, si fuera cierta, ya no es una pesada mochila colgada en la espalda de otro médico. Le afecta directamente por el cargo que ostenta. Algo ha fallado en el seguimiento de los protocolos. La nueva situación lo obliga a dejar de lado la crispación y enfrentarse al caso con algo más de ecuanimidad. Y de sosiego.

—Pobre muchacho. Ya no podrá escalar durante una buena temporada —lamenta Soto.

—Ya te he dicho que no es montañero.

—Y entonces, ¿quién es? —Soto vacila y comienza a recitar entre dientes con el fin de hacer memoria—: Nico Romero, Nico Romero, Nico... El nombre me resulta familiar.

—Es el tenista. Número cincuenta de la ATP, aunque en algún momento llegó al veintitantos.

—¡Por todos los demonios! Si le han seccionado el nervio, le espera un futuro poco halagüeño aunque se lo reimplantemos: no podrá empuñar una raqueta durante meses. Y ese no será el peor de sus males. Es muy posible que recupere gran parte de la movilidad, pero dudo mucho que pueda volver a jugar a nivel profesional.

Soto se lleva el dorso de la mano a la frente, se limpia un sudor imaginario y prosigue.

—Tengo que convocar una reunión con el Departamento de Traumatología. Y luego otra con enfermeras, anestesistas, auxiliares, celadores... Habrá que saber con exactitud qué ha sucedido.

—Buena idea. Y que cada palo aguante su vela.

—Quédate aquí hasta que ese chico despierte —dicta Soto, consumido por la desolación y con la mirada encallada en la mano de Nico—. A ver cómo le explicas que si vuelve a pisar una pista de tenis es muy posible que tenga que ser como espectador.

—Pensaba hacerlo sin necesidad de que tú me lo dijeras —replica Lomas, que sigue sin arrugarse ante las acometidas de Soto.

El jefe de servicio se despide con un gesto seco, escéptico, carente de una mínima empatía. En el fondo, no le falta razón. Todo el mundo es responsable de sus actos. Cuando Lomas se matriculó en la facultad, su madre le dijo:

«Los curas son los pastores del alma y los médicos lo son del cuerpo». Él considera que no anda muy puesto en temas teológicos, pero su madre acertó al menos en el cincuenta por ciento.

El médico se sienta en la cama. Hará guardia hasta que el paciente despierte. Tendrá que explicarle la situación como buenamente pueda. Su intención era curarlo y devolver el movimiento a un mecanismo capaz de hacer volar una pelota a doscientos kilómetros por hora. Y ha hecho lo correcto. Pero alguien ha venido a continuación y le ha cortado la corriente al mecanismo.

Lomas no le quita ojo al tenista. No querría estar en su pellejo.

Nico comienza a mover la cabeza y a estirar los dedos de la mano izquierda. El efecto de los sedantes cede y en breve despertará. El médico observa los incipientes movimientos de la mano. Los dedos se estiran y se contraen, como si aferraran una pelota y la soltaran. Con toda probabilidad, Nico está soñando que bota la pelota antes de sacar, una rutina que habrá repetido hasta la saciedad: botar varias veces con la mano izquierda, lanzar la pelota a lo alto y soltar el raquetazo con la derecha a una velocidad endiablada. Solo en sueños podrá jugar al tenis.

3

El caso del cadáver hallado en los Picos de Europa ha recaído en el sargento Liaño y el guardia Montiel, miembros del Departamento de Policía Judicial de la Guardia Civil de Torrelavega.

Las primeras impresiones apuntan a que el montañero falleció al golpearse en la nuca con las rocas del foso. Las heridas en la cabeza señalan en esa dirección. Su conducta no pudo ser muy diferente a la de los chicos franceses: un paso en falso le costó la vida.

Los guardias del GREIM, buenos conocedores de esas cumbres, sospechan que pudo perderse durante la travesía. La niebla se comporta de forma caprichosa en esas montañas. Avanza en una dirección y, de forma súbita, da un giro y abraza la cordillera como una pegajosa telaraña. En el cuartel de Potes cuentan por docenas el número de accidentes provocados por la confusión que produce en los montañeros, sobre todo entre los menos experimentados.

Si el hombre gastó un tiempo excesivo en recuperar la vereda correcta, es muy probable que se le hiciera de noche y decidiera refugiarse en la bocamina. Se introdujo en la cueva, caminó por el túnel en busca del fondo para guarecerse mejor de las bajas temperaturas nocturnas y se desplomó en la fosa.

El cadáver lleva un chubasquero, botas, un pantalón largo con parches de distinto color en rodilleras y culera.

Adosada a su espalda, la mochila contiene una cantimplora, una cámara de fotos de carrete y unos prismáticos.

Los guardias no han encontrado su cartera. Tampoco hay señales de teléfono móvil ni de llaves de coche. Ni siquiera un triste tique de supermercado capaz de ofrecer alguna pista sobre su procedencia. Al comprobar que no hay elementos capaces de identificarlo, depositan sus esperanzas en las huellas dactilares. Enseguida se percatan de que a través de las yemas de los dedos tampoco van a conseguir ponerle nombre al cadáver; no queda ni rastro de ellas, el único tejido que se conserva pertenece a restos de tendones soldados al hueso.

El cadáver plantea un verdadero enigma. Solo el análisis de ADN puede ofrecer alguna perspectiva de identificación.

La llegada del informe de la autopsia al escritorio del sargento Liaño cambia por completo el panorama inicial y enturbia su ánimo. El golpe en la nuca fue la causa de la muerte, así lo dictamina el forense, pero quizá el impacto no se produjo al caer el montañero en el pozo y su origen fue otro.

Los glúteos presentan marcas de arrastre, lo que invita a pensar que el hombre pudo ser golpeado fuera de la cueva y remolcado con posterioridad al interior de la mina. El informe preliminar del laboratorio corrobora dicha teoría: se han encontrado restos de hierba y tierra en la tela de la mochila, así como raspaduras en los cierres de plástico ocasionadas por el rozamiento contra una superficie dura e irregular. En la parte posterior de las botas también se han descubierto restos de tierra, en concreto a la altura del tobillo, una zona incompatible con la pisada.

El informe de la autopsia se completa con las aportaciones del laboratorio y las fotos facilitadas por el GREIM. La documentación no deja lugar a dudas: al montañero lo golpearon en el exterior de la cueva —los restos de hierba señalan como escenario la pradera que hay junto a las bocaminas—, lo arrastraron a través de la escombrera, lo introdujeron en la cueva y acarrearon el cuerpo por el túnel hasta llegar a la fosa. Si el asesinato lo ejecutó un solo hombre, tenía que ser fuerte como una mula, pues la escombrera ofrece una pendiente notable y está compuesta por piedras sueltas que dificultarían el deslizamiento del cadáver.

En cuanto a la fecha de la muerte, el forense ha hecho constar que el cuerpo presentaba un avanzado estado de descomposición, prácticamente un esqueleto cubierto de piel y algunos restos de tendones que han resistido a la degradación. Teniendo en cuenta el grado de humedad de la cueva, ha datado el fallecimiento en un período no inferior a cinco años. Le ha resultado más difícil comprometerse con una fecha máxima, pues el cálculo se complica una vez momificado el cuerpo. Podría llevar en la cueva diez años, treinta o medio siglo.

Si el deterioro corporal impide concretar una fecha, habría que acudir a elementos que no hubieran sufrido degradación: la indumentaria y los accesorios, en ese caso. Los técnicos del laboratorio han puesto el foco en los modelos de ropa, reloj, botas, cámara fotográfica, prismáticos... No han conseguido averiguar la marca y el modelo de la mayoría de las prendas, pero sí han obtenido un éxito rotundo con el reloj, las botas y la cámara. Lo más reciente son las botas. El modelo empezó a comercializarse en 2004, lo que sitúa el fallecimiento entre 2004 y 2014.

El sargento Liaño se acomoda en la silla, inclina la cabeza hacia atrás y resopla tras un cálculo aritmético sencillo y embarazoso al mismo tiempo. Diez años constituyen una eternidad en una investigación pródiga en incógnitas y cicatera en certidumbres.

4

Un día después de que Nico Romero haya pasado por el quirófano, los tres primeros dedos de su mano derecha siguen paralizados. El doctor Soto se presta a intervenirlo y averiguar cuanto antes lo sucedido en esa muñeca. Confía en que el nervio esté aprisionado entre la placa y el hueso, como él había previsto. El siguiente paso será restregarle a Lomas su negligencia y salir airoso de un asunto que puede poner bajo la lupa el prestigio del hospital.

Soto entra en el quirófano con la euforia desbocada. Una hora después sale con una cara tan larga como su decepción. En la mesa de operaciones las cosas no han ido como él auguraba.

Se encierra en su despacho y pasa diez minutos sentado. Se sujeta la cara con las manos, incapaz de concentrarse en todo aquello que no sea mascullar una mezcla de blasfemias y lamentaciones. Hace caso omiso a los tres pósits que le ha dejado su secretaria en la pantalla del ordenador; los mensajes le recuerdan que ha convocado al equipo de Traumatología a una reunión que es posible que arroje luz sobre el caso.

Cuando repara en la presencia de los pósits, el médico echa mano a su ordenador portátil, un bolígrafo y un cuaderno de notas. Acude el primero a la sala de reuniones y se coloca en uno de los extremos de la mesa, al fondo de la sala. Enciende el ordenador, se sienta y espera con impaciencia a que los médicos se acomoden.

El doctor Lomas llega a continuación y se sitúa en el lado opuesto, junto a la puerta, como si escenificara un duelo entre el jefe de servicio y él, con el resto de los asistentes como testigos de un más que seguro intercambio de golpes. Los médicos se distribuyen alrededor de la mesa y dedican a Soto una ronda de miradas expectantes.

Soto no es amigo de preámbulos. Suelta la bomba en cuanto los siete pares de ojos convergen en sus gafas de pasta algo pasadas de moda.

—Supongo que algunos ya estáis al corriente de lo que pasó ayer, pero no todos, así que os resumo la situación. —Se dirige al médico en tono desafiante—. ¿O prefiere hacerlo el doctor Lomas?

—Es mejor que lo cuentes tú —se desmarca este con firmeza—. No he sido yo quien ha convocado la reunión.

Algo molesto por el tono de Lomas, Soto inhala una bocanada de aire y toma las riendas.

—Ayer por la mañana ocurrió algo muy grave e inaudito en este hospital. Lomas, ayudado por el doctor Baños... —Interrumpe la locución y sus pupilas trazan una panorámica alrededor de la mesa—. Por cierto, ¿dónde está Baños?

—No ha podido venir. Tiene guardia —informa la doctora Laguna.

—Vaya, debería estar presente. Es uno de los involucrados en este asunto —lamenta Soto. Echa una segunda ojeada a la sala para comprobar otras posibles ausencias—. Tampoco veo por aquí a Suárez. Dejé claro que quería a todo el mundo en esta mesa.

—Habrá que seguir sin ellos —añade Laguna—. Un accidente de moto en la S-20 nos ha traído a un hombre con una conmoción y alguna que otra rotura.

Soto lanza un suspiro de resignación.

—Bueno, el caso es que los doctores Lomas y Baños intervinieron a Nico Romero. El chico se había roto la muñeca de la mano derecha. Le implantaron una placa, suturaron y, en cuanto terminaron, el celador se lo llevó a la sala de reanimación. Bueno, en realidad fue Baños quien suturó, pues Lomas tuvo que bajar a urgencias. Hasta aquí, todo resulta normal. —Un mecánico carraspeo le sirve de pausa dramática—. Lomas lo visitó ayer por la tarde en la habitación, se encontró al muchacho desquiciado porque no podía mover los tres primeros dedos de la mano operada. Lomas pidió una electromiografía y detectó que el nervio mediano carecía de actividad. La doctora Soriano y yo lo hemos intervenido esta mañana. Lo que hemos descubierto ha sido... No sé ni cómo llamarlo. —Su expresión conjuga asco y espanto—: ¿Grotesco puede ser la palabra? El tenista no podía mover los dedos porque el nervio mediano ha sido seccionado.

A los médicos les cambia la cara. Salvo a Lomas, que ya se hacía una idea de lo que Soto se iba a encontrar en el quirófano.

—¿Has dicho «seccionado»? —reacciona con aturdimiento el doctor Briones.

—Algo extraño, ¿verdad? Y no me refiero a un corte accidental, fruto de una negligencia. Hablo de un corte deliberado.

—¡Dios santo! —clama Briones.

—Pero la cosa no termina aquí —prosigue Soto—. Lo más escalofriante nos lo encontramos tras analizar el corte. Quienquiera que haya cometido esta crueldad ha pretendido ser más dañino si cabe. —Contrae el rostro y suspira—. Los extremos estaban cauterizados.

Esta segunda confesión sí deja una notable congoja en el doctor Lomas. Esperaba que se cumpliesen sus pronósticos, pero no hasta ese nivel de depravación.

Soto interrumpe la explicación ante las caras de estupor de los médicos y los comentarios suscitados entre ellos. Se quita las gafas, se frota la nariz y las devuelve a su posición, dispuesto a continuar.

—He presenciado muchas negligencias, pero esto es un disparate. Algo inquietante, como si un verdadero demonio se hubiera colado en ese quirófano. Pensaréis que estoy loco, pero, creedme, no he pensado en otra cosa durante el rato que he pasado en el despacho.

—¡Seccionado y cauterizado! —recalca con indignación la doctora Cobo.

—Realizaremos una investigación en profundidad. Mientras tanto, le practicaremos al paciente una sutura con injerto, pero es muy probable que no pueda volver a jugar al tenis, al menos a un nivel decente.

—Pobre chico —se apena la doctora Soriano—. No me imagino quién ha podido hacerle una cosa así.

—En principio creo la versión de Lomas. Y digo «en principio» porque todos lo conocemos. —Soto obsequia a su subordinado con una sonrisa ladina que al destinatario no le hace ninguna gracia. Vuelve a dirigirse al grupo—: Y aquí es donde reside el problema. Si él no fue el responsable de la faena, como me asegura, ¿quién lo hizo?, ¿cuándo? —Sus ojos desafiantes recalan de nuevo en Lomas—. Nuestro compañero me contó una hipótesis un tanto original que seguramente quiera compartir con vosotros.

Lomas traga saliva y se aclara la voz. Entrelaza las manos y apoya los antebrazos sobre la mesa, como si fuera a escenificar una defensa jurídica más que un argumento médico.

—Esta noche no he pegado ojo tratando de entender lo que pasó ayer. Nuestro trabajo fue impecable. Ni por asomo se nos ocurriría hacerle a Nico una faena de esa naturaleza.

—¿Y qué pudo suceder entonces? —interviene el doctor Zapata.

—Solo se me ocurre una solución a esta locura. La operación se tuvo que producir en un intervalo de tiempo muy concreto, desde que el celador dejó al paciente en la sala de reanimación hasta que lo condujeron a la habitación. Sospecho que en ese paréntesis lo llevaron de vuelta a quirófano. Aprovecharon que no estaba despierto del todo, lo volvieron a sedar y alguien con las entrañas muy negras se empleó a fondo. Después lo devolvieron a la sala de reanimación.

—¡Ciencia ficción! —atrona Zapata—. Lo que cuentas me parece de otro mundo, de otro siglo, propio de otro hospital. —Clava el dedo en la mesa—. En este hay reglas, celadores que saben hacer su trabajo, anestesistas que... Porque, claro, alguien tuvo que sedarlo.

—Y al menos una enfermera y una auxiliar que se prestasen a colaborar con el cirujano —añade la doctora Cobo.

A pesar de los dardos que recibe su hipótesis, el doctor Lomas conserva la calma.

—He operado en Angola a niños con las piernas destrozadas por la explosión de una mina y contaba solo con una enfermera. Sin segundo cirujano, ni anestesista, ni auxiliar; con un poco de anestesia local y casi sin material. No son las condiciones idóneas, pero se puede hacer.

—Esto no es Angola —porfía Zapata—. En este hospital tenemos protocolos.

—Lo sé. Trabajo aquí. Pero si alguien me ofrece una explicación mejor, estaría encantado de escucharla.

Los médicos comparten miradas de desconcierto. Se conocen desde hace tiempo y nadie sospecha de ninguno de sus compañeros como autor de una maniobra tan aviesa. A ello hay que añadir que el equipo de Traumatología es toda una referencia. Muchos deportistas acuden al hospital Ribemar para tratar sus lesiones.

El doctor Zapata adopta una expresión de suficiencia y se alza como portavoz de un sentimiento unánime.

—No veo a ninguno de mis compañeros capaz de hacer una cosa así.

—Coincido con Zapata —irrumpe la doctora Villaescusa.

—Ayudaría saber quién estuvo libre ayer por la mañana y pudo acceder al quirófano durante ese intervalo —señala la doctora Laguna.

—Ese es el problema. El supervisor de quirófano me ha pasado la planilla del parte general. —Soto teclea en su portátil y despliega una tabla. Gira el ordenador hacia los médicos para que comprueben lo que dice—. Ninguno de vosotros dispuso de hueco durante toda la mañana ni para tomar un café. De modo que ya me diréis cómo pudo ocurrir. En estas circunstancias, volvemos al punto de partida. —Se enfrenta a Lomas con actitud firme—. Lo siento, pero el peso de la responsabilidad recae sobre tus espaldas.

A pesar del aprecio que le tienen el resto de colegas, Lomas atisba en ellos una sombra de desconfianza.

La doctora Soriano se vuelve hacia él.

—Tal vez fuera Baños quien lo hizo. Fue él quien suturó y no se tarda mucho en seccionar y cauterizar un nervio.

—No lo creo. Es un buen tío.

—Es quien lleva menos tiempo en el departamento. No lo conocemos mucho.

—Yo sí. Es un chico con un futuro prometedor. Además, ¿qué motivo tendría? No se me ocurre ninguno, salvo que el tenista le hubiera robado la novia —bromea.

—Pues el mismo motivo que el resto de nosotros: ninguno —se ofende Zapata.

—Por ahí deben ir los tiros —aduce la doctora Cobo—. Nos cuestionamos quién lo ha hecho y cuándo, pero olvidamos la finalidad. —Junta las manos y se las lleva a la boca, como si se dispusiera a rezar—. Tras la cauterización no cabe más remedio que realizar un injerto, después el chico tendrá que acudir a sesiones de rehabilitación y emprender una larga recuperación. El perturbado que metió mano en esa muñeca no pretendía anular la movilidad, sino atrofiarla lo suficiente para que no pudiera manejar una raqueta como lo hacía antes. Y yo me pregunto, ¿qué médico querría sacar al tenista de las pistas?

—Los médicos estamos para curar. Hemos hecho un juramento —bufa Lomas—. ¿Qué interés podríamos tener Baños y yo en fastidiarle la vida a ese chico?

—Pues estamos igual que al principio —interviene Soto con ánimo de zanjar el asunto lo antes posible—, con Lomas como responsable.

Los médicos se dan cuenta de que el caso se encuentra en un callejón sin salida. El doctor Soto se enfrenta a algo mucho más grave que una negligencia.

—Ya podéis volver a vuestras ocupaciones. En cuanto se aclare todo, seréis los primeros en tener noticias. Por favor, Lomas, tú quédate un momento.

Los médicos abandonan la sala. Al cruzarse con Lomas, algunos le dan una palmada en la espalda en señal de apoyo; otros albergan tantas dudas que prefieren guardar las manos en los bolsillos de la bata y mirar al suelo.

5

El guardia Montiel se dirige al despacho del sargento Liaño y deposita un sobre en su mesa.

—Acaban de llegar las fotos que hizo el montañero antes de morir. —Pone los brazos en jarras frente al escritorio, a la espera de que el sargento se pronuncie.

—Siéntate —ordena Liaño—. Vamos a echarles un vistazo.

—Me muero de curiosidad. Esas fotos pueden ser clave.

El guardia toma asiento y se inclina hacia delante. Le cuesta horrores contener la ansiedad. Si por él fuera, habría abierto el sobre en cuanto cayó en sus manos. El sargento despega el precinto y extrae las fotos. A medida que las examina, se las pasa al guardia.

—Montañas y más montañas. Unas más nevadas que otras, eso sí. Un aparcamiento con unos cuantos coches y más montañas —anuncia el sargento con expresión de decepción.

El guardia se detiene en una de ellas.

—Este aparcamiento es el Jito Escarandi. Está situado entre Sotres y Tresviso. ¿Conoces los Picos de Europa?

—He estado un par de veces. En la garganta del Cares y en el teleférico de Fuente Dé. Poco más.

—Yo los conozco muy bien. Sobre todo el macizo oriental, que es donde ha aparecido el cadáver.

—Vaya, un rebeco —prosigue Liaño—. ¡Qué bonitos son esos bichos! Aquí está otra vez el mismo animal desde más cerca y encima de un risco. Y debajo un nevero de cuidado.

El guardia Montiel se toma la inspección con más calma.

—Pero esta montaña es distinta, mira el perfil de las rocas.

—Seguro que el montañero persiguió al rebeco hasta que dio con el encuadre perfecto.

El sargento continúa con la revisión del material. Sus comentarios destilan un indisimulado desdén.

—Una foto del cielo que no tiene ningún encanto en particular, otra montaña, un valle con neveros, otro valle sin neveros. Si he contado bien, veinticuatro fotos en total.

Entrega la última foto al guardia, se cruza de brazos y se recuesta en la silla, a la espera de que Montiel termine su examen.

El guardia esboza una mueca de contrariedad y vuelve a revisarlas desde el principio. Tiene la sensación de que el sargento ha pasado de puntillas. Ese carrete es el único material que puede arrojar luz sobre lo ocurrido y merece un análisis más minucioso.

—En ninguna de ellas hay personas, lo que indica que el hombre iba solo —advierte el guardia—. Si vas acompañado de gente a unas montañas tan bellas como estas, lo primero que se te ocurre es hacerles fotos. Yo lo hago cuando subo con mis sobrinos o con amigos.

—Lo que me extraña es que no llevara documentación. Y con más razón si iba solo.

—No olvidemos que las llaves del coche tampoco han aparecido —puntualiza el guardia—. Los montañeros suelen ir en coche hasta el Jito Escarandi y desde allí emprenden la marcha a pie, salvo que ese hombre residiera en algún pueblo cercano y llegara caminando desde su casa hasta la cueva.

—Tenemos que comprobar si hubo desapariciones en la zona durante esos diez años —sugiere Liaño.

—Ya me he informado —replica Montiel sin levantar la vista de las fotos.

El sargento se asombra de la celeridad e iniciativa con que ha actuado el guardia. Se nota que el caso estimula su afán. No es de extrañar, es joven. El sargento es de los que piensa que la curiosidad se erosiona con el paso de los años, al igual que la prisa.

—En ese caso, ponme al día.

—Ese hombre pudo haber llegado a pie desde la vertiente asturiana: la zona de Cabrales, en concreto. Sotres, Tielve o Poncebos, porque Arenas está ya muy lejos. Si partió del lado cántabro, lo más probable es que lo hiciera desde Urdón, en medio del desfiladero de la Hermida. De allí sale un sendero en zigzag que llega a Tresviso. También te digo que es duro como él solo, llegas arriba con la lengua fuera. Y desde Tresviso, en otra buena caminata, se plantó en Ándara. La segunda opción que se me ocurre es que iniciara la ruta en Bejes, otro pueblo que está colgado de la montaña.

—Sabía que eras un andarín, pero no hasta ese extremo.

—He investigado las desapariciones durante esos años en ambas vertientes. La mayoría de ellas se produjeron por accidentes de montaña y se rescató a los heridos. También hubo un par de desapariciones por desorientación que tuvieron a los familiares en vilo durante días. Ambos fueron encontrados con vida.

El sargento tuerce el gesto.

—Si hubiera otros cadáveres en la cueva con documentación, se resolvería el caso con más facilidad. Pero solo tenemos uno y no está siendo muy comunicativo.

—No contamos con documentación ni llaves de un vehículo. Eso significa que el hombre caminó desde su casa.

Y, en esas condiciones, no consideró necesario llevar consigo ni cartera, ni dinero.

—Ni teléfono móvil —recuerda Liaño—. El único medio para pedir ayuda en caso de accidente.

—Y en 2004 ya lo tenía todo el mundo.

—Si residiera en la comarca, su familia habría denunciado la desaparición, y has dicho que no hay ningún caso abierto. Lo que nos hace suponer que no era de por aquí.

El guardia tamborilea en la mesa con el sobre, contrariado por la poca información que aportan unas fotos en las que él había depositado tanta fe.

—Creo que hemos ido demasiado rápido. Habría que echarles otro vistazo.

Extrae las tiras de negativo del sobre y las coloca en fila sobre la mesa. Acto seguido selecciona las fotos para situarlas en el mismo orden que los negativos con el fin de conservar la cronología en que fueron sacadas.

—Me pareció que las últimas estaban algo desenfocadas. —El guardia analiza las imágenes con parsimonia y comprueba la nitidez de cada una—. Las diez primeras, justo hasta la del rebeco en lo alto del risco, están perfectamente enfocadas. El rebeco se halla muy lejos y aun así se aprecian hasta las muescas de los cuernos. Luego viene la del cielo con una nube. Me parece una foto vulgar que no aporta nada.

—Quizá se tomó una licencia poética.

—Desde la decimosegunda en adelante todas han quedado algo desenfocadas, algunas para tirar a la basura.

—Desenfocadas y repetidas —añade el sargento con desidia, al tiempo que señala con el dedo un par de fotos consecutivas—. Mira estas dos. De la misma montaña y sacadas desde el mismo sitio. ¿Qué conclusión sacamos de todo esto?

—Pues no se me ocurre nada interesante. Tal vez tenía prisa.

—O las hizo por aprovechar el carrete y mandarlas a revelar nada más regresar a casa. Es lo que hacíamos con las cámaras antiguas. A lo mejor estaba tan emocionado por haber pillado al rebeco en su pose imperial que deseaba tener las fotos en papel cuanto antes, y por ese motivo malgastó las que le quedaban en el carrete, aunque no aportaran mucho.

—Nunca lo sabremos.

—Por cierto, ha quedado claro que no vivía en la comarca —medita el sargento—, pero de algún modo tuvo que llegar hasta allí arriba. A lo mejor no encontramos llaves de coche en su mochila porque las perdió en algún momento de la travesía. No estaría de más que rastreáramos esa cuestión por si acaso figurase algún vehículo abandonado en aquellos años.

—Ninguno —asegura el guardia de forma categórica—. El aparcamiento del Jito Escarandi se encuentra en el límite entre Cantabria y Asturias, y toda esa zona pertenece al parque nacional, por lo que las competencias las tenemos nosotros. He hablado con los compañeros del cuartel de Potes y del puesto de Carreña de Cabrales, tampoco les consta que retiraran ningún vehículo en esas fechas.

—No lo entiendo.

—Yo tampoco. La mayor parte de los montañeros que se mueven por la zona de Ándara aparcan aquí. —El guardia clava el dedo en una foto donde se aprecia una hilera de coches—. Conozco muy bien esa parte de los Picos. Ese camino que se aprecia a la derecha es el inicio de la ruta.

—Su coche debería ser uno de estos, pero no lo es.

—Si el vehículo hubiera quedado abandonado durante semanas, algún ganadero de la zona se habría dado cuenta y habría avisado al cuartel. O los vecinos de Tresviso, que pasan por ahí cada vez que salen del pueblo.

El sargento se encoge de hombros.

—Esto es un auténtico misterio: un hombre sin coche, documentación ni teléfono.

—Juraría que no es de aquí. —El guardia señala la foto de un rebeco apostado sobre un risco—. Si procediera de la comarca estaría tan familiarizado con los rebecos que no gastaría medio carrete para fotografiarlos. Y lo mismo te digo con las montañas.

—A mí lo que más me cuesta entender es que fotografiara un aparcamiento y una nube.

—Aseguraría que viene de fuera. Los montañeros a los que han rescatado son franceses, y en verano te encuentras un montón de holandeses por ahí arriba. Su país es plano como esta mesa y les encantan nuestras montañas. Incluso algunos se aventuran a recorrerlas en solitario.

—Esperemos que las pruebas de ADN nos saquen del aprieto. Si tenemos que cotejar las desapariciones del país y media Europa en esos diez años, vamos a necesitar refuerzos —zanja el guardia en tono irónico. A continuación, devuelve las fotos y los negativos al sobre.

El sargento Liaño arruga la nariz y dirige una mirada vaga hacia la ventana por la que entra una luz plateada y tímida.

—Un tío de la comarca no gastaría un carrete en retratar rebecos —piensa en alto—, eso es de cajón. En caso de que se tratara de un forastero, tendría que haber venido en un coche que no aparece por ningún sitio. Este asunto no tiene ni pies ni cabeza.

6

Tras la salida de los traumatólogos, Soto cierra la puerta. Insta a Lomas a que se siente a su lado en un tono que se esfuerza por resultar apaciguador. El médico se incorpora con resignación y se sitúa junto a él.

—Discúlpame si he sido severo contigo —se justifica el jefe de servicio—, pero todos los indicios apuntan hacia tu bisturí.

—Mi bisturí está libre de toda culpa; siempre corta por donde debe. Está bien enseñado.

—Bueno, eso...

Un «toc-toc» en la puerta interrumpe la conversación.

—Adelante —ordena Soto.

Una auxiliar entra en la sala. Lleva un extraño objeto verdoso en las manos cubierto con papel celofán y coronado por un lazo rojo. Los reflejos del plástico impiden divisar con nitidez el contenido.

—Perdone, doctor, me ha dicho su secretaria que estaba aquí.

—Y aquí estoy.

—Es un regalo. Lo han dejado en la puerta de la habitación de Nico Romero, pero, dadas las circunstancias, no me ha parecido oportuno dárselo. ¿Qué hago con él?

—Déjalo en la mesa.

La auxiliar lo posa y se retira hacia atrás, a la espera de instrucciones.

Soto levanta el celofán.

—¡Un cactus! —Enarca las cejas—. A los pacientes suelen traerles ramos de flores. En este caso han sido más originales. —Despega la tarjeta del celofán—. No está firmada, solo aparece el nombre del destinatario: Nico Romero. Qué raro.

Entrega la tarjeta a Lomas, que la echa un vistazo rápido.

—Ni siquiera figura el nombre de la floristería —aclara Lomas—. Tal vez han ido al desierto a por él.

—¿Qué hacemos con el regalo? —interviene la auxiliar.

—No te preocupes. Lo llevaré a mi despacho y lo dejaré allí por el momento —determina Soto y así libera a la mujer de su custodia.

—Entonces vuelvo a lo mío —dice esta antes de abandonar la sala.

—Es la primera vez que veo una tarjeta sin firma —reconoce Soto con suspicacia.

—Creo entender el motivo —insinúa Lomas—. La firma es el propio cactus.

—¿Qué quieres decir?

—Tú te empeñas en cargarnos el muerto a Baños y a mí, pero vas muy desencaminado.

—El tema de la responsabilidad ya ha quedado bastante claro en la reunión.

Lomas lanza la tarjeta a la mesa como si fuera un naipe en una partida de cartas.

—Tal vez quien escribió el nombre de Nico en esa tarjeta sea el mismo que ha tratado de arruinarle la vida.

—No veo la relación.

—Pues eres el único. Hasta la auxiliar se ha dado cuenta de que había algo raro en este regalo y por eso no se lo ha entregado al tenista.

Soto arruga el entrecejo y reclina el cuerpo hacia atrás, como si de repente la planta supusiera una amenaza.

—El regalo debe de tener algún sentido —insiste Lomas—, en caso contrario nadie se tomaría tantas molestias. Estaría bien saber a qué especie pertenece, tal vez nos pueda ayudar conocer su procedencia.

La presencia de la planta sobre la mesa aporta un elemento nuevo que siembra más desconcierto si cabe. Lomas le hace una foto con el móvil.

—Voy a tener que contarle todo esto al director del hospital para que llame a la policía. No me gusta nada el cariz que está tomando este asunto —anuncia Soto con un tono de voz menguante, hasta terminar casi en un susurro—. Ayer valoraba la posibilidad de una negligencia, luego la cosa derivó en un acto de mala fe y ahora estamos ante una especie de... sabotaje.

—Un sabotaje con firma —matiza Lomas.

—Prepárate para mañana, tendremos aquí a media comisaría.

—Por mí como si viene la comisaría entera. No tengo nada que ocultar.

Lomas abandona la sala de reuniones con un sabor agridulce. La inesperada presencia de una planta como posible firma del verdadero autor del escarnio ha transformado la terca actitud de su superior. Se libera por fin de una angustia que lo atenazaba, aunque su alivio dura poco; de inmediato se ve envuelto en una trama de dimensión desconocida. Alguien ha pretendido vaciar de vida la mano del tenista y, no contento con ello, ha enviado un cactus envuelto en papel celofán para rubricar su obra.

De camino a casa, Lomas detiene su coche en el vivero donde suele comprar las plantas para el jardín. Muestra el móvil al empleado.

—Manolín, ¿qué cactus es este?

El hombre posa los dedos en la pantalla como si fueran los brazos de un compás y amplía la imagen.

—Aunque no se ve mucho por aquí, diría que es un *myrtillocactus.* Espera un momento. —Abre un cajón, extrae un manual y lo hojea. Detiene la inspección y compara una imagen con la pantalla del móvil—. Efectivamente, es un *myrtillocactus geometrizans cristata.*

—¿Dónde se da?

—Es una especie endémica de México y creo que también de Guatemala. En cualquier caso, Santander no es el lugar idóneo para plantar cactus, a menos que los guardes dentro de tu casa.

—Lo sé. —Lomas deja escapar una sonrisa condescendiente y se queda hipnotizado ante un almanaque colgado en la pared.

—¿Hoy es... catorce?

—Sí, claro.

Resopla y se golpea la frente con la palma de la mano.

—Hazme un ramo de flores, por favor. Bien grande y con abundantes lirios. No me había acordado de que es el cumpleaños de mi madre.

Mientras el empleado corta los tallos y ensambla el ramo, la mente del médico viaja al otro lado del océano en busca de inspiración. Se le ocurre que la tropelía pudo ser obra de un cirujano mexicano; el hospital acoge médicos extranjeros que acuden a terminar su formación. Algunos regresan a su país de origen y otros se quedan en plantilla. Tendrá que verificarlo con el director.

La hipótesis mexicana suena descabellada, pero todos los días ocurren cosas inimaginables en el mundo.

Sube al coche y deja el ramo de flores en el asiento del acompañante. Se dispone a arrancar cuando recibe una llamada de Carmen, la enfermera que lo asiste en buena parte de sus cirugías.

—Doctor, llevo un rato preocupada por un asunto que me trae de cabeza.

—Me pillas en un mal momento —trata de escabullirse el médico—. Tengo que hacer una visita antes de volver a casa.

—Será un minuto. Tiene que ver con el tenista. Y creo que es importante.

—Te escucho.

—No sabía si involucrarme en el asunto o mantenerme al margen, pero, como has cargado con una culpa inmerecida, me he decidido a dar un paso al frente.

—¿Y bien? —se impacienta Lomas, consciente de que Carmen no es amiga de sintetizar.

—Mi marido conoce a Nico desde hace tiempo.

—¿Y eso?

—Bernardo trabaja en una empresa que reparte garrafas de agua mineral por las empresas. Esas de veinte litros, como las que tenemos en el hospital.

—Fascinante —apremia con ironía para que la mujer vaya al grano.

—Recorre cada día Santander con la furgoneta. Tiene un circuito fijo y uno de los puntos de reparto es el club de tenis Azofra, donde entrena ese muchacho. Lleva tantos años con la misma ruta que conoce a todos los tenistas. Pues bien, anoche le conté lo que había pasado en el quirófano.

—Esas cosas no pueden salir del hospital —le reprocha el médico.

—Tranquilo. Conozco los límites y nunca me voy de la lengua, pero lo que te hicieron ayer se las trae. —Suspira con rabia—. Bernardo me contó que en una ocasión vio a Nico hablar con dos tíos, estaban todos metidos en un coche. Recuerda que tenían acento mexicano.

Lomas se acomoda en el asiento y se olvida por un momento del cumpleaños de su madre.

—¿Acento mexicano, dices? —quiere asegurarse—. ¿Cómo lo sabe?

—Eso me dijo. Tiene familia en el D.F. y lo conoce de sobra. No sé si la información puede resultar útil.

—Más de lo que te imaginas —apunta con un brote de preocupación en la voz.

—Me alegro. Dudaba si contártelo. Estas cosas son tan delicadas...

—Has hecho bien en llamar. No sé si te has enterado, pero a Nico le han regalado un cactus.

—No tenía ni idea.

—Un cactus con una tarjeta sin remitente. Soto y yo pensamos que pudiera tratarse de una especie de firma. Bueno, sobre todo yo. He tenido que convencerlo y no ha sido fácil. Ya sabes cómo tiene de dura la cabeza. Ahora mismo estoy en un vivero y me acaban de decir que es una especie endémica de México. ¿Qué te parece?

—Menuda coincidencia.

—Los amigos del tenista y el cactus comparten nacionalidad. Puede ser una mera casualidad... o no.

—Yo no creo en las casualidades.

—Los médicos tampoco tenemos mucha fe en el azar.

—¿Y qué vas a hacer?

—Contárselo a Soto y al director. —El médico hace una pausa—. Te juro que empiezo a creer en fantasmas.

—¿No crees en las casualidades y vas a creer en fantasmas?

—También es cierto. Pero no encuentro ninguna explicación a lo que pasó.

—Ya la encontrarás.

La presencia de esos hombres en el polideportivo y el regalo del cactus lo cambian todo. La hipótesis mexicana no le suena tan alocada como hace unos minutos, y sí mucho más inquietante.

7

ADOLFO

DURANTE EL INVIERNO ejercía como monitor de esquí y, mediada la primavera, solía trasladarme a la costa cantábrica en busca de empleo como instructor en escuelas de surf. Por desgracia, la temporada de esquí había terminado de forma temprana y un tanto brusca: me habían despedido de la estación de Navacerrada el mismísimo día de Nochebuena.

Jacinto, un antiguo compañero de piso, conocía de sobra las estaciones de esquí de Pirineos y Alpes. Llevaba veinte años en danza por esas pistas. Lo llamé en enero para comunicarle mi situación de paro forzoso y me proporcionó un contacto en los Alpes suizos. Había una distancia considerable desde Madrid, pero merecía la pena. Una mayor distancia a cambio de más pasta.

Las Navidades habían sido especialmente aciagas. Mi amigo Ricardo había fallecido en Ribadesella, y allí se había celebrado el entierro. Tras el duelo, su esposa decidió regalarme el Jaguar de Ricardo. Se percató de que con mi Ford Mondeo medio destartalado no llegaría muy lejos y ella tenía el suyo, así que no lo necesitaba.

Al volante del Jaguar los kilómetros no serían un problema, de modo que la incógnita se despejaba por sí sola.

Abandoné Ribadesella, me planté en Grindelwald y comencé a trabajar en una de las estaciones de esquí del valle; alquilé un apartamento en Interlaken, un pueblo con un ambiente extraordinario durante todo el año: en invierno debido al esquí y en verano gracias al turismo.

Mi estancia en aquel hermoso lugar resultó pletórica, cercana al éxtasis. No podían existir unas montañas más bellas en este planeta. Desde luego, era la cordillera más hermosa que yo había visto hasta la fecha, y eso que había recorrido unas cuantas.

El valle de Grindelwald estaba coronado en su vertiente sur por una alineación de picos de cuatro mil metros —Jungfrau, Mönch, Eiger...—, montañas que alargaban sus cumbres hacia el cielo como una hilera de capirotes blancos en una procesión silenciosa. La cordillera desbordaba las magnitudes a las que estaba acostumbrado. Deslizarse por sus interminables pistas estaba más cerca de unas vacaciones pagadas que de un trabajo como tal. Tan gratificante como bañarse en el Cantábrico cuando apenas has chapoteado en una piscina.

Mi apartamento de Interlaken no podría considerarlo de lujo, pero ofrecía unas vistas soberbias al lago Brienz, cuyas aguas de un deslumbrante azul turquesa me parecían del todo irreales, como si un empleado del ayuntamiento se ocupara cada mañana de soltar un barril de tinte.

A principios de abril, cuando apenas había tenido ocasión de conocer a mis vecinos de portal, un desagradable incidente me obligó a hacer las maletas antes de tiempo.

En el cruce donde se bifurca la carretera hacia los valles de Grindelwald y Lauterbrunnen, un policía me ordenó detener el coche en el arcén. El agente apuntó con su mano enguantada hacia las ruedas, sacudió la cabeza como si le hubieran dado cuerda y me obligó a bajar del vehículo.

El agente me explicó algo que no comprendí. Mi nivel de alemán era escueto —varios tipos de salchichas, vino, cerveza, gracias, Heidi...—. Al señalar alternativamente a las ruedas y al manto de nieve que bordeaba la carretera, interpreté que me exigía montar neumáticos de invierno. Jacinto me había advertido de que no eran obligatorios en el país, aunque sí me había aconsejado cambiarlos, pues en caso de provocar un accidente u obstruir el tráfico me podría caer una buena multa. Pero no podía gastarme un dineral en unos neumáticos que en un par de meses me serían inútiles.

Me defendí como pude en una mezcla de inglés y francés. Alegué que no había incumplido ninguna norma y dejé bien clara mi intención de acabar cuanto antes con la conversación y continuar camino hacia la estación. Cuando la ley está de mi lado, planto batalla y no bajo los brazos de buenas a primeras. Y, bueno, la ley estaba de mi lado, pero la chapa de policía pendía de su pechera. Así transcurrió un buen rato. El agente ejercía su papel intimidador y yo defendía mi razonable postura. A duras penas soportaba una brisa fina y gélida que me dejaba las orejas como un trozo de cartón.

Noté que el talante del agente se crispaba cada vez más, sus gestos y el volumen de la voz así lo atestiguaban. El agente se encaminó hacia la parte trasera del vehículo y me hizo una mueca para que abriera el maletero. Yo ignoraba qué pretendía encontrar, pero seguí sus instrucciones. Echó un vistazo rápido en su interior y lo cerró con fuerza. Por el espejo retrovisor observé que regresaba meneando la cabeza. Esperaba que no me echara la bronca por tenerlo desordenado. Hizo un gesto con el mentón hacia las ruedas, luego en dirección al maletero y, por último, su guante apuntó hacia una señal de tráfico que había sobrepasado cien metros antes. Como no entendía sus reproches, el hombre pasó al inglés y entonces la cosa me quedó más clara. La señal de tráfico que yo había rebasado sin prestar atención obligaba al uso de cadenas a partir de ese punto o, en caso de que la carretera no ofreciera una excesiva capa de nieve, al menos debería llevarlas en el maletero. No cumplía ninguna de las dos condiciones.

Al verme acorralado, me enfadé más de la cuenta. El volumen de su voz se disparó y el mío no se quedó atrás. Salía tanto vaho de nuestras bocas como si fumáramos un habano.

Fruto del acaloramiento, hice un comentario grosero en español. Tuve la mala suerte de dar con un agente que probablemente pasaba su mes de vacaciones en algún lugar de nuestras costas, porque me invitó con un gesto a seguirlo hasta una dependencia de la Policía Cantonal de Berna. Allí me pidieron la documentación y las cosas comenzaron a complicarse. Los papeles resultan más peligrosos que las discusiones, por muy ardorosas que parezcan, y suelen llegar más lejos. En este caso hasta el escritorio del juez Bachmann. El magistrado debió de considerar que mi intercambio verbal con el agente suponía un grave desacato a la autoridad, pero no era mi comportamiento lo que más le preocupaba. Al comprobar que la documentación del coche figuraba a nombre de Ricardo, sospechó que había sido robado. Por mucho que le expliqué con todo detalle que el vehículo representaba una especie de herencia, siguió sin entender que yo fuera el propietario del vehículo y un destello de recelo no desapareció de sus ojos en toda la conversación. El desacato a la autoridad y la ausencia de cadenas en el vehículo habrían sido saldadas con una multa, pero unas fundadas sospechas de que pudiera ser un ladrón de coches de lujo me convertían en un individuo peligroso en potencia. El juez revocó mi contrato de trabajo, lo que suponía una forma educada de invitarme a abandonar el país. Como es obvio, se trataba de una invitación que no podía rechazar.

Regresé al apartamento, deposité en el maletero todos mis enseres y puse rumbo a los Alpes franceses. Al llegar a Chamonix no tuve fuerzas suficientes para llamar a la puerta de las numerosas estaciones que alberga la zona; demasiado frío para salir del coche y deambular de un lado para otro con el ánimo por los suelos.

La voz de mi padre multiplicaba las tribulaciones cada vez que abandonaba un empleo o un empleo me abandonaba a mí: «¿Por qué no dejas el esquí, el surf y todas esas zarandajas, y te pones a trabajar de una vez en algo serio?». Su entonación no retumbaba en mi conciencia como un soniquete de autoridad moral, y mucho menos como una lección magistral, más bien al contrario: se deslizaba tal que un susurro, como el silbido de una corriente de aire que se cuela por debajo de la puerta los días ventosos. Eso es lo que peor llevo de nuestra relación: la sensación de asimetría. A pesar de que tengo cuarenta y tres años, él se preocupa por mi futuro más que yo mismo. Y lo hace con delicadeza y mucha mano izquierda. No trata de convencerme con lecciones de experiencia, sino de pellizcarme para que salte y me dé cuenta de que estoy sentado sobre arenas movedizas. Mi madre, por el contrario, suele dirigir sus desvelos hacia el pasado: «Deberías haber ido a la universidad», «aquella chica de Majadahonda sí que era maja, no tendrías que haberla dejado escapar». Y cosas así. En cada uno de nuestros encuentros, mis padres desplegaban ante mis narices un directorio de alternativas vitales. Una colección gratuita y bienintencionada de opiniones que yo ignoraba por sistema.

Siempre he vivido así. Mi único plan consiste en no seguir ningún plan, o sea, aplicar el instinto, como el resto de los mamíferos. Si tengo hambre, cazo; si tengo sed, busco una charca; en caso de necesitar cobijo, hago un agujero en la tierra o exploro el terreno hasta encontrar una cueva deshabitada. Los mamíferos no tienen aspiraciones, tienen necesidades, y las satisfacen como buenamente pueden. Día a día. Ese es mi caso: en verano acudo al mar atraído por las olas y en invierno regreso al abrigo de las montañas nevadas. Mi agenda responde a un ejercicio de trashumancia puro y duro.

Un troglodita que viaja en Jaguar, eso es lo que soy.

8

El inspector Blasco es un tipo alto, de pelo corto, ojillos inquietos y mandíbula prominente, al contrario que sus labios, finos como dos cerillas. Cuando comenzó su carrera como policía, diríase que llevaba puesto el uniforme pegado a la piel. En su caso, el traje no constituía un mero atuendo, encarnaba una condición física y mental. Luego pasó a la Policía Judicial y colgó el uniforme en el armario. Ante todo, es policía, y luego padre y marido y amigo y pescador en sus ratos libres, toda una ristra de papeles que él entiende como secundarios.

La agente Palacios dista mucho de sentir tanto apego por la institución como su compañero. Para ella la placa y la pistola pertenecen a la categoría de atrezo. Se toma el desempeño de su función como si fuera un entretenimiento remunerado. Es policía como podía ser profesora o guarda forestal. Grandullona, aunque no tan alta como Blasco, al que sí supera en peso. Y en pereza, sobre todo en pereza, porque una vez que arranca es una profesional eficiente. Lo que le cuesta es poner la directa.

Los escritorios de ambos policías son colindantes en la Jefatura Superior de Policía de Cantabria, ubicada en Santander, concretamente en el barrio de La Albericia.

Blasco muestra a Palacios un documento y le hace una mueca para que se levante de la silla.

—Ponte el chubasquero. Hoy tenemos un asunto bastante raro.

—¿Dónde vamos?

—Al Ribemar.

—¡Eso es un hospital! —se extraña Palacios, como si los hospitales estuvieran vedados a los delincuentes.

—El director ha presentado una denuncia. —Blasco lee el documento—: «En una intervención quirúrgica, el tenista Nicolás Romero sufrió graves lesiones que le impiden mover tres dedos de la mano derecha...». Más adelante dice que le seccionaron un nervio de forma deliberada.

—¿A Nico Romero? No fastidies. —Aturdida por la noticia, Palacios se pasa la mano por la melena a modo de peine—. Si le han cortado un nervio, lo mismo ya no puede volver a jugar.

—Desconozco en detalle el alcance de las lesiones y tampoco soy médico, así que no aventuremos.

—Vaya faena. Pues habrá que detener al cirujano echando leches.

El inspector Blasco revisa la denuncia.

—Creo que la cosa no va a resultar tan fácil. Tienen un lío bastante gordo allí dentro. No saben a ciencia cierta quién operó a ese muchacho.

—Pues vaya desastre de hospital —escupe Palacios con su habitual tono desinhibido.

—Hay algo de lo más curioso. Después de la operación, al chico le regalaron un cactus de origen mexicano. Y hay un testigo que confiesa haber visto hace unos meses al tenista de charla con un par de mexicanos junto al polideportivo donde entrena.

—Pues ya solo falta la semana de México en El Corte Inglés.

Blasco no puede por menos que sonreír. Palacios no encaja en el perfil de policía ideal; algunos de sus comentarios ponen a prueba la paciencia del inspector, pero otros le alegran el día. Y hay jornadas en esa profesión a las que les sienta de perlas cualquier aliciente.

Ambos están familiarizados con delitos comunes. Es la primera vez que tienen en el punto de mira a un equipo quirúrgico como sospechoso de un delito.

Los policías abandonan el despacho y se presentan minutos después en el hospital. Los recibe el director y mantienen una entrevista breve. Blasco le ordena situar un guardia de seguridad junto a los ascensores, de forma que solo el personal médico pueda acceder al pasillo donde se encuentra la habitación de Nico Romero. Acto seguido se reúnen con el doctor Soto, quien más información del caso les puede aportar.

El jefe de servicio les cuenta lo ocurrido la mañana del lunes y responde a los numerosos interrogantes que surgen al hilo del relato. Ha compilado toda la información disponible sobre la actividad del hospital durante esas horas: centenares de documentos repartidos en carpetas y el resto de datos informáticos volcados en un lápiz de memoria. Soto introduce las carpetas en una caja de cartón voluminosa y la sella con cinta adhesiva.

—He reunido todos los expedientes, partes de quirófano y detalles que considero interesantes. Una vez analizado todo ello, podrán conocer las valoraciones que hacen los médicos de sus intervenciones, la hora de comienzo y finalización de cada una de ellas, el equipo médico implicado o los implantes que se han utilizado en cada cirugía. Hasta el último tornillo figura en esos documentos. Los compañeros de urgencias también me han pasado el cuadro de guardias por si les resultara interesante.

—Una cuestión que seguramente no figure en este material: ¿hay médicos extranjeros en el hospital? —pregunta Blasco.

—Una media docena. Tenemos acuerdos con algunas universidades, sobre todo de Latinoamérica.

—¿De alguna nacionalidad en concreto?

—Si lo dice por el tema del cactus, en este momento hay un par de chicos mexicanos. Uno en Oftalmología y otro con nosotros.

Blasco parpadea. Duda si incluir dicha circunstancia entre la información relevante o la casual.

Terminado el encuentro con el jefe de servicio, los policías solicitan la presencia del equipo que acompañó a los médicos en la operación, los celadores responsables del traslado de pacientes y el personal de la sala de reanimación.

Tal como ocurriera en el encuentro con Soto, los sondeos tampoco ofrecen grandes novedades. Como si les contaran el mismo partido desde gradas distintas.

En cuanto los doctores Baños y Lomas terminan de pasar consulta, los policías los abordan en la sala de reuniones. En esa ocasión esperan obtener algo más sustancioso.

Lomas toma la palabra.

—En un principio pensaba que a Nico lo sacaron de la sala de reanimación, lo llevaron al quirófano, le seccionaron el nervio y lo devolvieron a reanimación. Después de hablarlo con el doctor Baños esta mañana, creemos que, de haber sido así, alguien se hubiera dado cuenta. Teníamos programada la operación de Nico, pero estamos convencidos de que no pasó por nuestras manos.

—O sea que intervinieron ustedes a otro paciente.

—Exacto.

—Eso es algo que me cuesta entender.

—A mí también me cuesta, pero así fue —replica Lomas, incapaz de disimular su fastidio.

—Pero ese chico es muy alto, lleva el pelo largo...

—Tumbado en una cama, la altura pasa desapercibida. Y, en cuanto al pelo, todos los pacientes acuden a quirófano con un gorro.

—Su cara le tenía que sonar —insiste el inspector—. Sale en la tele de vez en cuando y es muy conocido en Santander.

—Claro que me sonaba, y no solo de la televisión. Lo había visto hace unos días. Vino a urgencias con la muñeca rota durante mi guardia, pero hubo que esperar hasta que la inflamación cediera. Entró en el quirófano con el preoperatorio hecho, como es lógico, de modo que el anestesista no se demoró y lo sedó sin más preámbulos. Cuando lo tuve delante, ya estaba dormido. Como comprenderán, con los ojos cerrados, el gorro puesto, intubado...

—A pesar de lo que dice, me cuesta creer que no lo reconociera. Debía de tener su cara a medio metro.

—No me fijé en su cara a ver si venía afeitado o no, discúlpeme. No pensaba operarle la nariz, sino la muñeca —reacciona el médico en un tono sarcástico que solo saca a relucir en situaciones de fuerza mayor—. Me fijé en la muñeca y en la radiografía, que es nuestra referencia.

Bajo las cejas ceñudas, el inspector cobija un buen acopio de escepticismo.

—Hemos interrogado a los celadores y tampoco saben cómo se produjo el error. Nos han comentado que ellos siguen las indicaciones de los expedientes o lo que figura en los sobres que acompañan a los pacientes cuando acuden a quirófano. Nunca toman decisiones por sí mismos.

—Así debe ser.

—En ese caso, me cuesta entender cómo llegó un paciente a un quirófano que no le correspondía. —La mirada del inspector salta de Lomas a Baños.

—Pues imagínese a nosotros y póngase en nuestro lugar —interviene Baños—. Hay gente en el hospital que piensa que somos unos inútiles peligrosos. Nos han cancelado consultas e intervenciones. Es de locos.

Blasco vuelve a dirigirse a Lomas.

—Sigo pensando que es usted... un poco despistado.

—Es cierto —reconoce el médico con media sonrisa.

—¡¿Un poco?! —brama Palacios—. Si algún día me rompo un brazo lo mismo me enyesan una pierna. No acudiré a este hospital ni por asomo.

—Lo más aconsejable es que no se lo rompa —objeta Lomas en tono desenfadado—. Y, si le ocurre, puede obrar como considere. También le digo que el Departamento de Traumatología de este centro tiene un gran prestigio.

—Vamos al tema del cactus. —Blasco cambia de rumbo. Mientras no analice la documentación, la pista médica no da más de sí por el momento—. Al parecer, han visto a Nico Romero de charla con una pareja de mexicanos. Y usted descubrió que el cactus que le regalaron tenía el mismo origen.

—Exacto. La coincidencia resulta de lo más llamativa.

—Por lo que figura en la denuncia, ustedes creen que pueda ser una especie de... firma. Así que nos lo llevaremos como prueba.

—Lo guarda el doctor Soto en su despacho.

Blasco y Palacios se despiden de los médicos con la sensación de otra oportunidad perdida. Después del escaso interés que les habían despertado los testimonios del personal sanitario, esperaban que los cirujanos aportaran alguna información más jugosa.

9

ADOLFO

NADA MÁS PONER el pie en mi urbanización de la sierra, me encuentro con mi vecina Elisa en plena calle. La mujer se sorprende al verme bajar de un coche de lujo y no de mi desvencijado Ford. Arruga el entrecejo para dejar constancia de su desconfianza. No le cuadra que un individuo como yo pueda pasar de la chatarra a la opulencia en tan poco tiempo.

—Hoy no te quejarás de mi forma de aparcar. Ha sido impecable —le reprocho a modo de saludo. La última vez que nos vimos me reprendió por dejar el coche donde no debía.

—Ya da igual —suelta con resignación—. Puedes aparcar donde te plazca.

—No entiendo. ¿Y el coche de tu marido?

—Mi marido se ha ido —anuncia con amargura.

Su mirada no busca la mía. Vaga de un punto a otro del pinar, disconforme, desorientada.

—Pero no se puede largar así como así. Está en una silla de ruedas —disiento.

—Pues lo ha hecho.

—¿Cuándo?

—Hace dos semanas. Y no da señales de vida. No me ha llamado desde entonces ni me devuelve las llamadas.

Un latigazo de desesperación le recorre el rostro, al que no imaginaba capaz de transmitir más emociones que la ira. Y el asco, alguna que otra vez.

—Sospecho que está en la casa de vacaciones que tenemos en La Arnía, al lado de Liencres. No sé si conoces el pueblo, está muy próximo a Santander. Pero lo que más me extraña es que se ha llevado a *Tricky*.

—¿Quién es *Tricky*? —quiero saber. Supongo que se trata del perro del capuchón en la cabeza y ladrido compulsivo que la acompaña de vez en cuando.

—Un caballo. El mejor que tenemos en la cuadra —asegura.

Que un parapléjico se escape de casa resulta extraño y, sobre todo, preocupante; pero que recorra el largo trecho entre Madrid y Santander montado en un caballo solo puede ser cosa de brujería.

El coche de Benito suele estar aparcado en su plaza de minusválidos durante el día y, al llegar la noche, lo guardan en el garaje. En este momento el rectángulo azul pintado en el asfalto está ocupado por un par de gorriones en busca de alimento. De modo que es cierto. Benito no había necesitado el concurso de una bruja sino la ayuda de un voluntario, con toda probabilidad algún amigo de la urbanización. El hombre se habría subido al coche adaptado a su discapacidad y se había largado. Y el caballo lo habrá trasladado alguno de sus empleados en esos remolques diseñados para animales grandes. Una mudanza clandestina ejecutada con maestría.

No tenía ni idea de que la pareja poseyera una cuadra. Y tampoco imaginaba que el hombre tuviera agallas para emprender en solitario una aventura de esa naturaleza. A diario lo veía sentado en su silla de ruedas, entumecido, con una manta de cuadros marrones y negros sobre las rodillas. Cuando nos cruzábamos en el portal, Benito me miraba con un rostro ceniciento, desvaído, de una palidez gótica. Yo estaba convencido de que la enfermedad más liviana borraría de un plumazo la poca vida que le asistía.

Por lo que respecta a Elisa, no me cae bien. Es altiva, soez y está siempre en guardia. Sospecho que vive convencida de que los vecinos somos gente de baja ralea y predispuesta a saltarse alguna normativa de la comunidad. El perro enano encarna su *alter ego*: cuando la mujer me suelta una regañina, el animal la traduce a su particular lenguaje de ladridos y tics nerviosos. Muy desagradables ambos. No me extraña que el marido haya decidido poner tierra de por medio.

A pesar de que Elisa invita más al desprecio que a la piedad, me da pena verla tan desvalida. Acarrea un par de pesadas bolsas que hunden más si cabe su cuerpecillo encorvado. Me presto a ayudarla, pero declina mi colaboración con un mohín, así que la dejo que empotre las bolsas contra los peldaños de la escalera. Me despido de ella con un perezoso alzamiento de cejas y me dirijo a casa.

Nada más abrir la puerta me atiza en la nariz una corriente de aire con olor a patatas viejas. Me siento en el sofá del salón, frente al mural que mi exnovia Irina pintó en la pared, y que reproduce las chimeneas de hadas de la Capadocia. Enciendo un cigarrillo y aspiro una calada profunda. Dibujo con el humo una secuencia de volutas que disipan su perfecta circularidad a medida que se alejan de mí. En un rincón de la mesa permanecen un par de cartas del banco destinadas a Irina que yo había conservado con la esperanza de que regresara en algún momento. Enciendo el mechero y sitúo la llama bajo una de ellas. Cuando estoy a punto de quemarme los dedos, tiro al suelo lo que queda sano del sobre y repito la operación con la segunda carta. El olor a quemado reemplaza el hedor a patata.

He pasado fuera tres meses, pero han ocurrido muchas cosas durante ese tiempo. He perdido a mi amigo

Ricardo, he conocido a una mujer extraordinaria como Genoveva y he sido expulsado de un país blanco en invierno y verde en verano.

Al escuchar a Elisa la referencia a Santander, me viene a la cabeza algún que otro recuerdo. Hace años trabajé una temporada como monitor de esquí en la estación de Alto Campoo y en verano me contrataron en una escuela de surf en Somo, al otro lado de la bahía de Santander.

El norte puede ser un buen destino para empezar de cero. No escasean las escuelas de surf; entre San Vicente y Noja hay más de veinte. De cara al invierno, conozco gente en Alto Campoo que puede allanarme el camino.

Abro la ventana para airear la casa. La brisa nocturna ventila con más determinación que la matinal. Esta noche el aire se comporta de forma apática. Apenas se advierte la habitual corriente que peina el monte, como si se hubiera quedado encallada en las copas de los pinos.

La luna oscila entre cuarto creciente y luna llena. Tras una tenue bruma, ofrece un aspecto disipado, lechoso, como si fuera difícil de sintonizar desde la Tierra.

Es momento de airear la cabeza. Apilar los recuerdos, volcarlos en el contenedor y emprender un nuevo ciclo. Cuando a uno le resulta complicado salir a flote, lo que recomienda cualquier manual de supervivencia es soltar lastre. Empiezo por la puerta del frigorífico. Los imanes que reproducen cuadros de Manet, Monet, Renoir y media selección francesa de pintores emblemáticos van a la basura. Lo único francés que guardo es el sacacorchos que me regaló Jacinto tras un viaje a Burdeos.

El sacacorchos supone toda una incitación. Planto sobre la mesa una botella de vino y la abro. Me sirvo una copa y, transcurrido un tiempo prudencial, la llevo a los labios y la saboreo con deleite. Me sienta tan bien como si fuera el más acreditado de los bálsamos. El vino merma la memoria e inflama la osadía, que es lo que necesito.

Así que me pongo de nuevo en camino, en esta ocasión en dirección a la playa. Es lo que toca en primavera: pasar de mi período blanco al azul. A finales de otoño regresaré de nuevo al blanco. Soy lo más parecido a un pintor ciclotímico.

En Torrelavega tomo la autovía en dirección a Oviedo y me desvío al llegar a San Vicente de la Barquera. Mi intención es peinar la costa en busca de escuelas de surf que necesiten monitores.

Tras varios intentos fallidos, por fin me ofrecen trabajo en Liencres, un pueblo que me sonaba por las dunas de una de sus playas. El pueblo está muy cerca del barrio de La Arnía, donde es probable que Benito tenga su escondite. De ser así, al menos tendría a algún conocido en la zona. El salario es bajo, pero decido aceptar.

El propietario de la escuela me presenta al personal y me explica cómo funcionan las cosas en el centro, una rutina equiparable a cualquier otro en el que haya trabajado. La siguiente tarea consiste en encontrar alojamiento. En la misma escuela me facilitan un contacto. Ellos tienen acuerdos con un bloque de apartamentos para alojar allí a monitores y grupos de chicos. Alquilo uno modesto y a un precio asequible; no necesito más. Las vistas a un muro de tres metros y tapizado de yedra no son ideales, aunque tampoco importa cuando voy a pasar el día subido en una ola y con el mar como oficina.

En cuanto coloco mis cosas, me muevo con el coche por el pueblo a fin de familiarizarme con la zona y descubrir los enclaves fundamentales: supermercado, farmacia, gasolinera y, algo imprescindible, el estanco. Los cívicos suizos no me han quitado las ganas de echar unas caladas de vez en cuando.

10

Blasco ha decidido dejar el interrogatorio de Nico Romero para el final de la mañana, una vez conocido el contexto en profundidad. Toca visitar la habitación del tenista. Los policías conservan la esperanza de que el muchacho pueda aportar algún ingrediente nuevo, a sabiendas de que la anestesia casi lo inhabilitaba como testigo. Fue un juguete en manos de un médico cruel.

Al pasar junto a una máquina expendedora de alimentos y refrescos, el inspector extrae una botella de agua de medio litro. Palacios hace lo propio y aprovecha la situación para introducir otra moneda y hacerle a la máquina un segundo pedido.

—¡¿Una chocolatina?! —la recrimina Blasco.

—Llevamos toda la mañana de palique y mi cuerpo es una máquina perfecta a la que tengo que engrasar de vez en cuando.

—¡Engrasar! Ja. Hasta tú lo reconoces. Va a llegar un día en que no quepas en el coche.

—No exageres. La cosa no es para tanto.

Blasco llama a la puerta de la habitación. Nico se hace el remolón, no tiene ganas de ver a nadie. Cuando reacciona, los policías ya se encuentran a dos pasos de su cama.

—¿Nicolás Romero? —se cerciora el inspector Blasco.

—Sí, soy yo —asiente el tenista con frialdad. A su juicio, no necesita policías; su caso requiere soluciones médicas.

—Ella es la agente Palacios y yo el inspector Blasco —se presenta en un tono de amable formalidad.

Palacios tiende la mano al tenista para estrechársela. A medio camino se da cuenta de que no es una buena idea y la retira de inmediato.

Como es costumbre, Blasco lleva la voz cantante, y no a causa de su rango, sino porque es el más organizado de los dos, quien tiene el caso en la cabeza como si fuera un mapa. Palacios permanece en un rincón de la habitación, sujetándose el cinturón con los pulgares. Mira a Nico con una expresión de autosuficiencia pasiva, como haría una lechuza apostada en la rama de un árbol.

—Estamos aquí por lo de su mano —suelta Blasco.

—Ya imagino —replica Nico con desdén.

—Nos han contado que en la intervención quirúrgica le hicieron algo indebido que le dificultará la movilidad.

—Si solo fuera la movilidad... Con esta mano juego al tenis. Y con el tenis me gano la vida.

—Somos conscientes. Por eso hemos venido —interviene Palacios con sequedad. No le gusta recurrir a la compasión, aunque el caso lo demande.

—Está claro que se ha cometido un delito —retoma la palabra Blasco—. Nuestra misión es encontrar al responsable. Hemos hablado con el personal del hospital y con los médicos que lo operaron. Nos han dicho que no comprenden lo sucedido, como si se hubiera colado un fantasma en ese quirófano.

—Pues alguien con muy mala leche lo hizo. Y desde luego no fue un fantasma —aclara Nico con insolencia.

—¿Se llevaba mal con alguien en el mundillo del tenis?

—Con nadie. Tengo buena fama entre mis colegas. Pregunten a cualquier jugador.

—¿Y algún enemigo fuera de la pista?

—Pues ahora mismo no recuerdo. Llevo quince años en el circuito y conozco a mucha gente, pero diría que tampoco. Tal vez alguien al que no le haya firmado un autógrafo y me la tenga guardada —aduce con sorna—. Es lo único que se me ocurre.

—¿Y en su vida cotidiana? Amigos, familia, vecinos...

Nico alza la vista al techo y hace memoria.

—Pues tampoco se me ocurre nadie. Ya les he dicho que soy un cielo.

—¿Problemas con algún profesional médico? Ha sido un miembro del personal quien le ha hecho esa avería.

El tenista niega con la cabeza. Empieza a cansarse de responder a un cuestionario que considera inútil. Su apatía es una forma de invitar a los policías a resolver el caso con un retorno en el orden temporal, a convertirse en operarios improvisados de la máquina del tiempo. Y, en caso de que el desafío no esté a su alcance, el chico desearía que desapareciesen. Resolver el caso no servirá de nada. Hallar al culpable engrosaría la estadística de casos solventados, pero en modo alguno enmendaría su desgracia. Nico ansía que los agentes realicen un milagro. En caso contrario, pueden subir a su coche y regresar a sus despachos.

—Sabemos que usted acude a este hospital para tratarse las lesiones —insiste Blasco—, tal vez arrastra un conflicto con alguno de ellos...

—Yo no arrastro nada —rebate, ya con indisimulada desgana.

Blasco se rasca el cuello, como si le hubiera aparecido una repentina urticaria.

—Entonces... ¿por qué alguien querría hacerle una cosa así? Es evidente que su objetivo era impedirle jugar al tenis el resto de su vida.

—Vaya descubrimiento. —Pone los ojos en blanco.

—No me he explicado bien. Quiero decir que el autor ha sido muy escrupuloso. Podía haberle causado una desgracia mayor. Digamos que ha limitado los daños.

—¿Le parece poco daño esto? —brama, y clava una mirada furiosa en la mano vendada.

El inspector Blasco tuerce el gesto. El tenista no le proporciona ni un triste clavo al que agarrarse. A tenor de su testimonio, ningún ciudadano del planeta tendría justificación para hacerle daño.

—Tras la operación le regalaron a usted un cactus. —Blasco observa la reacción de Nico con suma atención.

—¿A mí? —Se sorprende.

—Así nos lo han comunicado desde el hospital.

—Pues yo no he recibido nada.

Los policías intercambian muecas de asombro. A juzgar por su reacción, Nico no está informado del regalo.

—Llegó ayer por la tarde, pero no se le entregó. Al personal no le pareció oportuno, dadas las circunstancias. Venía sin firma, lo que nos induce a pensar que el regalo fue obra de la misma persona que le practicó la operación. ¿Le sugiere algo el hecho de que un desconocido le regale un cactus?

—Pues no —responde con una rotundidad que suena espontánea.

Blasco hace una pausa.

—¿Y si le digo que procede de... México?

—Nada de nada —repele el tenista en tono impaciente.

—¿Ha estado alguna vez en México?

—Jamás.

Blasco se percata de que la actitud de Nico ha virado de repente. Responde con la misma flojera de ánimo, aunque se le ve más inquieto desde que ha escuchado la referencia mexicana. A pesar de la aparente determinación con que ha soltado sus dos últimas respuestas, las ha articulado con un ligero temblor en los labios que no le ha pasado inadvertido al policía.

—Tal vez ha pisado México y no lo recuerda, como viaja tanto... —aboga Blasco con risueña ironía.

—Me acordaría.

Nico Romero no muestra una actitud colaborativa por más que los policías insistan. En parte por el dolor, en parte por el desánimo, en parte por la frustración... «O porque una mordaza invisible frena su lengua», piensa Blasco.

—Una última cuestión y lo dejamos tranquilo. Haga memoria a ver si recuerda detalles de la operación. Algo que le resultara llamativo...

Nico se emboba mirando la mano vendada.

—Tengo un recuerdo algo difuso... Bueno, no sé si es un recuerdo o lo he soñado. Es una tontería.

—Cuéntenoslo. Tal vez sea de utilidad.

—Hablaba en francés con alguien.

—Es posible que eso sucediera. Intervinieron a algunos montañeros franceses esa mañana. Pudo coincidir con alguno en reanimación.

—Ya le he dicho que era una tontería.

—O sea que sabe francés —apunta Palacios.

—Claro. Todos los años juego un par de torneos en París: Roland Garros y el París-Bercy, y otro en Montecarlo.

El vago recuerdo de una conversación en francés les parece a los policías una mera anécdota de su paso por la sala de reanimación, tras la coincidencia con montañeros galos.

El rato que permanecen en la habitación resulta poco provechoso. La única conclusión productiva es que una mordaza impide al tenista soltar la lengua y desvelar algo que les sirva para formular una primera teoría. No pretenden resolver el caso en una sesión, pero aspiraban, al menos, a desbrozar el terreno.

Tras una mañana de interrogatorios y visitas a las diferentes dependencias del hospital, Blasco y Palacios no hallan ni una sola pista que ofrezca un mínimo de consistencia. El desánimo se apodera de ellos cuando toman el ascensor, cargados con una caja llena de papeles y una maceta cubierta con celofán. En cuanto lleguen a sus despachos, se pondrán manos a la obra con la documentación, pero no ven factible que las cosas puedan cambiar.

El elemento más prometedor nada tiene que ver con el ámbito quirúrgico. Es un cactus. Pobre indicativo cuando tienen entre manos algo tan serio como la repentina invalidez de un deportista y el probable ocaso de su carrera. Ese era el objetivo del médico fantasmal.

Nico se incorpora de la cama y se sienta en el sillón, mira por la ventana como si esperara la llegada del tren. Consultar el móvil y mirar por la ventana se convertirán en sus actividades principales mientras la dirección del hospital decida en qué fecha le van a practicar un injerto para rehabilitar el nervio.

Si por él fuera, desaparecería del mapa. Se subiría a uno de esos pequeños barcos atracados en el puerto y zarparía lejos, donde nadie pueda hacerle más daño. Pero con una sola mano, la izquierda para más señas, le iba a resultar complicado ponerlo en práctica. Ni siquiera se había planteado cómo sería nadar con una mano y media.

11

ADOLFO

DECIDO DAR UNA vuelta por el barrio de La Arnía y buscar la casa de Benito. Su mujer me cae como un dolor de tripas, pero debe de estar sufriendo sin necesidad tras la repentina desaparición de su marido y la falta de noticias. Por muy mala baba que tenga, no se merece semejante castigo.

En cinco minutos me planto en el barrio, compuesto por casas diseminadas en torno a las playas de La Arnía y Covachos. Doy una vuelta de reconocimiento con la intención de localizar la vivienda. En algún sitio debería haber una plaza de minusválidos pintada en el asfalto o un par de señales de tráfico plantadas en la acera. Después de recorrer un laberinto de carreteras estrechas, localizo su coche pegado a un muro de piedra. La finca está situada a unos trescientos metros de la playa de La Arnía, junto a una carretera angosta, flanqueada en el lado derecho por los muros de otras fincas y en el izquierdo por el perímetro del camping. Asomo la cabeza por encima del muro y diviso un chalé en medio de un prado gigantesco. El final de la parcela no se percibe con claridad desde la carretera, pero apostaría que el prado termina en un acantilado. No cabe duda de que Benito disfruta de unas vistas extraordinarias al océano.

Llamo al timbre con la única pretensión de convencerlo para que, al menos, se ponga en contacto con su mujer y no le cause una congoja innecesaria.

—¿Quién es? —me contesta una voz femenina. ¿Una voz femenina?

—Soy Adolfo, un vecino de Benito en Madrid.

—Un momento, por favor.

La mujer ha dejado el auricular descolgado y se oye de fondo la conversación que mantiene con él, cuya voz grave se distingue con facilidad. Da la impresión de que no reconoce mi nombre y se niega a recibirme.

—Dígale que soy el vecino alto con melena. El tío del Ford Mondeo.

Escucho a la mujer reproducir mis palabras al pie de la letra, como si fuera el eco de mi voz, aunque una octava más alto.

—Benito me dice que lo conoce, pero quiere saber qué le trae por aquí.

Tantas reticencias solo pueden significar una cosa: tiene miedo de que yo sea una especie de emisario de Elisa y venga en su busca.

—Dígale que trabajo en Liencres y mi única intención es pasar a saludarlo —insisto para que mande su recelo a paseo.

Tras una especie de tartamudeo metálico, se libera el cerrojo. La puerta es de forja y, al abrirla, la acompaña un chirrido desagradable. Recorro los cuarenta metros que distan hasta la entrada de la casa por un camino pavimentado. Me recibe una mujer de mediana edad. Tiene el pelo ondulado y corto, una sonrisa graciosa y una tez sonrosada que me recuerda a una monitora bretona que conocí en Suiza.

—Hola, soy Carol. Pasa.

Al franquear el umbral, me indica que continúe hasta el salón. La mujer posee un extraño floreo en la voz que realza su musicalidad.

Benito conduce su silla motorizada hacia mí. Con el rostro entornado y transpirando inquietud, me escruta de abajo arriba antes de saludarme, como si me observara por un telescopio. No parece convencido de mis verdaderas intenciones. Carol se despide con un gesto y desaparece por la puerta de la cocina: el olor a cebolla frita la delata.

—Soy Adolfo —me presento.

—Ya, ya, eso ya lo sé. ¿Qué hace usted aquí? —reacciona con un cariz preventivo.

—Trabajo en una escuela de surf de Liencres. La última vez que vi a tu mujer en la urbanización me dijo que habías desaparecido y que seguramente estabas en la casa de la playa. Ahora que tengo tiempo me he dicho: «voy a pasar a saludarlo».

Una sonrisa fugaz solo puede significar que baja la guardia. Mis explicaciones parecen haber convencido a este hombre cuyo rostro exhibe una palidez porcelánica fraguada por un enclaustramiento casi perpetuo.

—Siéntese —me ordena, y señala el sofá.

—No me trates de usted, por favor.

—Aunque somos vecinos no hemos conversado nunca. Por eso a mí me gusta mantener las formas. Pero te tutearé, si lo prefieres.

Tomo asiento en un sofá poco usado. El hombre conduce la silla con pasmosa facilidad entre los muebles.

—¡Carol! —grita—. Tráele algo a mi vecino. —Acto seguido se dirige a mí—: ¿Qué quieres tomar?

—Nada, tranquilo, solo estaré unos minutos.

—¡Carol! —vuelve a gritar—. Mi vecino no quiere hacernos gasto.

—O sea que te escapaste de casa, ¿eh? —le digo en tono cómplice.

—¿Escaparme? En absoluto. Lo mío fue una liberación —asegura con una sonrisa pícara.

—Tu mujer está preocupada. Deberías llamarla, decirle que estás aquí. Con eso sería suficiente y se quedaría más tranquila.

—No tengo intención de descolgar el teléfono, aunque se mortifique. —Adopta una expresión de desprecio—. Esa señoritinga es un auténtico bicho. Me tenía encerrado mientras ella recorría la mitad de las licorerías de la sierra hasta altas horas. Y quien dice licorerías, dice otras cosas peores.

Me hace mucha gracia que llame licorerías a los bares, parece un hombre a la vieja usanza.

—O sea, que se va de juerga por las noches.

—Ya lo creo que sí. Más que amiga del *carpe diem*, a mi mujer lo que le va es el *carpe noctem*.

Me echo a reír. Benito es de lo más curioso.

—No te conozco mucho —prosigue—, solo de verte en el portal, pero te diré algo que no sabes. —Pulsa el *joystick* y la silla avanza un metro hacia mí—. Estaba harto de pasarme el día en la galería viendo a las ardillas subirse a los pinos y a los repartidores de Amazon entregar paquetes. No había más alicientes en mi vida. Ella salía todas las noches y yo me quedaba ahí sentado, como Felipe II en su silla; solo me faltaba la gorra de copa.

—No lo sabía.

—Todas las santas noches, daba igual el día de la semana. Me dejaba la cena preparada en la encimera. Se vestía, se maquillaba como si fuera a una boda y se largaba. Desaparecía a las nueve y regresaba a las dos de la madrugada. Tú me dirás qué puede hacer una mujer de setenta años en la sierra un día laborable a esas horas.

—Pues... —No sé qué decir. Las costumbres nocturnas de su esposa no son asunto mío.

—No me daba ni las buenas noches cuando se iba, la muy bruja. Aquí estoy en la gloria.

—Y en un lugar estupendo. Vaya vistas tienes.

—La parte delantera de la casa ya la has visto. —Gira la silla y me indica el lado opuesto del salón, que da al norte—. Luego te enseño la galería, desde ahí disfruto de la inmensidad de un mar travieso, como mi vida, porque yo he vivido lo mío, ¿sabes?

La imagen que tengo de Benito es la de un hombre sentado en una silla de ruedas y que cubría su resignación con una manta de cuadros. Mi mente es vaga, tiende a la inercia. Piensa que las cosas siempre han sido tal y como son en la actualidad.

Como si adivinara lo que cavilo en este instante, trata de borrar la imagen que transmite. Y qué mejor recurso que contarme algunos capítulos de su biografía.

—Fui especialista de cine. ¿A que no te lo imaginabas al verme en estas condiciones?

—Es cierto. No tienes aspecto de saltar de un tejado a otro.

—¿A que no? —Me guiña un ojo y suelta una carcajada—. Vuelos por los tejados, saltos a través de ventanas, con cristales falsos, claro, pero que comportaban su riesgo. —Acompaña la descripción con gestos teatrales—. Trepar por fachadas, conducir coches y estrellarlos contra un muro o volar hacia un lago. Para mí eso era lo más peligroso. No me resultaba fácil aguantar dentro de un coche que se estaba hundiendo hasta que el director detenía la toma. Y a mí el agua siempre me ha dado miedo, mucho más que el fuego. Ahora la mayor parte de esos planos se hacen con ordenadores. —En su rostro se dibuja una expresión desdeñosa—. Antes había que apechugar. Cada día de trabajo te jugabas la vida. Cualquier día de rodaje podía ser el último.

—Imagino que era un trabajo duro y bonito al mismo tiempo.

—¿Sabes lo que más me gustaba? —Sus pupilas adquieren un brillo repentino —. Las caídas del caballo. Es una verdadera pena que ya no se rueden *westerns*. Era el número uno mordiendo el polvo —bromea—. Saber caer es un arte, y no lo digo con doble intención, ¿o sí? —Me guiña de nuevo—. Un arte que hay que dominar y nunca confiarse. Una vez lo hice y un caballo me cayó encima. Algo se rompió aquí atrás —se señala la espalda con el pulgar— y ya no me levanté. —Su semblante adquiere un repentino cariz sombrío—. En ese momento se acabó la película. *The End*.

No quiero que pierda el buen humor mostrado y cambio de protagonista.

—Elisa también fue actriz, ¿verdad? Al menos es lo que se comenta en la urbanización.

—También. De hecho, la conocí en ese mundillo. Cerca de la frontera entre Estados Unidos y Canadá. Éramos los únicos que hablábamos español en ese rodaje, así que comenzamos a salir por comodidad. Cuando me di cuenta, llevaba un anillo de oro en el dedo. —Exhibe la alianza con el entusiasmo justo y retira la mano de inmediato—. En un rodaje posterior me enamoré de otra actriz llamada Julia, pero como estaba casado con Elisa... Esa fue la lección más difícil de mi educación sentimental. Así que la cosa no pasó a mayores. Luego Julia dejó el cine y regresó a Santander, su tierra. ¿Por qué te crees que tengo una casa aquí? —Me dedica otro guiño acompañado de una sonrisa traviesa.

Como no se vale por sí mismo, Benito ha contratado a Carol como asistenta. Va a la casa por las mañanas y algunas tardes. Observo que es una mujer vivaz, alegre, justo lo que Benito necesita. Se ocupa de todo: cocina, hace la compra, limpia... En el salón hay un karaoke y los días lluviosos practican los dos a voz en grito. Es una ventaja que las casas de los vecinos disten medio centenar de metros.

Cuando el hombre se mueve por el barrio, lo hace con su silla de ruedas motorizada. Para desplazarse a Santander o acudir a la playa, suele llamar siempre al mismo taxi, una furgoneta adaptada para minusválidos que conduce alguien de confianza: Darío, el hijo de Julia. La mujer se quedó viuda hace años, lo que deja vía libre a la relación entre Benito y ella.

Le encanta la playa. Si la mañana se presta, Darío lo acerca a Valdearenas, en Liencres, en cuya retaguardia existe una singular hilera de dunas. La playa de La Arnía queda muy cerca de su casa, pero el acceso resulta demasiado empinado para su silla. Una vez que llegan con la furgoneta a Valdearenas, Darío lo baja del vehículo y Benito conduce por el aparcamiento hasta una rampa de hormigón que termina en la arena. Rueda por la playa de un extremo a otro, como si paseara. Después de un recorrido completo, se detiene en medio de la arena y se dedica a contemplar el horizonte. No le gusta acercarse a las olas porque a veces se queda dormido y corre el riesgo de que la marea lo arrastre. Cuando se cansa regresa al aparcamiento, el punto de encuentro donde lo espera Darío a la hora convenida. Benito se siente pletórico en la playa. Me cuenta que esos paseos, aunque discurran sobre ruedas, le dan la vida. Nada que ver con su encarcelamiento en la casa de Madrid.

Julia lo visita en algunas ocasiones. Su hijo la lleva desde Santander y juntos recorren la playa como dos adolescentes. Benito bromea y dice que cualquier día va a ponerle un sidecar a la silla para que se acomode la mujer. Su relación manifiesta las trazas de lo que mi profesora de Literatura llamaba una historia pastoril.

Benito me cae bien y tengo la sensación de que mi compañía también le resulta placentera. Necesita conversación y a mí me viene de perlas, pues no conozco a nadie en la zona. Al despedirme, le prometo ir a verlo cuando el trabajo me lo permita.

Salgo de la finca y me dirijo al coche con la intención de regresar a Liencres, embutirme en el traje de neopreno e impartir la primera clase del día.

Un hombre con barba y pelambrera de náufrago se acerca por la carretera. No parece borracho, pero su trazada es algo irregular, como si una pierna le fallara cada cinco o seis pasos, o tal vez sea la cadera. Se detiene delante de mí. Me percato de que no solo se ha olvidado de afeitarse desde hace meses, también ha pasado por alto el uso del jabón. El olor que despide es nauseabundo, apesta a pescado podrido.

—Calienta el sol bastante, bastante —farfulla. Arrastra las sílabas y me salpica de saliva.

—Así es —respondo por educación.

—¿Viste lo de Cañadío? —me pregunta con gesto huraño.

Su voz es cavernosa y cascada. Una pierna le falla y la cabeza no parece funcionarle mejor.

—Ni siquiera sé lo que es Cañadío.

—¡La plaza! —Enarca unas cejas tan pobladas que parecen cepillos.

—No la conozco. No soy de aquí.

Me importa poco la conversación. Hago ademán de abrir la puerta del coche, pero el hombre me cierra el paso.

—Ajá. Entonces te lo perdiste. —Vuelve a levantar las cejas. Esta vez las deja suspendidas, pegadas a la pelambrera, a la espera de mi réplica.

—¿Qué me perdí?

—La pelea. Yo lo vi todo. —Acompaña cada frase con un ostensible cabeceo, como si se diera la razón a sí mismo.

—No sé de qué me hablas. Tengo un poco de prisa. He de volver al trabajo.

Pulso el mando del coche con el propósito de que lea mis intenciones. El hombre no se da por aludido, prueba de ello es que me agarra del brazo para impedir que abra la portezuela.

—¡To-do! —insiste, y acerca a mi barbilla los granos de maíz tostado que tiene por dentadura.

—¿A qué te refieres? Ya te he dicho que no soy de aquí...

—¡La pe-le-a! —Abre por primera vez los ojos del todo.

Su fétido aliento debe de llegarme ya al estómago. Trato de zafarme de sus dedos, pero aprieta con una fuerza que no le presuponía a su aspecto desmayado. Abro la puerta del coche y amago con entrar, pero ni por esas rebaja su tenacidad.

—Hércules contra Goliat. Gritos, empujones y más empujones. —Gesticula con los puños cerrados y gran agilidad en los brazos—. Todo Cristo se aparta y deja espacio a las dos bestias.

—¿Hércules y Goliat? Creo que mezclas personajes de películas distintas.

—¡No, no, no! —Se ofende—. De películas no... Estaban allí, delante de mis narices...

—Suéltame, si eres tan amable —procuro desligarme de sus garras sin éxito.

—De repente salió del bar el mismísimo David... Trató de calmarlos.

—Vaya, el que faltaba.

—Hablaba con ellos... Hablaba, hablaba, pero no le hacían caso.... Hércules agarró a Goliat del chaleco de girasoles... —Noto que el hombre se hunde en incómodos silencios entre una frase y otra—. Hércules tiró con tanta fuerza que se lo rompió... El chaleco hecho trizas... A Goliat le saltaban chispas de los ojos.

—Vale. Lo he comprendido a la primera.

—¡No, no, no! —Se vuelve a enfadar. Observo que se lleva la mano a la oreja izquierda cada vez que se altera—. No lo has comprendido porque no me escuchas. —Agita el dedo índice frente a mi cara en un gesto de amenaza y frustración al mismo tiempo—. Tú ves la paja en el ojo ajeno..., no ves la viga en el tuyo.

Se rasca la cabeza. De esa jungla puede salir disparada cualquier cosa.

—Tengo que denunciarlos —balbucea.

—No veo motivo para denunciar una pelea. A ti no te hicieron nada.

—Me robaron.

—¿Ah, sí?

—Cuatro mil euros... y las tarjetas de crédito.

Me suena absurdo. Es probable que el vagabundo no vea cuatro mil euros juntos desde hace siglos. En cuanto a las tarjetas, dudo que sepa lo que son.

Se atusa la barba con languidez. Lo miro de arriba abajo. Sería difícil saber si acumula más mugre en las botas o bajo las uñas.

—Ves la paja en el ojo ajeno..., no ves la viga en el tuyo —recita una segunda vez.

Está claro que es más amigo de los refranes que de la higiene. Levanta un dedo admonitorio y frunce tanto el ceño que los ojos desaparecen.

—Casilda tuvo la culpa de todo. ¡Casilda! —vocifera—. A ella también la voy a denunciar.

Como no reacciono a su comentario, murmura algo entre dientes y se rasca la cabellera. Hay momentos en que peca de alelado y en otros de intrigante.

Por fin me zafo del vagabundo y abro la puerta por completo. Celebro que se haya dado por vencido. Me da una palmada en la espalda, como si agradeciera que le hubiera escuchado, y da la perorata por concluida. Me subo al coche y lo pongo en marcha. Por el espejo retrovisor observo su silueta alejarse. Habla y gesticula sin parar en su camino hacia la playa. Cabecea como los caballos cuando les molestan las moscas. Se lleva una mano a la frente a modo de visera y agita la otra en dirección al sol. Es muy probable que caliente más de lo que él considera normal en esta época del año y se merezca una buena reprimenda.

12

SUENA EL TELÉFONO en el despacho del sargento con la misma repercusión que si lo hiciese en el desierto. Ensimismados con el galimatías que representa el caso, Liaño y Montiel lo dejan sonar varias veces. Al fin, el guardia echa mano al aparato y se lo lleva a la oreja.

Mientras Montiel atiende la llamada, el sargento se levanta de la silla e introduce las manos en los bolsillos del pantalón. Camina por el despacho con la mirada extraviada. Asume que hay días comunes, repetitivos, que aportan alteraciones menores a la rutina. En su trabajo, una jornada suele ser un calco de la anterior. Una mezcla de hábito y burocracia gobierna su agenda.

No es el caso de los dos últimos días, ricos en noticias inauditas sobre un suceso funesto, una muerte inesperada y cruel. El sargento duda si el episodio que desencadena sus desvelos está más cerca de lo macabro o de lo razonable, porque el alma humana oscila con facilidad entre ambos territorios. Caerse en una cueva no deja de ser un accidente desgraciado, comprensible, pero el informe del forense, respaldado por su propia intuición, se aleja de la mera desgracia y deja entrever un origen siniestro.

El sargento ha despejado su mesa por completo y relegado los documentos menos acuciantes a la segunda bandeja de su personal torre de prioridades. En la primera archiva el atestado del GREIM, un informe del laboratorio, una copia de la autopsia y el sobre con las últimas fotos que hizo el hombre asesinado.

Las primeras pesquisas sobre la identificación del cadáver no han dado sus frutos. El as en la manga en estos casos suelen ser las pruebas de ADN, siempre y cuando se hubieran tomado muestras celulares a familiares consanguíneos en el momento de la desaparición.

La voz algo alterada de Montiel saca al sargento de sus atribulaciones.

—Eran los del laboratorio —anuncia con un asomo de incertidumbre en la voz.

—¿Qué querían?

—Enviarán un segundo informe en breve, pero me han adelantado un par de cosillas.

—¿Algo interesante?

—Puede serlo. Al menos, curioso. Aparte de los prismáticos, la cámara de fotos y la cantimplora, el montañero llevaba algo más.

—No me digas —reacciona el sargento con una leve inquietud.

—En el bolso trasero del pantalón han descubierto un amasijo de celulosa. En principio pensaron que respondía al típico pañuelo de papel, pero ha resultado ser un recorte de periódico.

—No se dieron cuenta en el momento de la exploración. Vaya torpeza.

—Estaba dentro del bolsillo y bien pegado a la tela. No es de extrañar que les pasara inadvertido.

—¿Te han dicho a qué periódico pertenecía? Si lo supiéramos se podría rastrear con más facilidad la procedencia de ese hombre.

—No se sabrá hasta que lo analicen, y les va a costar. Tenía apoyado el trasero en la roca, así que la humedad ha disuelto la tinta y lo único que se ha librado es una esquina del recorte, justo donde se imprime la fecha.

—O sea que no sabemos de qué periódico se trata ni el artículo que contenía ese trozo de papel, solo la fecha de publicación.

—Exacto.

—Entonces servirá de poco.

—No opino lo mismo. Hay algo bastante llamativo.

—¿Ummm? —rezonga el sargento.

—El día se ha borrado. Lo único que han podido determinar es que se editó en septiembre de 1983.

El sargento arruga la nariz tras completar un cálculo mental.

—¡Veinte años antes, como mínimo, de la muerte del montañero! —se extraña, y contorsiona el cuello como acostumbran a hacer los boxeadores antes de comenzar un combate—. No tiene ningún sentido. O el forense ha fallado en la fecha del fallecimiento a base de bien, o ese hombre no estaba muy al día de las noticias.

—Tal vez le gustaba contrastar la información —bromea el guardia.

—Es una posibilidad.

—Los montañeros suelen llevar mapas. Me resulta raro que carguen con un trozo de periódico tan viejo. Por eso te he comentado que la fecha podría resultar interesante.

—Si no sabemos qué artículo había recortado ese individuo, poco interés le veo al hallazgo.

El guardia deja vagar la mirada por el despacho del sargento hasta recalar en el sobre de las fotos.

—A lo mejor no era montañero... —masculla.

—¿Cómo?

—Cuando examinamos las fotos, nos extrañó que mostrara tanta afición por encuadrar a los rebecos. Quizá no estaba acostumbrado a verlos —especula Montiel.

La hipótesis deja fuera de juego al sargento.

—Entonces...

—Hemos dado por hecho que lo era porque así lo dicta el sentido común: mochila, prismáticos, cantimplora... Introduces todos esos ingredientes en la batidora y lo que sale es el estereotipo de montañero.

—Con todas las de la ley, además. A nadie se le ocurriría pensar en otra posibilidad.

—Creo que el hombre encontró en un periódico alguna información que lo incitó a visitar esas montañas —estima Montiel.

El sargento deja de dar vueltas por el despacho, se sienta y se restriega la cara con parsimonia.

—Septiembre de 1983. Algún suceso ocurrido en aquellas fechas le interesó tanto como para guardar la referencia en el bolsillo y llevársela de excursión.

—Tal vez recogía información sobre la mina —especula el guardia—. Algún dato que le sirviera para orientarse entre un centenar de cuevas.

—¿Qué mina?

—La zona está poblada de bocaminas abandonadas.

—No lo sabía.

—Un hombre de Tresviso me contó que la explotación empezó a mediados del siglo XIX y la abandonaron hacia 1930. Extraían blenda y calamina. Se me ocurre que tal vez haya otros minerales ocultos que suscitaran su interés. En ese caso podría tratarse de un espeleólogo, un ingeniero, un geólogo... Vete tú a saber —aventura el guardia. Acto seguido echa mano al sobre y vierte las fotos sobre la mesa. Selecciona una imagen en la que se aprecia una vega enmarcada entre montañas. Dos pequeños lagos helados y cubiertos de nieve se recortan sobre la hierba, uno en cada extremo—. Donde ahora ves un par de charcas, en su día hubo un lago bastante profundo que cubría toda esta hondonada. Tenía que ser un espectáculo contemplar el valle repleto de gente y de artilugios. Creo que alguna de las minas alcanzó los cuatrocientos trabajadores.

—¿Y cómo transportaban el mineral? Porque en esos tiempos no había camiones.

—Imagino que lo cargaban en carretas tiradas por bueyes y, en las zonas más abruptas, echaban mano de mulas, caballos, burros... Eso ya no lo sé. Acarreaban el mineral hasta el pueblo de Tresviso y desde allí lo bajaban a La Hermida. Ya te comenté que esa vereda es infernal. En algunos tramos es tan estrecha como esta mesa y tan inclinada como esa pared. En cuanto llegaba al pueblo, lo cargaban en barcazas y lo conducían por el río Deva hasta Unquera, donde lo subían a los barcos camino de algún puerto europeo.

—Ser minero en aquella época tenía que ser muy sacrificado —piensa en alto el sargento—. Y yo me quejo cuando no me arranca el ordenador.

—Menos mal que solo trabajaban de junio a octubre. El resto del tiempo toda esta zona quedaba cubierta de nieve.

—¿Y qué hacían con el mineral de esas explotaciones?

—Obtenían zinc. Lo utilizaban en aleación con el hierro para protegerlo de la corrosión. El tipo de Tresviso me dijo que el mineral extraído de las montañas se utilizó en la Primera Guerra Mundial. Las minas se cerraron cuando terminó la guerra. Seguro que el valor del zinc cayó en picado y dejaron de ser rentables.

—¡Zinc! —exclama el sargento con satisfacción—, «zeta ene» en el sistema periódico. Aún me acuerdo.

—Tal vez esas cuevas guarden otros minerales o algo de valor como para que a nuestro hombre le diera por explorar.

—Lo dudo. Esa zona tiene un acceso muy complicado, pero no se puede descartar ninguna posibilidad.

—A ver si los del laboratorio nos dicen algo más que la fecha del periódico. El recorte va a ser un elemento clave.

El sargento esboza un gesto de decepción.

—Las fotos también parecían un elemento clave y lo único que hemos sacado en claro es que a ese hombre le gustaban los rebecos.

—Y las nubes —añade el guardia en tono jocoso.

—No esperaremos al laboratorio. Hay una familia a la que le falta un miembro desde hace años.

El sargento imagina que el dolor que soportan los parientes no puede ser tan intenso como el que sufrieron las primeras semanas tras la desaparición. La angustia mengua con el paso del tiempo, pero no cesará hasta que tengan la constancia de que está muerto. El día de su entierro, el hombre descansará en paz y su familia también.

—Tenemos que ponerle cara y nombre a ese cadáver.

—¿Qué sugieres?

—Vas a tener que pasarte una mañana en la hemeroteca y hojear todos los periódicos publicados en septiembre de 1983.

El guardia asiente con verdadera predisposición.

—Revisaré los diarios nacionales, regionales, provinciales... hasta la hoja parroquial si la tuvieran.

El sargento resopla.

—Me temo que vas a necesitar más de una mañana. Tómate el tiempo que sea necesario. Ese pegote de celulosa es lo único que tenemos.

13

El escritorio de Blasco semeja una trinchera, en el que una ristra de documentos ocupa la parte frontal. El policía observa el parapeto con escepticismo.

El agente Camus, del Departamento de Delincuencia Económica y Tecnológica, se detiene frente a la muralla de papel.

—¿Has montado una barricada para protegerte de Palacios?

Blasco sofoca una carcajada.

—Se queja mucho, pero es inofensiva. Ya la conoces.

—El próximo fin de semana iremos a Cabárceno con los chicos.

—Buena idea —asiente el inspector con apatía.

—¿Te apuntas?

—Ah —titubea—. Vale.

—¿Te pasa algo? —se interesa Camus al percibir la indiferencia con que su compañero acepta la propuesta.

—En absoluto. Discúlpame. El caso del tenista me está volviendo loco.

—¿Qué tenista?

—Nico Romero. Lo operaron el lunes de una muñeca y le seccionaron un nervio. Hay riesgo de que no pueda volver a jugar.

—Ah, por eso estaba su entrenador en el hospital. Habría ido a visitarlo.

—¿Estuviste en el Ribemar ese día? —pregunta Blasco intrigado.

—Voy mucho —sonríe—. Criar hijos inquietos es lo que tiene.

—Lo peor es que no se sabe quién lo operó.

—Qué raro. —Camus entorna la cabeza y entrecierra los ojos—. Parece un asunto bastante delicado.

—Al parecer, todos los médicos estuvieron ocupados esa mañana. Tengo que revisar esta documentación para comprobarlo. —Señala con desgana el muro de papel.

—Pues te va a llevar una buena temporada.

—Hay otro asunto que resulta insólito. Un tío que reparte agua mineral vio a Nico hablar con un par de mexicanos a la salida del polideportivo donde entrena.

—¿El club Azofra?

—Exacto. Al día siguiente de la operación le regalaron un cactus. Casualmente —Blasco subraya el término con una inflexión exagerada—, procedente del mismo país. Iba acompañado de una tarjeta sin firmar. ¿Qué te parece?

—Tal vez se echó una novia en la Riviera Maya y la chica se ha acordado de él —bromea Camus.

—Nos contó que nunca había estado en México.

—Pues pocas salidas me dejas.

—Cuando hicimos la referencia a México durante el interrogatorio, le cambió la cara, como si hubiéramos tocado una fibra sensible. Negó cualquier relación con el país, aunque el tono no me convenció demasiado.

—Pues tú eres un experto en tonos —espeta Camus en medio de una sonrisa cómplice.

—En este caso no hacía falta llegar a tanto. Le temblaban los labios. Tuvimos la sensación de que no colaboraba por alguna razón que se nos escapa. Creo que tenía miedo. Aunque tampoco me extraña, después de lo que le ha pasado.

El agente Camus se lleva el dedo índice a la frente.

—A esta cabecita se le acaba de ocurrir una idea. Dame cinco minutos —solicita con la mano abierta—, ¡cinco!

Camus desaparece y Blasco sigue a lo suyo: analizar página a página la actividad del personal durante la fatídica mañana del lunes. Tiene la impresión de que podría pasarse media vida con la cabeza metida entre esos papeles y no hallaría ni un solo indicio.

El agente Camus regresa al cabo de un rato. Se sienta de medio lado en el único rincón despejado del escritorio y dedica al inspector una sonrisa ladina.

—Así que el tenista te dijo que no había estado nunca en México.

—Me lo aseguró.

—Pues mintió. —Enarca las cejas con cierta comicidad—. Estuvo en Acapulco durante una semana. Jugó un torneo en febrero.

—¿Este año?

—Este y los cuatro anteriores.

Blasco se recuesta en la silla con semblante preocupado y un asomo de crispación.

—Intuía que la sinceridad no era una de sus virtudes.

—Y la memoria tampoco. Pero no es eso lo único interesante que he encontrado.

—Vaya, para «cinco minutos» no está mal. Eres un tío eficiente.

—He investigado cómo le ha ido en los últimos tiempos y me he llevado una buena sorpresa: ganó al número quince del mundo en el torneo Rotterdam y dos semanas después perdió con el doscientos siete precisamente en Acapulco. Y uno no se olvida de jugar al tenis en quince días.

—Tal vez fue culpa del *jet lag* —aduce Blasco con ironía.

—¿*Jet lag*? Jugó contra un italiano, mucha diferencia no pudo haber.

—Seguro que tienes otra explicación más convincente.

—Ya sabes que hay páginas de apuestas deportivas en internet...

—Estoy al corriente.

—Y también sabrás que se cometen muchos fraudes.

—Tampoco me pilla por sorpresa.

—Creo que estamos ante uno de esos casos: mafias que controlan las apuestas.

—¿Quieres decir que los mexicanos pueden pertenecer a una de ellas?

—¿Seguridad?, ninguna. ¿Probabilidades?, bastantes.

—Supongo que, si Nico estuviera metido en algún chanchullo con esa gente, debería ajustarse a lo que le pidan en cada torneo.

—Más o menos. Te ordenan que pierdas un partido en el que eres favorito. Esa gente apuesta fuerte por tu derrota y te llevas parte de las ganancias. Incluso si es algo más concreto, como perder un set por una doble falta u otras circunstancias similares, las ganancias se disparan, porque la probabilidad de acertar es menor.

—En qué mundo vivimos, compañero —clama Blasco.

—Eres policía, ¿no te habías dado cuenta?

—Me había hecho una ligera idea, pero cada día que pasa me llevo alguna sorpresa.

—El año pasado la Audiencia Nacional procesó a gente involucrada en apuestas fraudulentas, algunos de ellos tenistas. Habían rascado más de tres millones de euros en casas de apuestas de todo el mundo.

—Lo que no entiendo es cómo esos tíos accedieron al hospital, llegaron hasta el quirófano y le cortaron el nervio.

Describir la escena como absurda me parece quedarse corto.

—Ahí no te puedo ayudar.

—Ya me has ayudado bastante. Te debo una.

—Para eso estamos. —Camus se incorpora y señala a Blasco con el dedo—. Nos vemos en Cabárceno.

Blasco tiene el presentimiento de que la documentación médica no le aportará avances significativos; sería más conveniente centrarse en las apuestas. Se plantea que quizá su entrenador y los tenistas que entrenan en el polideportivo sepan algo de la relación de Nico con esas mafias.

Se acerca al club de tenis Azofra en compañía de Palacios. El conserje se queda petrificado al ver lo que cuelga en el forro de la chaqueta del inspector. Está más acostumbrado a los carnés de socios que a las placas policiales.

—Buenos días. Nos gustaría hablar con el entrenador de Nico Romero y los tenistas que suelen pelotear con él —se presenta Blasco.

—¿Qué ocurre? —balbucea el conserje con expresión temerosa.

—Nada importante, tranquilo —suaviza la situación Palacios.

—Su entrenador se llama Donato y está de viaje. Al menos es lo que me dijo la última vez que pasó por aquí.

—En ese caso charlaremos con sus compañeros.

—Los chicos que suelen entrenar con Nico son Curro Vidal y Tristán Peña. Ahora mismo ocupan la pista del fondo.

—Muchas gracias. Vamos para adentro.

Los agentes bordean las pistas hasta alcanzar la más remota y se plantan junto a la red. Los chicos rondan los veinte años. Palacios los observa con detenimiento, las caras no le suenan. Se percata de que carecen del nivel técnico de Nico. Blasco se dirige a ambos.

—¿Vidal y Peña?

Los tenistas asienten e interrumpen el intercambio de pelotazos.

—¿Podemos charlar un rato con vosotros?

—Por supuesto —responde Curro Vidal.

—No os vamos a robar mucho tiempo.

Vidal acepta con naturalidad y se encamina hacia la red; Peña se acerca con la cabeza gacha y las pupilas fijas en suelo, como si fuese una superficie poco segura.

—Queríamos saber cómo era vuestra relación con Nico Romero —espeta el inspector.

Los chicos entrecruzan miradas suspicaces.

—¿Cómo era...? ¿Le ha pasado algo? —quiere saber Curro Vidal.

—Solo os puedo decir que atraviesa una situación... delicada.

—Siempre ha sido un tipo divertido —explica Vidal—. Bastante amigo de hacer bromas. Nos soltaba frasecitas como «mañana me largo a Hamburgo, a ver si cuando vuelva ya sois capaces de sacar al rectángulo correcto».

—A veces nos bajaba la red quince centímetros y luego nos preguntaba: «¿Seréis capaces ahora de pasar la pelotita por encima de la cinta o la bajo un poco más?» —añade Peña—. Le gustaba tomarnos el pelo.

—¿Habéis notado que hubiera cambiado su comportamiento?

—Los últimos meses andaba bastante apagado —reconoce Vidal—. Llegaba, entrenaba, se duchaba y se largaba.

—¿Y tú también lo veías raro? —pregunta Blasco a Tristán, en quien ha detectado ciertas reservas.

—Antes charlábamos más que ahora. Nos tomaba el pelo, pero también nos contaba cosas de su vida.

—¿Qué tipo de cosas?

—Que iba a comer con sus padres o que había quedado con Lidia para ir al cine. Le gustaba hablar.

—¿Quién es Lidia?

—Creo que era su novia.

—O sea que había cambiado y ya no os hacía ese tipo de comentarios ni bromeaba.

—Sí, estaba más callado —confirma Vidal—. Y daba raquetazos de frustración a la cinta de la red, cosa que jamás le había visto hacer.

—¿Cuánto tiempo hace que cambió de actitud?

—Cinco o seis meses.

—Bien, bien —rumia Blasco—. ¿Lo habéis visto hablar con personas ajenas al mundillo del tenis?

—Pues no.

—Lo han visto fuera del polideportivo de charla con una pareja de hombres con acento mexicano...

—No recuerdo a nadie que hablase con Nico.

—Yo tampoco —ratifica Peña con frialdad.

—Eso es todo. Si se os ocurre algo importante sobre Nico, llamad a Jefatura y preguntad por Blasco o Palacios. ¿De acuerdo?

—Vale —asiente Vidal con una sonrisa complaciente, una expresividad muy distinta al gesto taciturno con el que se despide el joven Tristán.

Los policías abandonan el polideportivo. Blasco mira a un lado y otro de la calle mientras Palacios se dedica a consultar el móvil. No hay ningún coche con gente sospechosa en su interior. El único con algo de actividad es una furgoneta. Un hombre con un mono gris baja del vehículo y abre el portón trasero, de donde extrae un carro y lo deja de pie sobre la acera. Acto seguido descarga una garrafa de agua y la coloca sobre el carro. Blasco observa la maniobra. Recuerda que fue un repartidor de agua mineral quien proporcionó el soplo de los mexicanos. Enfila hacia la furgoneta. El operario se afana en colocar una segunda garrafa de veinte litros encima de la primera.

—Pesa lo suyo, ¿eh? —comenta Blasco a modo de saludo.

Sorprendido por la voz que escucha detrás de su nuca, el hombre vuelve la cabeza.

—Cierto. Uno acaba el día desriñonado.

—Nos ha llegado información sobre la presencia de una pareja de mexicanos por aquí. Ocurrió hace unos meses.

—Ah, sí. Soy Bernardo, el marido de Carmen, la enfermera que estuvo con el doctor Lomas durante la operación de Nico.

El inspector celebra haber dado con la fuente directa.

—¿Es cierto que vio usted a Nico de charla con ellos?

—Así es. Ocurrió una vez, justo aquí. —Indica una señal de tráfico fijada en la acera—. Donde acaba la zona destinada a carga y descarga.

—¿Está seguro de que eran mexicanos?

—Había unos diez metros desde su coche hasta la furgoneta, pero apostaría que sí. Tienen un acento inconfundible.

—¿Se acuerda del modelo de coche?

—Largo, blanco, pero, como estaba a lo mío, no presté mucha atención.

—Entonces no se acercó a ellos, se limitó a saludar al tenista.

—Si hubiera estado solo, habríamos echado una parlada. Pero hablaba con otras personas, así que no iba yo a meter las narices...

—¿Tiene usted mucha relación con los tenistas? —pregunta Palacios.

—A veces charlo un rato con el conserje, con Nico o con alguno de los chicos. Como el polideportivo es el último cliente del recorrido, me tomo las cosas con tranquilidad.

—O sea que hablaba algunas veces con él —recobra el hilo Blasco.

—Por supuesto. Entrena aquí desde que lo conozco, y yo llevo haciendo el mismo recorrido desde hace años.

—¿Le contó alguna cosa que le preocupase?

—No recuerdo, pero diría que no. Nuestras conversaciones eran bastante mundanas. Lo que sí he notado es que las últimas veces iba desaliñado, ojeroso... Parecía otra persona.

—¿Le llamó la atención algún otro rasgo de su comportamiento?

—Andaba flojo en los torneos. —Bernardo frunce los labios—. Más que flojo, irregular. En los más recientes ganaba a jugadores que eran muy buenos, y luego perdía con otros que no los conocía ni su madre. Yo le decía en broma: «¿Cómo eres tan manta que pierdes con el doscientos del mundo?». Y él me contestaba: «Qué le vamos a hacer, cuando no entra el saque...». Entonces yo le picaba: «Entrena más duro y bebe mi agua mineral en vez de esas mierdas isotónicas».

—Pero Nico entrenaba con normalidad, supongo.

—Yo creo que no era un problema de entrenamiento sino de... —titubea—, ¿cómo decirlo? De cabeza. —Se golpea la frente con la palma de la mano.

—Tal vez pasaba por un mal momento anímico.

—No sé, no sé. Creo que había algo más. ¿Han leído la entrevista que publicó la revista *Perspective*?

—No conozco esa publicación.

—Moda, estilo de vida, viajes... Un poco de todo —interviene Palacios.

—Busquen el número donde sale Nico en portada y échenle un vistazo —sugiere Bernardo—. El artículo me chocó una barbaridad. Nico no era así ni de lejos. Los últimos meses andaba por aquí como un alma en pena... Sin embargo, en la entrevista parecía otra persona: torso descubierto, risita por aquí, risita por allá, fotos en la piscina luciendo tipo, con su deportivo... Esa entrevista era puro *marketing*, un lavado de cara en toda regla. Y cuando te lavas la cara es porque la tienes sucia.

14

ADOLFO

Las escasas nubes que empañan el cielo desfilan lentas y ordenadas sobre el mar, como si fueran acarreadas en una cinta transportadora.

Me planto frente a la casa de Benito. Este hombre me ha ganado para su causa: acometió un exilio voluntario en compañía de un caballo y una silla de ruedas.

Carol me informa de que mi anfitrión se encuentra en la galería. Desde ahí se aprecia la parte trasera del prado, donde un hermoso caballo negro pasta a sus anchas.

—¿No has ido hoy a la playa? Hace un día estupendo —me presento.

—Ya he vuelto. Me gusta madrugar. —Noto que se alegra de verme. Me hace un gesto con el mentón—. Pasa, haz el favor.

—Bonitos zapatos.

—Una de las ventajas de ser parapléjico es que los tienes siempre relucientes.

Me pide la chaqueta y la cuelga en un perchero muy curioso. Sobre una tabla con forma de escudo, han fijado cuatro ganchos en la parte superior y tres abajo. En los de arriba cuelgan sus prendas las personas que lo visitan; a los inferiores puede acceder Benito con facilidad. Los ganchos recuerdan a esos micrófonos cromados de los años cincuenta.

—¿Son auténticos? —pregunto.

—Por supuesto. El de arriba a la izquierda lo usaba Marvin Gaye.

—El que más me gusta es este —señalo el situado en la parte inferior derecha, poblado de ranuras horizontales que parecen costillas. Recuerdo que los cantantes lo empuñaban en el escenario como si alcanzaran una fruta colgada del árbol y se la llevasen a la boca.

—Ese también es mi preferido. Un Shure Unidyne, el modelo que utilizaba Elvis Presley. El que está pegado lo usaba Frank Sinatra, y el del centro, la mismísima Aretha Franklin.

—Me encanta este perchero. Quiero uno —bromeo.

—Compré esos micrófonos en un almacén de Detroit. Me dijeron que procedían de un estudio de grabación recién desmontado. Los tenía guardados en el desván de mi casa en Madrid. A Elisa le molestan las cosas que ocupan sitio y no tienen un destino claro, así que los traje aquí. En cuanto Darío les echó el ojo, me reprochó que tuviera esas auténticas reliquias guardadas en una caja y me propuso darles una segunda vida. «Voy a hacer un perchero con ellos, ¿te parece bien? A dos alturas, para que puedas colgar tu ropa sin tener que pedir ayuda.» Fue una idea espléndida y muy útil. Ese chico es un manitas. El karaoke también lo montó él; yo no tengo ni idea de electrónica. A veces incluso se apunta a cantar con Carol y conmigo. Tiene un vozarrón que no veas.

—Me alegro de que haya gente de confianza que te eche una mano.

—Él siempre está dispuesto. Cuando no tiene ningún servicio, le gusta ayudarme en la casa. El camino de entrada, por ejemplo, lo ha solado él para que pueda rodar mejor la silla. Antes, en cuanto la hierba estaba un poco alta, las ruedas delanteras se bloqueaban.

Benito se dirige a un extremo de la galería y me invita a seguirlo.

—Siéntate, chaval —me ordena. Señala un sillón de mimbre con un cojín elaborado a ganchillo. Aparta la mirada hacia la galería, desde la que se divisa al caballo junto a una mata de hortensias—. Mira qué ejemplar tan hermoso.

—Cierto.

—El animal más bello de la naturaleza. —Exhala un largo suspiro—. La realeza de la fauna. El príncipe.

—Debe tratarse de *Tricky*, ¿no?

—¿Cómo sabes su nombre? —se extraña.

—Me lo dijo tu mujer.

—*Tricky tricky* es una canción de Demis Roussos, un músico de mi época. Seguro que a ti no te suena. Lucía barba y pelo largo, ambos muy negros, y vestía túnicas brillantes sobre el escenario. El pelo del cantante me recuerda mucho a las crines del caballo. Por eso le puse ese nombre, y porque es corto.

Benito contempla al animal con embeleso.

—Para conseguir ejemplares como este —prosigue—, lo más importante es el cruce. Elegir el semental y la yegua adecuados. Y yo tengo buen ojo para esas cosas.

De buenas a primeras, me suelta una confesión absurda, impropia de una persona de su edad y con la cabeza en su sitio:

—Algún día pienso montarlo.

Lamento que sea tan iluso. Sus piernas no están para subirse a otra silla que no lleve ruedas. Achaco el lapsus a un momento de enajenación mental propiciado por la belleza del animal y sus recuerdos como jinete en los rodajes.

—Tú me enseñas a montar a caballo y yo te enseño a surfear —le planteo para continuar con la chanza.

Benito levanta el pulgar, sonríe y me guiña el ojo. No bromea. Me explica que un neurocirujano australiano ha desarrollado una nueva técnica consistente en implantar electrodos sobre la médula espinal. Los dispositivos emiten pulsos eléctricos sincronizados que imitan las señales que circulan a lo largo de la médula. El médico ha instalado un quirófano en un barco donde recibe a pacientes de todo el mundo. El hecho de que sea en un barco y no en tierra firme le ahorra trámites burocráticos. Cuando termina con una zona geográfica, pone rumbo a la siguiente sin necesidad de un complejo traslado de material. El coste de la operación es altísimo, pero Benito disfruta de una holgada posición económica.

La operación de médula encarna el preludio de una segunda vida, lo que él entiende como el pasaporte a la felicidad.

—Quien organiza todo esto de la operación es una doctora de Santander —explica—. Cuando me lo contó, le dije que los títulos de crédito iniciales resultaban muy estimulantes, ahora solo faltaba que la película fuera en la misma línea. Me aseguró que los resultados estaban garantizados. Montó una fundación para recaudar fondos y hacer frente al gasto. Su hermano también está parapléjico. Quiere llevarlo a él, a otras tres personas procedentes de varios puntos de España y a mí a Nápoles. Vamos a parecer un equipo de baloncesto paralímpico —me cuenta antes de soltar una estruendosa carcajada.

—¿A Nápoles?

—El barco estará fondeado allí durante una temporada.

Tengo la sensación de que el hombre empieza a considerarme un hijo. Al parecer, Elisa nunca quiso tenerlos. Le dio prioridad al mundo del cine, pero el mundo del cine dio prioridad a otras actrices y guardó para ella papeles secundarios y, en ocasiones, meramente testimoniales.

Profeso una creciente simpatía por este hombre. Cuando lo veía en el portal de la urbanización, con su manta sobre las rodillas y su aspecto pusilánime, parecía un hombre capaz de llorar sin lágrimas, un cuerpo marchito, un viejo con cita para el sepulturero. Aquí es otra persona, ha rejuvenecido veinte años.

Benito se siente tan eufórico al contarme los detalles de la cirugía, que llama a Carol para que encienda el karaoke. La chica viene desde la cocina, se seca las manos con el delantal y enciende el aparato. Él selecciona una canción de Umberto Tozzi. Carol extrae el micrófono de un cajón y se lo entrega. Benito se aferra a él y canta con rabia:

—«Yo caminaré, tú me seguirás. Beberemos del amor, bajo el mismo cielo...»

Se sabe la canción de memoria. No necesita leer los subtítulos. Algo difícil de hacer ya que tiene los ojos cerrados, lo que no impide que se le escape alguna que otra lágrima.

Considero a este hombre un ejemplar único, una mezcla de niño que cree en los Reyes Magos con devoción arrolladora y anciano que confía en ellos porque no le queda más remedio.

Si hay en el planeta una persona con fe ciega en volver a caminar, la tengo delante. Conserva la esperanza de que la operación devuelva la movilidad a sus piernas y algún día pueda montar a *Tricky*. Por estos prados cruza un sendero que recorre la costa. Podría cabalgar hasta el faro de Santander o alcanzar Suances si parte en dirección oeste. «Cabalgar, cabalgar —me dice—, como cuando rodaba películas.»

Benito hace gala de una candidez incompatible con sus canas, solo le ha faltado confesarme su color preferido. Es un nostálgico incorregible, un soñador retrospectivo.

Para evitar emocionarse del todo, aprieta un botón del mando a distancia y el aparato se detiene en medio de la canción. Deja a Umberto Tozzi congelado en la pantalla y con la boca abierta.

Gira la silla en dirección a la galería, colmada por una extensa colección de plantas, y contempla con verdadero deleite su jardín en miniatura mientras pasa revista a las macetas. Algo le llama la atención, porque se lleva la mano a la barbilla y entrecierra los ojos, como si la galería se hubiera cubierto de humo.

—Vaya, me falta el *myrtillocactus*.

—Debes de tener más de cien plantas y eres capaz de echar de menos una de ellas. ¡Qué memoria tan prodigiosa!

Benito vuelve a repasar las macetas una a una, desde el principio, recitando sus nombres entre dientes.

—No está. Lo tengo colocado junto a esas dos lenguas de suegra —señala el hueco abierto entre dos plantas que recuerdan a la hoja de una espada.

—Es cierto. Se ve con claridad el cerco que ha dejado la maceta en la mesa.

—No es un cactus cualquiera, ¿sabes? Para mí es un auténtico talismán. —Experimenta una repentina agitación, gira el rostro hacia la puerta y grita—: ¡Carol! ¡Niña! —Se vuelve hacia mí y me susurra—: ¿Qué habrá hecho esta muchacha con el cactus?

Carol se presenta en la galería de inmediato. Se nota que está pendiente de Benito y posee un carácter dispuesto.

—¿Qué ocurre?

Benito señala con el mentón el hueco descubierto en su jardín particular.

—Falta el *myrtillocactus*.

—Yo no toco las plantas. Las regué hace tres días y juraría que ese hueco no estaba.

—No sé quién se lo puede haber llevado. Por aquí solo pasan las moscas.

—Vaya faena —lamenta la mujer y abandona la galería con gesto contrariado.

Benito mira de reojo hacia la puerta que separa la galería del salón.

—Hazme un favor, cierra esa puerta —me pide. Al parecer, no estima conveniente que Carol escuche lo que piensa contarme.

Hago lo que me ordena y regreso al sillón.

—Hay algo que me gustaría que supieras —confiesa—. Rodé muchas películas en México antes de quedarme así. Creo que ya te conté algo de eso el día que viniste a verme. Pues bien, un día que no tenía rodaje fui a dar una vuelta a un mercado de Querétaro. Encontré a un muchacho detrás de un puesto de fruta. Me llamó la atención que tuviera un cactus mezclado con la fruta. La planta lucía un hoyuelo en el centro, una especie de ombligo. Me pareció curioso. Nunca había visto un cactus con ese aspecto. Que yo sepa, los cactus no se comen, así que le pregunté el motivo de mezclarlo con las chirimoyas. Me dijo que lo llevaba siempre con él porque lo protegía de los malos espíritus. Solté una carcajada. En México les encantan esas historias de espíritus, muertos y demás asuntos de ultratumba. Pero el muchacho hablaba en serio. Me desveló una curiosa leyenda que él bautizaba con el nombre de *El milagro de Itzel*.

> A primera hora de la mañana, una mujer se encontraba sola en su casa. De repente escuchó un estruendo que hizo retumbar su modesta morada. Un ladrón había reventado la puerta principal y se había plantado en medio de la cocina. El hombre le ordenó con malos modales que le entregara todo el dinero que tuviera o la mandaría con sus antepasados. La mujer guardaba dos mil pesos en una lata escondida en un armario. Era consciente de que, si se dejaba intimidar y le entregaba el dinero, sus cuatro hijos se quedarían sin comer el resto del mes, de modo que se negó

en redondo. Disgustado por lo que había considerado a priori una presa fácil, el ladrón extrajo una pistola de su gabán y la apuntó con ella. La mujer se asustó y, en un acto reflejo, agarró lo primero que tuvo a mano: una maceta con un cactus que decoraba la mesa. Se lo llevó al pecho la muy ilusa, como si el cactus la pudiera proteger. Ante la negativa de ella a soltar sus ahorros, el tipejo disparó. Justo detrás de la planta estaba el pecho de la mujer, y dentro del pecho, su corazón, así que debería caer fulminada en cuestión de segundos. El ladrón se quedó atónito al ver que la mujer soltaba la maceta y corría despavorida. No solo no la había matado, sino que ni siquiera la había rozado, a juzgar por la velocidad con que emprendió la huida.

Asombrado por la falta de puntería, el hombre se acercó a la maceta de cerámica, volcada sobre la mesa. Pensó que la bala habría impactado contra ella y había salido rebotada. Tomó la maceta y la puso en pie. Revisó cada centímetro con el propósito de encontrar algún punto descascarillado por el impacto de la bala, pero no halló ni una sola muesca. La maceta conservaba íntegro su esmalte. El hombre levantó la vista y se percató de que el cactus tenía un agujero en el centro, lo que demostraba que su puntería no estaba en entredicho. Lo observó por ambos lados y se dio cuenta de que había orificio de entrada, pero no de salida. No daba crédito. ¡El cactus se había tragado la bala! Ese tipo de plantas por fuera parecen robustas, pero por dentro son tan esponjosas como el algodón de azúcar. La bala debería haberlo atravesado con la misma facilidad que un avión cruza una nube.

Tras el asalto frustrado, el ladrón devolvió la pistola al bolsillo interior del gabán y huyó convencido de que la casa estaba sujeta a algún tipo de hechizo. La mujer se había escondido en la leñera y desde ahí podía vigilar los movimientos del asaltante. El hombre se subió a su moto, soltó una ristra de maldiciones y con un fuerte acelerón salió calle arriba. Cuando lo vio alejarse, la mujer regresó a la cocina. Se quedó un rato postrada frente a la ventana, hasta asegurarse de que el ladrón no regresaba. Algo que al hombre le iba a resultar del todo imposible: en el siguiente cruce, una furgoneta se lo llevó por delante.

Con el paso del tiempo, el agujero de la bala se cerró y quedó un hoyuelo como único vestigio del milagro.

—La mujer se llamaba Itzel —prosigue Benito—. La historia me pareció pura fantasía, pero una fantasía curiosa, así que le compré el cactus al muchacho y pagué un buen precio por él. Nunca escatimo si algo me gusta. Cuando acabó el rodaje, hice las maletas, subí a un taxi y me presenté en el aeropuerto. Al pasar por el detector de metales, una luz roja se encendió sobre la máquina de rayos X. El policía se sobresaltó y me invitó a echar un vistazo a la pantalla. Me quedé de una pieza. Dentro de mi cactus había una bala. Desde entonces lo llevo conmigo a todas partes. No creo en dioses, ni en espíritus, ni en monsergas. En lo único que tengo fe es en mi *myrtillocactus*. Con él cerca, nada malo me puede pasar.

—Una historia muy curiosa —reconozco con admiración.

—Si hubiera tenido antes el cactus, no habría conocido a Elisa. —Sonríe con socarronería—. Me habría protegido de los malos espíritus. —Su sonrisa se estira hasta terminar en una sonora carcajada.

—¿Tan mala es?

De repente se le contraen los músculos de la cara. El buen talante mostrado hasta el momento vira hacia un rictus nada cordial.

15

El doctor Lomas baja en el ascensor hasta el aparcamiento del hospital. Cavila sobre el asunto que tiene a todo el personal bajo sospecha. En los últimos días los asuntos estrictamente médicos han pasado a segundo plano.

Se encamina hacia la plaza reservada y abre el coche con el mando. Se sienta, pero no llega a arrancar. Un hombre con perilla abre la puerta trasera y se acomoda en el asiento; otro, con gafas de sol a pesar de encontrarse en un sótano, se introduce por el lado del copiloto y le sujeta la muñeca para impedir que pulse el botón de encendido. Lomas ignora quiénes son los intrusos, pero le consta que andan flojos de modales.

El de las gafas toma la palabra.

—Usted le ha hecho daño a un amigo nuestro. Quién lo diría. Cuando pisas un sitio como este imaginas que te van a curar, ¿no es cierto? Y mira tú por dónde un *doctorsito* con bata blanca te jode la vida. No te puedes fiar ni de tu santa madre.

—De un día para otro nuestro amigo se ha quedado sin mano y sin futuro —añade el de la perilla—. Si bien es cierto que mano tiene, pero no le sirve de nada. Es un colgajo. ¿Qué le parece, si en un ejercicio de proporcionalidad le hacemos a usted lo mismo?

El acento los delata: son mexicanos. Y no tienen pinta de ser expertos en pirámides mayas. Lomas sospecha que se trata de la misma pareja que visitó al tenista en el polideportivo. Parecen convencidos de que él fue quien desgració a Nico.

—Se equivocan de persona. No fui yo.

—Pues a nosotros nos consta que sí.

No le queda otra opción que contar lo ocurrido días atrás en el hospital. Presa de la angustia, explica de forma atropellada el intercambio de pacientes a causa del caos en los quirófanos.

La información que les facilita Lomas no logra sofocar la silenciosa agresividad de la pareja. Como la primera explicación no ha disuadido a sus acompañantes, el médico se plantea profundizar en los detalles de la operación, ser más exhaustivo a fin de que la den por buena y se larguen. Pero, si repite la estrategia, iría desencaminado. La pareja tiene pinta de estar acostumbrada a que le cuenten trolas.

Cambia de idea. Ha de olvidarse de la retahíla de datos médicos que hasta el momento no han servido para nada.

Recuerda la valla publicitaria que hay frente a su casa: «Menos es más». El eslogan de una tienda de muebles le sirve de inspiración y lo invita a cambiar de estrategia. Debe contarles a sus acompañantes algo simple, directo e inesperado. No le queda otra opción que improvisar. Mira al hombre de atrás por el retrovisor, luego al de su derecha. Decide jugársela. Suelta lo primero que le viene a la cabeza, algo que no tiene nada que ver con la ciencia médica.

—*¡Myrtillocactus!*

Los mexicanos contemplan al médico como si hubiera invocado una deidad precolombina.

—¿Qué es eso? —escupe el de la perilla.

—Una planta.

—¿Y a qué viene semejante payasada?

—A Nico le regalaron un cactus mexicano —clama Lomas con excitación. Sus ojos saltan de un hombre a otro, a la espera de que alguno de ellos reaccione y, al menos, le conceda una moratoria.

Las palabras de Lomas obran un efecto inmediato. La pareja intercambia muecas de sorpresa.

—¿Cuándo? —pregunta el de las gafas.

—El día después de la operación, alguien dejó un cactus en la puerta de su habitación.

—¿Quién?

—No lo sabemos. La planta llevaba una tarjeta con el nombre de Nico, pero sin firma. Creemos que fue un regalo de quienes le destrozaron la muñeca. Algo así como... su sello.

—Algún mamón nos quiere colgar el muerto —espeta el de la perilla a su compañero, al tiempo que amaga con golpearse la barbilla con el puño.

El otro se quita las gafas y clava las pupilas en Lomas.

—O sea que no había ningún nombre más en esa tarjeta.

—Solo Nico Romero.

—¿Y cómo sabe usted que el cactus era mexicano, acaso llevaba matrícula? —gruñe el del asiento trasero mientras se atusa la perilla como si necesitara una puesta a punto.

—En un vivero me dijeron que provenía de allí.

La pareja intercambia miradas de perplejidad e ira contenida. Da la impresión de que la mención del cactus, y sobre todo su origen, les cambia por completo el plan. La acritud inicial cede. Los hombres muestran un talante más sosegado, aunque igual de intimidatorio.

—Estábamos convencidos de que había sido usted —esgrime el de las gafas.

—Ha sido un malentendido. Disculpe que lo hayamos violentado —añade el compañero.

El médico acepta las disculpas. Se encuentra en inferioridad y no es momento de recriminaciones ante dos individuos que exhiben una agresividad contenida. En esas circunstancias, lo más inteligente es mantener la compostura y no tentar a la suerte.

—No sabe cómo lo siento, doctor —lamenta el de las gafas, y se las vuelve a poner—. Se lo digo con franqueza. No nos gusta ser maleducados con la gente que no lo merece.

La atmósfera en el interior del coche da un vuelco. La tosquedad inicial se torna en gentileza. La pareja se despide del médico con un gesto de cortesía y sale del coche.

El doctor Lomas ni siquiera se atreve a mirar por el espejo retrovisor para comprobar cómo las siluetas de los hombres se pierden por la salida del aparcamiento. Permanece unos instantes con el resuello entrecortado. Trata de asimilar lo ocurrido ahora que su mente empieza a recuperar la lucidez y su corazón ha menguado la frecuencia de los latidos. Una vez reconquistada la calma, saca el móvil de la chaqueta y desliza el dedo por la agenda de contactos. Duda si llamar al jefe de servicio o al director del hospital. Decide eludir los intermediarios y contactar con la policía.

—Jefatura Superior de Policía —responde una voz femenina.

—Soy el doctor Lomas, del hospital Ribemar. Quiero hablar con el inspector Blasco.

16

ADOLFO

—QUIERO DIVORCIARME DE Elisa —suelta Benito con severidad y una buena dosis de resentimiento.

—¿Por qué?

—El viejo régimen debe dar paso al nuevo.

—Benito, por Dios, que ya no estamos en el colegio.

La voz de mi anfitrión pierde efusividad, se vuelve monocorde y apagada.

—El amor se acabó. Y no trates de convencerme de que la pasión cesa a partir de una edad ni me sueltes una sarta de frases hechas.

—No era mi intención. Solo quiero que estés seguro de lo que vas a hacer.

—Pamplinas. ¿Quieres saber algo sobre la vida? Te lo diré: es muy corta. Así que a esta edad uno no puede pensarse mucho las cosas.

—Cada vez que tu mujer me ve en la urbanización me suelta un rapapolvo, da igual el motivo. Tiene que hacerse muy cuesta arriba la convivencia con ella.

—No existe. Coincidimos a la hora de comer y punto. Por las mañanas sale al mercado y luego hace la comida. Por las tardes se viste, se maquilla y se larga con su cofradía de libertinos. —Tuerce el gesto—. Vamos a dejarlo ahí. Cuando se larga, yo me quedo en casa o salgo a dar una vuelta por la urbanización. Ya me dirás qué plan de vida es ese. Por eso he venido a esta casa. Aquí estoy en la gloria. Esta carreterita llega hasta el aparcamiento de la playa. Me encanta esa atalaya. Cuando el mar está embravecido, el agua salta por encima de la lastra. ¡Es un verdadero espectáculo!

—¿Le has planteado el divorcio a tu mujer?

—Varias veces y siempre se ha negado, así que ya no tengo nada más que hablar con ella. Lo único que deseo es separarme cuanto antes de esa infiel.

—¿Elisa te la pega con otro?

—No lo puedo demostrar, pero nadie se compra tantos trajes y se maquilla a conciencia para ir a tomar el té con las amigas.

—Si tiene un lío, como sospechas, ¿por qué sigue contigo?

—Fue una actriz de escaso éxito y tiene una pensión de chufla. Suena mal decirlo, pero lo hace por mi dinero.

—No me vengas con esas, Benito, estamos en el siglo XXI. ¿Ella no trabaja?

—No. La señora se tiene en muy alta estima.

—Ya lo entiendo. Como si a Greta Garbo la ponen a repartir albornoces en un balneario.

—Exacto. Lo del dinero puede sonar antiguo, pero es verdad.

—Supongo que si te divorcias deberás darle la mitad de tu pasta.

—En absoluto. Lo único que tenemos a medias es la casa de Madrid y esta.

—O sea que Elisa te es infiel y vive a tu costa. Menudo panorama.

—Yo tampoco soy un santo. —Me guiña un ojo.

—¿Te refieres a Julia?

—Es la mujer de mi vida. Cuando la veas, fíjate bien en ella. —Suspira con ganas. Temo que me va a ofrecer otro capítulo de su historia pastoril—. Nunca verás un rostro tan luminoso. Es como si tuviera la cara pegada a una ventana de forma permanente. La pena es que las circunstancias no acompañaban cuando la conocí. Ahora las circunstancias han cambiado. Y más que van a cambiar.

La charla con Benito me ha cautivado y distraído al mismo tiempo. Había olvidado que tengo clase dentro de media hora. Le doy una palmada en el hombro y me despido.

—Vuelve cuando quieras —dice. Su despedida es en realidad una invitación a regresar.

Al salir de la finca, veo a una mujer que se baja de un coche y enfila hacia la puerta. Le calculo unos treinta. Gafas enormes, muy baja estatura y le acompaña un aire de cierta languidez, como si le costara alzar los párpados. Camina con pasitos cortos, de funambulista; pero con una frecuencia acelerada, como si protagonizase una escena de cine mudo.

He dejado mi Jaguar pegado en exceso al muro, lo que dificulta su paso hacia la casa de Benito. La mujer me lo reprocha con ayuda de una fina ironía.

—Bonito coche, aunque un poco grande para mi gusto.

Permanece quieta, encajonada entre el muro y el coche. Interpreto el gesto como una invitación a que lo desplace y permita su entrada en la casa sin ensuciarse el traje de chaqueta de color cobalto.

—Disculpa, ya me largo. Lo había aparcado así para dejar espacio suficiente al paso de vehículos. Estas carreteras de la costa son tan estrechas...

—El problema no es que las carreteras sean estrechas, sino que tu vehículo es demasiado ancho —desliza con el rostro serio y sin mover más músculos que los de la boca.

Me subo al coche, doy marcha atrás y dejo margen suficiente para que la mujer se mueva con holgura. Lleva un bolso colgado del hombro izquierdo y un maletín sujeto con la mano derecha. Me lo agradece con una sonrisa tan forzada que parece más un mohín.

—¿Vienes a ver a Benito? —pregunto.

—Así es —responde sin mirarme.

Llevo un par de días en Liencres. Solo tengo relación con él y con mi jefe. Me pueden las ganas de charla y, no lo voy a ocultar, cierta curiosidad por la presencia de esa mujer. Está a punto de llamar al timbre. Si no lo impido, habrá desaparecido en lo que dura un suspiro. No parece muy simpática, aunque le he dado razones para ofenderse. Me bajo del coche.

—Una mujer con un maletín solo puede ser una inspectora de hacienda o una vendedora de seguros —insinúo.

Me dedica una desganada sonrisa de autosuficiencia.

—Ni una cosa ni la otra.

—¿Vendedora de enciclopedias? —vaticino con guasa.

Su sonrisa floja permanece, aunque la autosuficiencia ha perdido enteros.

—Eso ya no se lleva. Estás un poco anticuado.

—Me rindo.

—Muy pronto te rindes. No valdrías un pimiento como abogado. Te comerían vivo.

—¡¿Eres abogada?! Claro, cómo no se me había ocurrido. Los maletines son las mascotas de los abogados. Espero que Benito no se haya metido en algún lío.

—Todavía no, pero dale tiempo. —Su sonrisa asoma ahora de forma más natural, sin calzador—. Por cierto, me llamo Rosana y soy la abogada de Benito en Santander.

—Adolfo, su vecino en Madrid.

Al escuchar mi nombre, me observa de arriba abajo y termina en mi cara. La expresión risueña se difumina de repente. Se le oscurece la mirada y su cuerpo sufre un espasmo, como si hubiera recibido un calambrazo en los tobillos. Me contempla sorprendida y al mismo tiempo alertada. Se tapa la boca con la mano. Camina trastabillando en dirección a la puerta de la finca. Los tacones no son un buen aliado cuando las emociones se disparan.

No comprendo la drástica reacción de una mujer que no me conoce. Nunca me he tomado por un modelo de pasarela, pero tampoco sospechaba que fuese tan feo como para dar miedo a la gente. Y menos a una abogada, acostumbrada a lidiar con individuos de todas las raleas.

Carraspea como si se hubiera tragado una bocanada de ceniza suspendida en el aire.

—¿Te ocurre algo? —me intereso antes de que entre en la finca.

—No es nada.

Trata de enmascarar con una sonrisa la desazón que ha colapsado su buen humor, y cuyo origen es toda una incógnita para mí.

—Tu nombre, tu aspecto... —balbucea— me ha recordado algo que tenía casi olvidado.

—Lo siento. Si te sirve de consuelo, mi madre se echa a llorar cada vez que me ve —bromeo para quitarle hierro a la situación.

—No te conozco de nada y te estoy dando la mañana. Perdona. Ya me voy.

Toca el timbre y se despide con un escueto estiramiento de labios.

Tengo curiosidad por conocer la causa de un brote de desolación tan extraño.

—Un momento. —Alzo la mano con la intención de detenerla—. Quiero que me cuentes lo que te pasa.

—No sería muy agradable para mí y creo que tampoco para ti —augura.

—No sabré lo agradable que es si no lo sueltas de una vez.

Un rumor metálico indica que el cerrojo ha quedado liberado. Rosana empuja la puerta, pero la deja entornada, sin decidirse a entrar. Tengo la impresión de que desea irse y quedarse al mismo tiempo. Exhala un largo suspiro y se lanza a contarme algo que no tiene pinta de ser divertido. Me atrevería a decir que los nubarrones que se acercan desde el oeste ofrecen mejor aspecto.

—Año 2007, mediados de febrero. Estación de esquí Alto Campoo... —desvela con languidez y en un tono muy bajo, como si cada sílaba tuviera que pasar un control de ruidos en medio de la garganta.

Me llevo el dedo índice a los labios para pedirle que no prosiga con el relato. Con el prólogo tengo suficiente. Rosana es aquella niña acurrucada en la nieve, con el gorro de lana desplazado hacia un lado y que lloraba sin consuelo presa de un dolor apabullante.

Me dedica una sonrisa amarga como despedida, entra en la finca y cierra la puerta.

No sé qué hacer. No me apetece en absoluto embutirme en un traje de neopreno y bailar con las olas. No es momento de bailes. El ánimo que tenía se ha esfumado. La evocación de aquellas horas ha tenido el mismo efecto que un puñetazo en la nariz: me ha dejado atontado.

Contengo la respiración, dispuesto a hacer frente a los recuerdos.

El niño yacía tumbado bocarriba. Con las pupilas fijas en el telesilla, como si observara el parsimonioso trasiego de los esquiadores hasta la cumbre de la montaña. Una mirada deshabitada, hueca, despojada de su brillo infantil. Un pequeño reguero de sangre emergió bajo el gorro de lana y tapizó el manto de nieve, tal que un garabato hecho con pinturas de cera. La sangre recién derramada derritió la nieve y esculpió un meandro a su paso.

Ajenas a la fatalidad, las nubes cruzaban veloces las cimas de la cordillera.

Recuerdo, ¡cómo no!, la huida de los chicos. Incluso puedo revivir la mirada de uno de ellos, el que volvió la cabeza mientras los otros huían. Solo pude ver sus ojos, el resto era difícil de distinguir, pues los jóvenes llevaban monos de nieve y gorro. Pero conservo en la memoria la expresión de esa mirada como si fuera ayer. Tenía algo exclusivo, un atributo difícil de olvidar.

Tras el accidente, pasé una semana sin poder regresar a la estación. Por las noches tenía pesadillas de todo tipo. El único recurso que encontré para evitar la angustia fue comenzar a fumar. Nunca había probado un cigarro.

Tal vez por esa razón dedico tan poco tiempo a practicar las maniobras básicas con los novatos y les ordeno que tomen el remonte, como si temiera que se repitiese el drama. Las tragedias son como las tormentas, tienden a regresar. El gerente de la estación de Navacerrada me lo reprochaba cuando me despidió: «Impartes a los chicos una clase exprés y te los quitas de en medio. Tus alumnos no aprenden a esquiar, pero son los más duchos en el uso del remonte».

Acaba de nacer una obsesión, y un propósito: encontraré esa mirada antes o después. Cueste lo que cueste.

17

ROSANA

Año 1991

Debería haber nacido en febrero, que es cuando llegan las cigüeñas, pero las cosas se adelantaron. A los cinco meses de residir en la tripa de mi madre, y con tan solo medio kilo, mi situación en el claustro materno no debía ser muy cómoda, porque ella comenzó a sufrir una especie de convulsiones.

Mi padre acudió a la consulta del médico vestido de montañero. Era guía de montaña y fue directo desde Potes. No le dio tiempo de pasar por casa a cambiarse de ropa.

Tras cabecear un par de veces y suspirar otras tantas, el médico anunció a mis padres una amarga disyuntiva: o me sacaban de la tripa con urgencia o el aborto estaba garantizado. Incluso si se provocaba el parto, mi supervivencia representaba toda una incógnita. Y, si lo conseguía, algún peaje habría que pagar en forma de deficiencia física o psíquica.

El nacimiento precoz explicaba mis limitaciones físicas. El médico salió a los pocos días en televisión hablando de mi caso. Aparecía en primer plano, con su barba poblada y enfundado en una bata blanca. A su lado, mi cuerpecillo dentro de la incubadora. Desnudo, con cables y gomas alrededor de un abdomen sin terminar. En mi paso por la incubadora nunca me faltó el acecho de una mirada clínica. Desde que soy capaz de recordar, siempre tuve la sensación de que alguien me observaba, ya fuera mi cuerpo o los informes de mi caso. Mis padres vigilaban con estoico aturdimiento los percentiles de mi crecimiento y el resultado siempre era el mismo: chasco, congoja, frustración. Cuando comencé a ir al colegio, mis compañeros contemplaban con suspicacia mi notable retraso físico y algunos de ellos no dudaban en preguntar los motivos. No me gustaba ser el árbol de Navidad y atraer toda la atención, prefería ser un árbol más del bosque, pero así eran las cosas.

A medida que crecía en edad —en lo único que crecía—, también se disparaba la furia interior, aunque de cara a la galería era capaz de mantener la serenidad.

Por si acaso no era la hija soñada que mis padres esperaban, mi madre se volvió a quedar encinta. De aquel embarazo deseado, muy deseado, porque necesitaban un plan B, nació mi hermana Raquel. No debían de tenerlas todas consigo con la llegada de un segundo hijo, el hecho de que fueran a por un tercero así lo demostraba. El plan C trajo como resultado a mi hermano Bruno. Con dos nuevas candidaturas a la vista, en alguna habrían de acertar.

Raquel y Bruno me superaron con rapidez en altura y peso. Cuando Raquel alcanzó los diez años, no entendía la razón de que algunas de mis prendas le valiesen y otras no. Con las blusas no había problema, pero los pantalones le quedaban a la altura de las espinillas. Los dio la vuelta y se percató de que llevaban recortados los bajos. Y solo podía deberse a una razón: mi cuerpo constituía una auténtica anomalía en su tren inferior.

Una tarde Raquel se sentó junto a mí y parpadeó un par de veces antes de dirigirme una frase demoledora: «Sales en internet». No la formuló con mala fe, pero me causó un dolor agudo, como si me hubiera introducido astillas bajo las uñas. Solté un aspaviento y me vine abajo. Mi propia hermana conocía las circunstancias de mi nacimiento y, no conforme con eso, me las restregó por la cara teñidas de hallazgo informático. El comentario resumía la realidad con extrema nitidez. El mío era un caso excepcional y como tal se publicaba en diversas páginas médicas y de divulgación científica.

A pesar de que mis hermanos se habían percatado de la situación, mi desarrollo irregular les chocó menos que a mis compañeros de clase, para los que mi presencia en el aula sí fue una auténtica rareza. Se encontraron de repente con una niña sentada en un pupitre con las piernecitas colgando, como el muñeco de un ventrílocuo.

Durante esa época experimenté un rechazo moderado. Lo que producía repelús a los niños no era la anomalía en sí misma, sino su origen enigmático. Enseguida asimilaron que detrás de lo insólito se escondía una explicación natural, y que lo mismo que me ocurrió a mí podía haberles ocurrido a ellos. A partir de ese momento la desconfianza se disipó y, en la mayoría de los casos, con ella también se esfumó el rechazo. Mis mejores amigos de aquella época surgieron por la vía de la conversión.

Las experiencias más dramáticas sobrevinieron a raíz del ingreso en el instituto. Allí sí se cebaron de lo lindo con mi aspecto. Sobre todo, los alumnos de bachillerato. Tuve la desgracia de coincidir con tres matones a la búsqueda de presas fáciles. Y yo respondía al perfil. En mi frente se podía leer con claridad: «Chica indefensa de la que mofarse con facilidad». No les importaba tanto la limitación física como mi debilidad. En aquellas fechas yo deambulaba descarriada, fuera de la manada.

Durante los primeros meses de mi estancia en el centro, los tres chicos caminaban a mi lado y no me miraban. O, si me miraban, no me veían. O, si me veían, me ignoraban. Mi cuerpo pasaba tan inadvertido como una pluma en lo alto de un gallinero. Hasta que detectaron mi debilidad. Al llegar por la mañana al instituto, el chico de la gorra era el primero en acorralarme. Me recibía con un «mira, ya ha llegado el pingüino», mientras el de los pantalones caídos me dedicaba una genuflexión cargada de guasa. El chico del tupé se mantuvo al margen los primeros días, pero luego se apuntó al linchamiento. Se le ocurrió la idea de arrebatarme la mochila y colocarla en lo alto de la verja que circundaba el recinto.

El chico de la gorra era altísimo y atlético; el de los pantalones caídos le igualaba en estatura, pero exhibía un cuerpo delgaducho. El muchacho del tupé no pasaba del metro sesenta y cinco. Creo que ese era el motivo de dejarse crecer el tupé y engominarlo, para ganar unos centímetros. A pesar de la inferioridad física en relación con sus amigos, transmitía un firme aire de autoridad.

Cuando me colgaban la mochila en lo alto de la valla, no me quedaba más remedio que encaramarme por los barrotes hasta recuperarla. Al trepar, gritaban: «Ánimo, pingüino, ya te queda poco para alcanzar la sardina». En un momento dado les pareció poco ofensivo el término «pingüino» e idearon otro más degradante: «E.T.».

Julián, el conserje del instituto, conocía las humillaciones a las que me sometía el grupo y siempre estaba pendiente. Cuando veía que los chicos se cebaban conmigo, salía en mi ayuda y les recriminaba su actitud. No servía de mucho. La palabrería moral de un conserje no los achantaba, incluso les infundía valor. La próxima maldad sería más contundente. La directora en ningún momento consideró mi caso de suficiente gravedad como para poner coto a los desmanes de los chicos y aplicar medidas disciplinarias.

De vuelta a casa, en cuanto entraba en el salón, mi madre paralizaba la ingesta de frutos secos, bajaba el volumen de la televisión y me preguntaba qué tal me había ido el día. Yo respondía un escueto «bien» y me colaba en la habitación a dejar la mochila y, ya de paso, tumbarme en la cama durante un buen rato y empapar la almohada de lágrimas.

Tenía por costumbre mentir a mis padres sobre la situación. Si los chicos me tiraban la calculadora al tejado del gimnasio, a mi madre le decía que se me había roto y que necesitaba una nueva. Las numerosas veces en que me ponían la zancadilla y estampaba las rodillas contra el hormigón, achacaba la cojera a una caída en la clase de Educación Física. Tampoco me costaba en exceso convencer a mi madre, un buen concurso televisivo representaba el mejor momento para contarle cualquier penalidad y que la asumiera sin rechistar.

Barajé la posibilidad de decirles la verdad, pero complicaría las cosas. La verdad no conduce al paraíso, la mayor parte de las veces trae aparejados efectos secundarios. Poner las cartas bocarriba solo es una buena idea si tienes posibilidad de ganar.

Últimamente el trío de canallas se había acostumbrado a robarme el bocadillo de media mañana. Así que, durante el recreo, mientras ellos se comían mi bocadillo, yo me comía las uñas. Decidí que tenía que poner coto al expolio rutinario. Pensé que, si preparaba un segundo bocadillo y lo camuflaba en el fondo de la mochila, los chicos estarían felices tras consumar la extorsión y yo disfrutaría de mi tentempié. Así procedí durante una semana sin que ellos se dieran cuenta de la treta. A la hora del recreo me recluía en el baño para que nadie me viera disfrutar del bocadillo de repuesto.

Por muy redondo que parezca a priori, todo plan contiene alguna fisura. Y este caso no iba a ser distinto. Una amiga de la horda me vio entrar al baño con un sospechoso paquete forrado de papel de aluminio y se chivó a los muchachos. La horda reaccionó con su fórmula habitual: apretar más las clavijas. A partir de ese día, al llegar al instituto los chicos me abrían la mochila, extraían los dos bocadillos y la colgaban de los barrotes de la verja como castigo por haberles tomado el pelo.

—Mañana podías traer tres bocadillos y así tocamos a uno por barba —me sugirió el chico de los pantalones caídos.

—Buena idea —convino el de la gorra.

—¡Co-jo-nu-do! —graznó el del tupé.

El chico del tupé era el que albergaba unas entrañas más negras, pero fue el de los pantalones caídos quien me dio una idea que cambiaría las cosas. Al día siguiente madrugué más de lo acostumbrado, preparé tres bocadillos y los guardé en la mochila. Juntos y bien a la vista. En cuanto aparecí por el instituto, los chicos imitaron los pasos cortos y acelerados de los pingüinos, me abrieron la mochila y arramplaron con el botín. Ni siquiera se molestaron en evitar testigos. A la hora del recreo me escondí en los baños de la segunda planta, subí los pies en la taza y abrí el ventanuco. Desde allí podía divisar cuanto ocurría en el patio delantero, donde se congregaba la mayor parte de los estudiantes a esa hora. Entre la masiva afluencia de estudiantes no me costó detectar la presencia de la horda. Caminaban con aire chulesco y desgarbado. Recalaron en la esquina que consideraban su sede y se sentaron con desgana en los tubos destinados al aparcamiento de bicicletas. El joven del tupé fue el primero en sacar el bocadillo del bolso de la cazadora y quitar el papel de aluminio. Le pegó un buen mordisco, un mordisco del tamaño de su bocaza.

Desde mi privilegiada ubicación, pude escuchar un alarido descomunal que retumbó en toda la manzana. De inmediato se oyó un segundo alarido, menos intenso en esta ocasión, pero igual de desgarrador. El chico del tupé escupió un trozo y se quedó mirándolo en el suelo. Trataba de adivinar qué contenía como para haberle abrasado la boca. El joven de la gorra, que aún no había dado el primer bocado al suyo, acercó su zapatilla a la mezcla de tortilla y pan. La esparció a fin de desentrañar qué ingrediente de la tortilla era el causante del dolor que sufría su amigo.

—¡Es guindilla! —anunció tras una carcajada.

—¿Guindilla? ¡No fastidies! —berreó el chico del tupé, que contorsionó el rostro hasta convertirlo en una caricatura—. ¡Grandísima hi-ja de pu-ta!

Varios insultos de lo más soeces, siempre dirigidos a mí, sobrevolaron el grupo y se mezclaron con los bramidos del chico del tupé, que no dejaba de chillar y retorcerse. Tenía el rostro congestionado y la boca abierta lo que sus mandíbulas daban de sí. Parecía que se fuera a ahogar. Contempló el bocadillo con rabia y lo lanzó contra la verja.

—Agua, agua, dadme agua —requería a quienes se interesaban por su estado—. ¡Me arde la boca!

No escuché bien la última referencia que lanzó, pero me pareció oír: «¡Pingüino, te voy a matar!». Me eché a reír. Hacía años que no me divertía tanto. Ver sufrir a quien está acostumbrado a ser el causante del sufrimiento de otros es un bálsamo de primera.

Sus colegas movían la cabeza a modo de periscopio, intentando localizarme entre la barahúnda que ocupaba el patio. No dieron conmigo. Escondida en el baño, disfrutaba de mi pequeña venganza.

Tras lo ocurrido, no podía esperar nada bueno. La horda planificaría una penitencia en exclusiva para mí. Si me pillaban, me harían mucho daño. Un escalofrío me recorrió la espalda. Por primera vez en mi vida sentí pánico. Ese chico me había amenazado en serio. Desde que deposité las guindillas en medio de la tortilla sabía que las cosas no iban a mejorar. Pero hay momentos en que tienes que dar un paso, aunque te conduzca al precipicio.

La clave para evitar la represalia residía en que no me pillasen. Así que no me quedó más remedio que dimitir del recreo. En vez de salir al patio, comencé a resguardarme en la biblioteca. Allí había siempre un profesor que se encargaba del préstamo de los libros. En aquella sala me sentía a salvo. El siguiente paso consistía en evitar el riesgo a la llegada al instituto. Decidí madrugar y acudir a las ocho en punto. Julián, conocedor de la situación, me abría la puerta sin poner pegas. A la salida me las arreglaba para abandonar el centro media hora más tarde que el resto de los alumnos. Transcurrieron dos semanas sin tener noticias del grupo. La táctica había dado resultado. Albergaba la completa seguridad de que el peligro había pasado. La calma volvió a mi vida. Los muchachos se habían olvidado de mí y yo empecé a olvidarme de ellos.

Un día de finales de mayo, lluvioso y frío, tenía prisa por regresar a casa. A las cuatro de la tarde emitían por televisión un documental interesantísimo sobre la formación del universo. Contravine mi norma y salí solo diez minutos después de que lo hiciera el resto de los alumnos. A cien metros del instituto discurría una calle con un tráfico intenso. El semáforo estaba en rojo y me detuve frente al carril-bici habilitado entre la calzada y la acera. Sentí entonces un fuerte empujón en la espalda que me lanzó hacia delante y me dejó en medio del carril. El neumático de una bicicleta me dobló la cadera derecha y el manillar me golpeó en el estómago. Salí volando e impacté con la cabeza contra el hormigón. Tumbada en el suelo, sentí un fuerte dolor en la frente y la sensación de que el estómago se me iba a salir por la boca. Las abrasiones por todo el cuerpo eran lo de menos en aquel mapa de daños.

Los dolores provenientes de todos los rincones de mi cuerpo se hicieron insoportables. A través de los radios de la bici pude identificar al responsable del empujón. En realidad era un trío, cualquiera de ellos podía haber sido el autor. Se carcajeaban, improvisaban aspavientos y entrechocaban los puños como si hubieran hecho un pleno en la bolera.

Me hundí en una especie de cieno denso y oscuro, como si me rociaran de alquitrán.

Cuando abrí los ojos, una mujer vestida de blanco me observaba con curiosidad y dulzura. Quise girar la cabeza para observarla mejor, pero tenía el cuello rígido. No podía moverlo ni un milímetro. Y si no podía mover el cuello... La mujer debió de leer la angustia en mis ojos, porque de inmediato salió al paso:

—No te preocupes. Has sufrido un atropello y te hemos puesto un collarín. Cuando te hagan las pruebas, si todo está correcto, te lo retirarán. —Me agarró de la mano—. Has tenido mucha suerte. Un metro más y te hubiera atropellado un coche. Llevas una hora inconsciente. Además de los fuertes traumatismos, tienes una brecha de seis centímetros en la cabeza. ¡Menudo golpetazo te has llevado! El señor que te atropelló también vino a urgencias, aunque solo tiene abrasiones, y le dijo a las enfermeras que habías cruzado sin mirar.

Casi no podía abrir la boca ni mover la cabeza, así que le respondía con parpadeos. Iba a resultar difícil esclarecer que no había sido una negligencia, sino la agresión de unos depravados. Demasiado largo de explicar, y además me empezaba a doler la cabeza.

Por suerte no había ningún hueso roto. Varias magulladuras y abrasiones, pero nada que no tuviera solución. Mi padre vino a buscarme al hospital. Se asustó al ver un collarín bajo la barbilla y medio cuerpo vendado. Lo tranquilicé a base de mentiras. Le dije que me había despistado. Llovía, tenía prisa y crucé sin mirar. Él asintió con la cabeza y nos metimos en el coche. Al llegar a casa, mi madre también aceptó la versión de la prisa. Si mi madre fuera un líquido que se pudiera embotellar, desde luego que no sería uno inflamable, ni siquiera una burbujeante agua de Vichy.

Unos días más tarde, durante la cena, mi padre se dirigió a la familia con una sonrisa traviesa en los labios:

—Nos vamos a cambiar de casa, esta se nos queda pequeña. Hay unos pisos en Cueto que están muy bien de precio y esa zona nos pilla más cerca de la playa.

Echó mano de un folleto y nos lo mostró. En la portada figuraba un bloque de viviendas enmarcadas en un trazo de rotulador rojo. Lo desplegó para que viésemos los planos de la casa.

Mi padre no achacó el traslado a mis problemas en el instituto. De hecho, mis hermanos no tenían ni idea de lo que pasaba. Justificó la mudanza como una mejora en el estatus familiar, una oportunidad que no se podía dejar escapar. Un nuevo barrio significaba un cambio de instituto, lo único que en verdad me importaba de aquella mudanza.

Cuando me recogió en el hospital, no creyó mi versión del accidente. Había pasado antes por el instituto y Julián le había informado de la situación. Mi padre no imaginaba que mi vida académica era un calvario y tomó medidas. Las únicas que podía, al margen de denunciar a los chicos y meterse en un laberinto judicial que no garantizaba un desenlace feliz.

El hombre había maquinado la componenda inmobiliaria para librarme de esa chusma sin transmitir la idea de que me libraba de esa chusma. A eso se le llama tener mano izquierda.

18

Mayo de 2019

Palacios pasa junto a la mesa de Blasco con aire de aburrimiento mientras termina de embadurnarse las manos de crema. Blasco le hace un gesto para que se detenga.

—Los mexicanos le han dado un buen susto al médico —anuncia el inspector—. Me lo ha contado por teléfono. —Chasquea la lengua—. La cosa se sale de madre.

Palacios guarda el pequeño tubo de crema en el bolsillo derecho del pantalón y vuelve la cabeza hacia Blasco con inquietud.

—¿Le han hecho algo?

—No, pero se han metido en su coche con actitud agresiva.

Palacios tensa los labios, que lleva pintados de carmín fucsia.

—Vaya mequetrefes, intimidar así a un médico.

—Tenemos que presionar al tenista. La operación fue el lunes y hoy es jueves. Con paños calientes no vamos a conseguir nada.

—En otras palabras: hay que volver al hospital.

—Ahora mismo.

—Estaba ocupada con la pelea en la plaza de Cañadío.

—Siempre estás con el mismo tema. Es una mera bronca de unos tíos borrachos durante el fin de semana. Déjalo para otro momento.

—Eso es lo que parece, pero juraría que hay algo más.

Blasco se levanta de la mesa y se dirige a su compañera con determinación.

—Vámonos de una vez.

Palacios esboza un mohín de desagrado y sigue los pasos de Blasco a regañadientes.

Los policías dejan el coche en el aparcamiento del hospital, toman el ascensor y se plantan en la habitación de Nico Romero. Ni siquiera llaman a la puerta antes de entrar. Se empiezan a cansar de la actitud llorica del tenista, justificada tras el daño recibido, pero solo hasta cierto punto.

Sentado en el sillón, Nico teclea en el móvil con la mano izquierda. No le va a quedar más remedio que aprender a arreglárselas de esa guisa, al menos por el momento.

Blasco se dirige al tenista en tono áspero.

—Un par de hombres han abordado al doctor Lomas en el aparcamiento del hospital. Es muy posible que sean mexicanos. Su actitud hostil cesó cuando el médico les mencionó el regalo del cactus. Entonces se percataron de que alguien había querido atribuirles el asunto. Lo que nos lleva a pensar que quizá esos dos individuos no estén detrás de tu problema. Pero tienes que contarnos la verdad de una santa vez.

—Una premisa sí tenemos clara —interviene Palacios—. Creemos que «cirugía» y «tenis» deben ir en la misma frase.

Nico lanza el móvil a la cama con rabia. Un prolongado suspiro augura que se avecina una confesión.

—Se lo contaré todo. Mi vida ha perdido el sentido. Me da igual que esa gente regrese y se cargue la otra mano.

—Me alegro de que lo veas así. Tu terquedad era contraproducente.

El hombre cruza las piernas, se arrellana en el sillón y trata de encubrir su testarudez con una sonrisa.

—Un día se presentaron dos mexicanos en el polideportivo, imagino que son los mismos que han hablado con el médico. Me dijeron que mi carrera estaba estancada, pero que podía mejorar. Y, si no mejoraba, al menos me forraría. No les faltaba razón. Llevaba años sin bajar del número cincuenta del mundo. Me hablaron de las apuestas por internet. Ufff. Dudé. Aquello no era jugar al tenis, era jugar con fuego. Pero necesitaba el dinero por razones que no vienen al caso. Así que decidí que era más interesante ganar dinero que ganar torneos y acepté su propuesta. En unos partidos me ordenaban caer derrotado con el doscientos y pico o que perdiera un set en blanco, cosas así. Si seguía sus instrucciones, ellos ganaban y yo también. Un pacto de caballeros beneficioso para todos. Pero cada vez que me miraba en el espejo veía a un mierda. Mis padres se plantaban delante de la tele, ilusionados de ver ganar a su hijo, ¿y qué veían? Que perdía de forma incomprensible partidos que podría haber ganado con la gorra. Con mi novia pasaba lo mismo. El colmo fue un partido en el Open de Australia. Mis padres se levantaron a las tres de la madrugada para verme y, antes de salir a la pista, me mandaron un mensaje de ánimo. Me dejé ganar en tres sets. —Esboza una sonrisa de desolación—. Aquello fue la gota que colmó el vaso. Discutí con los mexicanos y les dije que lo iba a dejar por el momento. Por eso tenía miedo y no solté prenda. Pensé que habían sido ellos quienes me habían reventado el nervio al verse, en cierto modo, traicionados. Por lo que me dice usted, esos tíos me consideran uno más de la familia y confían en que vuelva a trabajar con ellos. —Adopta una expresión conciliadora—. Ahora entenderán la razón de que mintiera sobre mi estancia en México.

—Sabíamos que mentías. Nos enteramos de que habías estado en Acapulco. Lo que no comprendíamos era el motivo de tus embustes. Nos chocaba que un tío al que le han fastidiado la vida tratase de ocultar los motivos. Tenemos información acerca del mundo de las apuestas; intuimos que la cosa podía ir por ahí y que esa pareja estaba detrás de la cirugía. Pensábamos que tus jefes te habían castigado por desobediencia... —Blasco señala su reloj con el dedo— hasta hace media hora, cuando nos ha llamado el doctor Lomas.

—¿En qué cambia la situación esa charla con el médico? —pregunta Nico desorientado.

—Alguien conocía tu relación con esos hombres. Esa fue la razón de que te regalaran el cactus, para que pareciera una especie de firma. Algo así como «nos has traicionado y hemos tenido que tomar represalias». Desde luego, quienes estén detrás de todo esto han pretendido jugar contigo y con nosotros. Quienquiera que sea es muy astuto. Casi lo consigue.

—Eliminada la hipótesis de esos tíos, ahora estamos como al principio. Sin un puñetero hilo del que tirar —completa Palacios.

Blasco se acerca a la ventana y juguetea con la varilla de la persiana veneciana. Abre y cierra las lamas. Observa un *quad* aparcado en la calle.

—A lo mejor «tenis» y «cirugía» no tienen por qué ir en la misma frase. Ni siquiera en la misma página —sopesa Blasco.

—¿Qué insinúas?

—¿Te acuerdas de Toño Quad?

—Para nada.

—Era un chico que vivía en el Barrio Pesquero. Lo llamábamos así porque tenía uno de esos aparatos y se pasaba todo el santo día dando vueltas por ahí. Parecía que le regalaran la gasolina. Durante un verano nos dimos cuenta de que se organizaban carreras nocturnas en la playa: Somo, Oyambre, Laredo... Nunca repetían sede para que no los pudiéramos pillar. Sabíamos que había carreras porque al día siguiente la arena aparecía llena de rodadas y basura. Dedujimos que eran carreras de *quads* por el perfil de los neumáticos. Como te gusta decir a ti, pusimos en la misma frase «carreras» y al famoso «Toño Quad».

—¿Y?

—Ese chico se acostaba todos los fines de semana a las doce en punto porque ayudaba a sus padres en el asador de pollos. Quienes las organizaban eran unos tíos de Los Corrales.

—Pues metisteis la pata hasta el fondo —se mofa Palacios.

Blasco sacude la cabeza.

—A veces te obsesionas con una idea. Quieres atar cabos a toda costa y lo que consigues es terminar maniatado.

19

ROSANA

Febrero de 2007

—NIÑA, BAJA EL *watusi* al trastero. Ya me he cansado de él —me ordenó mi madre. Se refería a la escultura de ébano que decoraba la entrada de nuestro piso.

—¿Al trastero? Pero si es una talla artesanal —discrepé.

—Me da igual. Ese puñetero escudo siempre está lleno de polvo y, como la madera es negra, resalta una barbaridad. Además, da un poco de miedo.

—Pero, mamá...

Ella estaba planeando ya la mudanza y enviaba al trastero los objetos menos valiosos.

La escultura no pertenecía a dicha tribu. Como era muy alto y portaba una lanza, fue lo primero que se le ocurrió. Si ella despreciaba algo, no se estrujaba los sesos en busca del nombre preciso.

Tomé al *watusi* por la cintura y lo bajé al trastero. No había mucho sitio disponible para colocarlo en las tres primeras baldas; tendría que usar el taburete y hacer hueco en la cuarta. Pegada al techo, me recibió una caja de frutas llena de billetes aéreos, facturas, folletos de viaje, nóminas de mi padre y docenas de sobres amarillos atestados de fotos y negativos. Lo único que me suscitó curiosidad fueron los sobres. Bajé la caja al suelo para echar un vistazo a las fotos familiares. Muchas de ellas correspondían a mis padres cuando eran jóvenes.

Me extrañó ver a mi madre dedicarle a la cámara un repertorio de carcajadas, muecas graciosas, poses extravagantes y alguna que otra incluso gamberra. En algunas fotos conducía el todoterreno, otras estaban tomadas en la cima de una montaña y ella posaba con una mochila colgada por delante, como si estuviera embarazada. En esas imágenes hacía gala de un carácter chispeante y aventurero. Le adiviné una alegría que no mostraba desde que me alcanza la memoria. Tal vez la responsabilidad de hacer funcionar una familia le había diezmado el entusiasmo. Desde luego no quedaba ni rastro de aquel espíritu juvenil y delirante.

Devolví la caja a su sitio y continué mi labor de prospección con el fin de ganar espacio. Pegados a la pared y forrados de desconchones de yeso, había una colección de libros de extraordinario grosor. Extraje al azar un par de mamotretos; ambos habían sido escritos por el mismo autor, un tal Armando Torrent. El título del primero era *Manual de Derecho Privado Romano*, y el segundo iba en la misma línea: *Derecho Público Romano y Sistema de Fuentes*. También encontré manuales de Derecho Político, Natural, Procesal, Administrativo, Penal... Fue un descubrimiento extraño, pues en nuestra familia nadie tenía relación con el entorno jurídico. Le pregunté a mi madre más tarde por su procedencia y me lo aclaró de inmediato.

Después de la boda, no podían permitirse comprar un piso nuevo, así que se metieron en uno de segunda mano que disponía de algunos muebles pertenecientes al anterior propietario: un aparador, mesa de cocina y cuatro sillas, varias lámparas de techo, la librería del salón poblada de títulos de lo más diverso... Se desprendieron de una gran parte de esos restos a medida que se pudieron permitir la adquisición de mobiliario nuevo. En el caso de los manuales de

Derecho, mis padres consideraron que podían tener utilidad en el futuro y decidieron guardarlos. Acertaron de pleno. Cuando yo disponía de tiempo libre en el instituto, leía esos manuales con verdadero entusiasmo. Me fascinaba aquel lenguaje alambicado, lleno de latinajos que les otorgaban a las leyes un cariz solemne. No me sonaba igual el término «autoridad» que el original *auctoritas*, y la expresión «una cosa por otra» distaba mucho del melódico *quid pro quo*. Tenía la sensación de que los términos jurídicos en latín gozaban de más empaque y provocaban un mayor respeto. De no haber descubierto aquellos libros, no hubiera pisado la facultad.

Devolví los manuales a su sitio. Ya casi disponía de hueco para el africano, pero me incordiaba una especie de cuaderno de pastas rígidas adosado a una columna. Tenía toda la pinta de ser un diario. Lo abrí y comprobé que se trataba de un álbum de sellos. Cada página iba dedicada a un motivo: castillos, animales salvajes, soldados de todas las épocas... Deduje que pertenecía a mi madre, pues le encantaba coleccionar cosas. Entre dos páginas atestadas de reyes, apareció por sorpresa un single de Michael Jackson, el Rey del Pop. ¡Oh! Dudé si ese disco había sido colocado ahí por puro azar o si mi madre lo había acoplado a propósito.

Los sellos no me interesaban en absoluto, pero el vinilo era otra historia. Deposité el álbum junto a los manuales de Derecho e hice hueco al *watusi*. Bajé del taburete y apagué la luz. Subí emocionada a casa con el disco en la mano. A mi madre se le iluminó la cara al verlo y me contó su historia.

Cuando regresó de cumplir el servicio militar, a mi padre le dio por acudir las noches de los sábados a la discoteca. Sesión a sesión, baile a baile, se convirtió en un melómano impenitente y en un bailarín de primera. Sabía de memoria que después de *Sweet Dreams* de Eurythmics, el pinchadiscos ponía *Eye of the Tiger* de Survivor, luego sonaba *Our House* de Madness, a la que seguía *Heat of the Moment* de Asia. En las últimas semanas había comenzado a sonar entre medias la canción *Billie Jean*, de Michael Jackson. Uno de esos sábados, el pinchadiscos organizó un concurso para premiar al mejor bailarín del complicado *moonwalk*.

Por aquellas fechas mis padres no se conocían. Mi madre visitaba la discoteca con sus amigas y mi padre hacía lo propio en compañía de su pandilla.

El pinchadiscos pidió que vaciaran la pista y dejaran espacio para los concursantes. Mi padre se situó en el centro. A su lado se plantó un joven que parecía un calco de Michael Jackson. La canción comenzó a sonar y los chicos se lanzaron a bailar. Desde los primeros compases quedó patente que solo dos de los seis participantes adecuaban sus movimientos a la coreografía original: el chico disfrazado y mi padre. La gente se arremolinaba en el perímetro de la pista. Mi madre se situó en el círculo de espectadores más cercano a los concursantes.

Hacia la mitad de la canción, ningún espectador prestaba atención a los cuatro bailarines periféricos. Todo el mundo ponía el foco en los dos chicos que ocupaban el centro de la pista. El azar los había situado allí y no defraudaron. En los compases siguientes, el adversario de mi padre ejecutó al pie de la letra la coreografía del videoclip y el público lo premió con aplausos. Mi padre utilizó ese momento, al margen de la coreografía original, para realizar un eslalon perfecto caminando hacia atrás de una punta a otra de la pista, pero no detuvo a tiempo sus pasos e invadió el primer anillo de espectadores. Algunos jóvenes se apartaron para hacerle pasillo, pero mi madre vivía tan embelesada el espectáculo que no se movió de su sitio. El zapato derecho de mi padre clavó la suela sobre el zapatito izquierdo de mi madre. Ella notó cómo le crujían un par de falanges y soltó un alarido de dolor. Mi padre se volvió hacia mi madre y le pidió perdón, y ella se quedó con las pupilas clavadas en mi padre, arrebatada; era demasiado guapo. A tenor del brillo de sus ojos y su voz entrecortada al contarme este episodio, deduje que había sido un momento muy especial.

En una fracción de segundo mi madre pasó del dolor al amor.

El pinchadiscos premió a mi padre con el *single*. Él se volvió loco de alegría. No paraba de sacar y meter el vinilo en la funda. En vez de guardarlo en el bolsillo del abrigo, se dirigió a mi madre y se lo entregó como ofrenda.

A partir de entonces mi padre y mi madre comenzaron a bailar juntos. Mi madre amaba aquel disco por encima de todas las cosas y, como no quería que se lo rayaran o sufriera algún desperfecto, lo guardó dentro de su álbum de sellos, a sabiendas de que la rigidez de la encuadernación lo mantendría protegido. Lo incrustó entre dos páginas que reunían a los reyes más poderosos de la historia. Como no podía ser de otra manera, Michael Jackson tenía que estar entre ellos.

20

Mayo de 2019

El inspector Blasco marca el número de Lidia, a quien considera novia de Nico tras las revelaciones de los jóvenes tenistas. Pone el móvil en modo altavoz para que Palacios participe en la conversación.

—La he llamado porque es usted la novia de Nico.

—No soy su novia. Somos amigos y punto —replica algo molesta.

—No importa el grado de vínculo sentimental que mantenga con él. Lo que nos interesa es el conocimiento que tiene de su vida, sus hábitos, amigos...

—Sigo sin entender el motivo de la llamada. Que yo sepa, a Nico le han operado de una muñeca.

Los policías comparten miradas de sorpresa. Si la chica no está al corriente de lo sucedido, tal vez tenga razón y su relación con el tenista no sea todo lo fluida que ellos esperaban.

—Ha habido complicaciones durante la operación. Hay daños importantes en esa muñeca —informa Blasco.

—¿Cómo? ¡¿Qué daños?! —grita Lidia.

—¿Nico no le ha dicho nada? —se sorprende el inspector.

—No —asegura de forma categórica.

—¿Cuándo fue la última vez que hablaron?

—Después de la caída en el entrenamiento. Recuerdo que me pilló en la gasolinera de Gornazo. Me dijo que tenía la muñeca rota y que lo tendrían que operar. No parecía algo de lo que hubiera que preocuparse.

—Y no lo era... A priori.

—¿Qué le ha pasado exactamente?

—Le han cortado un nervio de forma deliberada. Los médicos deberán hacerle un injerto y será difícil que recupere la maniobrabilidad de los dedos al cien por cien.

Sobre el teléfono se cierne un silencio elocuente. Cuando Lidia habla por fin, lo hace con un hilo de voz.

—¡Dios santo! ¿Están seguros de que ha sido deliberadamente?

—Por completo. Lo hemos visitado un par de veces y está con la moral por los suelos. Entendemos que ese es el motivo de que no la haya llamado.

La chica lanza un suspiro de desolación.

—Pobre Nico.

—Creemos que ha habido una intención manifiesta de acabar con su carrera tenística. También sabemos que la vida de Nico en los últimos meses había experimentado un cambio drástico. Y no para bien. Tal vez esa circunstancia tenga algo que ver con lo ocurrido en el hospital o tal vez no, pero creemos que ha podido ser determinante.

Lidia se toma su tiempo antes de replicar.

—Los patrocinadores estaban moscas con él desde hace tiempo. Su imagen en los partidos no era la ideal y un jugador es un escaparate donde las marcas exhiben sus productos. Le dieron un toque y lo hicieron con un mensaje bien claro: había que «mejorar el escaparate». Me lo comentó y le dije que yo no podía hacer nada. Trabajo en un periódico regional. El necesitaba un medio de mayor alcance y con un perfil distinto. Tengo una amiga de la facultad que trabaja como redactora en la revista *Perspective*. Se lo comenté a ella y le pareció una idea estupenda. Lo planteó como un tema posible para el siguiente número y el jefe de redacción quedó encantado con la idea. No solo eso, sino que lo puso en portada. Supongo que han visto ese número, la foto de Nico es deslumbrante y el artículo, una delicia, pero ya solo con la portada el impacto fue tremendo. Sus patrocinadores querían un triunfador y la revista les puso en bandeja una estrella.

La mejora en la imagen del tenista le ha quedado clara a Blasco, lo que no le resulta tan fácil de entender son las razones que lo obligaban a ello. El inspector está convencido de que Lidia era la novia de Nico y la relación pasaba por un mal momento. Si ataca por ese flanco, es posible que la vulnerabilidad de la muchacha, si es que la tiene, acabe por manifestarse.

—Tal vez había otra chica... No nos queremos meter en su vida, pero a Nico le hicieron ese estropicio por alguna razón y usted puede ayudarnos.

La periodista vacila, aunque termina por sincerarse.

—Lo vi un par de veces con una mujer que no conocía.

—¿Le preguntó a Nico quién era?

—Eso fue lo mejor. —Lidia deja transcurrir unos segundos—. No supo qué responder el muy cretino. Y luego se inventó una historia rocambolesca para salir del paso.

—¿Qué aspecto tenía esa mujer?

—Unos treinta años, pelo corto, traje de chaqueta y con mucho aplomo. Algo así como Jodie Foster, pero con quince centímetros más.

—¿Dónde lo vio con ella?

—En un local de Cañadío.

La referencia saca a Palacios de la apatía.

—¡Cañadío! Vaya, vaya —balbucea. Deja escapar una sonrisita al tiempo que acerca la boca, pintada de rosa coral, al altavoz—. Por cierto, hace unos días montaron un buen follón en esa plaza. Los testigos aseguran que Nico estaba allí. Llevaba un chaleco lleno de girasoles. ¿Sabe algo de esa bronca?

—¡¿Un chaleco de girasoles?! —se sorprende Lidia, que duda antes de contestar—. No sé nada de ese lío.

—Un lugar céntrico y lleno de gente, un tío muy conocido en Santander... Seguro que algo les ha tenido que llegar a la redacción, aunque sea un chisme.

—En absoluto. Lo mío son las noticias, no los chismes.

Suena el teléfono fijo del inspector. Se disculpa con Lidia y descuelga con un punto de irritación.

—Hay una llamada para usted. Un tal Tristán Peña —le comunican desde centralita.

El inspector repasa mentalmente ese nombre y trata de asociarlo con algún caso.

—No recuerdo a ningún Tristán. ¿Quién es?

—Dice que es un tenista del club Azofra.

—Ah, sí. Pásamelo.

—Veo que están muy ocupados —desliza Lidia, molesta por la interrupción y dolida por la noticia que le acaban de dar—. Debo colgar, discúlpenme, tengo que llamar a Nico y que me cuente lo que ha pasado.

—Muchas gracias —le dice Blasco sin soltar el otro teléfono—. Si consigue averiguar quién es la mujer con la que se reunió Nico, llámenos. Sería de gran ayuda.

Palacios se encarga de despedirse de la mujer y agradecerle la colaboración una vez más.

Blasco centra su atención en la llamada en espera. Tras un *bip* escucha la voz trémula del joven tenista.

—Tenía que contarle algo respecto a Nico. No sé si es buen momento.

—Siempre es buen momento para contarnos algo respecto a ese caso. Algo que no nos contaste el otro día, imagino —desliza con ironía.

—Más o menos —se disculpa Tristán.

—Pues adelante.

—Ha llegado a mis oídos que Nico se rompió la muñeca en un entrenamiento, tuvieron que operarlo y la cosa no ha ido nada bien.

—Es cierto que se han producido algunas... anomalías.

—No puedo dormir tranquilo si no le cuento algo que quizá sea importante. —El chico traga saliva—. Nico no se rompió la muñeca en el entrenamiento.

—¿Ah, no?

—Fue en una pelea con Donato, su entrenador.

—¿Cómo? —se extraña sobremanera Blasco.

—Empezaron a discutir en el vestuario en un tono tranquilo, pero la cosa se calentó. Ya sabe, una palabra más alta que otra, hasta que volaron los insultos y se engancharon de verdad. Nico se puso muy agresivo y le soltó un puñetazo. El entrenador, desde el suelo, le dijo que lo iba a matar.

—O sea que Nico le hizo daño.

—Le dejó la cara magullada. Si no le partió la mandíbula fue de puro milagro. Ese chico tiene una fuerza descomunal.

—¿Y tú dónde estabas para enterarte de todo eso?

—En la ducha.

—Podías haber intentado separarlos, digo yo.

—Sería como meterse en la jaula de los leones con un brazalete de la Cruz Roja.

—Ya entiendo. Si Nico le hizo una buena avería en la cara, tal vez por ese motivo el entrenador le dijo al conserje que estaba de viaje. No quería que el resto de jugadores lo vieran en ese estado.

—Casi seguro. Donato suele pasarse por aquí todos los días y, si tiene previsto acudir a algún torneo, nos enteramos dos semanas antes.

—¿Desde la ducha pudiste ver la pelea con claridad?

—Los oía discutir y no le di importancia. Pensé que sería el típico reproche entre jugador y entrenador por alguna jugada. En el momento en que comenzaron a gritarse, salí y me encontré a Donato con las manos en la cara y a Nico sentado en el suelo agarrándose la muñeca. Se había resbalado en un charco de agua. Me dirigí a Donato para ayudarlo, pero me ordenó que no interviniera. Tiene un curioso sentido del honor.

—¿Por qué dices que es curioso?

—Desde su punto de vista los conflictos entre las personas solo deben afectar a los involucrados, y son ellos quienes tienen que resolverlos.

—¿Conoces el motivo de la discusión?

—Parece ser que ambos tenían una idea muy distinta del honor y la profesionalidad.

—¿En qué sentido?

—Digamos que Donato recuerda mucho a un profesor de artes marciales. Se guía por unos principios muy elevados, y los de Nico quizá sean algo más... de andar por casa.

—Podías habernos contado todo esto el otro día.

—No quería meterme en líos.

—Seguro que hay más razones...

—Es usted un lince.

—Un simple observador. En el polideportivo estabas incómodo, deseabas terminar la entrevista antes de empezarla. Por algún motivo no querías que Curro estuviera al corriente de la pelea, ¿verdad?

—Curro es hijo de Donato. Si se llega a enterar, se habría lanzado a por Nico y el club de tenis se hubiera convertido en El Club de la Lucha.

—¿Hay algo más que consideres relevante de esa pelea?

—Bueno, dada mi situación, le agradecería discreción. Hágase cargo. Donato es una persona a la que admiro, Curro es amigo mío y Nico es un tío majo que pasa por una mala racha. No me ilusiona convertirme de repente en la red a la que llegan pelotazos de ambos lados.

—No te preocupes. Me hago cargo.

Tras el relato de Tristán, el inspector tiene la sensación de que Donato no se tomó muy bien que Nico lo golpeara cuando él seguramente trataba de mejorar su técnica.

Una nueva incógnita surge tras los últimos comentarios de Tristán. El inspector baraja la posibilidad de que Curro se enterara del incidente.

Las últimas conversaciones telefónicas han desvelado nuevos interrogantes. Una mujer con aspecto de Jodie Foster, aunque bastante más alta; un entrenador con motivos sobrados para materializar una venganza y que acumula la suficiente experiencia deportiva como para conocer a todos los traumatólogos del hospital. Sin olvidar al hijo del entrenador: por mucho empeño que haya puesto Tristán por mantenerlo al margen, seguro que conoce lo ocurrido. Y ningún hijo que se precie se queda de brazos cruzados si se entera de que han pegado a su padre.

21

ROSANA

Febrero de 2007

La mudanza nos puso nerviosos a todos. Hasta mi madre, una mujer serena, casi convaleciente, se subía por las paredes si no encontraba lo que buscaba en las cajas.

Al llegar el fin de semana, le propuse a mi padre un poco de aventura. Yo entendía que era la mejor forma de evitar que nos claváramos las uñas los unos a los otros.

—Papá, podríamos ir a Alto Campoo a esquiar.

—Ninguno de vosotros sabe esquiar —replicó con indiferencia.

—Pues ya es hora de que aprendamos.

Él meditó mi propuesta y se la trasladó a mi madre.

—No contéis conmigo. Id vosotros si queréis —se excusó ella con su habitual indolencia.

Mi padre planteó la idea a mis hermanos sin mucho afán y ellos reaccionaron con un salto de alegría, sobre todo Bruno.

—No sabéis esquiar, hija, ¿no sería mejor empezar con un trineo?

—Eso es para niños —me ofendí.

—¿Y vosotros qué sois?

—Yo he cumplido dieciséis años, papá.

—Os pasaréis el día rodando por la pista, con el culo empapado —continuó mi padre con la lista de reticencias.

—Me he informado. En la estación hay monitores, podemos contratar uno para los tres y no sale muy caro.

El sábado a las nueve de la mañana nos pusimos rumbo a la estación. Lo primero que hicimos nada más llegar fue dirigirnos a una de las cabañas de madera donde alquilaban el material. Entramos en una que respondía al nombre de Dimas.

Mi hermana era coqueta en extremo. Pensaba que una cabaña de alquiler de material era como una tienda de un centro comercial, pero hecha de madera.

—Yo quiero pantalón y *anorak* blancos, y botas azules —solicitó a la dependienta, una mujer rubia de unos sesenta años.

Ella miró a mi hermana con un ojo medio cerrado, como si estuviera fumando y le molestase el humo.

—¿Cómo dice, señorita? Si lleva usted ropa blanca los otros esquiadores no la verán y la pasarán por encima. ¿Eso es lo que quiere, que se la lleven por delante?

Mi padre se partía de risa, pero no intervino. Prefería que hiciésemos frente a los conflictos sin ayuda paterna.

—Pues entonces... —caviló mi hermana en busca de otros colores que le gustasen y fueran visibles en la nieve.

—No hay «entonces» que valga, hermosa —aclaró la mujer con un poso de irritación en la voz—. El pantalón y el *anorak* son todos de color rojo. No hay opción. El rojo es el color que más destaca sobre la nieve. Así será más fácil que el resto de los esquiadores te vean. La pista no es para ti sola.

Mi hermana se enfurruñó. Le encantaba dominar las situaciones a pesar de su corta edad. Mi hermano, sin embargo, se sentía tan ilusionado con aprender a esquiar que el color del atuendo le traía sin cuidado.

Una vez que nos colocamos el equipo, la dependienta se dirigió al otro lado de la cabaña, donde tenía apilados los esquís ordenados por longitud. Calculó nuestra estatura a ojo y nos entregó las tablas. Culminó la faena con el pertinente juego de bastones.

Mi padre sacó la cartera para abonar el coste del alquiler.

—Papá, falta el monitor —le recordé.

—Nosotros disponemos de monitores. Si les parece, les puedo solicitar uno —se prestó la mujer.

—Estupendo —zanjó aliviado mi padre.

La mujer descolgó el teléfono y realizó una llamada rápida.

—Un monitor los espera junto a la cafetería, lo distinguirán con facilidad. Lleva un traje negro con la parte de la tripa amarilla. Es muy alto y se llama Adolfo. Han tenido suerte, es de los mejores. Tiene mucho tacto con los niños.

Mi padre le agradeció la gestión y salimos en dirección a las pistas. Caminamos sobre la nieve apelmazada y sucia que se acumulaba al fondo del aparcamiento.

Bordeamos el edificio multiusos y subimos hacia la cafetería. Vislumbramos a nuestro instructor apoyado en el muro y vestido con la indumentaria que nos habían descrito. Era alto, moreno, con un pelo largo y rizado que sobresalía bajo el gorro de lana. Mi padre le hizo un gesto con la mano. El hombre arqueó las cejas en señal de que nos había visto y se acercó a nosotros por un sendero cubierto de nieve pisada.

—Tres niños. Muy bien —dijo—. Cuanto más pequeños, mejor aprenden. Mi nombre es Adolfo y seré vuestro monitor las próximas dos horas.

—Soy Marcos, el padre de los chicos. Rosana, Raquel y Bruno. —Mi padre posaba la mano sobre nuestras cabezas a medida que nos presentaba—. Los dejo en tus manos. Yo estaré en la cafetería, por si acaso me necesitas para cualquier cosa.

—Con tu permiso, me llevo a la familia. Te los devolveré sanos y salvos —indicó el monitor con el pulgar hacia arriba.

Adolfo nos condujo a la pista para principiantes. Caminamos unos cien metros por una ladera con pendiente suave, ideal para deslizarse y no adquirir una velocidad excesiva. Al llegar arriba, nos situó a una distancia de tres metros uno del otro, con el fin de que no chocásemos con los esquís o nos sacásemos los ojos con los bastones. Luego transmitió unas nociones básicas.

—Colocamos las tablas a la misma distancia que nuestras caderas. Ni más separadas ni más juntas. Echamos el cuerpo hacia delante y volcamos nuestro peso sobre las tibias, ¿de acuerdo? Como desplacéis el cuerpo hacia atrás, los esquís saldrán despedidos y os caeréis de culo. El cuerpo siempre hacia delante, como si estuvierais en el balcón de vuestra casa y quisierais ver a alguien que pasa por la calle. Venga, rodillas flexionadas, culo arriba y cuerpo hacia adelante. A ver qué tal se os da.

Comenzamos a practicar. No parecía fácil. Al echar el cuerpo hacia adelante tenía la sensación de que me iba de morros contra la nieve.

—El primer movimiento que aprenderéis será la cuña. En este deporte no tenemos marchas ni frenos, como en los coches. Hay que reducir la velocidad y detenerse con las propias tablas. Tenéis que colocarlas como si fueran el tejado de una casa: separad los talones y juntad las puntas, pero sin que se toquen los esquíes ni se monte uno sobre el otro. Observad.

Adolfo se lanzó por la pista, dibujó con sus esquíes un ángulo agudo y se detuvo sin el menor esfuerzo.

—Venga, ahora vosotros.

El monitor clavó sus bastones en un punto de la pista que consideró apropiado.

—Os tiráis desde ahí arriba, a ver si conseguís frenar antes de llegar a los bastones. Al primero que lo consiga lo invito a un caldo.

—¿Un caldo? ¡Qué asco! —gruñó mi hermana.

Empezamos a practicar en una ladera de poca pendiente que terminaba en la zona llana. Bruno aprendió enseguida. Cerraba la punta de los esquís para trazar la cuña con suma facilidad. Estaba claro que dominaba las tablas. Raquel y yo no éramos tan duchas. Las tablas nos dominaban a nosotras.

Mi hermano adquirió soltura en poco tiempo. Se lanzaba a gran velocidad, para tratarse de un principiante, y se permitía el lujo de frenar un trecho antes de llegar al límite. Al cruzar junto a nosotras, mi hermano nos dedicaba una sonrisa de felicidad. De los tres, era el que más disfrutaba de la nieve.

Pasada una hora y media de prácticas, Bruno subía ladera arriba y se lanzaba desde una distancia muy superior a la nuestra y con mayor inclinación. Daba igual, era capaz de clavar los esquís al llegar a la línea imaginaria. Adolfo no lo aplaudía para no hacernos sentir mal a nosotras, pero se notaba que el rendimiento y la osadía de mi hermano superaban sus expectativas.

A la derecha del telesilla de Pidruecos había una ladera donde se deslizan los trineos y que utilizaban familias con niños o jóvenes que no sabían esquiar, pero deseaban disfrutar de la nieve. Lo que yo no imaginaba era que uno de los trineos hubiera invadido una zona prohibida para ellos: la ladera que discurre entre la pista de Pidruecos y una de las pistas de debutantes.

Me percaté de que el trineo iba cargado con tres chicos eufóricos y bajaba a tumba abierta en dirección a los novatos. Me quedé paralizada. Con el peso y la velocidad que llevaban, no podrían frenar a tiempo ni cambiar de dirección. Iban directos hacia el sector donde nos encontrábamos. Si no conseguían detenerse en el último momento, nos llevarían por delante. Raquel y Adolfo se encontraban de espaldas a la trayectoria del trineo y no se dieron cuenta de la amenaza. Bruno descendía detrás de mí a gran velocidad y solo iba pendiente de su trazado. En cuanto me sobrepasó, le grité para que se percatara de la llegada del trineo y frenara, pero no me oyó. Bajaba entusiasmado con el zigzagueo de las tablas.

—¡Bruno! ¡Frena, frena, frena! —le volví a gritar. El gorro le cubría las orejas y la emoción lo cegaba. No pudo escuchar mis advertencias ni ver el trineo que se acercaba por su izquierda.

El impacto fue espeluznante. Mi hermano salió volando unos cuatro metros; giraba en el aire con los esquís como si fueran hélices. Al caer, una de las tablas se desprendió, la otra permaneció atada a un cuerpo que se deslizaba sin freno por la nieve. Lo detuvieron unas rocas de forma abrupta. Escuché un golpe seco.

Con los esquís puestos, yo no conseguía avanzar con la suficiente rapidez. Me los quité y eché a correr. Cuando llegué hasta él, Adolfo ya se me había adelantado. Se encontraba junto a Bruno y le hablaba. Mi hermano no le respondía. A mí tampoco me dedicó ni una palabra en el instante en que clavé las rodillas junto a su pecho.

—Se ha golpeado la espalda y la cabeza contra las rocas —me confesó Adolfo con el rostro desencajado—. Está inconsciente.

Miré a mi alrededor en busca de los chicos del trineo. Los malnacidos ni siquiera se habían detenido a comprobar el fruto de su estupidez. Corrían pista abajo en dirección al aparcamiento.

Mi hermana se encontraba lejos y tardó en llegar. Se puso en cuclillas a mi lado. Adolfo hablaba a Bruno con un tono pausado, como si tratara de llegar así a las profundidades de su cerebro. Mi hermana y yo solo podíamos llorar, acurrucadas junto a su cuerpecillo.

Bruno yacía tumbado bocarriba. Con las pupilas fijas en el telesilla y la cara rebozada de nieve. El brazo derecho estaba atrapado bajo la espalda; el izquierdo había quedado estirado junto al bastón. Adolfo se percató de que un esquí seguía uncido a la bota y retorcía la rodilla, con riesgo de dañar los ligamentos. Lo soltó con cuidado y le colocó la pierna en una posición natural.

Comenzó a manar sangre debajo del gorro de Bruno. Se formó un reguero sobre la nieve.

—Habladle si queréis, pero no lo mováis ni un milímetro, ¿vale? —nos ordenó Adolfo—. Voy a llamar a emergencias. Pronto llegará un helicóptero, se lo llevarán al hospital y se pondrá bien, ¿de acuerdo?

—Tienes que decírselo a mi padre. Está en la cafetería —le rogué.

—Lo primero es lo primero. Ya habrá tiempo de buscarlo.

Al ver que los esquiadores se arremolinaban en torno a mi hermano, Adolfo gritó en un tono tan autoritario y vigoroso que me sobrecogió.

—Que nadie se acerque al niño, ¿estamos? Y retiraos hacia atrás. Hay que dejar espacio para que aterrice el helicóptero.

«¿Helicóptero? —me pregunté—. ¿Tan grave es la cosa?»

Adolfo se desenvolvió con tranquilidad y solvencia.

—Recordad que no debéis moverlo. De hecho, es mejor que ni lo toquéis. Un movimiento, por leve que sea, puede resultar fatal. Y no dejéis que nadie se acerque —nos dijo antes de echar a correr en dirección al edificio multiusos.

Raquel y yo nos quedamos solas junto a Bruno, que seguía inconsciente. La mancha de sangre sobre la nieve crecía, aunque no con el ritmo esperado, pues deshacía la nieve y se filtraba hacia el fondo.

Un estremecimiento me sacudió el cuerpo. Era la primera vez que me enfrentaba a algo así. Estaba acostumbrada al dolor propio, a sufrirlo en mis carnes. Este caso era muy distinto. Desconocía el daño que le habían hecho a mi hermano, lo que se había roto dentro de su cuerpecillo.

No habían pasado ni cinco minutos cuando Adolfo regresó en compañía de mi padre. Si la agonía pudiera representarse con una imagen, sería la del rostro de mi padre esa mañana de febrero. Hizo ademán de lanzarse sobre Bruno, pero Adolfo lo sujetó por los hombros. Ante la imposibilidad de abrazar a su hijo, mi padre apresó su propia cara con unas manos grandes y calludas, deseosas de apisonar los pómulos, de estrujarlos como si escurriera un paño mojado.

El resto de la mañana pasó muy despacio, a cámara lenta: el aterrizaje del helicóptero, el despliegue de la camilla, el recubrimiento de mi hermano con una manta para evitar que se enfriara... Mi padre quería subir al helicóptero a toda costa. Adolfo lo disuadió al verlo tan nervioso. Él mismo se ofreció a acompañarlo al hospital.

En cuanto el helicóptero despegó, nos metimos los tres en el coche. De regreso a casa, mi padre golpeaba el volante con los puños y sollozaba sin consuelo. Bajaba la cabeza y cerraba los ojos, de modo que el coche daba bandazos por una carretera más estrecha de lo normal al estar flanqueada por una barrera de nieve. El trayecto hasta Reinosa no se terminaba nunca. Yo rumiaba mi culpa durante el camino.

Había sido mía la idea de pasar la mañana en la nieve. Aunque la responsabilidad fuera de los muchachos del trineo, cargué con ella y no será fácil quitármela de encima.

Nunca imaginé que la vida fuera tan imprevisible.

Una semana después del accidente, Bruno regresó del hospital en silla de ruedas. Albergaba la ingenua creencia de que su relación con aquel artilugio sería pasajera. Como las muletas en alguien que se ha roto una pierna. No era consciente de que hay enfermedades que nunca se curan.

Lo que más daño le provocaba era ver a mi madre sollozar a hurtadillas. La mujer se tapaba la boca para no hacerlo delante de él y se recluía en la cocina. Quince minutos más tarde regresaba al salón con los ojos enrojecidos, vidriosos, y un pañuelo empapado en las manos. Bruno sacaba conclusiones de nuestros movimientos, de los comentarios que escuchaba, de las páginas que visitaba en internet. Con toda esa información periférica se hizo a la idea de que nunca más volvería a caminar y que aquella silla sería su eterna compañera de viaje.

Tras el varapalo que supuso el accidente, la vida de la familia cambió por completo. A mi padre, divertido y locuaz hasta ese momento, lo embargó la amargura; mi madre se encerró en sí misma y tiró la llave al mar. Usuaria transitoria del sofá, lo colonizó de forma permanente; solo se levantaba para ir al baño o a la cocina. Mi hermana lo que cerró fue la boca, reduciendo su lenguaje a monosílabos. Nuestra casa se convirtió en un valle de sombras difusas, difíciles de identificar con el original porque la luz que las proyectaba había desaparecido de repente.

A mí no me fue mucho mejor. Cargué en silencio con la culpa y usé la misma táctica que en el instituto. Me negué a compartir con la familia que los chicos del trineo no habían sido unos jóvenes alocados en busca de diversión. Su objetivo era yo, pero Bruno se deslizaba más rápido, me adelantó y se convirtió en diana propiciatoria.

No pude pegar ojo durante semanas. Al principio escuchaba voces que me torturaban y tuve que acudir a algún que otro fármaco para acallarlas. Hasta que llegó un momento en que dejaron de ser necesarios. Ya no quedaba ni una célula sensible en mi interior. Me levantaba de la cama y me acunaba en el sofá. Pasar la noche recostada entre cojines tenía el efecto de una sobredosis de tristeza. Era lo más parecido a un velatorio sin cadáver.

Ante la imposibilidad de jugar en la calle con sus amigos, Bruno comenzó a pintar. Mi madre le compró un bloc de dibujo y una caja de acuarelas. Él emborronaba el papel cada vez con más criterio. Cuando terminaba sus obras, arrancaba las hojas y las fijaba a la pared con chinchetas. Primero llenó los muros de su habitación, luego ocupó el pasillo. Nuestra casa fue su galería, y su familia los primeros admiradores de su obra.

Comenzó a estudiar en una escuela de pintura situada en la plaza de Pombo. Antes de terminar su formación, ya había logrado exponer en un par de galerías. La propietaria de la escuela le ofreció quedarse como profesor y mi hermano aceptó encantado.

Los pinceles se convirtieron en sus mejores amigos, y el lienzo en su psicólogo de cabecera.

22

Mayo de 2019

El guardia Montiel no esconde su frustración. El laboratorio ha sido incapaz de restaurar el contenido del recorte periodístico que encontraron en el bolsillo del cadáver. Lo único reseñable de su informe tiene que ver con la textura del papel. No se corresponde con el que usan las imprentas en la tirada de periódicos, sino que pertenece a un folio común, lo que demuestra que el montañero llevaba la fotocopia de un artículo y no el recorte original del periódico. La hipótesis más lógica dice que el hombre debió de consultar el diario en alguna hemeroteca y solicitar que le fotocopiaran la noticia que le interesaba.

El guardia se ha dejado los ojos durante días en su afán por detectar la crónica que pudo espolear al montañero. Ha examinado a conciencia todos los periódicos nacionales y regionales a fin de dar con alguna información tan sustanciosa como para que el montañero decidiera guardársela en el bolsillo y, posiblemente, usarla como guía en su expedición.

—Tarea inútil y tiempo perdido, sargento —reniega Montiel—. Aparte de información política y deportiva para aburrir, lo más reseñable que ocurrió en septiembre de 1983 es que los rusos fueron acusados del derribo de un Boeing 747 surcoreano con doscientos sesenta y nueve pasajeros a bordo, la primera ministra india visitó España y Roger Moore confesó que dejaría de ser James Bond tras el estreno de *Octopussy*. En cuanto a noticias locales, que es lo que nos interesa de verdad, un joven murió atropellado en la avenida de los Castros, un militar fue acusado de homicidio frustrado contra un civil y, por último, gran cantidad de documentación confirma que la carabela La Pinta procedía de Ampuero.

El sargento tuerce el gesto ante la estéril retahíla de titulares tan poco halagüeños.

—Hay una noticia que no tiene nada que ver con lo que buscamos, pero que hace referencia a la zona de Ándara —prosigue Montiel—. La he fotocopiado porque me ha hecho mucha gracia.

—Pues si te ha hecho tanta gracia, compártela. Yo también me quiero reír.

—Es un artículo sobre la Osa de Ándara.

—No sabía que hubiera osos en esas cumbres, pensé que se movían por zonas boscosas y de menor altitud.

—No se trata de una osa como tal. Es mitad osa, mitad mujer. La historia pertenece a la mitología cántabra.

—Investigamos un crimen. No estamos para mitologías —escupe el sargento en tono de regañina.

—Ya te he dicho que era una historia extraña, una leyenda, aunque el autor del artículo dice que la mujer realmente existió.

La curiosidad del sargento se enciende de repente.

—¿Existió o existe?

El guardia extrae un folio doblado del bolsillo, lo despliega y lo deposita en la mesa.

—El artículo la sitúa a mediados del siglo XIX.

—Vaya, no hay forma de encontrar algo interesante en esas montañas sin tener que remontarse un siglo como mínimo.

—Al parecer pastoreaba un rebaño de ovejas, cabras y rebecos, a los que domesticaba al poco de nacer. Se alojaba en cuevas y no se relacionaba con la gente. No era agresiva, salvo que se sintiera atacada, en cuyo caso se defendía con furia, pues era fuerte y brava. Eso es lo que dice el artículo. Textual.

—Una ermitaña aguerrida, digamos.

—También cuenta que su aspecto no era muy femenino. Tenía los brazos y las piernas forrados de pelo.

—Huidiza, fuerte y peluda. Ahora entiendo el apelativo de osa. No me extraña que nadie se acercara a ella. —El sargento tamborilea con los dedos sobre la mesa—. Lo que no me queda claro es si estamos ante una leyenda o hay visos de realidad.

—Pienso más en una leyenda, aunque un tal Joaquín Fusté afirma que la conoció y escribió un libro sobre ella.

—Tal vez haya algo de verdad.

—O se lo ha inventado todo, que es lo que suelen hacer los escritores. El caso es que empleé un buen rato en la lectura de la historia —admite Montiel—. Desde luego fue lo más curioso que encontré en la hemeroteca.

El sargento alcanza la fotocopia y la alisa con delicadeza. Tras un vistazo rápido, la devuelve a la mesa, se retrepa en la silla y entrecruza los dedos sobre la tripa.

—A ver si fue esta noticia la que el tío de la cueva llevaba en el bolsillo...

—¿Una leyenda de hace ciento cincuenta años? Aunque fuera un hecho real, no veo que tenga la menor trascendencia. He cargado con la noticia porque me hizo gracia, no pensaba que tuviera nada que ver con lo que estamos buscando.

—Si ese relato llamó la atención del periodista como para escribir un artículo, también pudo atraer el interés de nuestro hombre. —Hace una pausa—. Es posible que tengas razón y no se trate de un montañero.

—Cada vez estoy más convencido. Después de lo que sabemos de esas minas, juraría que se trataba de un geólogo interesado en minerales valiosos. Quizá exploraba alguna beta oculta a primera vista.

El sargento niega con el dedo índice.

—No se requieren prismáticos para analizar minerales. En ese caso sería más útil una lupa.

—Tal vez se trate de un espeleólogo a la búsqueda de alguna sima. A esos tíos les encanta meterse por las grietas de la roca caliza. Donde tú adviertes un peligro, ellos vislumbran el paraíso.

—Tampoco se necesitan prismáticos para hacer espeleología —aduce el sargento en un tono más didáctico que recriminatorio—. Se precisan cuerdas, casco y foco frontal. Y no había nada de eso en la mochila.

Resignado, el guardia asiente con la cabeza.

—Vale, quizá las grietas en la roca caliza no eran lo suyo, pero me resulta absurdo que ese hombre acudiera en busca de una mujer peluda, rodeada de cabras y con cara de mala leche.

—No creo que buscara a la mujer, si es que existió, pero sí su rastro.

—¿Rastro? ¿Qué podría encontrar después de un siglo y medio?

—Para un historiador un siglo es como para ti un fin de semana.

—Visto así... —Montiel pone los ojos en blanco y se encoge de hombros—. Aunque se tratara de un historiador o un antropólogo, sigo sin ver relación entre el artículo de prensa y el cadáver. Salvo que la mujer-osa continúe viva, le molestase que ese hombre descubriera su escondite y lo atizara con una piedra. —Se echa a reír—. Si llego a saber que ibas a dar un mínimo de credibilidad a la historia, me hubiera ahorrado la fotocopia.

—Historiador, antropólogo, cazador de leyendas e historias raras. Yo lo veo como un Indiana Jones de perfil bajo.

La expresión del guardia cobra una repentina seriedad, como si se viera obligado a poner un poco de cordura.

—No podemos olvidar que lo mataron y escondieron el cadáver en el fondo de una cueva. Y a nadie le molesta que un tío rarito investigue sobre viejas leyendas.

—Lo tengo muy presente —el tono reflexivo del sargento vira hacia una leve irritación—, pero, de todas las noticias que has mencionado, solo esta tiene que ver con la comarca. No me has dejado muchas alternativas.

Molesto por la indirecta, la cabeza del guardia Montiel bascula de un lado a otro.

—Aparte de la mujer peluda, no encontré nada más. Ni una triste línea que hiciera referencia a esas montañas.

—Si hubieras tenido los ojos bien abiertos, manejaríamos ya alguna hipótesis. Comprenderás que, con el juicio a un militar, un accidente de tráfico y una carabela no llegaremos muy lejos.

—Puedes ir a la hemeroteca y comprobarlo tú mismo. Te juro que no hay un solo titular que mencione esa comarca.

Contrariado por la oportunidad perdida, el sargento se frota los ojos.

—Tiene que haberlo, pero estoy seguro de que lo has pasado por alto.

El guardia esconde su reticencia bajo un lánguido pestañeo mientras Liaño resta credibilidad a las últimas teorías.

—Entre un geólogo con el plano de una mina abandonada o un maniático de historias fantasiosas, no sé cuál de las dos opciones me parece más estrafalaria.

El guardia asiente y se echa a reír.

—Voy a recoger las fotos y devolverlas a la bandeja antes de que se nos ocurran más divagaciones.

Liaño acerca el rostro al guardia.

—Ese hombre tal vez no investigara huellas de viejas leyendas, pero llevaba cámara de fotos y prismáticos. No iba de paseo. Buscaba algo muy concreto en esas montañas. Muy concreto —subraya—. Y tampoco eran rebecos. Esos animales, por muy enfadados que estuvieran por su presencia, no le enviaron al fondo de una fosa.

—Las fotos sugieren que iba solo, pero bien pudo toparse en los alrededores de la cueva con alguien que perseguía lo mismo que él.

El sargento se rasca la barbilla.

—Quizá hayamos cometido un error.

—¿Qué quieres decir?

—A lo mejor no le interesaban las noticias de esta región.

—Es aquí donde ha aparecido el cadáver —recuerda Montiel.

—Sí, pero a saber lo que decidió fotocopiar ese individuo en la hemeroteca.

El guardia suspira.

—Ya no sé qué pensar.

—Esperemos que las pruebas de ADN nos allanen el camino; de lo contrario, vamos a sudar tinta —zanja el sargento.

23

Cada mañana el inspector Blasco se viste de una forma poco llamativa, desayuna sano y se dirige a Jefatura. En el traslado suele desbrozar el camino de preocupaciones y mantener un talante sosegado, como si fuera a comprar aparejos de pesca. Hoy no es así. Desde que se ha metido en la ducha, a eso de las siete, ha notado una punzada de ansiedad. Sabe que le espera un día clave en la resolución del caso más complejo que ha tenido en los últimos años. No el más duro, pues se ha enfrentado a situaciones en verdad cruentas, pero sí el más enmarañado.

Se dirige a Palacios en tono apremiante.

—Ven un momento.

Palacios da un rápido sorbo al café, se incorpora con desgana y despotrica:

—Voy a pedir que me trasladen al turno de noche.

La agente se acerca al escritorio de su compañero. Blasco sobrevuela la mesa con las manos, como si tratara de describirle una maqueta.

—En el montón de la izquierda tengo los informes de urgencias y, en este otro, documentación referida a las cirugías efectuadas el lunes por la mañana. Lo he revisado dos veces y es un verdadero calvario. He tenido que recurrir a internet para saber lo que significa cada término. Es imposible que dentro de un cuerpo humano haya tantos huesos.

—Uf, a mí me hubiera llevado un mes.

—No me cabe ninguna duda —confirma Blasco en tono burlón.

—¿Has llegado a alguna conclusión?

—No sé si llamarlo conclusión, pero sí hay algo llamativo. —Abre un archivo de Excel en la pantalla del ordenador—. Con la información que nos han proporcionado en el hospital he creado una tabla en la que se puede apreciar la actividad realizada esa mañana en los quirófanos. La he clasificado por tipo de operación, equipo quirúrgico y horario.

—Interesante.

—Tenemos claro que el doctor Lomas debía haber operado al tenista, pero en su lugar intervino a otra persona, un paciente con un aspecto físico similar al de Nico, y pendiente de una operación idéntica o tan parecida como para que el médico no se percatara del cambio. —Desliza el dedo por la pantalla—. En la columna de las intervenciones me aparecen dos casos clavados: «fractura desplazada de la extremidad distal del radio». Y en esta otra celda, lo mismo. El primer caso corresponde al tenista, y el segundo...

—¿Desconocido? —lee Palacios extrañada.

—Efectivamente. El jefe de servicio explicó que aplicaron ese término al montañero porque cuando ingresó en urgencias estaba inconsciente y sin documentación. Es muy probable que la guardara en la mochila y esta se quedara en la cueva.

—O sea que es uno de los montañeros.

—Exacto. Y da la casualidad de que ese chico ronda los treinta años. No lo conocemos, pero puede que tenga un aspecto físico similar al de Nico. Y, además, compartían el tipo de fractura. Las horas de entrada y salida de quirófano también coinciden.

—Con dos casos similares, en el hospital se tendrían que haber dado cuenta del intercambio.

—Ese es el problema. Y por eso el jefe de servicio se estaba volviendo loco. Al montañero lo intervinieron el doctor Trapiello y la doctora Laguna. Y no me cabe ninguna duda de ello. —Blasco extrae un documento de la montaña de papeles y pasa las páginas con delicadeza—. Así consta en el parte de quirófano que firmó el doctor Trapiello y también en la hoja de quirófano que redactó la enfermera. Dos profesionales distintos no iban a equivocarse de persona. Sería mucha casualidad. Mira aquí. —Señala la parte superior de ambos informes—. Donde debiera figurar el nombre del montañero han anotado el término «desconocido». Todo concuerda.

—¿Estás seguro de que se trata de ese muchacho?

—Por completo. He llamado al doctor Trapiello y me ha confirmado que operó a un montañero francés. Me dijo que cuando los pacientes entran en el quirófano se les hace una serie de preguntas para saber si padecen alguna alergia, si les han administrado antibiótico previamente, etcétera. Como el chico no dominaba el español, la doctora Laguna tuvo que hablar con él en francés.

—Pues vaya lío. Tanto papel para nada —rezonga Palacios.

—Esto no hay quien lo entienda —reconoce Blasco con gesto de fatiga—. El jefe de servicio decía en broma que el autor había sido un fantasma, y va a tener razón.

A pesar de que Palacios amaga con bostezar, su cerebro no está por la labor.

—Ahora que mencionas lo del francés... Me viene a la cabeza algo que nos contó Nico cuando lo visitamos por primera vez. Dijo que tenía un recuerdo vago de haber hablado con alguien en ese idioma.

—No sería de extrañar, pues coincidió con el montañero en reanimación. Nico estaba medio dormido, por eso su recuerdo le resultaba borroso.

—Cuando estoy medio dormida, yo no soy capaz de hablar con nadie, y menos en francés.

—Pero hay gente que sí lo es.

—En cualquier caso, no deja de ser curioso. Y ya que has chafado mi dosis diaria de cafeína, te voy a decir algo más.

Palacios se cruza de brazos, ladea la cabeza y achina los ojos.

—¿Y si Nico habló en francés con alguien distinto al montañero?

—No entiendo dónde quieres ir a parar.

—Lo digo porque el montañero también estaría sedado. No me imagino qué se pueden decir dos tíos tumbados en una cama y medio groguis.

—Entonces fue un sueño —recapacita Blasco.

—Nico habló en francés —Palacios persiste en su idea—, pero quizá lo hizo mucho antes, por ejemplo, en el momento de entrar en el quirófano.

—¿Ummm? ¿Con quién? ¿Con las enfermeras?

—No. Con la doctora esa, ¿cómo has dicho que se llama?

—Laguna.

Palacios esboza una sonrisa traviesa.

—Creo que Trapiello y Laguna no operaron al montañero, sino a Nico. La doctora pensaba que el tenista tenía nacionalidad francesa, pues era el paciente que les tocaba en suerte, y se dirigió a él en francés para que respondiese al cuestionario.

Blasco resopla.

—Vaya estupidez. Nico se habría reído del error y habría contestado en castellano.

—No si estaba adormilado. Piensa que ya le habían hecho el preoperatorio y los médicos disponían de información suya más que de sobra. No necesitarían hacerle un cuestionario antes de sedarlo.

Blasco se recuesta sobre la silla y cruza las piernas.

—No sé, no sé... Todo esto resulta muy confuso. En cualquier caso, si lo que dices fuera cierto, alguien tuvo que cambiar por error a los pacientes.

—Tal vez los celadores se equivocaron de quirófano al mover las camas.

—Hablamos con ellos en su momento. No pudieron cometer un error así. Siguen las instrucciones que figuran en los expedientes y, en el caso de los quirófanos, los expedientes van metidos en un sobre colocado sobre las camas. —Hace una pausa reflexiva—. A no ser que...

—Los sobres estuvieran equivocados —completa Palacios, feliz de haber dado con la clave del enigma—. Como cuando el cartero mete en tu buzón una carta destinada a tu vecino.

—Sobres equivocados o algo peor. —Blasco juega con el bolígrafo sobre la mesa, lo gira como si fueran las aspas de un molino—. Quizá no fue un error y alguien cambió a propósito esos sobres. Si el montañero acabó en el quirófano de Lomas, y Nico en el de Trapiello, es porque una mano nada inocente cambió los sobres antes de entrar en quirófano, con toda probabilidad en la sala de preanestesia. Nico tenía prevista la intervención a las 13.45 y el montañero a las 14.00 horas. —Señala la tabla de Excel en la pantalla—. Quien hiciera el cambio no tardaría más de dos segundos. Y lo mismo debió de ocurrir a la salida de quirófano. Los celadores se llevaron luego a cada paciente a su habitación y nadie se dio cuenta.

—O sea que fue Trapiello quien le rebanó el nervio al tenista —concluye Palacios.

—Es una hipótesis.

—Pero el doctor Trapiello ignoraba que le estaba propinando un tajo a la muñeca de Nico. A todos los efectos, su paciente era un tío que ni siquiera conocía. ¿Por qué querría ese médico hacerle daño a un montañero que había salido vivo de milagro de una cueva?

Blasco detiene el movimiento circular del bolígrafo y vuelve a señalar con él la tabla en la pantalla.

—Tal vez el autor no fue Trapiello, sino ella, la doctora Laguna, que asistió como segunda cirujana.

—Tú me dirás qué motivo iba a tener esa mujer para querer destrozarle la vida a un chico que no conocía. Sigue sin tener lógica. No le veo un mínimo de sentido al cambio de los sobres.

—Solo nos queda una salida: quien lo hizo fue uno de los dos médicos.

—Tuvo que ser Trapiello. La doctora Laguna habló con el chico en francés, lo que demuestra que ignoraba su verdadera identidad. ¡Lo tenemos! —vocifera Palacios con los brazos en alto y los puños cerrados.

—Desde luego es la hipótesis más razonable.

—Tengo la ligera impresión de que no me va a dar tiempo a tomar el café.

—Impresión correcta. Nos vamos.

—Total, ya estará helado —se desespera.

Blasco apaga el ordenador, descuelga el chubasquero de la percha y se lo echa al hombro. Palacios sigue sus pasos. En esa ocasión camina con más diligencia de la acostumbrada. Ponerle las esposas a un cretino es lo que más le motiva de su trabajo.

—Si el doctor Trapiello es una bestia salvaje, habrá que encerrarlo en una jaula. Y aquí tenemos unas cuantas libres.

Sentado en el sillón frente a la ventana, Nico acompaña con las pupilas el trasiego de los barcos cargados de contenedores. En uno de ellos había viajado su coche, un deportivo que le va a resultar difícil volver a conducir, al menos a la velocidad que lo hacía por las carreteras de la costa. Deberá guardarlo en el garaje. Una joya dentro de un joyero es una joya inútil. Se lo podría regalar a su padre, pero a él no le gustan los coches bajos, y este va pegado al suelo como una lagartija.

Se avecina un cambio drástico en su vida. Deberá asimilar las múltiples renuncias que están por venir. Desde las más simples a las trascendentales.

La primera de ellas está a punto de producirse. Se acabó la cobardía, se terminó el silencio cómplice. Si ha de saltar todo por los aires, cuanto antes explote, mejor será para todos.

Nico se acerca al pulsador que cuelga de la mesilla y presiona el botón rojo. Al instante le responde una enfermera a través del dispositivo de megafonía emplazado debajo de la televisión.

—¿Qué ocurre?

—Quiero hablar con el doctor Lomas.

—Pasa consulta en esta planta. Ahora lo aviso.

En cuanto termina con el último paciente, el doctor Lomas se presenta en la habitación. Presupone que Nico va a soltarle una más de sus crispadas lamentaciones. No le importa. El tenista tiene que desahogarse y la función de psicólogo es la primera que ha de saber desempeñar un buen médico.

—Te he llamado porque estás sufriendo en primera persona las consecuencias de este asunto. Incluso se ha cuestionado tu profesionalidad desde el propio hospital. —Nico agita el móvil—. A través de internet uno se entera de todo.

El comentario desorienta a Lomas. Esperaba un bombardeo de invectivas y Nico lo recibe con paños calientes. No solo eso, también lo exime de toda responsabilidad al tiempo que pondera su valía.

—Sé quién me hizo esta putada —masculla Nico con los ojos posados en su mano.

—¿Cómo? ¿Sabes quién te operó?

—Tengo una idea bastante aproximada.

—¿Pudiste reconocerlo en el quirófano?

—En absoluto. Estaba dormido como un tronco.

—¿Entonces?

—Por el humo se sabe dónde está el fuego.

Nico dirige al médico una mirada febril.

—Estoy convencido que esta faena fue obra de la doctora Laguna.

Lomas da un respingo de incredulidad.

—La doctora Laguna es una profesional extraordinaria —aduce en tono recriminatorio—. Ya me hubiera gustado a mí con su edad tener la mitad de sus conocimientos y maestría a la hora de manejarse en un quirófano. ¿Cómo se te ha ocurrido pensar algo así?

—No pongo en duda sus conocimientos, lo que pongo en duda es el color de su alma, si es que la tiene. Respecto a sus habilidades, lo has clavado. Ni un fantasma hubiera sido más rápido y discreto.

Lomas se acerca a Nico y le dedica una mueca inquisitiva.

—Explícate.

—Hay algo que desconoces por completo. Esa mujer me chantajeaba. Quería que le diera un montón de pasta para su fundación de parapléjicos.

—No sabía que tuviera una fundación.

—Pues la tiene desde hace tiempo.

—En cualquier caso, siempre me ha parecido una mujer muy comprometida con su vocación.

Nico desatiende los comentarios del médico. Se percata de que Lomas no la conoce bien.

—Tenía que darle una cantidad pactada todos los meses.

—¿La doctora Laguna te pedía dinero para una fundación y, por lo que deduzco, te veías en la obligación de dárselo?

—Así es.

—Entonces lo que no me queda claro es el motivo. Las contribuciones a una fundación son voluntarias, nadie te pone una pistola en el pecho para obligarte a donar.

—En mi caso no había pistola, había algo peor. —Nico siembra el comentario de una velada incertidumbre.

—No comprendo qué motivo podía tener. Dímelo tú.

—Es una historia muy larga. Se la contaré otro día.

—De acuerdo. —El médico pone los ojos en blanco.

—Para poder transferirle la barbaridad de dinero que me exigía cada mes, con lo que ganaba en los torneos y los ingresos por publicidad no me llegaba. No me quedó otra opción que empezar a colaborar con unos tíos que amañaban las apuestas por internet. Me lo propusieron un par de mexicanos y acepté.

Lomas menea la boca como si tuviera un caramelo dentro.

—Intuyo que fueron los mismos individuos que se metieron en mi coche.

Nico asiente con amargura.

—No me quedaba otra opción. Esa mujer exigía su «mensualidad» y no podía negarme. Hasta que me di cuenta de que los deportistas entrenamos horas y horas para ganar, no para perder. Mi entrenador me lo dejó muy claro. La pena es que le salió cara la lección: le partí la cara. Así que abandoné las apuestas.

—Bien hecho. Respecto a la cara de tu entrenador... —Sacude la cabeza—. Ni se te ocurra contarme nada, por favor, ni una palabra, ¿vale? No quiero conocer ni un detalle más de tu vida sórdida dentro y fuera de la pista. De este embrollo solo me interesa la recuperación de tu muñeca y tu vínculo con la doctora Laguna.

—Le dije a la doctora que había zanjado el asunto de las apuestas y a partir de ese momento aportaría lo que pudiera, pero no le gustó la idea y tomó represalias.

—¿Estás seguro de que fue ella? —insiste Lomas, asustado por los rincones oscuros que encierra el caso.

—No pudo ser nadie más.

El médico camina con lentitud por la habitación, con la mirada extraviada y las manos entrelazadas a la espalda.

—No sé si tomarme en serio lo que dices. Es un auténtico disparate: fundaciones, apuestas, chantajes, hasta un cactus... Si me presento en el despacho del director y le cuento todo esto, me manda a la planta de psiquiatría.

—No te preocupes. No tendrás que contarle nada a nadie, lo haré yo en persona. Solo quería compartir contigo esta información.

—Gracias, Nico. Me queda una duda: el motivo de que te vieras obligado a hacerle transferencias mensuales a la doctora.

—Lo sabrás en su momento. —Nico deja escapar una sonrisa tan cálida como fugaz.

—Supongo que presentarás una denuncia.

—Algo mejor. He avisado a los policías que han estado por aquí estos días para que vengan a tomarme declaración. Ya no tengo nada que ocultar.

—Me temo que a ellos sí les vas a relatar el motivo de las transferencias a la fundación.

—Quizá —admite Nico en medio de otra sonrisa, cínica en esta ocasión.

—Y les vas a decir alguna otra cosa, ¿verdad? Ese brillo en los ojos no augura nada bueno.

—Les contaré todo desde el principio, aunque no sé si voy a tener fuerzas. Lo que se ha mantenido oculto durante años es algo terrible, y no puedo vivir con ello ni medio segundo más.

Una vez que se ha sincerado con el médico, Nico espera impaciente la llegada de los agentes. Al doctor Lomas le ha confesado una pequeña parte, pero a los policías piensa revelarles la verdad íntegra, desde el origen, sin claroscuros.

24

Desde que la doctora Laguna le habló del accidente de su hermano, Benito desea conocer a Bruno a toda costa. Queda poco tiempo para el viaje a Nápoles y el entusiasmo lo desborda. Tiene tantas cosas que contarle... Reúne tantas esperanzas en un viaje que los convertirá en personas nuevas... El hombre piensa que es encomiable la labor de la doctora con su hermano y los otros parapléjicos del grupo.

Una mañana decide presentarse en la casa de la familia Laguna. Darío lo acompaña hasta el portal, por si acaso hubiera alguna dificultad arquitectónica que salvar, y lo deja dentro del ascensor. A partir de ahí, Benito se apaña solo.

Llama al timbre y no obtiene respuesta. Es al segundo intento cuando escucha arrastrar pisadas y descorrer un cerrojo. Tras la puerta entornada aparece una mujer de unos cincuenta y tantos años. Se llama Petra. La mujer entrecierra los ojos y rezonga al toparse con un desconocido en una silla de ruedas. Lo recibe vestida con una bata, en zapatillas y sin peinar.

—Soy Benito, amigo de la doctora Laguna.

—Mi hija no me ha dicho que fuera a tener visita —se extraña Petra. Aunque incómoda por la visita inesperada, se comporta con educación.

—La doctora Laguna me ha hablado mucho de su hermano y, como estaba por el barrio, he aprovechado para pasar a verlo. Si fuera posible, claro.

Petra se lleva la mano a la cara, como si le pesara, y permanece abstraída unos instantes.

—Lo siento mucho, pero mi chico está en el trabajo y no vuelve hasta las ocho.

—Vaya, qué pena.

—Lamento que se haya tomado la molestia para nada.

—¿Trabaja por aquí cerca?

—En la plaza de Pombo. Es profesor de pintura en una escuela.

—Me he pasado de impulsivo. Debería haber llamado a la doctora antes de presentarme sin avisar. —Benito suelta un tibio gruñido de arrepentimiento—. Andaba por el barrio y he probado suerte. Bueno, tal vez me pase algún día por su trabajo. Me ha dicho que la escuela está en la plaza de Pombo, ¿verdad?

—Sí, no recuerdo el número. Ocupa una primera planta en un edificio que está en el lado opuesto al tiovivo.

—Gracias. Lo visitaré en cuanto pueda.

—De todas formas, ya le diré que ha venido a verlo, y también a mi hija. ¿Cómo ha dicho que se llama?

—Benito Nistal.

La mujer asiente, se despide con una mueca y cierra la puerta antes incluso de que Benito dé marcha atrás con la silla.

El hombre recorre el pasillo con una sensación agridulce. No ha podido ver a Bruno, pero al menos se ha acercado un poco más. Incluso le parece mejor idea charlar con él fuera de su casa, lejos de la familia. Su madre no parece una mujer que rezume optimismo.

Una vez en Santander, Benito planea aprovechar la mañana y visitar la plaza donde se encuentra la escuela. En ese lugar existe un café con un aire clásico que le recuerda los viejos cafés de Madrid. La última vez que estuvo allí fue en compañía de Elisa, y no hace mucho tiempo. Le llamó la atención que los camareros aún vistieran con camisa blanca y chaleco.

Al lado del café había una librería enorme de dos plantas. A la pareja le gustaba visitarla. Mientras Elisa revisaba las últimas publicaciones sobre el tarot, él prefería perderse en la sección de cine y hojear libros ilustrados con fotogramas de películas y fotos de rodaje. En más de una ocasión se reconocía en las imágenes. En apariencia eran Clint Eastwood, Harrison Ford o Sean Connery, pero en realidad era Benito Nistal. Fotos de espalda en posiciones comprometidas o mientras realizaba maniobras arriesgadas. El maquillaje, el vestuario y la pericia del operador de cámara hacían milagros. El cine es el arte de los milagros.

—Mira, aquí dice que este tío es Sean Connery —le había contado Benito a Elisa con sumo orgullo—. Mentira y gorda. Soy yo.

—Claro, de espaldas no existe gran diferencia; porque de frente no hay color, querido.

Elisa era un jarro de agua fría con piernas.

Benito baja en el ascensor y sale a la calle. Al verlo aparecer, Darío acude a su encuentro.

—No lo he pillado en casa. Su madre me ha dicho que está en el trabajo y no vuelve hasta las ocho. No tengo otra cosa que hacer esta mañana, así que nos acercaremos a la academia donde trabaja.

—¿Hoy no vamos a la playa?

—Ya iremos mañana. Lo que más me apetece ahora mismo es conocer a ese muchacho. Trabaja en la plaza de Pombo.

Darío introduce a Benito en la furgoneta y lo abrocha con los cinco cinturones de rigor. Cruza la avenida de los Castros y en menos de diez minutos detiene la furgoneta en el aparcamiento subterráneo que hay bajo la plaza.

Darío y Benito comienzan el recorrido por el lado que indicó la mujer, con la vista puesta en la primera planta de los edificios. No advierten ningún rótulo que indique la localización de la escuela.

—La madre de la doctora me dijo que estaba en el extremo opuesto al tiovivo, pero aquí no hay nada. Ni en la primera planta ni en las demás —se impacienta Benito.

—¿Cómo se llama la escuela? —apremia Darío.

—El nombre concreto no lo sé. Solo que es una escuela de pintura. No creo que haya muchas.

—Lo mejor es que te quedes aquí un momento y vaya yo solo a echar un vistazo. Será más rápido.

Darío se emplea a fondo. Examina con atención las ventanas de todos los edificios de la plaza. Al no encontrar ninguna rotulación que haga referencia a la escuela, recorre los portales y revisa las inscripciones de los porteros automáticos. Tras acometer una segunda ronda, el resultado es el mismo: ninguna mención a una escuela de pintura.

El taxista entra en el Café de Pombo. Los camareros se pasan media vida en ese lugar y son los más indicados para ofrecerle alguna información. Uno de ellos acompaña a Darío a la calle y señala el lado izquierdo de la plaza.

—Había una allí, en aquel edificio granate. Ya no recuerdo si estaba encima de la farmacia o de la tienda de antigüedades. Pero cerró hace tiempo.

—Vaya, no era esa la respuesta que esperaba.

Benito aguarda ansioso a que Darío llegue con buenas noticias. El taxista regresa con el rostro serio. Al llegar a la altura de Benito, se encoge de hombros.

—Lamento decirte que en esta plaza no hay ninguna escuela de pintura. Había una, pero la cerraron.

—No fastidies. Pero la madre de la doctora... Pues vaya chasco.

Benito no entiende el motivo de que Petra le enviara a una escuela que ya no existe. Le duele que lo traten de esa manera sin merecerlo. Él contribuye con extrema generosidad a la fundación que gestiona la operación de médula de cinco personas, su hijo entre ellos.

—Esto no puede quedar así —sentencia con creciente mal humor—. Volvemos a la casa. Esa mujer me va a escuchar un par de cosas.

La pareja desanda el camino. Benito toca el timbre lleno de indignación. En este caso es el padre de la doctora quien abre la puerta. Benito iba con ganas de ponerle la cara roja de vergüenza a Petra, pero al encontrarse con Marcos, la cosa cambia. Quizá él no esté enterado de su anterior visita. Deberá empezar por el principio.

—Soy Benito, amigo de la doctora Laguna. He venido hace una hora a ver a su hijo y su mujer me ha dicho que trabajaba en una escuela de pintura. Bien, pues acabamos de pasar por allí y no lo hemos encontrado.

El rostro de Marcos ensombrece de repente. Tarda en responder y cuando lo hace es para soltar una respuesta sorprendente.

—No lo ha encontrado porque mi hijo murió hace dos años.

Benito ahoga un gemido. Esperaba que ambos compartieran por fin un rato de charla y un sueño que en breve iba a verse cumplido. Tras el revés de la falsa escuela, el chasco es de tal calibre que no sabe cómo reanudar la conversación.

—Pero la doctora Laguna pensaba llevarnos a Nápoles... ¡Dios santo! No sabía que su hijo...

Marcos hunde la cabeza en el pecho.

—No sé lo que le habrá prometido ella. Desde luego, mi hijo no va a poder acompañarlo en ese viaje —articula con voz queda. No se le ve muy dispuesto a proseguir con la conversación y hace ademán de cerrar la puerta.

—No sabe cómo lo siento. No tenía ni idea.

Marcos esboza un escueto gesto de agradecimiento, que sirve al mismo tiempo de despedida.

Benito experimenta una aguda sensación de zozobra. Gira la silla en dirección al ascensor. No puede creer que la doctora Laguna, la mujer que le ha dado esperanzas de curarse, haya jugado con su ilusión —casi convicción— de recuperar la movilidad en las piernas, amén de haberse llevado un montón de dinero para su fundación. Y lo que es peor, ha usado como señuelo a su propio hermano. ¡A su propio hermano muerto! Tampoco entiende que la madre de la doctora le haya dicho que el muchacho trabajaba en una escuela cuando en realidad había fallecido.

Baja en el ascensor cargado de ira. La doctora ha alimentado sus expectativas con el mismo ingenio con que saqueaba su cuenta bancaria. Le ha tomado el pelo de la forma más vil y retorcida.

Benito tiene la amarga sensación de que su vida es un bar al que se le ha agotado la cerveza.

En medio del portal telefonea a la doctora para pedirle explicaciones por su falta de escrúpulos, pero ella cuelga el teléfono en cuanto Benito empieza a soltar reproches.

Sale a la calle y se acerca a la furgoneta, aparcada encima de la acera.

—Nos vamos a casa —indica a Darío—, porque de lo contrario mataré a alguien.

25

Enfrascado en sus tribulaciones, Blasco apenas presta atención a los comentarios de Palacios, como si fuera solo en el coche. En cuanto lleguen al hospital visitarán a Nico e interrogarán al doctor Trapiello. El tenista los ha telefoneado con la intención de declarar.

Al acceder a la segunda planta, el inspector previene a su compañera.

—Ha sido él quien nos ha llamado, así que dejaremos que nos cuente, sin forzarlo.

Los policías llaman a la puerta de la habitación y entran sin aguardar respuesta. El tenista se encuentra sentado en el sillón frente a la ventana, como de costumbre.

—Nico, hemos venido a tomarte declaración tal y como nos solicitaste —se presenta Blasco.

El chico no responde. Suele juguetear con el móvil o ensimismarse mirando al mar.

—¿Nico? —insiste Blasco.

El inspector se sitúa entre el sillón y la ventana. Se percata de que el tenista se ha quedado dormido. La cabeza inclinada hacia la derecha y el brazo izquierdo colgando así lo indican.

—Está frito —anuncia Palacios.

—¿Nico? ¡Nico, despierta! —porfía Blasco. Pone la mano sobre el hombro del tenista y lo zarandea con suavidad.

Palacios sujeta el brazo de Blasco. Adopta una expresión severa y señala con la barbilla el abdomen del tenista.

—Mira el pecho, no se mueve. A la gente cuando duerme no se le para el corazón.

Blasco acerca los dedos al cuello de Nico, donde la carótida de un deportista debería bombear con la cadencia de un diapasón. Frunce el ceño y niega con la cabeza.

—Tienes razón.

Blasco busca a Palacios con la mirada y ella le devuelve un gesto de consternación.

—Pobre chico —musita Palacios.

—Está muerto. O algo peor. —Blasco fija la vista en el suelo—. Mira dónde están las zapatillas. Una a medio metro de los pies, y la otra debajo del radiador.

—¿Dirías que ha habido un forcejeo? —especula Palacios.

—Es muy posible.

Blasco se aleja del cadáver con una mezcla de prevención y aturdimiento. Algo parece llamar su atención en el cuerpo del tenista. Agacha la cabeza para observarlo desde un ángulo mejor.

—Echa un vistazo a la garganta.

Se aprecia una marca rojiza y fina alrededor del cuello. Una especie de collar.

—Hay abrasiones en la piel producidas por el forcejeo. Lo han asfixiado con una cuerda o un cable. No hay duda —afirma Blasco cariacontecido. Acto seguido rodea el sillón y se sitúa detrás—. Le gustaba sentarse ahí mientras estaba enganchado al móvil, así que no ha debido ser difícil acercarse por detrás y pillarlo desprevenido. El chico es fuerte y tiene los brazos muy largos, pero te aseguro que, si alguien ha tirado con fuerza desde atrás, le ha resultado imposible defenderse.

Palacios inclina el tronco y señala una de las patas del sillón.

—Aquí hay tierra.

—Es probable que la llevaran en la suela de los zapatos.

—Lo único que pudo hacer mientras lo asfixiaban fue dar patadas al aire, por eso las zapatillas salieron disparadas.

—Voy a llamar al juzgado —explica Blasco—. Sal y cuéntale lo que ha ocurrido al personal de la planta. Que avisen al médico, pero en la habitación no puede entrar nadie más. Hay que acordonar esta zona del pasillo.

Blasco echa mano del teléfono y se planta frente a la ventana, como si deseara perder de vista el cadáver. El sol quiere asomar tras las nubes, como un tubérculo que despunta sobre la tierra.

La pereza habitual de Palacios se ha evaporado. Actúa con una diligencia y una seriedad desconocidas. Nunca había dado zancadas tan largas ni abierto una puerta con tanto ímpetu. Se acerca al control de enfermería con mirada inquisitiva.

—La supervisora, por favor.

—Soy yo —contesta una enfermera ocupada en aprovisionar un carrito con medicamentos.

—Vamos a ver cómo le cuento esto. —Resopla—. El compañero y yo veníamos a tomar declaración a Nico Romero y no ha sido posible. Ha fallecido.

—¿Cómo que ha fallecido? Pero si estaba perfectamente cuando hemos repartido el desayuno.

—Acabamos de entrar en la habitación y lo hemos encontrado muerto.

—Habrá que practicar una reanimación cardiovascular...

—No le va a servir de mucho. Créame —la interrumpe Palacios.

La enfermera echa a andar en dirección a la habitación, pero Palacios la detiene en medio del pasillo.

—No se puede entrar hasta que llegue un médico a certificar la muerte, luego el forense, los compañeros de la Policía Científica... Durante un buen rato, en esa habitación no puede entrar ni el aire.

—¿Un forense ha dicho?

—Creemos que no ha fallecido de muerte natural. Vamos, que lo han asesinado.

La enfermera se tapa la boca y acelera el parpadeo. En su caso, la incredulidad y el estupor tardarán un buen rato en cesar.

—Voy a llamar al médico.

Descuelga el teléfono y marca una extensión. La conversación con el médico internista es breve.

—Me dice que en cinco minutos estará aquí.

—Le agradecería que pusiera frente a la puerta algún distintivo para que nadie acceda.

—Tenemos indicadores para zonas de acceso restringido. Además, estaremos pendientes. No se preocupe, nadie cruzará esa puerta.

La agente Palacios resopla otro par de veces antes de proseguir.

—¿Ha visto entrar a alguien en su habitación esta mañana?

La enfermera vacila durante unos instantes.

—Hace una media hora me pareció ver a un hombre con una caja de bombones. Hay un control de seguridad a la entrada del pasillo desde la operación de Nico. Imaginé que se trataba de un familiar o un amigo, y no le di más importancia.

—¿Qué aspecto tenía?

—Fue algo fugaz. No sabría decirle.

—¿Le vio la cara?

—Solo lo vi de espaldas mientras abría la puerta de la habitación.

—¿Y al salir?

—Me debió de pillar con algún paciente. De todas formas, preguntaré a mis compañeras.

—No se preocupe. En su momento se tomará declaración a todas.

Palacios regresa y encuentra a Blasco colgado al teléfono. Sabe que no debe tocar ningún objeto, pero nada le impide mirar. La habitación está impoluta, en perfecto orden. Blasco cuelga el teléfono al ver a su compañera.

—Estoy convencida de que ha sido el mismo médico que lo operó quien ha venido a rematar la faena —sugiere Palacios.

—Ya sabes que no me gusta hacer conjeturas sin valorar todas las circunstancias.

—Deberíamos detener a Trapiello en cuanto lleguen los compañeros. Hijo de mala...

Blasco alza los brazos con las palmas hacia Palacios para aplacar su verborrea y hacerle ver que tiene delante un cadáver.

Llaman a la puerta. Blasco se planta con diligencia en la entrada y abre una rendija para saber de quién se trata.

—¡Doctor Lomas! —clama sorprendido el inspector.

—Me acabo de enterar de lo que ha pasado. ¿Podemos hablar en algún sitio?

—¿Hablar? No va a servir de mucho.

—Es importante. ¡Muy importante! —lo apremia Lomas.

Blasco medita unos segundos. Pasará revista a todos los puntos del protocolo con el fin de no incumplir ninguno.

—Entre, por favor. Al fin y al cabo, debe haber huellas suyas por todas partes.

Lomas sigue los pasos de Blasco con las manos en los bolsillos de la bata y un nervioso azoramiento. Se acerca a una distancia prudencial del cadáver. Blasco se lleva el dedo al cuello y luego señala a Nico con el fin de que el médico identifique la causa de la muerte. El doctor aprieta los dientes al divisar la marca rojiza. Sus pupilas saltan del cadáver a Blasco.

—Creo saber quién seccionó el nervio a Nico —suelta de buenas a primeras.

Palacios y Blasco cruzan miradas de desconcierto.

—Fue la doctora Laguna —asegura el doctor.

Los policías adoptan una expresión de asombro. Ellos habían llegado a una conclusión distinta.

—¿Cómo lo sabe? —pregunta Blasco.

—Me lo confesó Nico ayer después de llamarles a ustedes para pedirles que vinieran a tomarle declaración.

—Cuando te operan estás dormido, ¿cómo pudo verla? —interviene Palacios.

—No la vio.

—¿Entonces?

—Me contó que la doctora Laguna lo extorsionaba. Esa mujer creó una fundación de parapléjicos y le exigía una donación mensual. Llegó un momento en que Nico se negó a pagar y la doctora se vengó. No pudo ser nadie más. Eso es lo que me contó.

—Parapléjicos y tenistas. —Blasco chasca la lengua—. No veo la razón de que Nico se viera obligado a contribuir en una fundación de ese tipo.

—Yo tampoco, pero no quiso darme esa información. Me dijo que era una larga historia y que me la contaría en otro momento. A ustedes sí pensaba contarles la versión completa.

—Esa tipeja sabía que el tenista iba a confesarnos lo de la fundación y se lo cargó. —A Palacios le hierve la sangre—. Ha ido paso a paso: primero el nervio y luego el cuello —bufa.

—No adelantemos acontecimientos —sale al paso Blasco.

—Ahora tengo que irme. Debo regresar a quirófano —informa el doctor. Luego se acerca al cuerpo de Nico, como si quisiera despedirse de él. Cae en la cuenta de que es un gesto tan generoso como inútil. Se da media vuelta y sale de la habitación con la cabeza gacha y los dientes clavados en el labio inferior.

26

En cuanto el forense y los compañeros de la Policía Científica ocupan la habitación, Blasco y Palacios no tardan en abandonarla. Caminan cabizbajos por el pasillo, consternados por un desenlace tan imprevisible como cruel. Blasco a duras penas puede sofocar la congoja, se siente culpable por no haber sabido acelerar las pesquisas. Desata su ira contra el botón del ascensor, al que presiona como si se hubiera quedado encerrado dentro.

—Habrá que detener a esa señorita echando leches —sugiere Palacios.

Después de la charla con el doctor Lomas, al inspector no le quedan muchas dudas de que la doctora es culpable, al menos del asunto quirúrgico. Le encantaría presentarse en el Departamento de Traumatología y colocarle las esposas; no obstante, incluso en circunstancias tan evidentes, no es partidario del escarnio público. Aguardará al final del turno. Prefiere no detenerla en los pasillos del hospital, frente a compañeros y pacientes.

Los policías bajan en el ascensor hasta el primer sótano. Recorren el aparcamiento, sin apenas movimiento a esa hora de la mañana, y se introducen en el coche. Palacios lo arranca y lo sitúa en una plaza cercana a la puerta que comunica con los ascensores, un lugar idóneo para controlar al personal que entra y sale. Blasco pide a Jefatura que le envíen una foto de la doctora. No tarda en llegar la fotografía que figura en el carné de identidad. El inspector se la muestra a su compañera.

—Es esta.

—Menuda pájara —gruñe Palacios.

Esperan sentados en el coche. La doctora aparece antes de lo previsto, no es de extrañar que tenga prisa en abandonar el hospital. Camina con paso ligero y la mano hundida en el interior del bolso en busca del mando del coche.

Los policías la observan a distancia, a la espera de que se acerque a su vehículo, un Audi negro aparcado en una plaza reservada al personal sanitario.

Blasco salta del asiento con diligencia. Cuando la doctora se dispone a abrir la portezuela de su vehículo, ya tiene a su lado la sombra del inspector. Palacios tarda algo más en sumarse al encuentro.

—No es necesario que coja su coche —ironiza Palacios con el resuello algo acelerado—. Si va al centro, nosotros la llevamos.

La doctora se da media vuelta y no sabe a quién de los dos dirigir su expresión de perplejidad.

—No voy al centro. Vivo aquí cerca, en el Sardinero.

—Bonito lugar. Buenas vistas.

—Doctora Laguna, queda usted detenida como presunta autora de la intervención quirúrgica realizada a Nicolás Romero —profiere Blasco en tono amortiguado pero severo—. Acompáñenos, si es tan amable.

—Yo no operé a ese paciente. Fue el doctor Lomas —se defiende la doctora, en cuyas pupilas se aprecia un destello de ira.

—Me temo que las cosas no fueron así —rebate Palacios—. Creemos que usted cambió los sobres en la...

—No vamos a mantener esta conversación en medio de un aparcamiento —interrumpe el inspector—. Iremos a

Jefatura y podrá usted contactar con su abogado para que la asista durante el interrogatorio.

La doctora Laguna echa una ojeada a su alrededor, temerosa de que algún miembro del personal médico se convierta en testigo inoportuno. Enfundada en un talante arisco, incluso chulesco, accede a acompañar a los policías y sube al coche.

Blasco se sienta al volante y Palacios la acompaña en el asiento de atrás.

—Estamos seguros de que fue usted quien intervino al tenista —suelta Palacios, que no puede esperar a llegar a Jefatura para sacar a relucir su rabia—. Sospechamos que también pudo estrangularlo. Hay pocos casos donde los indicios sean tan evidentes.

—¿Cómo? ¿A quién he estrangulado yo? —se rebela la doctora.

—El tenista ha aparecido estrangulado y, dadas las circunstancias...

—¿Qué circunstancias? —Entorna el rostro.

—Nico tenía previsto delatarla y cabe la posibilidad de que usted lo matara para evitarlo —arguye Palacios.

—Yo no he matado a ese estúpido —estalla la doctora.

—Este no es el momento ni el lugar de mantener una discusión —indica Blasco con aire autoritario. Mira por el espejo retrovisor y dedica una mueca a Palacios para que ceje en su empeño—. En Jefatura la doctora tendrá oportunidad de declarar en presencia de su abogado.

—No necesito esperar a ningún abogado para rebatir semejante bobada. Me ocupé del nervio. Claro que lo hice. No tengo reparos en reconocerlo. Pero yo no maté a ese niñato —escupe con un brío desaforado.

Palacios tiene la sangre tan caliente que ignora la orden de su superior y prosigue con su amago de interrogatorio.

—El autor tuvo que ser alguien con acceso a planta. Esa ala del hospital estaba controlada por personal de seguridad.

—Le repito que yo no maté a ese chico. Sencillamente porque para mí ya estaba muerto.

Palacios frunce el ceño y endurece las facciones.

—¿Cómo?

—Ya había conseguido lo que quería, acabar con su carrera de un plumazo y verlo lloriquear el resto de su vida.

Blasco y Palacios habían acarreado en ese coche a delincuentes de lo más variado, desde burdos malhechores a tíos capaces de clavarle un cuchillo a su propio hermano, pero nunca habían topado con una mente capaz de planear y ejecutar una estrategia tan perversa.

A pesar del éxito policial que supone la detención de la doctora, a Blasco no le colma de orgullo. Hace un rato ha tenido delante de su cara el cadáver de un hombre joven y la imagen no se le va de la cabeza. El inspector experimenta la misma sensación que si aplicara insecticida a una colonia de termitas cuando ya se ha comido la mitad de la casa.

Durante el interrogatorio en Jefatura, la doctora no muestra el menor reparo en confesar la maquiavélica cirugía. Incluso describe con detalle lo acontecido la mañana del lunes.

—Me di una vuelta por la sala de preanestesia. El doctor Trapiello y yo habíamos acabado la segunda intervención y el equipo ya estaba preparado para la siguiente. Siempre que puedo, me gusta hablar con los pacientes antes de que entren en el quirófano para tranquilizarlos. Me acerqué a la cama del montañero y me di cuenta de que la de Nico se encontraba a un palmo. Estaba acostado de lado y no me vio. Un mechón de pelo le salía bajo el gorro de quirófano. Me recordó a mi hermano. El mismo mechón rebelde bajo el gorro, la misma mirada lánguida que tenía tras el accidente provocado por Nico y sus amigos con el trineo. Sentí un fogonazo de odio.

»Hasta la fecha, mi venganza había sido económica. Demasiado leve para la gravedad de su canallada, pero no había estimado oportuno llegar más lejos. Verlo arrastrarse por la pista, como un lobo viejo al que le han rebajado el rango, me producía una mayor satisfacción y resultaba más rentable. El destino puso su rodilla en mis manos hace unos meses y le saqué hasta el último céntimo. El azar me brindaba una nueva oportunidad; lo tenía a mi merced. Revisé su expediente: fractura en la muñeca de la mano derecha. Lo iban a operar Lomas y Baños. También habría que colocarle una placa, pues la rotura tenía desplazamiento. El montañero y él eran dos casos idénticos, dos jóvenes de aspecto parecido. Dos camas juntas delante de mí... Odiaba al tenista y tenía la oportunidad de causarle un daño atroz. No tuve mucho tiempo para pensar, pues las enfermeras andaban de un lado para otro. Interrumpí las cavilaciones y cambié los sobres. De esa forma Lomas se encargaría del montañero y, como es tan despistado, ni se daría cuenta. El doctor Trapiello y yo intervendríamos a Nico. Si alguien se percataba del cambio, nadie sospecharía de mí. Le echarían la culpa a las enfermeras o a los celadores.

»Solo había una pega: el montañero no hablaba español. En el cuestionario previo a la intervención se descubriría todo. Había que encontrarle remedio. Cuando introdujeron a Nico en nuestro quirófano, esperé un poco más de lo acostumbrado hasta que vi que se comenzaba a dormir. De ese modo no sería capaz de identificarme y respondería con naturalidad a mis preguntas, como si estuviera hipnotizado.

Sabía que Nico hablaba francés, así que me ofrecí a formular el cuestionario y, de ese modo, Trapiello pensaría que era el montañero quien estaba en sus manos. En realidad, no le pregunté por cuestiones médicas, sino por un tema de lo más sencillo. Mientras Trapiello nos observaba con curiosidad, nuestra conversación fue de índole gastronómica. Nuestra charla tenía que sonar natural a oídos del equipo médico, y pocas cosas hay más naturales que hablar sobre comida. En el otro quirófano, Lomas no necesitaría realizar el cuestionario, pues él pensaba que se disponía a operar a Nico y su historial era de sobra conocido. Además, el anestesista que le tocó a Lomas prefiere aplicar una sedación suave a los pacientes para que se tranquilicen antes de entrar en quirófano.

»Una vez que el doctor Trapiello comenzó a manipular la muñeca, se me ocurrió que cercenar el nervio mediano sería una buena faena. Y, si conseguía cauterizarlo, dificultaría el injerto y a Nico le costaría empuñar la raqueta como es debido. La mía sí sería una jugada maestra: "Saque fuerte, subida a la red y punto fácil", como le gustaba alardear a ese majadero. Pero necesitaba encontrar el momento idóneo para efectuarla. Trapiello no ve bien de lejos y, una vez que acomoda la placa, suele acudir al monitor de radioscopia para comprobar el resultado, valorar si está bien reducida la fractura o si algún tornillo es largo y sobresale de la articulación, y en ese caso habría que cambiarlo por uno más corto. El doctor no se apartó ni un milímetro de mis previsiones. Solo tuve que cortar el nervio y cauterizarlo con el bisturí eléctrico. Pan comido. Durante la cirugía, el nervio permanecía tapado por los tendones, así que los desplacé para seccionarlo. Al devolverlos a su posición natural, lo cubrieron por completo. Cuando el doctor regresó no pudo ver la escabechina. Fue un trabajo rápido y pulcro. Impecable.

»Si se descubriese el pastel, la responsabilidad recaería sobre el doctor Lomas o Trapiello. A mí todo el equipo quirúrgico me había visto hablar en francés con un paciente al que consideraba de esa nacionalidad. Nadie sospecharía de mí. ¿Qué interés podía tener yo en hacer daño a un pobre montañero?»

Tras confesar la doctora Laguna su responsabilidad en la cirugía, Blasco aborda la parte final del interrogatorio.

—¿Declara que fue usted la responsable del daño infligido a Nicolás Romero en el quirófano?

—Así es. Y confieso que lo hice en plenas facultades mentales y todo ese rollo. Sin premeditación, porque ya le he dicho que no fue planeado, pero convencida de lo que hacía. Ese tío destrozó la vida de un niño. Así que, como le gusta decir a mi hermana, *quid pro quo*.

—Nicolás Romero ha fallecido en la habitación del hospital. Su muerte ha sido producida por asfixia y, con toda probabilidad, lo que le ha obstruido las vías respiratorias a la altura del cuello ha sido una cuerda o similar. Lo que entendemos como estrangulamiento. Supongo que conoce usted este hecho.

—Por supuesto.

—Nico ha desayunado con normalidad, de modo que la muerte se ha producido entre las diez y las once. Esta mañana usted se encontraba de guardia en urgencias y, según nos han informado desde el hospital, en ese intervalo de tiempo no trató a ningún paciente. ¿Es correcto?

—Correctísimo. Había tratado a una niña que se había caído de un columpio. Tenía un pequeño esguince y contusiones leves. Y al siguiente paciente no lo atendí hasta una hora después.

—¿Qué hizo durante ese tiempo?

—Estudiar.

—¿Estudiar? —se asombra el inspector.

—Los médicos tenemos que estar al día. ¿Usted piensa que uno deja los libros cuando se gradúa?

—Lo que yo piense es irrelevante.

—Pues entonces anote bien clarito: «Estaba estudiando».

—Supongo que la respuesta va a ser negativa, pero tengo que hacerle la pregunta. ¿Estuvo entre las diez y las once de esta mañana en la habitación de Nicolás Romero?

—No, no y no. Durante ese tiempo permanecí en el Departamento de Traumatología. ¡Es-tu-dian-do! —contesta la doctora con rotundidad y una indisimulada fanfarronería.

—¿Alguien la vio allí durante ese tiempo?

—Nadie. Todos mis compañeros estaban en quirófano o en consulta.

—Una última pregunta: ¿estranguló usted a Nicolás Romero con una cuerda, cable u objeto similar?

—En absoluto. Entre otras cosas porque yo no deseaba quitarle la vida, sino fastidiársela, amargársela pero bien. —Inhala una buena bocanada de aire y la suelta de sopetón, como si el ejercicio la liberara—. Si les digo la verdad, tampoco hubiera podido. Nico pesaba unos ochenta kilos, medía uno noventa y estaba fuerte como un roble; yo peso veinticinco kilos menos y ni siquiera voy al gimnasio. Al sentir la cuerda en su garganta, me hubiera estampado contra la pared con un solo manotazo.

—No tengo más preguntas por el momento —zanja el inspector.

Antes de levantarse de la silla, la doctora suelta una última andanada.

—No me alegro de que ese chico haya muerto, pero tampoco me he llevado un disgusto cuando me he enterado.

Dos agentes entran en la sala y se llevan a la doctora en dirección al calabozo ante la mirada ceñuda de Palacios. La agente hincha los carrillos de satisfacción en cuanto la mujer desaparece.

—La tenemos en el bote. ¡Qué lista es la tía! Se ha hecho la honesta a la hora de confesar con pelos y señales el corte del nervio y luego, cuando le has preguntado por el asesinato, se le ha atascado la lengua. Sabía que la esperaban un montón de años en chirona... Así que estaba estudiando, ¿eh? Estudiando cómo cargarse al chaval.

—Ha reconocido su implicación en la cirugía, pero no en el asesinato, cuando podía haber negado ambas. Es cierto que una mentira bien urdida necesita cierta dosis de verdad para ser creíble —arguye Blasco.

—Yo no lo hubiera formulado mejor. Sabía que la teníamos acorralada con el asunto de la cirugía, por eso no le ha importado sacrificar ese peón. Se ha prestado voluntaria a aceptar una pena menor y así evitar salir de la cárcel con canas.

Blasco permanece absorto, con la libreta en la mano y sin moverse de la silla. Recapitula los diferentes episodios del caso.

—Si hubiera querido asesinar a Nico, le habría resultado más fácil inyectar alguna sustancia letal en la botella del suero que enfrentarse a él. No hace falta usar venenos, ciertas combinaciones de fármacos producen los mismos efectos.

—Yo creo que por eso no lo hizo. Es lo que esperaría todo el mundo.

—O tal vez hizo las dos cosas. Mientras no haya autopsia no sabremos si lo sedó y luego lo estranguló.

—No había pensado en esa posibilidad: idear un estrangulamiento para que las sospechas no recaigan en ella, pero ayudarse de alguna sustancia para doblegarlo con más facilidad.

—Dice que durante esa hora se dedicó a estudiar, pero no hay testigos. —Blasco resopla, echa la cabeza hacia atrás y se masajea las sienes—. Este caso no termina nunca y cada vez se vuelve más enrevesado.

—Por cierto, no olvidemos que la pista de Donato sigue abierta —recuerda Palacios—. Como entrenador del tenista no le sería difícil acceder a la habitación. Incluso su hijo podría estar metido en el ajo si se había enterado de la pelea.

Blasco frunce el ceño.

—Casi me había olvidado de ese hombre.

—Ya estoy yo para recordártelo.

—Ahora que lo mencionas, Donato le dijo al conserje del polideportivo que se iba de viaje, pero el agente Camus estuvo en urgencias el lunes y lo vio en el hospital.

—Donato es un hombre recogido pero fuerte, y su hijo, con veinte años, se come el mundo.

—Las personas más peligrosas son aquellas a las que les han arrancado la dignidad —piensa en alto el inspector.

—El entrenador y su hijo tendrían complicado acceder a la habitación. —Palacios menea la cabeza—. Yo apuesto por la doctora, más cínica y retorcida no puede ser. Además, matar al tenista como respuesta a un puñetazo me parece desproporcionado.

—Si tuviera que apostar, y ya sabes que no soy muy partidario, lo haría por el entrenador. No sabemos si la pelea con el tenista estuvo motivada por una volea mal ejecutada o había algún asunto más grave de por medio. Y, por cierto, nadie se va de viaje a un hospital.

27

El sargento Liaño y el guardia Montiel han logrado identificar el cadáver encontrado en la cueva hace una semana. Deben agradecer a la ciencia que les haya facilitado el trabajo. Las pruebas de ADN confirman que el cuerpo pertenece a Germán Maeso, desaparecido en mayo de 2006. El hijo de la víctima se ha presentado en el Instituto de Medicina Legal y ha reconocido las pertenencias de su padre. La primera incógnita ha quedado resuelta.

Determinar la identidad del cadáver ha sido una tarea peliaguda. El sargento Liaño confía en que la resolución del caso sea un juego de niños y se ventile en un santiamén. Solo cuentan con una pista, pero confían en que pueda resultar definitiva: la denuncia presentada por la esposa tras la desaparición. En ella consta lo ocurrido aquel día de hace trece años.

Al ver que Germán no regresaba a la hora acostumbrada y tenía el teléfono apagado, su mujer bajó al garaje y se percató de que el todoterreno estaba en su sitio, circunstancia que la extrañó sobremanera: su marido siempre iba a las montañas en su vehículo. Entonces se presentó en la comisaría y denunció el caso. Confesó a los agentes la mala relación que mantenía su marido con un compañero de trabajo, también guía de montaña. Les contó que ese hombre no era trigo limpio y que profesaba un odio atroz hacia Germán. Ese hombre se llamaba Marcos Laguna.

Quizá la información de la que dispone el sargento Liaño no sea excesiva, pero puede ser suficiente. Pega una voz al guardia Montiel y lo invita a tomar asiento frente a su escritorio. Deposita la denuncia sobre la mesa y la gira para que el otro pueda leerla.

—Hay que localizar a ese guía de montaña e interrogarlo.

—¿Tiene antecedentes?

—Ni una multa de aparcamiento.

El sargento entrecruza los dedos y apoya los codos sobre la mesa. Esgrime su particular versión de los hechos.

—Ese hombre pudo engatusar a Germán con alguna patraña y pedirle que lo acompañara a los Picos de Europa. Y, una vez allí, lo mató y escondió el cadáver. Debía de conocer el macizo al dedillo; sabía que esa cueva en particular contenía una fosa profunda, idónea para ocultar un cadáver.

El guardia subraya con el dedo la última parte del documento.

—Por lo que veo aquí, la esposa insistió sobre la implicación del compañero. La cosa parece bastante clara, salvo que la mujer haya cambiado de opinión.

—No lo creo.

—En estos años pueden haberle surgido dudas respecto a la implicación de ese hombre, o barajar la participación de otras personas en esta salvajada.

—En ese caso, habría acudido de nuevo a la comisaría y las novedades se habrían incorporado al expediente.

—Aquí dice que ambos trabajaban en una empresa de aventura.

—Tiene su sede en Potes y el jefe se llama Nisio. Ya he hablado con él. Le he preguntado por la relación entre los dos guías, pero no le he revelado las sospechas de la esposa para no condicionar su respuesta. ¿Sabes lo que me ha contado?

—No me lo digas. Que eran uña y carne.

El sargento se echa a reír.

—Lo primero que me ha dicho es que no tenían muy buena sintonía. Al darse cuenta de que hablaba con la autoridad y que el término «sintonía» queda muy diplomático, pero suena ambiguo, se ha sincerado. Entonces me ha soltado ya sin tapujos que se llevaban muy mal.

—Suena raro. Eran compañeros.

—Celos laborales. Al parecer Germán facturaba el doble que Marcos y este lo llevaba fatal.

—Si eso es cierto, Marcos borró a Germán de la faz de la Tierra con una doble intención: cargarse a un ser al que odiaba y quedarse con sus clientes, lo que suponía doblar la cuantía de su nómina.

—Una táctica perfecta.

—Germán tenía cuarenta años cuando desapareció, y la esposa indicó que Marcos tenía la misma edad que su marido.

—Si no se me ha olvidado sumar, el guía ronda los cincuenta y tres.

El guardia deposita la denuncia sobre la mesa y entorna el rostro.

—El apellido de ese montañero me suena de haberlo escuchado en los informativos.

—No sé a qué te refieres.

—¿No hay una doctora llamada Raquel Laguna implicada en el asunto del tenista?

—Ajá. La radio lleva toda la mañana con ese tema.

El guardia consulta el móvil y se lo muestra al sargento. En la pantalla aparece el rostro de la doctora.

—Yo diría que ronda los treinta —tantea Montiel.

—El maquillaje excesivo no ayuda, pero andará por ahí.

Montiel devuelve el móvil al bolsillo de la camisa.

—Laguna no es un apellido muy común. Por edad, el guía bien pudiera ser su padre.

—El hospital donde han asesinado al tenista está en Santander, así que el caso le compete a la Jefatura de Policía. Llama y pregunta quién lo lleva.

El guardia asume la tarea con diligencia y desaparece en dirección a su despacho.

El sargento maneja la posibilidad de que la policía pueda echarle una mano. Si el guía fuera el padre de la doctora, como sospecha Montiel, es posible que en Jefatura dispongan de información más sustanciosa que la que aparece en su DNI. Tras leer la denuncia y escuchar al propietario de la empresa de aventura, lo único que saben de ese hombre es que mantenía una notoria rivalidad con Germán.

El guardia no tarda en regresar con el semblante risueño.

—El caso lo lleva el inspector Blasco.

El sargento agradece la gestión con un gesto, se acerca el auricular a la oreja y marca un número que sabe de memoria.

—Jefatura Superior de Policía. —Al otro lado de la línea se escucha una voz masculina que arrastra las sílabas. El policía de centralita debe de llevar toda la mañana pegado al teléfono.

—Soy el sargento Liaño, de la Judicial de Torrelavega. Quería hablar con el inspector Blasco.

—Un momento, a ver si puede ponerse. Con el caso del tenista en plena ebullición, el inspector anda de cabeza.

Tras una pausa amenizada por música barroca, el inspector Blasco responde en tono apremiante.

—¿Sí?

—Tranquilo, inspector, el motivo de mi llamada no tiene nada que ver con Nico Romero.

El inspector resopla.

—Es de agradecer, porque hasta sueño con ese hospital.

—Llevo el caso del montañero encontrado en los Picos.

—Un asunto bastante feo también, por lo que me han contado. Demasiados años desde la desaparición. No te va a ser fácil.

—No creas. La cosa parece bastante clara.

—¿Ah, sí?

—La rivalidad entre montañeros puede ser la causa.

—La mayoría de los montañeros que conozco parecen buena gente, pero me he cruzado con algunos que no son precisamente ángeles: consideran las ascensiones como trofeos.

—En este caso el motivo es laboral, pero tienes razón. Cada vez quedan menos ángeles, si es que alguna vez ha habido alguno.

—Me han dicho que el cadáver tenía un golpe en la cabeza, algo muy normal si caes en un pozo de roca. ¿Creéis que lo asesinaron?

—Al cien por cien. En el cuerpo se han encontrado marcas de arrastre.

—Te noto muy seguro.

—La esposa está convencida. Yo no sé nada de ese hombre.

—Dime en qué te puedo ayudar.

—Se llama Marcos Laguna. ¿Te suena?

—Hemos detenido a una doctora con ese apellido. Ignoro si existe algún parentesco entre ellos o es una mera coincidencia.

—Por eso te llamaba. En la denuncia que presentó la esposa del fallecido, ese hombre figuraba como guía de montaña en una empresa de Potes. No sé si esta información te sugiere algo.

—Ya te digo que no lo conozco. Aquí investigamos un asunto médico, así que nos hemos centrado en la doctora. Parece ser que ha obrado por venganza. Solo sabemos que unos jóvenes hicieron mucho daño a un hermano suyo cuando era un niño. —Blasco recapacita—. Bueno, ahora que lo dices, también conozco a su hermana. Ha ejercido de abogada durante el interrogatorio. Respecto a su padre, poco te puedo contar. No sé ni cómo se llama.

Más que sondear al inspector, Liaño le traslada sus propias tribulaciones, como si pensara en alto.

—Hemos hablado con la empresa y el propietario ha corroborado la versión de la esposa. Pocas dudas nos quedan de que pudo ser Marcos quien asesinó a Germán y ocultó el cadáver en la cueva.

—Entonces la cosa no pinta tan mal como parecía cuando se descubrió el cadáver. Ese sujeto da el perfil.

—Lo interrogaremos en breve y saldremos de dudas. Desde luego, la esposa del muerto parecía muy convencida.

—Si se confirma la relación filial y las sospechas de la mujer, estamos ante una familia de cuidado: a la hija le gusta cortar por lo sano y el padre no hace prisioneros.

28

Blasco regresa a su escritorio. Contempla con hastío el parapeto de documentos que ocupa el perímetro de su mesa; material inútil, salvo los partes de quirófano donde reza que la operación del montañero y la de Nico se realizaron de forma casi simultánea.

Una llamada inesperada interrumpe sus reflexiones.

—Soy Lidia, la amiga de Nico —susurra la periodista con la voz entrecortada.

—Siento mucho lo ocurrido, de verdad se lo digo.

—Gracias. Sé que han detenido a la doctora Laguna. He visto fotos en la redacción. Esa era la mujer que estaba con Nico en la plaza de Cañadío, aunque ya poco importa.

—Se conoce que había algún tipo de relación «comercial» entre ellos.

—No le llamaba por eso.

—¿Ah, no?

—Por aquí se comenta que fueron ustedes quienes encontraron a Nico muerto, ¿es cierto?

—Así es. Nos presentamos en el hospital para tomarle declaración y, al entrar en la habitación...

—¿A qué hora llegaron a la habitación?

—Alrededor de las 11.30. ¿Por qué lo pregunta?

—Nico me envió un mensaje a las 10.55. No le había dado importancia en un principio, pero ahora creo que sí puede tenerla. Si le parece, le reenvío el texto. Nunca está de más. Ustedes y nosotros tenemos una virtud, o un defecto: nos gusta sacarle punta a todo.

—Muchas gracias. Claro que lo leeré.

—Ojalá pillen al miserable que ha matado a Nico.

—La entiendo. Mándemelo en cuanto pueda. Ahora mismo le envío un mensaje al móvil con una dirección de correo electrónico.

—Por cierto, no iban ustedes desencaminados. Nico y yo éramos novios hasta hace unos meses. El chaleco de girasoles que usaba a menudo tenía un significado para nosotros. Nos conocimos en una visita a El Capricho de Gaudí. Supongo que lo conoce. Está forrado de girasoles por todas partes. Pero la relación pasaba por un momento delicado; no me fiaba ni un pelo de sus movimientos. Nico hacía cosas muy raras en los últimos tiempos. En cualquier caso, era un romántico y un chico muy divertido cuando quería. —A Lidia le tiembla la voz. Se nota que está pasando un mal rato—. Lo siento. Tengo que colgar.

Blasco se queda con el teléfono mudo en las manos. Lo cuelga y deja correr un tiempo prudencial antes de abrir el correo electrónico. El último mensaje pertenece a Lidia.

> En el parque situado frente al hospital hay un hombre con un chubasquero. Lo he visto merodear por aquí estos días. Calza botas de montaña. No hace más que mirar hacia las ventanas de las habitaciones y llamar por teléfono. No me gusta nada ese tío.

El inspector permanece con los ojos clavados en la pantalla. Rumia una de las frases: «Calza botas de montaña».

El inspector recuerda los restos de barro encontrados junto al sillón de la habitación de Nico. Una idea comienza a tomar cuerpo. No le cabe ninguna duda de que la doctora

Laguna fue quien había maniobrado en la muñeca de Nico, ella misma lo confesó, pero quizá no quien le puso un lazo en el cuello.

Resulta difícil pensar que un médico se mueva por el hospital con unos zapatos colmados de barro; usan zuecos. Sin olvidar que disponen de plaza de aparcamiento. Quien estuvo en la habitación de Nico debió de ser alguien recién llegado del exterior y que accedió al hospital a través del parque, embarrado por las lluvias.

Los datos no encajan con la doctora Laguna. En su caso no se justifican los restos de barro, y con su complexión física no sería capaz de reducir a un hombre tan fuerte y grande como Nico con una cuerda, aunque se ayudara de un sedante para someterlo. Barro, cuerdas, botas de montaña... Blasco vuelve el torso hacia Palacios.

—¿Te suena que la doctora Laguna tenga algún familiar o amigo que sea montañero?

—Un momento. —La agente hojea los papeles acumulados en la bandeja de su mesa—. Aquí están los datos. Su madre se llama Petra Rubio y no figura ninguna profesión. Su padre, un tal Marcos Laguna, posee una empresa de guías de montaña. Si eso te sirve...

—A ver si es la misma persona de la que me ha hablado el sargento Liaño. ¿Estás segura de que se llama Marcos?

—Es lo que dice aquí.

—Los montañeros suelen llevar botas con estrías profundas capaces de alojar barro en cantidades industriales. Y no podemos olvidar que, según la declaración de la doctora, ese hombre tenía cuentas pendientes con Nico: fue uno de los chicos que golpeó a su hijo con el trineo.

—Pudo ser una maniobra conjunta de padre e hija —conjetura Palacios—. Porque esa mujer ya es mayorcita para que venga su padre a buscarla al trabajo.

—Tal vez ella introdujo algún sedante en el suero, como tú decías, y su padre acabó la faena.

—Dalo por hecho.

—Un rato antes de morir, Nico le envió un mensaje a su novia. Decía que un hombre con botas de montaña andaba por el parque y mostraba un comportamiento extraño. Hablaba por teléfono y miraba hacia las habitaciones como si intentase localizar una en concreto.

—Pues ahí lo tienes —conviene Palacios con el pulgar levantado—. El tío del parque aguardaba las indicaciones de la doctora. Recuerda que una enfermera vio a un hombre entrar en su habitación con una caja de bombones. Seguro que los llevaba para disimular.

—¿La enfermera pudo identificarlo?

—No le vio la cara.

—Entonces sí pudo ser el hombre del parque —explica Blasco.

—Pero no entiendo cómo accedió a la habitación de Nico. Había un guardia de seguridad en el pasillo.

—Salvo que fuera a pasar consulta. Al fondo del pasillo se encuentran las de Traumatología, Endocrinología y Urología. Al menos de esas me acuerdo.

—Solicitaré el listado de pacientes de todas las consultas de esa planta.

—Para poder dominar a Nico debería ser una persona grande, fuerte y, sobre todo, muy ágil.

—Los montañeros suelen ser todo eso. Les va la vida en ello.

—Un montañero, un entrenador, barro, bombones... —Blasco enumera los pequeños hitos del caso—. Por cierto, cuando estuvimos en la habitación no recuerdo haber visto la caja de bombones por ningún sitio.

—A mí tampoco me suena.

—Los compañeros de la Policía Científica no la han incluido en el informe.

—Qué raro. Nadie regala una caja de bombones para luego regresar a casa con ella bajo el brazo —señala Blasco.

—Está claro que era una especie de salvoconducto. Para que nadie reparase en él.

—Creo que todo obedece a un plan macabro de esa doctora. La caja de bombones serviría a su padre para burlar la vigilancia y entrar en la habitación sin llamar la atención.

—Una planificación criminal a cuatro manos —explica Palacios—. Ya te dije que esa mujer es muy lista.

—Tengo curiosidad por ver el listado de pacientes de esas consultas.

—Y yo verdadero interés en conocer el informe de toxicología para comprobar si lo sedaron para cargárselo con más facilidad.

—Parece que las cosas comienzan a aclararse —celebra Blasco.

—La doctora se alió con su padre para vengarse del tío que había dejado a su hermano en una silla de ruedas. Caso resuelto —zanja Palacios, que vuelve a mostrar el pulgar hacia arriba.

—Casi resuelto —rebaja la euforia Blasco, al que la interferencia de ese caso con el cadáver hallado en las montañas más que complacerlo, lo desorienta.

El siguiente paso del inspector es telefonear al sargento Liaño y ponerlo al corriente.

29

Darío conduce hasta Liencres. Benito, dicharachero natural, no suelta ni una palabra durante el trayecto, consciente de que no se despegará de esa silla mientras viva. No hace ni veinticuatro horas que sus esperanzas han sido arrancadas de cuajo por una mujer infame, un auténtico demonio.

El taxista aparca frente al restaurante Cota Zero y Benito realiza la misma ruta que de costumbre: desde las rocas hasta la desembocadura de la ría, pero con un ánimo muy distinto al de otras jornadas. De regreso, planta la silla en medio de la arena y mira al horizonte con desgana. Entre sus reflexiones no hay espacio para la sensibilidad. El dinero no le preocupa en exceso, sus desvelos van en otra dirección: quería vengarse de esa doctora, denunciar sus malas artes y acabar con su carrera, pero en las noticias dicen que la policía ya la ha detenido.

Los rayos del sol lo atizan de lleno y contribuyen a que no tarde en quedarse dormido.

Lo despiertan las gotas de agua, que le salpican las manos. La marea sube deprisa. El nivel del mar ha rebasado ya las ruedas de la silla y le llega por los tobillos. Asustado, menea el *joystick* hacia atrás, pero la silla no se mueve ni un centímetro. Agita nervioso el dispositivo en todas las direcciones sin el menor resultado; el motor sigue sin obedecer. Se pregunta si se habrá quedado sin batería, circunstancia que nunca se había producido antes, pues Carol la recarga todas las tardes antes de irse. Tal vez la carcasa del motor no es estanca, y el agua ha penetrado en el interior y ha afectado a la electrónica.

Benito grita, se desgañita pidiendo ayuda. No obtiene respuesta. En días laborables poca gente asoma a la playa, y quienes acuden suelen acomodarse en la zona más próxima al aparcamiento, del que lo separan unos trescientos metros.

El ascenso de la marea no perdona. El oleaje azota la silla, que cada vez ofrece menos resistencia a las embestidas. Sus gritos de auxilio solo tienen audiencia entre las gaviotas.

Una fuerte ola rompe delante de él. La cresta se estrella contra su cara y el impacto vuelca la silla. Benito y la silla flotan a la deriva, cada uno por su lado. El hombre intenta nadar para acercarse a ella y usarla de salvavidas. Una segunda ola, tan poderosa y malintencionada como la primera, lanza la silla hacia la playa y lo engulle a él como lo haría una cosechadora con las frágiles espigas. Lo arrastra por el fondo, reboza su cuerpo en arena y lo suelta a varios metros de la silla. Cuando consigue sacar la cabeza del agua, una distancia considerable lo separa ya de su salvavidas, un trecho irreductible para un hombre al que las piernas no lo ayudan a nadar. Intenta sobrevivir a base de chapoteos indiscriminados, manotazos poco efectivos que le minan las fuerzas. En otros tiempos era capaz de escapar de un coche sumergido en un lago —aunque odiaba esos planos— y ahora no puede ni mantenerse a flote. Las olas zarandean su cuerpo encorvado como si fuera un peluche. Desiste de pedir ayuda, con respirar de vez en cuando ya se da por satisfecho. Con el paso del tiempo, el carburante de los músculos decrece hasta que casi no puede ni agitar las manos. Cada ola que llega le deja un bofetón en el rostro y una muestra de agua en los pulmones. En cualquier momento se llenarán y se quedará sin aliento. Un brillo en alta mar, perteneciente al mástil de un velero, es lo último que ve antes de zambullirse.

Benito siente un repentino e intenso dolor en el pecho. Algo lo presiona con tanta fuerza, que una parte del agua que ha tragado sale a borbotones. No puede entreabrir los ojos, abrasados por la sal y cubiertos de arena. Su pecho se hunde y se expande a un ritmo sincopado. Unas manos grandes y poderosas son las ejecutoras de los envites. Le tiran de las axilas hacia las dunas y lo alejan del mar. El frío resulta insoportable, mayor que dentro del agua. Es como si lo hubieran cubierto con una sábana helada. Transcurrido un tiempo que no es capaz de calcular, esas mismas manos lo encaraman a la silla, lo empujan hacia el aparcamiento y lo remolcan al interior de la furgoneta. El motor ruge y el vehículo comienza a circular. Benito apenas consigue despegar los ojos rebozados en arena y sal, pero sí lo suficiente como para vislumbrar una carretera bordeada de pinos. O tal vez sean eucaliptos, da un poco igual. Sea la especie que sea, los árboles solo pueden crecer en tierra firme. Y para él «tierra firme» es lo más parecido al paraíso.

Tras llegar a casa y superar el susto, Carol le cuenta lo ocurrido.

Al percatarse de que Benito y Darío no regresaban a la hora de costumbre, Carol se metió en el coche y se presentó en la playa de Valdearenas. Cuando llegó al aparcamiento, Darío estaba en la furgoneta. Tenía la música puesta y jugueteaba con el móvil. Carol le señaló el reloj y le dijo que Benito ya debería estar de vuelta. Preocupado, el taxista salió de la furgoneta y ambos bajaron a la playa. Al no divisar a Benito sobre la arena, se acercaron al mar y se percataron de que su silla flotaba a la deriva. Localizaron su cuerpo y entre los dos lo sacaron del agua. Los fuertes brazos de Darío fueron los que le salvaron la vida. En medio de un oleaje tan bravo, ella sola no hubiera podido arrastrarlo ni un palmo.

Benito considera que quizá el motor se mojó y dejó de funcionar, o tal vez se había quedado sin batería, pero le extraña que estuviera descargada. Carol tampoco entiende la situación. Ella la enchufa todas las tardes antes de regresar a casa. Y lo hace a conciencia: hasta que el piloto no cambia de naranja a verde, no desconecta el cable.

La mujer se hinca de rodillas y husmea en el motor.

—Ya sé lo que ha pasado: el cable que comunica la batería con el motor está desconectado.

SECO, ASEADO Y mucho más tranquilo, Benito contempla a su caballo desde la galería. Sabe que nunca podrá subirse en su lomo. El sueño truncado tiene el efecto de un catalizador. Le viene a la cabeza el posible conspirador en el suceso de la playa: la doctora. Ella sabía que Benito podría testificar en su contra, amén de tener que devolver el dinero que le había robado a los parias que abastecían la fundación.

Benito es un manojo de nervios. Llama a Rosana y le pide que acuda a su casa en cuanto pueda. Lo sucedido es demasiado grave como para hablarlo por teléfono. Aguardará la llegada de la abogada sin moverse de la galería, su mejor refugio cuando las cosas van mal. Una especie de búnker y atalaya al mismo tiempo. Mientras la espera, Benito no se olvida de la merma en su colección de cactus. Las manías son a la vejez como los berrinches a la infancia.

30

El sargento Liaño y el guardia Montiel visitan a Marcos en su casa. Al montañero le extraña la presencia de dos miembros de la Guardia Civil.

—Buenos días. ¿Marcos Laguna? —pregunta el sargento.

Marcos asiente con la cabeza.

—Veníamos a hablar con usted.

Marcos se percata de que el pasillo no es el lugar idóneo para tratar un asunto que será delicado a buen seguro.

—Pasen. Será mejor que hablemos dentro.

Marcos conduce a los guardias hacia el salón, donde Petra ve la televisión repantingada en el sofá. Esboza un mohín de contrariedad, retrocede e invita a los guardias a entrar en la cocina. Los recibe un fregadero colmado de platos sucios y un apestoso olor a pescado frito. Avergonzado, abre la ventana.

—Disculpen, cuando mi mujer se adueña del mando de la tele no lo suelta, lo mejor es no molestarla. —Señala la mesa e insta a los guardias a sentarse—. Lamento que tengamos que hablar delante de un frutero.

—No se preocupe —asume con naturalidad el sargento Liaño—. En mi casa paso más tiempo en la cocina que en cualquier otro sitio.

En cuanto los tres se acomodan, el sargento se dirige a Marcos sin perder un segundo.

—Estamos en su casa por un asunto delicado. Han descubierto en los Picos de Europa el cadáver de Germán Maeso.

Marcos escucha estupefacto la explicación del sargento.

—Los compañeros del GREIM encontraron el cuerpo hace unos días en el fondo de un pozo de unos ocho metros.

—No me lo puedo creer. —El semblante de Marcos se descompone.

—Y ¿qué opina? —pregunta el sargento de forma vaga.

Marcos frunce los labios y se toma unos segundos antes de contestar.

—Me sorprende que su cadáver estuviera en el fondo de un pozo. Era un montañero de primer nivel. Para él un pozo de ocho metros era como para ustedes un charco.

—Eso es lo que nos parecía. Por eso hemos pensado que pudieron golpearlo en el exterior y luego arrastrarlo hacia la gruta.

—Eso ya lo veo más lógico.

El sargento respira hondo.

—La familia del fallecido sospechó de usted ya desde el momento de la desaparición.

Marcos enarca las cejas y reacciona con hosquedad.

—Llevo años con esa cruz a cuestas y empiezo a estar harto.

Liaño aparta la vista hacia el guardia y se topa con su mirada cómplice. Es la respuesta que esperaban.

—O sea que niega su implicación...

—¿Por qué querría hacerle yo algo tan feo a Germán?

—Tenemos entendido que trabajaban juntos en una empresa de aventura.

—Así es.

—Y también nos consta que no se llevaban bien. Hemos hablado con la empresa y el dueño ha ratificado que había una gran tirantez entre ambos.

—No éramos amigos, pero tampoco enemigos.

—¿Tal vez... rivales? —augura Liaño—. Nos contaron que usted sumaba menos clientes que Germán, motivo suficiente para tenerle envidia.

Marcos no se extraña de la acusación. Lleva escuchando esa cantinela desde que desapareció Germán. Apoya los codos en la mesa y clava los ojos en el sargento.

—Yo tenía menos clientes porque no hacía escalada.

—¿Un guía de montaña que no escala? —se extraña el sargento.

—Así es. Solo hacía senderismo y ascensos con trepada, pero no lo que se entiende por escalada. Ya sabe: cuerdas, mosquetones, clavos...

El sargento le dedica un mohín de escepticismo y reclina el cuerpo hacia atrás.

—Me suena igual de raro.

—Si se lo explico, estoy convencido de que lo va a entender. A raíz de una circunstancia que no les incumbe, y no se lo tomen a mal —deja escapar una sonrisa maliciosa—, me empezó a dar pánico la escalada. Con el paso del tiempo lo fui superando, pero nunca volví a colgarme de una cuerda. Me dedico a conducir grupos de senderistas o montañeros por rutas de dificultad media. Por ese motivo tenía menos clientes que Germán. No quería ver un mosquetón ni en pintura.

La respuesta del hombre sabotea la hipótesis del sargento. Los celos y la envidia eran, a su juicio, los desencadenantes de una posible venganza. Si Germán y Marcos operaban en ligas distintas, no existía tal rivalidad.

—La desaparición de Germán ocurrió hace trece años —prosigue Liaño—. Lo más seguro es que no se acuerde usted de dónde estaba ese día ni lo que hizo, pero deje que se lo pregunte por si acaso.

—Salí a la montaña con un grupo. Supongo que lo podrán comprobar en los libros de la empresa. Recuerdo a la perfección que Germán y yo coincidimos en Sotres. Yo iba hacia Pandébano, y él en dirección contraria, hacia el Jito Escarandi. Él llevaba dos o tres clientes, y yo la furgoneta llena. Al cruzarnos, levanté el dedo corazón a modo de saludo. —Marcos se acompaña de un gesto ilustrativo—. Ya me entienden ustedes.

El sargento desvía la mirada hacia el guardia y este arruga el entrecejo. Esa no es la respuesta que esperaban.

—¿Ha dicho que Germán llevaba varios clientes el día que desapareció? —pregunta el guardia en tono suspicaz.

—En efecto. Si no me creen hablen con Nisio, el propietario de la empresa. Era un tío muy metódico, estoy seguro de que conserva los libros con todas las rutas. Que les enseñe a ustedes las salidas del día cuatro de mayo de 2006.

—¡Se acuerda del día exacto después de tanto tiempo! —se asombra el sargento e imprime un ritmo frenético a su pestañeo—. Hemos hablado con él. Es verdad que tiene un archivo desde que fundó la empresa. Pues bien, nos contó que ese día Germán no tenía ninguna salida anotada.

Marcos da un respingo y adopta una expresión de contrariedad.

—No puede ser. Ya le he dicho que lo vi acompañado de unos montañeros.

—Ha dicho que eran dos o tres...

—Dos, seguro; y quizá había un tercero en el coche, pero no lo puedo confirmar. Mis clientes se alojaban en Casa Cipriano, en el centro de Sotres. Me acerqué a recogerlos y es cuando los vi de refilón.

—¿Qué motivos podía tener el propietario de la empresa para mentirnos?

—Eso tendrán que preguntárselo a él. Tal vez se equivocó de fecha al anotar la ruta.

—¿Está seguro de que fue el cuatro de mayo cuando se cruzaron en ese pueblo? —insiste el sargento.

—Como para no acordarme. —Marcos emite un largo suspiro—. Ese fue el día en que mi familia empezó a derrumbarse.

El sargento tuerce el gesto en dirección a Montiel, que le responde con un ostentoso alzamiento de hombros. Ambos son conscientes de que han tocado en hueso.

—No veo qué tiene que ver la desaparición de Germán con su familia —reacciona el sargento, presa ya de un notable ofuscamiento.

—Pues si no lo ve, no seré yo quien le abra los ojos. Solo le diré una cosa: hace trece años me acusaron de la muerte de Germán por el único motivo de que no nos llevábamos bien. A raíz de aquella acusación, a mi familia le sobrevino una desgracia tras otra.

El sargento eleva la vista al techo y la descuelga muy despacio hasta centrarla en el rostro tenso de Marcos. Aún le quedan varias preguntas por formular, pero toma una decisión súbita.

—Está bien. No lo molestaremos más.

El sargento hace un gesto con el mentón al guardia Montiel para que se incorpore. Este demuestra una ligera disconformidad, pero sigue las instrucciones. Abandonan la cocina y Marcos los acompaña hasta la puerta principal.

—Gracias por su colaboración. —El sargento le estrecha la mano—. Sentimos haberle hecho pasar un mal rato.

—No se preocupe. Estoy más que acostumbrado —zanja Marcos con una sonrisa irónica.

El sargento sale convencido de que ese hombre no es la persona que buscan.

Frente al ascensor, el guardia Montiel alberga más dudas.

—¿Crees a ese individuo?

—Por supuesto. De hecho, le he pedido perdón por incordiarle de ese modo.

—Ya me he dado cuenta. Pero vimos el archivo en Potes y Germán no hizo ninguna salida ese día. El comentario de que se lo cruzó en Sotres me suena a fábula.

—Tengo la sensación de que dice la verdad.

—¿Sensación o convicción?

—Un término medio.

—Creo que miente, y eso que ha contado de la familia es una justificación barata. No olvidemos que es el padre de la doctora detenida por el asesinato del tenista. Los compañeros de la Policía también lo tienen en el punto de mira. ¡Qué casualidad!

—Nos ha dicho la fecha exacta en que desapareció Germán, a sabiendas de que podríamos comprobarlo en la empresa de aventura, incluso nos lo ha sugerido. No iba a ser tan estúpido de mencionar ese dato y que luego nos diéramos cuenta de que Germán había librado ese día —explica el sargento en tono didáctico, aunque con un asomo de enojo.

—Eso también es cierto —recula el guardia.

—Si Marcos estaba tan lejos de la bocamina como dice, tuvieron que ser esos clientes quienes lo golpearon.

—Me pregunto por qué unos montañeros querrían matar a su guía.

—Trataremos de averiguarlo. —Envarado en sus especulaciones, el sargento apoya la mano en la puerta del ascensor sin decidirse a abrirla—. La única duda que me queda es conocer ese asunto «que no nos incumbe» por el que Marcos adquirió un repentino miedo a las montañas. Aunque dudo mucho que tenga algo que ver con este caso.

31

ROSANA

En cuanto termino la sesión en el juzgado, acudo a casa de Benito. Me espera en la galería.

—Gracias por venir —me saluda con la voz quebrada y ronca.

—Es lo menos que podía hacer.

—Siéntate.

Acerco el sillón de mimbre, me acomodo y le masajeo las manos a fin de imprimirles calor.

—Aún me duran los temblores. No imaginas el rato que he pasado —confiesa.

Benito me cuenta la batalla contra las olas y que sus sospechas recayeron de inmediato en la doctora que le prometió un futuro alejado de la silla. Ya no me quedan dudas de lo que pasa.

—Esa doctora es mi hermana —suelto.

—¿Tu hermana? —vocifera y hace un aspaviento—. No me fastidies. Oh, Dios.

—Pensé que había cerrado la fundación, pero ya veo que no.

—Estoy convencido de que ha sido ella quien me metió en el mar.

—Imposible. ¡Está detenida! Además, ¿cómo dedujo que estabas en la playa?

—Viene bastante por aquí. Sabe que me gusta ir a diario a la playa de Liencres. Si estaba detenida, no le sería difícil contratar a alguien para que me siguiera. Quienquiera que fuese se presentó aquí y, al no responder nadie al timbre, se acercó a la playa, observó desde lejos mis movimientos y, cuando se percató de que me había quedado dormido, se acercó y empujó la silla hacia el agua. La detuvo en un lugar donde consideró que llegarían las olas con la subida de la marea, desconectó la batería y luego se retiró a las dunas. ¡Hala! A divertirse con el espectáculo. —Alza los brazos con festiva ironía—. Tuvo que ocurrir algo así. Yo nunca me sitúo tan cerca del agua, me da miedo quedarme dormido y llevarme un susto. Pero cuando me desperté estaba treinta metros más allá de mi límite habitual.

—Qué sangre fría.

—Muy fría tiene que ser como para escuchar los gritos de auxilio sin mover un dedo. Ni siquiera en ese trance le sobrevino una brizna de piedad.

Le aprieto las manos con toda la fuerza de la que soy capaz.

—Me parece imposible que Raquel contratase a alguien para empujar tu silla.

—Intentó librarse de mí y estuvo a punto de conseguirlo —se enerva.

—No entiendo que alguien pretenda librarse de ti, pero si eres un encanto.

Benito me cuenta con todo detalle la historia de la fundación de parapléjicos y su operación de médula frustrada.

—Sabía que la iba a acusar de fraude y ha querido quitarme de en medio antes de que me presentara en el juzgado. Tenemos que denunciarla ya, pero ya. Ocúpate de ello en cuanto tengas un hueco, por favor.

—Tengo un conflicto de intereses. Deberé buscar a otro abogado para que ponga la denuncia, pero voy a necesitar toda la información que puedas proporcionarme sobre mi hermana y también de su fundación: recibos de los pagos, números de cuentas, contratos...

—Me han robado mis esperanzas, mi dinero. —Benito dirige la barbilla hacia sus plantas—. Y hasta el cactus. No aparece por ningún sitio y no entiendo el motivo. Las macetas no tienen ruedas.

—Después de todo lo que te ha ocurrido, ¿te preocupas por un cactus?

—Ese es el motivo por el que me ha ocurrido todo esto. Desde que desapareció, todo me sale mal, es como si Elisa me hiciera vudú.

—No digas tonterías.

—Ese cactus me protege. ¡Te lo juro! —Cierra los puños con fuerza.

Bastante tiene el hombre como para abrumarlo con más información sobre las fechorías de mi hermana. Le oculto su implicación en el caso del tenista.

—Acabo de venir del juzgado y allí no se habla de otra cosa. A Nico Romero le destrozaron la mano en el hospital y luego le regalaron un cactus. Y juraría que es como el que tenías aquí.

Saco el teléfono del bolso y le muestro una foto.

—¡Es mi *myrtillocactus*! —reconoce de inmediato—. Y ¿qué hacía en un hospital? Tienes que denunciarlo.

—¿Denunciar el robo de una planta? No me vengas con esas. En este momento lo importante es recuperar el dinero que has transferido a la fundación.

Cuando se altera, a Benito le da por desplazar la silla con movimientos cortos, como si la fuera a aparcar. Observo el motor, parece un bloque compacto.

—Lo más probable es que Raquel tenga un gran conocimiento del cuerpo humano, pero no tanto de motores.

¿Cómo sabía que la batería y el motor estaban unidos por un cable que no se ve a simple vista?

—Tu hermano pasó años en una silla como la mía, así que debía de conocer a la perfección el funcionamiento de estos aparatos.

La respuesta me inquieta.

Tras la confesión de Benito sobre las maniobras de mi hermana, se me ha venido el mundo encima. El pasado y el presente. Por enésima vez. Cada día estoy más convencida de caminar sobre un foso de cristales rotos. A cada momento surge una incertidumbre novedosa. Me creo una persona consistente tras llegar a la madurez y resulta que soy la misma chica vulnerable de siempre. Como esa cría de tortuga que sale del cascarón, emerge desvalida sobre la arena de la playa y rema con sus aletas, aún flácidas, en dirección al mar. Mientras se abre paso, mira a izquierda y derecha con el fin de detectar la llegada de serpientes, mapaches o cangrejos. No puede fiarse de la aparente calma. Solo la suerte determinará que la boca de un depredador elija su caparazón o el de una de sus hermanas.

El azar es más importante que tener un buen abogado.

Mi hermana me llamó desde la comisaría para que acudiera al interrogatorio. La detuvieron por su implicación en la cirugía realizada a Nico Romero y también puede estar involucrada en su asesinato. Su declaración ha dejado bien clara su participación en la cirugía, incluso lo confesó orgullosa, pero descartó el estrangulamiento del tenista. Mi hermana es capaz de cualquier cosa. Si ha ordenado ahogar a un hombre en una silla de ruedas, no me extrañaría que se haya cargado al tenista.

Ahora lo entiendo todo. Raquel se enteró de la posibilidad de operar a Bruno. Un médico australiano había descubierto una técnica innovadora. Cuando nos lo contó en casa, nos volvimos locos de alegría. Nos contagió su ilusión y una euforia desmedida. Ver a Bruno caminar de nuevo era un sueño recurrente cada noche. Uno entre mil de esos sueños que se cumplen.

Raquel montó la fundación e involucró a otros enfermos. Una iniciativa encomiable. Nos relató el procedimiento con todo detalle. Los pormenores de la cirugía, el traslado de los pacientes a Helsinki —donde se encontraba el barco en aquellas fechas—, las características del quirófano instalado dentro del buque y la creación de la fundación para obtener fondos con los que hacer frente al gigantesco desembolso.

A Benito lo conoció un verano, en una visita rutinaria del hombre al hospital. Lo convenció con suma facilidad. Algo similar debió de ocurrir con el resto de parapléjicos. Mi hermana es muy perspicaz, sería capaz de vender un ático con vistas en el mismísimo cielo. Actúa como esas plantas carnívoras que atraen a los insectos con el vivo cromatismo de sus flores. En menos de un año ya tenía cinco pacientes de diferentes lugares del país y, lo más estimulante, encantados de aportar suculentas cantidades de dinero para financiar la iniciativa. Ella seleccionaba a sus donantes con lupa. La cuenta corriente y el grado de optimismo constituían los criterios principales. Benito era el candidato perfecto. Nadaba en dinero y poseía la ilusión de un niño. Ingenuo, soñador y rico. Lo tenía todo.

Bruno murió hace dos años y, al parecer, Raquel se volvió medio loca. Ya no quiso saber nada de la cirugía de los otros cuatro pacientes, pero tampoco se le pasó por la cabeza devolver el dinero. En la familia pensábamos que su fundación había echado el cierre y que le había devuelto su parte a cada donante, pero siguió en funcionamiento. Cada mes recaudaba las cantidades estipuladas de sus cándidos miembros. Ninguno de ellos sospechaba que su dinero iba directo a los bolsillos de mi hermana y que no lo recuperarían jamás, porque circulaba ya entre las tiendas más lujosas de Santander o de Bilbao, y algún que otro concesionario de vehículos de alta gama.

La mejor forma de no levantar suspicacias en el grupo consistía en conservar la tranquilidad y seguir fiel a la costumbre. Mantuvo a mi hermano vivo a todos los efectos. Incluso hablaba de él con naturalidad, aunque procuraba no sacarlo a colación en exceso para no caer en contradicciones. No le resultaba tan difícil mantenerlo con vida artificial. Excepto Benito, todos los miembros del grupo vivían lejos. Fue mi madre quien le inspiró una idea tan disparatada. Ella nunca asumió la muerte de mi hermano. Permaneció atrapada en una esquina del pasado. Seguía poniendo cinco platos sobre la mesa y llamaba a la puerta de la habitación de Bruno a la hora de cenar. Cuando nos disponíamos a tomar el postre y se daba cuenta de que su plato conservaba la sopa intacta, sacudía la cabeza y se decía: «Este niño, siempre igual. Se le va a quedar congelada la cena».

A mi madre no le habían amputado un dedo o una pierna, lo que había perdido era un hijo, pero sufría de igual modo el síndrome del miembro fantasma. Su cabeza le enviaba mensajes equivocados.

Esa fue una de las razones por las que abandoné mi casa. No podía asistir cada día a las mismas escenas de mortificación y de locura. Era como echar sal en la herida a cada momento. Las heridas necesitan que les dé el aire para cicatrizar, y mi madre andaba siempre con el salero en el bolsillo dispuesta a mantenerlas en carne viva.

Mi padre tampoco ayudó en exceso a cambiar la tónica. Mi madre servía la cena a un hijo imaginario y él, en vez de tomar medidas, negaba con la cabeza y daba vueltas con la cuchara en el fondo del plato. Rumiaba la desdicha, pero carecía de la voluntad necesaria para ponerle coto. Cuando estaba a punto de reventar, se levantaba de la mesa, se acercaba a la ventana y se dedicaba a mirar el mar. Había convertido el sufrimiento en su socio. A veces se largaba a las montañas, aunque no tuviera clientes, con el simple afán de distraerse, de esquivar la pesadumbre durante unas horas.

Amo a mis padres tanto que no podía asistir cada día a la misma letanía: la paranoia de mi madre, el concubinato de mi padre con la melancolía, el absurdo campando a sus anchas por los pasillos, la cocina, el salón y hasta en el baño, donde mi madre había colgado un cuadro de Bruno con una pareja de golondrinas en pleno vuelo.

Raquel me confesó que también conoció a Nico en horas de trabajo. Concretamente, en una visita ordinaria del tenista al hospital Ribemar. Al examinar una lesión de rodilla, mi hermana descubrió una aparatosa cicatriz sobre la rótula. Le preguntó por el origen de la herida, por si acaso pudiera tener alguna repercusión en la lesión actual. El tenista reaccionó con naturalidad y no tuvo reparos en contar algo que para él carecía de importancia y, sobre todo, de la más mínima trascendencia: «Iba en un trineo con unos amigos, volcamos y me raspé con una roca. Bueno, más que rasparme... —soltó una carcajada—, me hice una buena raja, pero la rodilla quedó entera y con ella he ganado un montón de torneos», se jactó el muchacho.

«¿Quién no se ha deslizado en un trineo cuando era niño o adolescente? ¿Quién no se ha caído docenas de veces en la nieve y ha vuelto a casa con alguna que otra magulladura?», debía de pensar Nico en plena rememoración.

Mi hermana analizó la confidencia, la pasó por esa licuadora mental que tiene por cabeza y llegó a la conclusión de que tal vez Nico pudiera tener algo que ver con el accidente de Bruno. Para no levantar sospechas, aludió a un mero interés médico y le preguntó la fecha aproximada en que se produjo la herida. Nico no recordaba el año exacto, pero confesó que tendría unos diecisiete o dieciocho años cuando sucedió. El chico había mordido el anzuelo.

Según el relato de mi hermana, mientras Nico pasaba revista a sus aventuras juveniles, ella hojeaba de soslayo su historial, leía su ficha en silencio y hacía cuentas. «Año de nacimiento: 1989. Lo que significa que cumplió dieciocho en 2007.» Su presunción no había sido en balde, las cifras coincidían. Nico Romero pudo ser uno de los tres tripulantes del trineo. Posibilidad no es sinónimo de certeza, pero el hallazgo ya constituía un avance notable.

Mi hermana observó el rostro del tenista con detenimiento. No le sonaba más que de su presencia en los medios de comunicación. También es cierto que ella no pudo verle la cara tras el accidente, estaba a unos cincuenta metros de nosotros cuando se produjo el impacto.

Con esa astucia que produce su cerebro, Raquel le hizo más preguntas mezcladas con falsas sonrisas y confidencias de su propia biografía. En resumen, se lo cameló. Cuando Nico se quiso dar cuenta, le había contado a mi hermana un gran parte de su vida: los viajes que hacía por todo el mundo, los países que más le gustaban, dónde se comía mejor... También le confesó que se pasaba el año jugando torneos fuera del país y que había conseguido hablar inglés y francés con fluidez, y chapurreaba el italiano. Entre las circunstancias que reflejó en su relato, reveló que la herida en la rodilla se la produjo en la estación de esquí de Alto

Campoo, describió la ubicación aproximada de las rocas y hasta llegó a mencionar el tono azul del cielo de aquel día, solo emborronado por unas nieblas que cubrían el pico Tres Mares. Ni en un viaje en el tiempo mi hermana hubiera conseguido una información más jugosa.

En vez de montar en cólera y coserlo a insultos, lo que hubiera sido una torpe reacción, Raquel me dijo que mantuvo la serenidad y empleó la discreción. Le sujetó las manos con suavidad, acercó los labios a su oído y le susurró algo que el chico no se esperaba: «Sé cómo te produjiste la herida en la rodilla. Tú y otros dos bajabais montados en un trineo por la ladera que hay junto a la pista de principiantes. Ese maldito chisme se llevó por delante a mi hermano, con tan mala suerte que se golpeó contra unas rocas y se quedó parapléjico. Era solo un niño cuando le fastidiasteis la vida».

A Nico se le heló la sonrisa, se le cerró la boca y los ojos se le salieron de las órbitas. Entró en pánico. A través de un discurso atropellado quiso justificar el accidente y su huida posterior. Comenzó a sudar y volvió a emplear una verborrea inconexa para dejar bien palpable que lamentaba lo ocurrido, una desgracia que él desconocía, pues pensaba que el niño había recibido un simple golpe, sin más.

Mi hermana me contó que selló los labios del tenista con el dedo, un gesto que venía a decir: «Ya no estás en el uso de la palabra. Tu tiempo ha concluido. El plazo de apelación terminó hace años. Ha llegado el momento de la penitencia».

Aprovechó el hundimiento moral de Nico y su consiguiente vulnerabilidad para hablarle de la fundación. Nico ya no podía regresar a 2007 y evitar el accidente, pero estaba en su mano colaborar para compensar de algún modo la fechoría. «Ganas mucho dinero y a la fundación le iría bien una aportación voluntaria», le dijo mi hermana, separando las sílabas para subrayar la ironía.

El chico se sintió obligado moralmente. Sus amigos y él habían cometido un hecho deleznable. Lo mínimo que podía hacer era contribuir a la posible recuperación de Bruno.

El tenista comenzó a aportar sumas asequibles para su boyante economía, pero mi hermana, a sabiendas de que podía sacar más tajada, le apretó las tuercas. Nico se resistió. Consideraba que su cuota era ya lo suficiente holgada y se negó a aumentarla. Raquel lo amenazó con hacer pública la salvajada. Nico sabía que una confesión de esa gravedad pulverizaría su carrera. Las marcas que lo patrocinaban serían las primeras en enterarse de su pasado y reaccionar de manera fulminante. Cancelarían sus contratos de inmediato.

Si el aspecto económico era el primero en resentirse, Nico no quería ni pensar lo que le caería encima en sus apariciones en pista. Los periodistas lo despellejarían vivo y el público lo abroncaría durante los partidos. No le quedó más remedio que ceder ante el ánimo recaudatorio de Raquel. Acallar su ira con jugosas transferencias que lo llevarían a la bancarrota si no encontraba nuevas fuentes de ingresos.

Mi hermana comenzó a ejecutar con sigilo su venganza, sin perder la compostura. La cobraba a modo de indemnización periódica. Me confesó que tenía pensado atar corto al tenista al menos durante el resto de su vida deportiva. Después ya se vería.

Nico había vivido en el limbo durante doce años, pero todo se acaba por descubrir. Una pregunta casual, una respuesta nostálgica y te has metido en buen lío.

El miedo hizo de él un converso: de villano a filántropo.

32

ROSANA

TENGO UN JUICIO a las once en San Vicente. Sé que Adolfo visita a Benito de vez en cuando, así que le doy un telefonazo y le propongo desayunar los tres juntos para levantarle el ánimo. El fraude de la fundación, sumado al revolcón que le propinó el océano, lo han mantenido mustio en la galería, sin ganas de ver a nadie ni de salir de casa. El pronóstico meteorológico augura una mañana soleada y veinte grados de temperatura, condiciones ideales para ir a la playa. Nos dice que Julia lo acompañará.

Cuando nos disponemos a abandonar su casa, oímos el timbre. Es Darío quien llama con la intención de llevarlo a Liencres. Lo escoltamos hasta la puerta de la finca. Dentro del taxi esperan Darío y su madre. No nos conocíamos, de modo que Benito hace las presentaciones.

Darío es muy alto y corpulento, con una complexión cincelada en el gimnasio. Camina con los brazos arqueados y separados del cuerpo, como si llevara cuñas en las axilas.

—Ese muchacho ya no podía crecer más para arriba y se extendió a lo ancho —pienso en voz alta.

—Tiene unos músculos que parecen dunas. En su espalda se podría correr el rally Dakar —agrega Adolfo en ese tono suyo tan guasón.

Darío abre el portón trasero de la furgoneta y despliega la rampa metálica. Observo al taxista mientras desliza la silla por la rampa. Realiza toda una liturgia. Primero fija un par de cinturones longitudinales en la base de la silla, luego otros dos sobre los hombros de Benito, y un quinto que le cruza el pecho de forma transversal. Terminada la faena, cierra el portón, le hace un gesto a su madre para que suba a la furgoneta y arranca en dirección a Liencres. En cuanto el vehículo desaparece, Adolfo se vuelve hacia mí con expresión enigmática.

—Puedo olvidarme hasta de mi nombre, pero hay cosas que nunca se me van de la cabeza.

—¿A qué te refieres?

—Febrero de 2007, estación de esquí Alto Campoo, pista de debutantes...

Los datos entrañan una rememoración dolorosa y carente de sentido en este momento.

—El taxista era uno de los chicos del trineo —anuncia con el brazo extendido en dirección al punto blanco en que se ha convertido ya la furgoneta al final de la carretera.

Contengo la respiración.

—¿Darío? ¡Santo cielo! ¿Estás seguro? Si es así ha cambiado una barbaridad desde el instituto.

—Pero su mirada es la misma —aclara—. Se llama heterocromía. Lo leí en una revista.

—¿Cómo dices?

—Tiene un ojo de cada color, como David Bowie.

No me percaté de ese detalle cuando coincidimos en el instituto. Tal vez nunca se acercó lo suficiente como para fijarme en sus ojos. Su metamorfosis es notoria, hasta el punto de que parece otra persona. El adolescente que yo conocía era flacucho, desgarbado, el más apático de los tres y llevaba siempre los pantalones más bajados de lo normal. Como ignoraba sus nombres, a él lo apodé «el chico de los pantalones caídos».

Había apartado de mi cabeza la mayor parte de los capítulos del pasado con la intención de depositarlos en la trituradora. Sin embargo, aquellos episodios malditos regresan en forma de bofetada. Primero fue el encuentro con Adolfo, después vino la muerte de Nico —uno de los chicos que me hizo la vida imposible— y, por si faltaran ingredientes, de pronto reaparece otro de los miembros de la cuadrilla.

—Quiero asegurarme de que es él —apunta Adolfo.

—A mí no me ha dado mucho tiempo de verle la cara.

Adolfo me hace un gesto con la mano y se encamina hacia su coche.

—Sube, nos vamos a la playa.

—Tengo que estar en San Vicente a las once.

—Bah. La playa de Liencres queda a un paso. No tardaremos —insiste al tiempo que señala ese vehículo verde oscuro, ostentoso y que no le pega en absoluto.

El trabajo hubiera sido una buena excusa para eludir el reconocimiento de uno de los muchachos del instituto. No obstante, me ha surgido de repente cierta curiosidad.

Cavilo durante unos instantes y termino por hacerle caso.

Me acomodo en un asiento de cuero tan enorme para mi envergadura que me podría servir de sofá. Adolfo da un fuerte acelerón y no tarda en colocarse a una distancia prudencial del taxi. Al llegar al aparcamiento de Valdearenas, frena a cincuenta metros de la furgoneta con el fin de pasar desapercibidos. Desde aquí contemplamos cómo Darío desliza la rampa y baja a Benito de la furgoneta. Esperaremos el momento idóneo para abordarlo.

Benito y Julia enfilan hacia la playa. Rebasan la rampa de hormigón y se adentran en la arena. Salimos del coche y nos acercamos a la furgoneta con la esperanza de que

Adolfo no se haya equivocado. Apenas pudo verlo en la estación de esquí. El color de unos ojos no me parece determinante para identificar a una persona después de tantos años. Dice que ha leído acerca de esa singularidad cromática en una revista; este hombre tiene una extraña manera de documentarse. Sus fuentes bibliográficas no son otras que las revistas que se encuentra en la peluquería —no creo que acuda mucho con esa pelambrera— o en el dentista.

Merodeo con disimulo alrededor de Darío. Lo observo mientras él termina de replegar la rampa. No solo ha cambiado la constitución física, sus facciones también han perdido las aristas que en su momento conformaban un rostro afilado.

Al cerrar el portón de la furgoneta, Darío se extraña de verme.

—¿Benito se ha olvidado de algo? —me pregunta sin vocalizar.

—A Benito no se le ha olvidado nada... y a mí tampoco —suelto en tono seco y directo, más propio del estrado de un juzgado que de un aparcamiento.

—¿Qué quieres decir? —Se le queda cara de bobalicón, como si le hubiera contado un chiste sin gracia.

—Que seas muy alto no significa que tengas altura de miras. —Otra vez, y sin pretenderlo, sale a relucir la abogada que llevo dentro.

—¿Cómo? —reacciona más desorientado que ofendido.

—Insultos crueles por las mañanas, la mochila en lo alto de la verja, el estuche lanzado al tejado del gimnasio... —Cuento con los dedos el número de desmanes para que le quede claro que no fueron pocos.

Darío esculpe en su cara una expresión de aturdimiento. Aprovecho su falta de memoria para proseguir con la lista.

—El bocadillo del recreo todos los santos días, lanzarme al carril bici... —Me llevo la mano a la cicatriz de la cabeza—. Que sepas que acabé en el hospital y tuve suerte, porque la cosa podía haber sido más seria.

Me mira de arriba abajo con gesto escéptico. Desde la última vez que nos vimos mi cara ha cambiado por completo —parapetada tras unas gafas grandes pero funcionales—. La melena larga y ondulada se ha retraído hasta un cabello corto y de puntas erizadas. En cuanto a la indumentaria, nada que ver con la recurrente combinación de blusa y falda de aquella época. Los abogados somos muy mirados hasta con el estampado del pijama. Lo que no ha cambiado es mi pequeña estatura, circunstancia que le aporta la pista definitiva.

Al identificarme, noto que una punzada de turbación le nubla el rostro. Doy un paso hacia él.

—Y lo que no te puedo perdonar es haber postrado a mi hermano en una silla de ruedas... Luego murió, supongo que eso ya lo sabes.

Apesadumbrado, agacha la cabeza y se muerde el labio inferior. Encaja como puede las acusaciones y envuelve su réplica en un tono lacrimógeno.

—Me he arrepentido cada minuto de mi vida de lo que te hicimos en el instituto y, cómo no, de lo que ocurrió con tu hermano. Nunca me lo perdoné. Tuve tales remordimientos que, cuando mi abuelo se jubiló y dejó el taxi, me quedé con su licencia, compré esta furgoneta y la adapté para minusválidos. Era yo quien llevaba a Bruno a todas partes. Le ofrecí a tu padre la posibilidad de trasladarlo donde fuera necesario. Si había que ir a fisioterapia, ahí estaba yo; si tenía consulta en el hospital, mi furgoneta aguardaba en la puerta. Te pasabas el día en la facultad, pero en cualquier momento podrías aparecer por casa y reconocerme. Aun así, no me importó. Tenía que correr ese riesgo.

—Vaya, te pasó lo mismo que a san Pablo cuando se cayó del caballo cegado por la luz divina —brama Adolfo.

—Llámalo como quieras —admite Darío, que le sostiene la mirada antes de desviarla hacia mí—. Siempre fui su *sherpa*. Él me llamaba así. Bruno veía documentales de ascensiones al Himalaya y le gustaba usar esa palabra. —Rompe a llorar. Juraría que son auténticas lágrimas de remordimiento.

—Pues en el trineo no parecías tan afligido —le recuerda Adolfo, que comienza a irritarse.

—Yo iba sentado el último. Era Diego quien sujetaba las asas de los frenos. Fue él quien tuvo la idea de lanzarnos a por ti. Me podría haber tirado en marcha, pero se habría reducido el peso y el trineo se habría deslizado más rápido. No pude hacer nada para detenerlo.

—Para detenerlo quizá no, pero al menos te podías haber preocupado por el niño. Huiste como una rata —arremete Adolfo, encendido como un tizón.

—Creía que había sido un simple golpe, os lo juro.

No soporto más una refriega que no conduce a nada. Agito los brazos para interrumpir la disputa. Lo último que deseo es reproducir las imágenes del accidente.

—Lo único que me interesa es saber quién de los tres era Diego. Nada más —reclamo en tono apaciguador.

—El que ideaba y te hacía las peores perrerías. Le encantaba la crueldad —informa Darío, que parece haber controlado sus lloriqueos—. Su frase favorita no tiene desperdicio: «Nosotros somos la araña y esa tía es la mosca».

—El chico del tupé —recito entre dientes—. El tercero era Nico Romero. Estoy al corriente de lo que le sucedió en el hospital.

—¿Y no os daba vergüenza a tres grandullones abusar de una chica? —escupe Adolfo.

Darío esboza una sonrisa cínica.

—Estás muy equivocado. No se trataba de un simple abuso porque nos aburriésemos en el instituto.

—¿Qué quieres decir?

—Había un motivo detrás de las gamberradas.

—Explícate, si eres tan amable —le ordeno.

Darío aspira con ganas.

—Mi padre había desaparecido. No sabíamos nada de él desde hacía una semana. Tu padre y el mío trabajaban juntos y no se llevaban bien. Tu padre conseguía la mitad de clientes que el mío y no lo aceptaba de buena gana. Así que, cuando pasaban los días y no regresaba, dimos por hecho que tu padre tenía algo que ver. Sospechamos que lo había matado y que había ocultado el cadáver en las montañas.

»Se lo conté a Diego y a Nico. A los dos les dolió, pero sobre todo a Nico, pues mi padre y él se llevaban muy bien. A mis amigos les gustaba ir a los Picos y mi padre se los llevaba cuando no tenía clientes. En ocasiones yo también me apuntaba. Pocas, a decir verdad, era bastante perezoso en aquella época. Fue Nico quien se tomó la muerte de mi padre como algo personal. Te reconoció en el patio y empezó a humillarte. Diego no tardó en recoger el testigo. De su cabeza salían los mayores ultrajes. Nico se cebó contigo por venganza, pero el caso de Diego... —Menea la cabeza con cierto suspense—. El caso de Diego era distinto. Él disfrutaba de verdad haciéndote daño.

»Mi error fue dejarme llevar por la fogosidad de Diego, fui un estúpido. Desde que él te veía aparecer por el patio, no pensaba en otra cosa más que en hacerte perrerías. Se obsesionó contigo. Era un tipo malvado.

Darío aparta la mirada hacia el asfalto, vuelve a sollozar y agita las manos, gestos que interpreto como una velada muestra de arrepentimiento y la consiguiente petición de absolución.

—¿Sabes algo de ese tal Diego? —pregunto.

—No sé nada de él desde hace años —afirma con desdén, como si la distancia temporal fuera al mismo tiempo afectiva.

—¿Cómo se apellida?

—Cobo.

—Uf, debe de haber cientos en Santander. ¿Te acuerdas del segundo apellido?

—Saiz.

—También es un apellido común por aquí. ¿Fue a la universidad? ¿Algún trabajo que te suene? Si erais tan amigos debió de contarte a qué se dedicaba, dónde vivía...

—No fue a la universidad. Durante algún tiempo trabajó con un tío que tenía colmenas en Liébana. Me invitó a acompañarlo, pero no podía. Yo era alérgico a la picadura de abeja. Desde esa época no hemos vuelto a vernos.

—Liébana es una comarca muy grande, con varios valles —matizo.

—No te sabría decir qué pueblo era.

—¿Cuándo trabajó en ese negocio de las abejas? —le solicito en un tono a medio camino entre la exigencia y la rogativa.

—No recuerdo bien. Creo que fue antes de que yo me quedara con el taxi. —Titubea—. Hace unos siete u ocho años. —Darío aprovecha que guardo silencio para dar la conversación por terminada y encaminarse hacia la portezuela del conductor—. Lo siento, pero debo irme.

—Huyes otra vez, ¿eh? —le recrimina Adolfo con rabia—. Hay costumbres que no se olvidan con facilidad. Incluso se han convertido en rituales.

—En este caso no huyo. —Darío se frota los ojos y enmudece. Su rostro adquiere un aire de amargura—. Voy a la funeraria. El cadáver descubierto hace unos días en los Picos de Europa es el de mi padre y ando con el papeleo. Mi madre no hacía más que llorar en casa, por eso la he traído a la playa.

Darío sube al taxi y se despide con un gesto laxo, casi imperceptible.

Adolfo y yo nos quedamos pasmados, sin capacidad de reacción. Por muy funesto que resulte su pasado, la sola mención al cadáver de su padre reviste a Darío de una repentina dignidad.

—Me siento fatal —reconoce Adolfo tras un sonoro resoplido—. Me he dejado llevar y le he dado mucha caña.

—Tú no podías saberlo.

—Tiene que ser duro asumir que tu padre figura como desaparecido, pero ya sabes que está muerto.

—Que te digan que un saco de huesos es tu padre sí que tiene que ser espeluznante.

Adolfo abre las manos y se encoge de hombros.

—Nico está muerto y Darío ya no es la sabandija del instituto. Se nota a la legua que ha cambiado. Nos queda el puñetero «chico del tupé». El líder de la horda.

—La araña encantada de jugar con la mosca, como dice Darío.

—Sí, menudo pieza debe de estar hecho.

Le hago una mueca para que regresemos al coche. Me gusta pasear cuando toca sincerarse, se me hace más llevadero.

—Tras la muerte de mi hermano, traté de olvidar lo sucedido. Me trasladé a un apartamento y desde entonces trabajo como una loca. Me paso la vida entre el despacho y el juzgado; vuelvo a casa solo para dormir. Si trabajo, no pienso; y si no pienso, tampoco sufro. El olvido es una forma decorosa de rendirse. Mi caso es un ejemplo perfecto de meter la cabeza debajo del ala, como los avestruces.

—Pues yo de avestruz solo tengo la mala leche, pero nada de esconderme —refunfuña Adolfo.

—Hay gente que se pasa la vida en busca de la verdad y cuando la encuentra no sabe qué hacer con ella. Creo que pertenezco a esa franja estadística.

—Yo tengo mi propia franja estadística. Se llama «Deseo echarle el guante a ese canalla».

—No quiero emprender una cruzada contra Diego. Cada vez que respondía a las humillaciones de los chicos con mis pequeñas revanchas, la cosa no terminaba bien. Solo deseo lo mejor para mi familia, y no estoy convencida de que encontrar a ese depravado nos cambie la vida. Cuando agitas una palmera, corres el riesgo de que los cocos te caigan en la cabeza.

Adolfo me sujeta por los hombros y me zarandea.

—Rosana, déjate de palmeras y despierta de una puñetera vez. Ese mierda dejó a tu hermano en una silla de ruedas.

El destino ha traído a Adolfo hasta aquí y después me ha puesto delante a uno de los chicos del instituto. Si hubiese llegado cinco minutos más tarde a casa de Benito, nada de esto hubiera sucedido. El destino ha organizado una especie de cita a tres bandas. Quiere que juguemos y no le importa si fracasamos. En el pasado siempre tuve las de perder, así que me cuesta horrores dar el primer paso. Buscar a un tipo entre las sombras no es el camino ideal para reconstruir una vida, aunque quizá sea la única manera de que haya justicia. Un poco de justicia. Y ese sí es mi oficio.

—No será fácil encontrarlo —apunto—. Se llama Diego Cobo Saiz. Seguro que hay unos cuantos en Santander. Tal vez ni siquiera viva por aquí.

—Eso me da igual, en algún sitio tendrá que vivir.

—¿Qué se te ocurre para empezar?

—La única pista que tenemos son las colmenas. Habría que realizar una batida por Liébana. Yo te acompaño.

—Hay docenas de pueblos en esa comarca. Algunos muy pequeñitos y colgados de las montañas.

—Pero habrá carreteras, supongo.

—Tienes tus clases, tus alumnos, tu vida...

—Y también mucho tiempo libre. Recuerda que Bruno no es mi hermano, pero eso me importa poco. Estaba conmigo, yo era su monitor y debía cuidarlo.

—El rencor resulta un pésimo compañero de viaje. Un juzgado es el mejor laboratorio para comprobarlo.

Adolfo me agarra de nuevo por los hombros con firmeza para infligirme ánimo. Le agradezco que esta vez no me zarandee.

Inhalo una bocanada de aire con olor a resina. Subo a su coche envuelta en un mar de dudas. Me apetece desenfundar el hacha de guerra, dar caza a Diego y tenerlo frente a frente. Al mismo tiempo, me gustaría borrar a ese maldito inquilino de la cabeza. Pero, si me olvido de él, me sobrevendría una serenidad incómoda, como cuando te acuestas en la cama para descansar y se te clavan los muelles del colchón en la espalda.

33

ADOLFO

A LA SALIDA del trabajo, acompaño a Rosana en busca de alguna referencia sobre Diego en la comarca de Liébana. Peinamos las explotaciones apícolas de varios pueblos. Los seis apicultores con marca comercial a los que hemos visitado niegan que algún chico con ese nombre haya pisado sus instalaciones. Sé que han sido seis porque Rosana acumula ese número de tarros en el maletero. Le da apuro presentarse en una explotación de buenas a primeras y solicitar información sobre un hipotético empleado que hayan tenido hace años. Se interesa por el producto y crea así un clima de complicidad con el propietario.

Nos queda una empresa en la lista. Una vez que la visitemos, daremos por concluido el reconocimiento. Sería una verdadera pena irnos de vacío, cada día que pasa noto que Rosana experimenta una mayor necesidad de localizar a ese chico.

Figura como Miel de Peñaloba. Está ubicada en Mogrovejo, un pueblo del valle de Camaleño. Al entrar en el pueblo reduzco la velocidad al mínimo, pues las calles son estrechas y curvadas. El navegador me conduce entre casas de piedra con balconadas cubiertas de flores y algún que otro tractor de esos enanos uncidos al remolque, ideales para moverse por prados de pendiente notable sin riesgo de volcar.

Al final del pueblo, una vez rebasada la iglesia, giro a la izquierda para tomar una pista de hormigón que sube en dirección al monte. Un indicador tallado en madera reza «Bajo los picos». Debe de tratarse de una ruta de senderistas. Rosana me pide que me detenga para echar un vistazo al plano que sirve para orientar a los caminantes, quiere comprobar que vamos en la dirección correcta. Al parecer, la ruta transita por el monte que cubre la falda de las montañas. Echa un vistazo a la pantalla de su teléfono y me señala un punto. La granja que buscamos se encuentra en un prado colindante al trazado que practican los senderistas.

Arranco por la pista y dejo a mi derecha una escuela convertida en museo. Apenas salimos del pueblo, nos llama la atención una antigua casona en el lado izquierdo con una enorme galería de madera. A su espalda y adosada a la vivienda, se eleva una torre cuadrada de unos veinte metros de altura. Sus almenas recuerdan a la torre de un castillo. Las ortigas y zarzas que crecen en la base de los muros, así como la falta de algunos cristales en las ventanas, aventuran que yace abandonada desde hace años lo que en su día fue una casona señorial.

Continuamos por la pista y sobrepasamos una construcción bastante nueva de color mostaza.

—Supongo que esa nave es un establo para las vacas. En verano las suben a los puertos de Aliva y el resto del año lo pasan aquí —anuncia Rosana.

A unos cincuenta metros del establo aparece a nuestra derecha un camino cercado por árboles y maleza. Me indica que siga adelante, no debe de faltar mucho para llegar a nuestro destino. Tras la siguiente curva de una pista que no hace más que zigzaguear, nos topamos con unas puertas de hierro.

—Último intento, compañero. Si aquí no saben nada, se acabaron las excursiones —asegura Rosana.

A ambos lados se aprecia un paisaje colmado de prados y monte frondoso. Entre este lugar y las montañas, las abejas disponen de cientos de hectáreas para recolectar a su antojo.

Las puertas de forja presentan una mitad inferior opaca. En la parte de arriba, el cerrajero ha torturado el hierro hasta imprimirle algún que otro arabesco entre los barrotes.

La finca se encuentra delimitada por un muro de piedra de un metro de altura del que sobresale una alambrada de espino oxidado. Junto a las puertas, en una placa metálica, a duras penas se puede leer «Miel de Peñaloba». Bajo la placa cuelga un buzón con la pintura saltada.

Aparcamos frente a las puertas y Rosana toca el timbre. El sonido recuerda al tañido del campanillo de una iglesia: agudo, estridente y capaz de alcanzar un radio amplio. Los dueños deben de pasar mucho tiempo en los aledaños de la casa y esa es la única forma de poder escucharlo. La respuesta al estruendo no se hace esperar. Tres perros se plantan detrás de las puertas y nos ladran de forma compulsiva. Su ladrido no amedrenta, pero aturde.

Uno de ellos luce una curiosa mancha blanca en el pecho: dos triángulos convergentes, como si llevara puesta una pajarita. Detrás de los perros aparece un hombre de unos cuarenta años y una mujer algo más joven. Él viste un mono de un verde desteñido y calza botas de goma; ella se ha enfundado un chándal y lleva zapatillas de deporte.

El hombre se acerca a la puerta con la intención de abrirnos. La mujer se ocupa de contener a los perros. No parecen peligrosos, aunque prometen avasallarnos y dejarnos alguna que otra muestra de baba en los pantalones.

—Tranquilas, chicas, tranquilas. Shhh —las templa la mujer. Acto seguido les acaricia el lomo y trata de que la acompañen hasta el cobertizo.

El hombre abre una de las puertas sin preguntar quiénes somos y cuáles son nuestras intenciones, lo que significa que no aprecia en nosotros ningún peligro o considera que la verdadera hospitalidad empieza por ahorrarse las suspicacias.

—Nos han contado que ustedes venden miel y a nosotros nos encanta —se presenta Rosana.

—Así es. Pasen por favor. A más miel, menos medicinas. Eso le digo yo a todo el mundo. Pero compren siempre miel buena, auténtica, no esas mierdas que venden en los supermercados. Y, a ser posible, la mía —bromea y esboza una sonrisa que termina en carcajada. Decir que irradia confianza y amabilidad es quedarse cortos.

El hombre cierra la puerta. La mujer ha sosegado el ímpetu de las perras con sus atenciones y los animales regresan a nuestro encuentro con un talante fisgón pero sereno: nos rodean moviendo el rabo, pero mantienen el morro lejos de nuestros pantalones.

Vista desde el interior, la finca alcanza un tamaño mayor del que presuponíamos al llegar. Desde fuera parecía más rústica y con una casa de labranza en medio del campo sin mayores pretensiones. Sin embargo, la vivienda alberga dos plantas generosas. En un lado de la parcela atisbo un cobertizo atiborrado de todo tipo de cacharros, desde motores o llantas de tractor hasta panales desvencijados; en medio del patio figura una furgoneta con el logotipo de la empresa. Detrás de la casa se aprecian un par de naves, una de reciente construcción y una segunda más antigua. Entre la vivienda y el monte se extiende una pradera del tamaño de un campo de fútbol.

—Bueno, pues ustedes dirán —suelta el hombre—. Por cierto, me llamo Juanjo, y ella es Sofía.

Rosana cumple con las presentaciones y va al grano.

—Como le decía, venimos con la intención de comprar un tarro de miel.

—Han llegado al lugar idóneo —conviene Juanjo—. ¿Alguna variedad en especial?

—¿Qué clases tiene?

—La típica de aquí es la de bosque, pero también dispongo de brezo y de eucalipto. La de eucalipto... —Juanjo se hace el interesante— se habrán dado cuenta de que por aquí no hay eucaliptos... Esa variedad proviene de la zona de Cabezón de la Sal. En invierno traslado las colmenas hasta allí para aprovechar la floración del eucalipto y en primavera las traigo de vuelta. —Se lleva la mano a la frente—. Un momento. Creo que la de eucalipto se me ha acabado. Aunque hay gente a la que le priva, a mí es la que menos me gusta de las tres. Yo prefiero la de bosque.

—Si no fuera porque me ocupo yo —sale al paso Sofía—, este hombre no movería las colmenas de estos prados. Para mí es la mejor.

—Ella se la come toda, por eso no nos queda —bromea Juanjo y suelta otra sonora carcajada.

Sofía pone los ojos en blanco, debe de estar acostumbrada a las bromas de Juanjo.

—Entonces, ¿cuál les pongo? —pregunta nuestro anfitrión.

—Brezo —apunto, como si hubiera tenido una revelación.

—Esa no la recolecto aquí. Tengo colmenas en la zona de Reinosa y el norte de Palencia. Allí hay mucho brezo y roble. Me sale una mezcla riquísima. De todas formas, en el obrador les puedo dar a probar todas las variedades —sugiere el apicultor.

—Estupendo —agradece Rosana.

—Vengan para acá.

—Bueno, yo les dejo con Juanjo —se disculpa Sofía—, que tengo cosas que hacer. Si les gusta la de eucalipto, no se preocupen. Tengo guardada una docena de tarros. —Sonríe con socarronería.

—¿Haces negocios a mis espaldas? —prosigue Juanjo la guasa, fingiendo indignación—. Hay que ver. No se la come, pero la esconde.

Estamos encantados con la visita. Ignoro si sacaremos algo en claro respecto a Diego, pero el recibimiento de la pareja no puede ser más agradable.

Juanjo se dirige a la nave más reciente. Nos hace un gesto para que entremos.

En ambos laterales se apilan docenas de colmenas. Nos explica las diferencias sin detener el paso.

—Las de la izquierda son de madera oscura porque tienen restos de resina, de ahí les viene ese tono tostado. La hilera de la derecha es nueva, verán que la madera es más clara.

Unos metros más adelante veo aparcadas una carretilla elevadora y una camioneta con una de las cartolas bajadas, como si acabara de ser descargada.

—¡Una carretilla elevadora! —exclamo—. Es lo último que esperaba encontrar en este lugar. ¿Tanto pesan sus abejas?

Juanjo suelta otra risotada.

—Una abeja no pesa nada, pero en una colmena suele haber cincuenta mil. A eso añádele la madera y la miel. No se imagina lo que pesan las puñeteras colmenas. No pueden cargarse una a una. Piensen que suelo trashumar con ellas.

—¿Trashumar? —interrumpo—. A mí eso me suena de las ovejas.

—Exacto. Pues es lo mismo —ratifica Juanjo—. Lo que les he comentado antes de Cabezón de la Sal. Pasan el invierno cerca de la costa, donde el clima es más benigno y recolectan la flor del eucalipto. Luego las traigo de vuelta y cato esa miel para que no se mezcle con la que produzcan aquí.

Juanjo recobra el paso y se planta en el fondo de la nave, lo que en verdad constituye el obrador, la sala de máquinas propiamente dicha. Un espacio de unos cuarenta metros cuadrados donde se concentra la mayor parte de las herramientas utilizadas en el tratamiento de la miel, todas ellas revestidas de un tono cromado.

—Como ven, la tecnología también ha llegado a nuestro sector —explica—. Las colmenas de mi abuela eran troncos de roble huecos, colocados de pie sobre una base de piedra para que la humedad no pudriese la madera, y tapados con una lastra. —Golpea con los nudillos un tanque que le devuelve un eco metálico—. Nada que ver con estos aparatos.

Levanta la tapa de un recipiente circular y se dispone a explicar las funciones de cada uno.

—Esto es un extractor —nos cuenta. En el interior se aprecian media docena de aspas que conforman una estrella y van acopladas a un eje central. De cada brazo de la estrella cuelgan dos panales—. Este aparato tiene un motor que le permite girar a toda pastilla. La miel se desprende a causa de la fuerza centrífuga. Los extractores antiguos funcionaban a manivela, imagínense cómo se le quedaba a uno el brazo después de un día dándole a la manivela, pero el mecanismo era idéntico. Cuanto mayor es la fuerza centrífuga, más rápido sale la miel de las celdillas.

—Vamos, igual que el secado en una lavadora —añado.

—Lo mismo —ratifica Juanjo con otra carcajada, a la que esta vez acompaña con una sonora palmada que me dobla la espalda.

Baja la tapa del extractor y se encamina hacia otro artilugio que posee una barra larga y vertical, con aspas en el extremo inferior.

—Esto es una cremadora. Ahora la gente es muy fina. Hay mieles, sobre todo las de brezo, que tienen una textura muy densa; con el frío se pone dura como el cemento. Esta especie de batidora rompe la cristalización y la deja más cremosa. Aunque se pase años en el armario conserva la textura.

Cuando accedimos a la nave no podíamos imaginar que la producción de miel pudiera reunir una colección de instrumental tan sofisticado.

Juanjo se da media vuelta en busca de alguna herramienta que no nos haya mostrado. Golpea con los nudillos un cilindro apoyado en tres patas.

—Esto es una centrifugadora de opérculo. Las abejas son muy listas. Una vez que llenan las celdillas de miel tienen que taparlas para que no se caiga. No tienen tapones, así que los fabrican. ¿Cómo? —se pregunta, y me propina otra cariñosa palmada en la espalda—. Con lo que tienen más a mano: cera. Así que, para poder sacar la miel de las celdillas, hay que quitar antes el tapón. —Se lleva la palma de la mano a la frente—. Por cierto, he hablado mucho de aparatos y hemos olvidado el motivo por el que vinimos aquí: probar todas las variedades.

Juanjo saca varios tarros de un armario, los coloca sobre una mesa y los destapa. Extrae dos cucharillas de plástico de un bote, como las que proporcionan las heladerías.

—Prueben con tranquilidad. Están en su casa. Mientras, voy a hacer una llamada.

Se aleja hacia la entrada de la nave y se pega el móvil a la oreja.

Probamos los tarros por si acaso Juanjo nos observara de soslayo, pero a Rosana hay algo que le preocupa más.

—Creo que ya es hora de que saquemos el tema.

—Me da un poco de vergüenza. Es tan amable...

—A mí también me resulta violento, pero es lo que hemos venido a hacer aquí.

Juanjo no tarda en regresar como se fue, risueño.

—A ver, ¿cuál ha sido la ganadora?

—Sigo fiel a la de brezo —confirmo.

Antes de que se nos agote el tiempo, inicio el tanteo.

—Tuve hace años un alumno... Cómo se llamaba el muchacho —finjo hacer memoria—. No me acuerdo ahora mismo. Trabajaba en un sitio como este aquí, en Liébana.

Mientras habla con nosotros, Juanjo echa mano de una espátula y se dedica a quitar pegotes de resina de una colmena vieja.

—Mirad, esta resina tampoco se tira. Se puede utilizar con fines médicos —explica sin prestar mucha atención a mi comentario.

—Ya me acuerdo. Aquel chico se llamaba Diego —anuncio por fin.

Juanjo guarda silencio y sigue a lo suyo. No obstante, me ha parecido ver que detenía la espátula unas décimas de segundo y hacía un mohín al escuchar el nombre.

—Me dijo que trabajaba con unos productores de miel de Liébana —prosigo—. A lo mejor usted lo conoce.

—¿Diego? Ni idea. Además, esta comarca es muy grande. Lo mismo existen cien pueblos y en la mitad de ellos seguro que hay gente que tiene colmenas, aunque no envasen con marca comercial. —Juanjo muestra un absoluto desinterés por el nombre y se concentra en las virutas de resina. Las presenta como si fueran un trofeo—. Miren, con estas virutas producimos el propóleo, que sirve para curar catarros, llagas en la boca, quemaduras, acné... Incluso dicen que baja el nivel de colesterol, aunque yo eso no me lo creo del todo.

Intercambio una mirada de frustración con Rosana.

—Entonces, se llevan una de brezo, ¿verdad? —aventura Juanjo.

Rosana asiente. El hombre se da media vuelta, abre la puerta y se pierde en lo que parece un pequeño almacén.

—Este tío no conoce a Diego —me susurra Rosana en cuanto Juanjo desaparece.

—Yo creo que sabe quién es, pero no ha querido soltar prenda. Es posible que a la mujer sí le suene y no tenga tantos reparos en hablarnos de él.

—No creo que a este hombre le haga mucha gracia que seamos tan pesados.

—Tampoco importa mucho si se enfada. Es probable que no volvamos a verlo nunca más.

Juanjo regresa con un tarro y lo introduce en una bolsa de plástico. Rosana saca la cartera y le entrega un billete de veinte euros.

—Muchas gracias, señora.

—A usted por la clase magistral.

—Un segundo, que le doy la vuelta.

Juanjo regresa al pequeño almacén y Rosana aprovecha para echar un último vistazo a la maquinaria. Se mueve entre los aparatos como un alumno rezagado en la visita a un museo.

Saldadas las cuentas, abandonamos el obrador con la esperanza de ver a la mujer antes de irnos y así poder sonsacarle algo de información. Delante de la casa hay un par de árboles y, entre ellos, una cuerda atada donde Sofía tiende la colada. Al vernos, interrumpe la faena y se acerca.

—Ya nos vamos, señora —le digo.

—Ha sido un placer haberles conocido.

—El placer es nuestro —interviene Rosana—. Juanjo nos ha contado con todo detalle el método para producir una miel tan rica. Por cierto... —Se echa la mano al bolso, lo abre y rebusca con afán en su interior—, creo que me he dejado la cartera en el obrador.

—Se la traigo ahora mismo —se presta Juanjo, que se encamina hacia la nave a grandes zancadas.

Se presenta la situación idónea para que Sofía nos cuente lo que hemos venido a buscar. Juanjo no tardará en regresar, de modo que comienzo con las insinuaciones.

—Conozco a un chico que trabajó en alguna de las explotaciones apícolas de esta zona. Se llama Diego. Tal vez le suene.

Sofía nos mira con un asomo de cautela.

—¿Diego ha dicho?

—Sí. Un chico de unos treinta y pico.

—Diego... Diego... —Sofía pasea la mano por el rostro tratando de recordar mientras mira de reojo hacia la nave. Intuyo que su vacilación se debe más al recelo que a la torpeza de su memoria.

—Me dijo que le encantaba trabajar en el campo —insisto.

—¿Le han preguntado a Juanjo por ese hombre?

—Sí, nos ha dicho que no le sonaba de nada.

—Pues si a él no le suena, que tiene mejor cabeza que yo... —dice en tono evasivo y sin dejar de vigilar la puerta de la nave. Reprime un suspiro al verlo aparecer con la cartera de Rosana en la mano. El amago de interrogatorio ha terminado.

Juanjo entrega la cartera a Rosana y le dedica una sonrisa amable.

—Aquí tiene, señora. Lo había dejado sobre la centrifugadora.

—Qué cabeza, Dios. Bueno, ya nos vamos.

—Cuando acaben el tarro, ya saben dónde estamos.

Sofía se despide con una mueca cortés. Le vuelve la sangre a las venas al comprobar que se ha librado de una pareja de entrometidos.

Salimos de la finca y guardamos el tarro en el maletero.

—Debí esconderla mejor.

—¿Cómo?

—La cartera. Se me ocurrió de repente y la dejé encima de uno de esos artilugios. Tenía que haber buscado un escondite mejor. Esa mujer estaba a punto de caramelo. Diez segundos más habrían bastado.

Rosana ha estado muy hábil. Con esa cara inocente que tiene, nadie ha sospechado que lo había hecho adrede. Cómo se nota que es abogada.

—Tienes razón. Ambos conocen a Diego —presume Rosana.

—La mujer ha estado a punto de contarnos algo.

—Tal vez Sofía y Diego estuvieron liados, lo que explicaría la actitud displicente de Juanjo.

—La mujer nos podría haber dicho que no lo conocía y ya está. ¿A qué viene tanto secreto?

—Le pasa a las personas honestas. Les cuesta mentir.

Suena el teléfono de Rosana. Al ver el nombre en la pantalla, me dedica una sonrisa.

—Benito, ¿qué tripa se te ha roto?

—Tengo un problema muy gordo, muchacha, y no sé qué hacer. —El hombre debe de estar gritando, porque hasta yo lo escucho con nitidez.

—¿No te habrán robado otro cactus?

—El caballo se ha escapado. Ha saltado la cerca que separa mi parcela de la de Vicente y seguro que desde su finca se ha plantado en la carretera. Ese caballo vale un dineral y anda suelto por ahí como un perro callejero.

—No te preocupes. Voy a llamar a la policía local y doy cuenta de la situación.

—No sabes cómo te lo agradezco.

—¿Hay alguna forma de identificarlo?

—A los caballos se les introduce un microchip bajo la piel. *Tricky* lo lleva en el lado izquierdo del cuello, a un palmo de la crin.

—Se lo contaré a la policía, aunque supongo que ellos ya lo saben. Estoy con Adolfo en Liébana. Nos llevará un par de horas llegar a tu casa.

—Bendita seas. Te debo una.

—Te lo facturaré como horas extras —bromea Rosana.

—Carol y yo lo buscaremos por los alrededores. No me voy a quedar de brazos cruzados.

—Me parece bien. Es posible que lo encuentres en un prado tan tranquilo y el susto se quede en nada.

—Dios te oiga.

34

ADOLFO

CAROL Y BENITO nos esperan en la calle, junto a la puerta de la finca. A Benito se le ve desconsolado, hundido en la silla.

—No hemos dado con él —confiesa—. Tengo la sospecha de que ha tirado hacia Liencres, pero yo por esa carretera tan estrecha no me atrevo a meterme con la silla.

—Iremos con el coche y preguntaremos en el pueblo. Alguien tiene que haberlo visto —propone Rosana—. Vuelve a casa. Nosotros lo encontraremos.

Benito acepta a regañadientes. Le hace un gesto a Carol y ambos entran en la finca.

Antes de subir al coche, Rosana saca el teléfono del bolso y abre Google Maps.

—Esta calle está cortada, termina en unos prados. Tenemos que regresar en dirección a Soto de la Marina. A cien metros hay un desvío a la derecha que nos lleva a Liencres. Esa debe de ser la carretera estrecha a la que se refiere Benito.

En ese preciso momento, un Mini rojo circula marcha atrás con la intención de aparcar pegado al muro. De su interior se baja una persona que me resulta familiar: la mismísima Elisa.

A la mujer no le extraña ver en la puerta de su casa a Rosana, pues es la abogada de la pareja; mi presencia sí le causa más sorpresa. Y estupor. Me observa como si fuera un leproso que la ha invitado a bailar. Le aclaro la situación antes de que suelte alguna de sus habituales invectivas, aunque omito que he visitado a Benito *ex profeso*.

—Trabajo en Liencres y un día me encontré a tu marido por pura casualidad. Hemos hecho buenas migas y de vez en cuando vengo a verlo.

Elisa me dirige una mirada cortante y cargada de recelo.

—Vaya, vaya.

—Nos disponíamos a buscar a *Tricky*. Ha desaparecido —aclara Rosana con el propósito de que el saludo se convierta al mismo tiempo en una despedida. Con lo que Benito nos ha contado acerca de su esposa, Rosana no tiene mucho interés en alargar la conversación.

Elisa se encarama a una piedra y otea por encima del muro, como si no se fiase de nosotros.

—Mi marido es tan inútil que no sabe ni cuidar un caballo —despotrica.

Le dedico una mueca ceñuda.

—Me parece muy feo que hables así de Benito.

Elisa se vuelve hacia mí con aire desafiante.

—Seguro que os ha dicho que yo lo tenía encerrado en la galería y que por ese motivo se largó de casa, ¿me equivoco?

—En concreto utilizó el término «liberarse», como una lombriz del pico de una gallina.

—Graciosillo larguirucho, ¿no te has preguntado si puede haber alguna razón para que esté controlado?

La pregunta me desconcierta. Guardo silencio. A Elisa se le ensombrecen las facciones.

—No me extrañaría que mi marido le hiciera daño a alguien o se lo hiciera a sí mismo. No sería la primera vez.

Paso revista a las implicaciones de un comentario tan inaudito como grave. Me embarga una vaga preocupación.

—¿Sería capaz de algo así?

—No lo conocéis bien. —Nos dedica una sonrisa maliciosa—. Estáis muy confundidos, por lo que veo. Os ha cegado su labia.

¿Qué ocurre aquí? Tengo una idea sobre Benito muy distinta a la que transmite Elisa. Lo considero una persona en su sano juicio. Un optimista ingenuo, quizá como defecto menor, pero en ningún momento he dudado de su salud mental. Y ahora esta mujer no hace más que sembrar cizaña. ¿O no?

Benito estuvo a punto de ahogarse en la playa. Si lo que dice Elisa fuera cierto, cabe la posibilidad de que no se quedara dormido y alguien desconectara el cable de la batería. Cuando me lo contó me pareció de lo más extraño. Al saber que nunca más volvería a andar, tal vez fue él quien se acercó a las olas.

El episodio del ahogamiento se produjo al día siguiente de conocer que la fundación se había convertido en una estafa. Le habían robado su dinero y la esperanza de recuperación. No es descabellado pensar que fuera un intento de suicidio al que le sobrevino un súbito arrepentimiento.

Elisa se expresa con una rotundidad que asusta.

—Mi marido tiene engañado a todo el mundo. Os habrá contado que un caballo le cayó encima durante el rodaje de una película y ya no se pudo levantar. Es su embuste cinco estrellas. Y nadie lo duda porque se dedicaba a eso. Pero no fue así como se quedó en silla de ruedas. Que os confiese la verdad.

—¿Qué sucedió entonces? —pregunto, sumido en la confusión.

—Eso es algo que os tiene que contar él.

Veo a Rosana tan perpleja como yo. Ambos nos debatimos entre el conocimiento que tenemos de Benito y el notable poder de persuasión que desprenden las palabras de Elisa. Benito es una persona encantadora, con muchas ganas de vivir, y no tiene pinta de embustero ni de perturbado. Sin embargo, su mujer ha dejado entrever una realidad muy distinta. Ella podía haber tratado de convencernos de que no anda bien de la cabeza, pero se ha limitado a dejar volar las suspicacias y ha preferido que sea él mismo quien nos saque de dudas.

Al detectar la incertidumbre en nuestra cara, Elisa no tiene reparos en airear las vergüenzas de su marido.

—¿No me creéis? Pues os diré que todos los años me envía una demanda de divorcio para que la firme. Es probable que tenga una docena en casa.

—En ese caso, debo de estar redactando la decimotercera —aventura Rosana entre dientes.

La mujer agita el pulgar en dirección al muro. Sus labios acunan una turbadora sonrisa.

—Igual le ha dado por vender el caballo y, como excusa, os ha dicho que se ha escapado.

Elisa articula sus argumentos con aplastante credibilidad. No sé si hacerle caso o conservar mis convicciones. Si fuera árbitro de baloncesto lanzaría el balón al aire y que se apañen ellos dos, aunque en ese caso Benito tendría todas las de perder. Por mucho cariño que le tenga, la relación con su esposa es un coto privado donde no conviene meter las narices.

Hago un gesto a Rosana en dirección al coche.

—Echaremos un vistazo a ver si encontramos a *Tricky*. —Tomo la búsqueda del animal como excusa para desaparecer y dejar que la pareja arregle sus asuntos.

Elisa prosigue con sus confidencias familiares.

—Ese caballo es un purasangre. Vale un dineral. Debería entrenar, comer lo que le corresponde y no estar tumbado a la bartola en el prado como si fuera un poni de feria.

—O sea que *Tricky* participa en carreras.

—No participa en carreras, las gana. Ya te dije que era el mejor caballo que teníamos en la cuadra.

—No sabía que fuera un caballo de competición. No entiendo mucho del tema.

—Este capricho estúpido de mi marido nos cuesta una fortuna. —Se encoge de hombros—. Pero como el dinero le da igual... Tengo que convencerlo para regresar a Madrid.

—Comprendo —admite Rosana, aunque está muy lejos de saber lo que ocurre. Su propósito coincide con el mío: poner punto final a la conversación.

Una cartera de Correos frena su moto junto a la puerta de la finca. Sin apagar el motor, introduce una carta en el buzón. Se dispone a acelerar, pero cambia de opinión al advertir la presencia de Elisa. La mira durante un instante y alza la visera del casco para observarla con detalle.

—¿Noa? —interpela la cartera a Elisa.

Elisa se desentiende de la pregunta con un parpadeo prolongado y un mohín. Está claro que no se da por aludida.

—¿No eres Noa? —insiste la recién llegada.

—Creo que te has equivocado de persona. Me llamo Elisa Rodiles. Acabas de echarme una carta en el buzón hace medio segundo. ¿Tienes memoria de pez o qué te pasa? —Saca un juego de llaves del bolso de forma impulsiva, abre el buzón, muestra el sobre a la cartera y lee con retranca—: Elisa Rodiles, ¿lo ves?

La cartera echa un vistazo rápido al sobre para cerciorarse. Elisa mete la carta en el bolso y cierra el buzón. Se da media vuelta, abre la puerta de la finca y nos dedica un gesto despectivo. Envuelta en una sobreactuada dignidad, se despide con un portazo.

—Juraría que esa mujer es Noa —desliza la cartera en cuanto Elisa ya no puede oírla.

—Se llama Elisa. Lo acabas de ver en la carta —aclaro—. La conozco de sobra. Somos vecinos.

—¿Quién es Noa? —quiere saber Rosana, confundida por el repentino embrollo.

—La presentadora de *La hora de Noa* —descifra la cartera.

—Perdona, pero sigo igual de perdida.

La mujer se percata de que mantenemos una conversación a gritos sin necesidad, de modo que para el motor.

—Tengo un niño pequeño y a veces no se duerme ni a tiros. Muchas noches me tengo que levantar y, para pasar el rato, sintonizo el Canal Doce. Sale esta señora. Es una vidente.

—¡¿Elisa es vidente?! —escupo, a medio camino entre la intriga y el asombro.

—Vidente, pitonisa...

—Caradura... —completa Rosana con expresión de desprecio.

—Buscad el programa en internet y pinchad un vídeo cualquiera —sugiere la cartera.

Incrédula ante lo que acaba de oír, Rosana teclea en su móvil.

—Aquí lo tengo: *La hora de Noa*.

—Debo continuar la ronda. —La cartera alza la vista al cielo—. Lo mismo en cinco minutos se echa a llover y me empapo. —Se despide con la mano, baja la visera del casco y arranca la moto.

—Tengo una duda. Comprueba a qué hora se emite el programa —apelo.

—De once de la noche a una de la madrugada.

—Ya lo entiendo. —Chasco los dedos—. Por eso se va todas las noches tan maquillada. Benito piensa que se va de fiesta por la sierra, incluso que le es infiel. Y en realidad lo que hace es acudir a un plató de televisión a contarle milongas al personal.

—En el vídeo sale muy maquillada. No parece ella. —Rosana me muestra la pantalla.

—Tal vez no quiere que la identifiquen, por eso utiliza un nombre artístico.

—¿Y por qué no le dice la verdad a Benito? Le iría bien saber que su mujer no hace por las noches lo que él sospecha.

—Iba para estrella de cine y trabaja como pitonisa en una televisión de mala muerte. Esa mujer prefiere la mentira a la humillación.

35

DONATO FUE JUGADOR de tenis antes que entrenador. Es un hombre bajo y corpulento. Entrena con sus pupilos a diario y el ejercicio contribuye a conservar hechuras de deportista a pesar de acercarse a los sesenta años.

No estaba de viaje, como anunció al recepcionista del polideportivo. Blasco y Palacios lo descubren a la salida de la consulta del dermatólogo, donde se trata el pómulo izquierdo.

Al verlo aparecer por la puerta de la clínica, los agentes se hacen los encontradizos.

—Esta clínica está a medio kilómetro de su casa —espeta Palacios—. Mucha distancia no parece como para que le lleve una semana.

—¿Qué quieren? —reacciona Donato con desconfianza mientras trata de taparse la cara con la mano. Intento baldío, necesitaría un biombo para camuflar el estropicio y los policías ya se han percatado.

—A Nicolás Romero lo han asesinado y usted era su entrenador. Solo queremos hablar con usted —interviene Blasco—. Somos de la Policía Judicial y nos gustaría que nos acompañara a Jefatura. Tranquilo, será una charla, sin más.

Donato no presenta resistencia, más bien al contrario.

—De acuerdo. Como gusten —responde tras una sonrisa amable. Al comprobar que su lesión en el rostro es de sobra conocida por los agentes, retira la mano.

Los policías y el entrenador se acomodan en el despacho de Blasco. Donato adopta una expresión plácida.

—¿Le duele? —pregunta Blasco, señalando el rostro del entrenador.

—A veces siento pinchazos.

—El conserje del polideportivo nos dijo que estaba de viaje. Nos extrañó que eligiera precisamente el momento en que operaban a su pupilo.

—No quería que los jugadores me vieran con este aspecto. No es plato de gusto.

—¿Cómo se ha hecho eso en la cara?

—Recibí un pelotazo en un entrenamiento.

—¿Un pelotazo con forma de nudillos en el pómulo? —se mofa Palacios.

Donato se toma un respiro y traga saliva antes de contestar.

—No les voy a mentir, no es mi costumbre. Tuve un encontronazo con Nico.

—Para ser un simple encontronazo, se llevó usted un buen recuerdo.

—Cosas que pasan cuando uno trata de hacer lo correcto.

—¿Lo correcto? —duda el inspector.

—No soy un santo, pero procuro hacer las cosas bien. Comparto con mis jugadores esos mismos principios.

—Si fuera algo más concreto... —sugiere Palacios.

—Entrenar las horas estipuladas, seguir la dieta prescrita por la nutricionista... Nada que un jugador maduro no puede entender a la primera.

—Déjeme adivinar: discutió con Nico porque se saltaba los entrenamientos y salía de juerga.

—Es usted una pésima adivina. El chico siempre fue muy profesional en ese aspecto.

Blasco toma el testigo de su compañera e insiste en esa línea de interrogatorio.

—¿Por qué se enzarzó con él de una forma tan acalorada como para que Nico lo golpeara de esa manera?

—Es un asunto personal —resuelve Donato con sequedad.

—O sea que no piensa contárnoslo.

—Si estuviera detenido por algún motivo, no ocultaría lo sucedido, pero me han dicho que es «una charla, sin más». Y en estos casos no tengo por costumbre desvelar circunstancias personales, aunque sean dos policías quienes me pregunten y tengan sobradas razones para hacerlo.

—Vaya, un tío con un par de narices —susurra Palacios a su compañero.

—¿Sabe lo que le ha ocurrido a su pupilo en el hospital? —Blasco pone al entrenador frente al drama para que se deje de circunloquios.

—Estoy al tanto.

—¿Habló con él después de la pelea?

—Comprenderá que no era el momento. Pensaba dejar que pasara un tiempo.

—Sin embargo, lo vieron a usted en el hospital el día que operaban al tenista.

Sorprendido porque los policías conocieran dicha circunstancia, Donato tuerce el gesto.

—Iba a urgencias, por lo de la cara.

—Creemos que la pelea que mantuvieron ustedes ocurrió tres días antes de la operación. ¿Estuvo dos días con la cara como una lombarda y hasta el tercero no se le ocurrió acudir al hospital? —plantea Palacios.

—Me puse hielo, pensé que la inflamación bajaría, pero cada vez estaba peor.

—Yo creo que no fue usted a urgencias, sino a hablar con Nico —matiza el inspector.

—Ambas cosas, pero no llegué a verlo. Cuando subía a su habitación, me miré en el espejo del ascensor, vi la hinchazón y pensé que todavía no era el momento, así que me di media vuelta.

Ante el escaso resultado del interrogatorio, a Blasco no le queda otra alternativa que volar en pedazos la lealtad que manifiesta Donato con su pupilo.

—Dos personas nos han asegurado que Nico colaboraba con una mafia en el amaño de partidos. —Trata de que la pista que los policías ya han dado por cerrada suene espontánea y novedosa—. Suponemos que estaba usted al corriente y, es probable, repito, es probable —subraya con socarronería— que por esa razón iniciaran ustedes la discusión.

—Ya les he dicho que no tengo por costumbre desvelar situaciones personales.

—Le voy a contar algo que es confidencial y no debería salir de mi boca.

—Pues no me lo cuente —lo desafía Donato.

—Sus principios morales me parecen muy loables, pero creemos que la cosa es seria: a su pupilo lo han estrangulado. Y creemos que puede haber una relación entre lo que le ha pasado al chico y la afición que tenía por las apuestas «a la mexicana».

Donato duda entre mantener la discreción o colaborar. Termina por bajar la cabeza en señal de claudicación.

—No conocía la «denominación de origen» de esa gentuza, pero sí estaba al tanto del asunto.

—¿Qué se le pasó por la cabeza cuando se enteró de que Nico se dejaba ganar?

—Me sentí muy mal, fatal. Me dolió mucho.

—Y estoy seguro de que se lo recriminó en el vestuario y las cosas fueron a mayores...

—Más o menos.

—¿Nos confirma que la pelea se produjo por ese motivo?

—Así es —reconoce Donato tras un momento de duda—. Lo entreno desde hace diez años. Es como un hijo para mí. Sentí una decepción muy grande cuando me enteré de sus tejemanejes. Le pregunté el motivo y me dijo que necesitaba dinero, pero no me contó para qué. No lo entendí. Con lo que ganaba en los torneos y la publicidad era más que suficiente para llevar una vida holgada, pero el muy egoísta parece que no tenía bastante. Tal vez quería un deportivo con más caballos o una casa con más cuartos de baño, aunque solo tuviera un culo.

—Si el chico necesitaba dinero, ¿se ofreció usted a prestárselo?

—Pues claro. Faltaría más.

—¿Y cómo reaccionó él?

—Me dijo algo que me hizo más daño que el puñetazo: «No quiero tu mierda de caridad». El chico estaba rabioso por alguna razón y no se lo tuve en cuenta, pero me dolió.

Blasco desiste de mantener el castigo y cambia de tercio.

—Nico nos confesó que no tenía problemas con nadie. Tal vez usted guarde una opinión distinta.

—Aparte de las apuestas, no me consta que anduviera metido en líos. Es un buen chaval.

—En los últimos meses llegaba a entrenar con pocas ganas, desastrado... Publicaron un artículo en una revista para mejorar su imagen.

—Todo ello tiene que ver con el feo asunto ese que han mencionado.

—Puede decir «apuestas», «amaños», «juego sucio»... No pasa nada, no lo vamos a detener por eso —bromea Palacios.

—Me queda una duda —interviene Blasco—. Si no estaba usted de viaje cuando a Nico lo intervinieron en el hospital, ¿dónde ha pasado estos días?

—En Selaya. Allí tenemos una casa y desde que murió mi madre está vacía.

—Se ocultaba para que su familia no viera la avería que le había hecho su pupilo.

—Sobre todo mi hijo. Si se llega a enterar... No quiero ni pensarlo.

Blasco da la conversación por terminada. Palacios acompaña a Donato a la salida y regresa de inmediato con morritos de satisfacción. Se mira las uñas con manicura de un tono rosa claro idéntico al de los labios. Acto seguido cruza las manos sobre la tripa, como si el ademán afianzara su razonamiento.

—Este tío da el perfil.

—No lo acabo de ver claro —cavila Blasco—. Me parece un hombre decente. Pertenece a esa clase de personas de terca honestidad que está en vías de extinción. Eso, o es un perfecto embustero.

—Yo creo que es un embustero de libro. El tenista le dio un puñetazo y despreció su dinero, se lo escupió a la cara. Por muy honesto que seas, si un niñato te hace eso, tú no pones la otra mejilla, ¿a que no?

—Yo no suelo poner la otra mejilla sean cuales sean las circunstancias.

—El tío es pequeñajo, pero ¿has visto los brazos que tiene? Y ya has oído lo que ha comentado sin querer sobre su hijo.

Blasco se rasca el cuello y deja vagar la mirada. Los argumentos de Palacios ponen en cuarentena la presumible honestidad del entrenador y dan pie a un nuevo interrogante: el joven Curro Vidal.

36

ADOLFO

ROSANA QUIERE QUE la acompañe al tanatorio. No resulta un plan muy alentador para un fin de semana. Primero al tanatorio y, en caso de no tener éxito, habría una segunda oportunidad en el cementerio. Algo así como aplicarle un prelavado al duelo.

Da por hecho que Darío se presentará en compañía de Diego para despedirse de su amigo Nico. Y, si no acuden juntos, espera que al menos aparezca Diego y ella sea capaz de reconocerlo. Han pasado trece años, hay personas que cambian mucho en ese período. A la vista está el caso de Darío, y otras a las que el paso del tiempo no les hace mella.

El vestíbulo está repleto de corrillos de gente. No hay más que escuchar las conversaciones para percatarse de que la mayoría han acudido al velatorio de Nico. Era una persona muy conocida en Santander.

No puedo ayudar a Rosana en su intento por localizar a Diego. Ni siquiera disponemos de una foto de su paso por el instituto. Rosana es bajita, lo que tampoco ayuda a que tenga una perspectiva idónea de los asistentes. Su cabeza gira de forma caótica. Durante media hora nos movemos de un lado para otro, sin rumbo. Ante la falta de suerte, damos por concluido el merodeo y nos acercamos a la cafetería. Pedimos un par de cafés.

—Si Diego viene al tanatorio, supongo que permanecerá aquí un buen rato —me dice—. Lo lógico sería que se encontrase con un montón de amigos y acabase en la cafetería. Creo que este es un buen lugar para avistarlo. ¿Tienes prisa?

—Hasta mañana a las once estoy libre.

Rosana desliza una media sonrisa de agradecimiento. He observado que sonríe con los ojos más que con la boca, como si tuviera grapas en las comisuras de los labios. Aprovecho el paréntesis para comentarle algo que me preocupa.

—Me extrañó lo que dijo Elisa sobre Benito: el daño, las demandas de divorcio y todo eso.

—No más que a mí. Se contradice con la idea que tengo de él.

—Me inquieta que pueda hacerse daño a sí mismo o a otros. Sentado en una silla, el daño a otros lo veo difícil, pero quizá lo de la playa no se debió a un problema de batería, sino que fue él mismo quien se metió en el mar.

—No lo creo. Es un tío muy entusiasta, con mucho ánimo —discrepa Rosana.

—Hasta que tu hermana se cargó ese ánimo de un plumazo.

—Carol encontró el cable de la batería desconectado.

—Es lo que nos ha contado Benito. Me gustaría oírselo a ella misma.

—Vaya, no había pensado en esa posibilidad.

—Me cuesta más entender lo del «daño a otros». No lo veo capaz.

—En eso te doy la razón. Es un santo. Pero su mujer lo afirmó muy convencida.

—¿Desde cuándo lo conoces?

—Hace tres años, aunque nos hemos visto en ocasiones contadas.

—Yo desde hace más tiempo, pero de su vida solo sé lo que él me ha contado. Habría que hablar con Elisa y que nos diga a qué se refería exactamente con esa expresión.

—¿Crees que te lo iba a soltar?

—Si la pillas a primera hora de la mañana, sin la armadura puesta, es posible.

—A mí me chocó el comentario sobre el caballo, que debería volver a Madrid a ganar carreras en vez de estar revolcándose en el prado.

—Y eso a ella qué más le da.

—Creo que no se refería a los triunfos en sí mismos, sino al dinero que aportan —especula Rosana—. Mantener una cuadra debe de costar una fortuna.

—Pero si la pasta les sale por las orejas.

—No estoy convencida del todo. Me debe una factura desde hace quince meses. No le he dado importancia porque es una nimiedad y él es de total confianza. No obstante, después de lo que soltó Elisa empiezo a dudar.

—¿Piensas que quizá no esté tan forrado como dice?

Rosana ralentiza su parpadeo, ya de por sí lánguido.

—Creo que pudo estarlo en algún momento, pero el dinero igual que viene se va. No te imaginas la gente que se arruina de un día para otro.

—Quizá Elisa tenga razón y Benito haya vendido el caballo.

—Es posible. ¿Qué sentido tiene traerlo a Santander y separarlo del resto? Todo un campeón, además.

—Benito tenía la esperanza de volver a caminar y poder montarlo. Adora a ese animal.

—Demasiado idílico para ser verdad, ¿no crees?

—Si andan mal de pasta, eso explicaría que Elisa trabaje en la tele.

—Y maquillada hasta las cejas para que no la reconozcan porque le da vergüenza.

—¿Trabajar o que la reconozcan?

—Ambas cosas. Recuerda que estuvo en Hollywood.

—En la tercera división de Hollywood —matizo—. Algo así como el sótano de un rascacielos.

El camarero deposita los cafés en la barra. Las tribulaciones que yo alimentaba de camino al tanatorio se han multiplicado gracias a las contribuciones de Rosana. Ambos coincidimos en que la imagen de santurrón que guardábamos de Benito se ha desdibujado, incluso se ha cubierto de alguna que otra sombra.

Rosana vierte el azúcar, remueve y se lleva el primer sorbo a la boca. Vuelve la vista hacia la gente que atiborra la cafetería con la esperanza de que alguno de los recién llegados se llame Diego Cobo Saiz.

Al cabo de una hora de espera infructuosa, da la expedición por terminada.

—Deberíamos irnos. No vamos a pasarnos aquí toda la noche.

—A lo mejor acude mañana al entierro. ¿A qué hora es?

—He leído en la esquela que a las cinco en el cementerio de Ciriego.

A LAS CINCO en punto del domingo aparco a trescientos metros del cementerio, lo máximo que he conseguido acercarme. Gran cantidad de coches ocupan los aledaños. Una procesión silenciosa enfila hacia la entrada. Veo de lejos un paraguas rojo recortado entre indumentarias oscuras. Imagino que bajo el paraguas se esconde Rosana. Con el tono pastel de su ropa y su pequeña estatura, parece que la acaben de sacar de una pintura naíf y la hayan plantado en un cuadro de El Greco.

El cementerio acoge una prodigiosa colección de arte funerario. Nos colocamos detrás de un mausoleo para pasar inadvertidos.

Si en algún momento podemos encontrar a Diego junto a Darío es este, el instante de despedirse de Nico. Ayer Diego no se acercó al tanatorio. Hoy se dejará ver. No puede fallarle dos veces a su amigo del alma.

Bastará con localizar a Darío y la figura de Diego aparecerá adosada a su hombro. Comparecerán juntos, como en el instituto. «El chico de los pantalones caídos» y «el chico del tupé» en la despedida a «el chico de la gorra». Curiosa la denominación que adoptó Rosana para referirse a los muchachos. Me ha confesado que nunca se molestó en indagar sobre sus verdaderos nombres.

Depositan el féretro junto al panteón. Da la impresión de que la familia ocupa el primer círculo alrededor del ataúd, y a continuación se sitúan amigos y conocidos. Localizamos a Darío en la segunda fila. A su lado hay una chica de unos treinta años. Solloza y se lleva un pañuelo de papel a la nariz. Rosana niega con la cabeza, lo que significa que no hay señales de Diego en ese grupo. Traza con la mirada un barrido tras otro y termina por encogerse de hombros. Malas noticias. Esperamos hasta el final del rito, por si acaso Diego se presentara en el último momento. No me extraña que no acuda al entierro: las ratas huyen de la presencia humana.

Detesto la liturgia de los sepelios. Me da por fijarme en cosas que me rescaten de las muestras de dolor. Distinguir los diversos tipos de granito con que se puede elaborar una tumba o leer las inscripciones que lucen las bandas de tela colocadas sobre las coronas y los ramos de flores. Me llama la atención uno de los ramos. La banda lleva estampada una inscripción que no me esperaba.

«Tus amigos Diego y Darío no te olvidan.»

Pongo la mano en el hombro de Rosana y lo pinzo. Se vuelve y me mira con expectación. Con un gesto de la barbilla la invito a que repare en el ramo. Tras leer la dedicatoria, Rosana echa un último vistazo sin resultado alguno. Seguro que Darío ha informado a su amigo de que andamos tras su rastro y su presencia se reduce a una frase en un ramo. La segunda opción es que viva muy lejos, incluso en otro país, y no haya podido acudir a tiempo. En cualquier caso, los dos amigos siguen en contacto. Las malas noticias nunca vienen solas: Darío nos ha mentido.

Abandonamos el cementerio con la sensación de una segunda oportunidad perdida. Regresamos al lugar donde tenemos los coches aparcados.

En la granja fueron prolijos a la hora de contarnos el procedimiento para elaborar la miel, no tanto cuando les mencioné el nombre de Diego. El dueño se comportó con una amabilidad suprema, pero al escuchar su nombre noté un leve enfurruñamiento, como si se le hubiera cortado la digestión. El comportamiento de su mujer no fue distinto.

—Al ver tantas flores en la tumba me han entrado ganas de ir al campo. ¿A ti no? —le digo.

—Las indirectas no son lo mío. Lo siento.

—Granja Miel de Peñaloba.

Rosana se vuelve hacia mí y me dedica una expresión de fastidio.

—¿Y eso?

—Darío nos ha mentido, igual que la pareja de la miel. No podemos meternos en la cabeza de Juanjo, pero en la granja sí.

—Pues dime cómo vamos a entrar en esa finca.

—Por la puerta no sería buena idea, pero tienen un cercado de quinientos metros como mínimo.

—Quinientos metros protegidos por una alambrada de pinchos oxidados.

—No me acordaba de ese detalle. Bueno, la alambrada se puede cortar. Tengo alicates en el coche.

—No sabía que los surfistas necesitaran alicates. Imagino que los usas para arrancar las uñas a tus clientes si no pagan las clases.

—A mis clientes y a quien sea necesario. —Le dedico una sonrisa pícara—. En realidad, llevo una caja de herramientas completa. Antes tenía un coche muy viejo y nunca sabía cuál iba a ser el siguiente achaque.

—¿Qué haremos si la pareja está en casa cuando lleguemos?

—Es domingo por la tarde y hace un tiempo estupendo. La lógica me dice que habrán ido a la playa a pasar el día.

—¿Y si fuera una pareja poco amiga de la lógica?

—Será muy fácil saberlo. Abre el maletero.

Rosana sigue mis instrucciones sin comprenderlas en absoluto. Saco un tarro de miel y echo un vistazo a la etiqueta. El número de teléfono fijo y la dirección figuran bajo el logotipo. Marco el número en mi móvil. Como no contestan a la primera, hago una segunda llamada para asegurarme.

—¿Ves? Están en la playa —proclamo victorioso.

—Genial. Si te parece, dejamos aquí tu coche y vamos en el mío, que es menos llamativo.

Emprendemos el camino hacia la granja sin demorarnos. Ocultamos el coche en el camino que parte a la derecha de la pista, al abrigo de los árboles. Echo mano de los alicates y nos acercamos a la finca campo a través. Al llegar al cercado, corto la alambrada y aparto los alambres con cuidado; son como serpientes, nunca sabes si al soltarlas te van a arrear un latigazo en la cara. Nos encaramamos al muro y lo sobrepasamos sin dificultad. Caminamos entre la hierba salpicada de flores, pegados al muro.

—Ya estamos dentro. Y ahora, ¿qué? —refunfuña Rosana.

—En la primera nave está el obrador. Tengo curiosidad por saber a qué destinan la de atrás.

Sobrepasada la mitad de la parcela, vuelvo a marcar el teléfono de la granja por si acaso la pareja hubiera regresado. Sigo sin obtener respuesta.

Nos plantamos frente a la nave vieja. Levantaron los muros con bloques a los que no añadieron enfoscado. Tampoco se esmeraron mucho con la entrada de luz: solo un par de ventanas, una en cada extremo de la nave. Nos acercamos a la que nos pilla más cerca. Tras unos cristales cegados por el polvo y las telarañas, observo que en el interior no hay más que colmenas vetustas, panales desperdigados por un suelo de tierra y herramientas de labranza cubiertos de mugre y polvo. Bajo la ventana escucho sonidos agudos de baja intensidad. No puedo adivinar la fuente. Me pongo de puntillas para ganar angulación y observo un cercado de madera de dos metros cuadrados y cubierto de paja. Los gemidos pertenecen a una camada de perros. Cuento media docena de cachorros. Seguro que una de las perras que vimos el otro día es la madre.

Continúo con la inspección a través de la segunda ventana. Un muro que llega al techo separa esta parte de la zona en la que están los perros, lo que significa que han dividido la nave por la mitad. El muro divisorio parece haber sido construido recientemente. Desde aquí atisbo una hormigonera, un palé de ladrillos, varios sacos de cemento y un montón de arena. La nave no parece tan abandonada como imaginaba. En el centro han levantado tabiques con unos tres metros de separación entre ellos. Cuento cuatro tabiques ya en pie y un quinto a medias. Mi cultura urbana me dicta que pueden ser trasteros, pero en medio de una nave la cosa no tiene mucho sentido. Junto al tabique a medio levantar descubro algo mucho más interesante: un coche BMW negro con bola trasera para arrastrar caravanas y una moto tapada con una lona que, aunque me impide divisar el modelo, no puede ocultar su gran tamaño.

El ladrido de las perras, a pesar de su lejanía, me invita a dar por terminada la inspección. Tampoco había mucho más que ver allí dentro.

—Cuando Juanjo nos enseñó el obrador, vimos una carretilla elevadora y una camioneta, sin olvidar la furgoneta aparcada en el patio —repaso a modo de inventario—, y en esta nave hay una moto grande y un BMW. Solo el coche ya debe de valer un pastón. Muchos kilos de miel hay que vender para reunir semejante parque automovilístico.

—Quizá el BMW no sea suyo.

—¿De quién va a ser?

—El propietario puede ser Diego. Desde luego, le pega mucho teniendo en cuenta cómo era en el instituto. Esta pareja no va a ir un domingo a la playa en una furgoneta que apesta a cera si tiene un BMW en el garaje.

—Hay gente muy rara que prefiere guardar el coche nuevo y usar el viejo hasta que revienta.

—Has dicho que esta pareja era «amiga de la lógica», así que no cambies de bando de repente. —Rosana se atusa la barbilla con la yema de los dedos—. Apostaría que Diego vive aquí.

—¿Lo dices porque ese cochazo no le pega a la pareja?

—Tal vez no sean pareja —insinúa.

—¿Qué quieres decir?

—Ella llevaba un anillo en el dedo y él no.

—No me fijé en ese detalle.

—Soy mujer y abogada. Cuando veo a una persona por primera vez me fijo en todo.

—Tal vez Juanjo lo guarda en la mesita. No debe de ser muy cómodo trajinar con algo tan pegajoso como la miel.

—Hemos supuesto que son pareja porque viven juntos y no hemos visto a nadie más en la casa.

—Entonces tú crees que son... ¿hermanos?

—No lo descartaría.

—O sea que Diego puede que sea el marido de Sofía. Si ella lleva un anillo...

—El comportamiento de ambos fue ambiguo cuando les preguntamos por Diego. Si ese chico trabajó aquí no tendrían por qué ocultarlo. No somos policías. Veníamos a comprar miel.

Damos por terminada la visita y regresamos al coche. Antes de que Rosana pulse el botón del contacto, por el espejo retrovisor aparece la furgoneta con la pareja en su interior, lo que demuestra que la usan para todo: trabajo y tiempo libre. En cuanto se alejan lo suficiente, Rosana da marcha atrás y se incorpora a la pista.

Enciendo la radio y pulso las emisoras presintonizadas. Las escucho durante unos segundos para comprobar si merecen la pena o es mejor continuar la búsqueda.

—Vuelve a la emisora anterior —me solicita Rosana.

—No fastidies, era un informativo. ¿No prefieres música?

—He oído un nombre que me resulta familiar.

Pulso la emisora que me pide.

...el cuerpo encontrado en la cueva corresponde a Germán Maeso, desaparecido hace trece años. La familia ha reconocido el cuerpo. El cadáver presenta un fuerte golpe en el cráneo. La Guardia Civil sospecha que lo pudieron haber golpeado con un objeto contundente en el exterior de la cueva y haberlo empujado luego al interior con la intención de ocultar el cadáver. Fuentes de la familia nos han comunicado que ya desde su desaparición sospecharon de un compañero de trabajo con el que había mantenido alguna que otra disputa, y del que no se ha revelado el nombre.

Rosana da una palmada seca en el botón izquierdo y la radio se calla.

—Esa gente vuelve a poner a mi padre en la diana. ¡Dios santo!

—No entiendo nada, Rosana, discúlpame.

—Germán Maeso es el padre de Darío. Y la persona a la que se refieren las «fuentes de la familia» es mi padre.

—¿Después de tanto tiempo esa gente sigue pensando que fue él quien se cargó al padre de Darío?

—Ya lo has oído.

—El locutor decía que tu padre y ese hombre no eran precisamente amigos. Lo mismo que nos dijo Darío en el aparcamiento. ¿Tú qué piensas?

—Lo que te voy a decir no es agradable, y menos para mí, pero... —suspira y se aferra al volante con ambas manos—, es posible que tengan razón.

—¿Insinúas que tu padre pudo cargarse al padre del taxista?

—Mi padre siempre ha sido un cielo con nosotros. Compró un piso en Cueto para que cambiáramos de barrio y esos malnacidos no me hicieran más daño. Pero si algo he aprendido en los juzgados es que la gente que comete barbaridades también tiene hijos que piensan que sus padres no cometen barbaridades.

—En eso te doy la razón —pienso en voz alta—. Podemos pasar media vida con una persona y creer que la conocemos. Y ¿qué motivo tendría para cargarse al padre de Darío?

—Bueno, ya escuchaste al taxista. Dijo que mi padre le tenía envidia al suyo. Los montañeros preferían a Germán como guía y mi padre se lo tomó mal. Eso es lo que nos contó y puede que tenga razón.

—La envidia es muy puñetera.

—La envidia o la pasta. Recuerdo que en casa no entraba mucho dinero en aquella época. Mi madre aprovechaba ropa mía para ponérsela a mi hermana. —Esboza una sonrisa irónica—. Luego fue al revés.

Un rápido recorrido familiar ofrece a Rosana un panorama desolador: un hermano muerto, una madre con depresión crónica, una hermana en la cárcel sospechosa de asesinato y un padre que puede seguir sus pasos.

Me aprieta la mano con fuerza.

—Estoy sola, Adolfo. Me han dejado sola.

37

El sargento Liaño y el guardia Montiel se dirigen a Torrelavega. Durante el trayecto, el sargento le da vueltas a la denuncia de desaparición, la única herramienta disponible para esclarecer el asesinato de Germán. Ese documento apuntaba en una sola dirección: Marcos Laguna. Pero tras el interrogatorio realizado en su casa, el sargento está convencido de que Marcos es inocente y una víctima en este embrollado asunto. El análisis del recorte de periódico tampoco había arrojado ningún resultado. La única pista a la que agarrarse es el testimonio de Marcos: Germán iba acompañado de dos o tres montañeros el día que desapareció.

En cuanto llegan a la oficina, el sargento se dirige a Montiel.

—Tratar de encontrar al autor de un asesinato cometido hace tanto tiempo es como buscar una aguja en un pajar —anuncia, consciente de haber soltado una obviedad.

—Salvo que tengas un imán. Entonces es más fácil —responde el guardia, convencido de haberle devuelto otra perogrullada. Tras el momento de chanza, el sargento recupera la seriedad.

—Un imán solo atrae el hierro —musita—. Eso es lo que necesitamos. Una especie de... filtro.

—Como si buscaras un producto en internet.

—Eso es. Tendríamos que centrarnos en un elemento y no dejarnos contaminar por el resto de información, que tampoco es mucha.

El sargento invita a Montiel a su despacho y ambos toman asiento. Montiel, seguro de disponer de dicho elemento, clava el dedo en la denuncia de desaparición de Germán, que sigue sobre la mesa, y lo desliza sobre una frase con la intención de subrayar su importancia.

—En este caso podría ser el coche. En el último párrafo se alude a ese asunto. El todoterreno de la empresa no salió de su garaje.

—De modo que se subió al coche de los clientes. Eso significa que se trataba de amigos o conocidos —especula el sargento.

—Yo apostaría todo al blanco: el coche era propiedad de unos amigos. Incluso amigos de máxima confianza. Los guías suelen ser bastante estrictos en ese aspecto por las coberturas del seguro y demás.

El sargento esboza una sonrisa amplia.

—Claro, por eso la ruta de ese día no aparecía en los libros de la empresa. No se fue a la montaña con un grupo de clientes, se subió en el coche de unos amigos.

—No se me había ocurrido.

El sargento pasea la mirada por el escritorio.

—¿Tenemos por ahí el teléfono de la esposa?

—En la denuncia debería constar, salvo que haya cambiado de número: han pasado un montón de años.

Montiel examina el documento hasta dar con los datos de la esposa.

—Figuran un fijo y un móvil.

Se los muestra al sargento y este teclea en el teléfono. El fijo no da respuesta. Alimenta la esperanza de que con el móvil tenga más suerte.

—¿Julia Lara?

—Sí, ¿quién es?

—Soy el sargento Liaño, de la Guardia Civil de Torrelavega. Lo primero que quería hacer es darle el pésame. Siento mucho lo ocurrido.

—Muchas gracias.

—Ese es el motivo de mi llamada. Estamos investigando el asesinato. ¿Puede dedicarme unos minutos? Si no es buen momento, puedo llamarla más tarde.

—Dentro de lo que cabe, estoy bien.

Julia se encuentra en casa de Benito. No soporta quedarse sola, consumida por la pena y angustiada por los recuerdos.

El sargento Liaño comparte con ella sus tribulaciones.

—Creemos que Germán no usó el todoterreno para acudir a los Picos de Europa, sino que se subió en el coche de unos amigos o gente de mucha confianza. Disponemos de información solvente que nos invita a pensar que iban dos o tres personas con él. ¿Quiénes podrían ser?

Julia trata de hacer memoria, aunque no es fácil. El dolor padecido durante estos años mezcla recuerdos y fechas. Pero hay un nombre que cobra más vigor que el resto de las amistades de su marido.

Cuando Benito comenzó a pasar temporadas en Santander, aún no se había quedado parapléjico. Contrató a Germán como guía para que lo condujera por las rutas montañosas más accesibles. Julia notaba que a Benito no le importaban lo más mínimo las piedras. Contratar a Germán era una forma de trabar amistad con él y acercarse a ella sin levantar sospechas. Llegó un momento en que ambos hombres se convirtieron en buenos amigos. Benito iba en coche desde su casa de la playa, recogía a Germán en Santander y salían de ruta. De regreso, a media tarde, Benito dejaba a Germán en casa y aprovechaba para ver a Julia, que es lo que en realidad deseaba. A

Benito lo acompañaba Vicente en algunas ocasiones, un hombre que vivía en Valladolid y tenía una casa de veraneo junto a su finca. Julia no recuerda bien si Benito estaba en Santander en el momento en que su marido desapareció, pero era el único con el que Germán no usaba su todoterreno.

Julia es consciente de que no puede contarle sus recuerdos al sargento en ese preciso momento; Benito está muy cerca. Lo mira de soslayo y comienza a temblar. No es buen momento para responderle. Cree que pudo ser el hombre que tiene a su lado quien asesinó a su marido para quitárselo de en medio, pero no se atreve a delatarlo en su presencia. A pesar de estar postrado en una silla de ruedas, teme que pueda hacer alguna tontería.

Benito presta atención a la conversación. Finge discreción, pero se percata de que Julia se comporta de un modo extraño. Los ojillos saltarines de la mujer y una voz trémula indican que algo va mal.

—Si le digo la verdad —responde Julia al sargento entre titubeos—, no dispongo de mucho tiempo para hablar con usted en este momento. Tengo una cita dentro de media hora. Le llamaré en cuanto me sea posible.

Julia cuelga y mete el teléfono en el bolso. Le tiemblan tanto las manos que desiste de cerrar la cremallera.

—Lo siento, había olvidado que tengo cita en el... podólogo —farfulla asustada, sin convicción, a sabiendas de que a Benito le sonará a pretexto ridículo.

—¿Vas a dejarme con todo esto empantanado? —El hombre señala la mesa colmada de copas y dulces.

—Tengo que irme. Ya te llamaré —balbucea con un nudo en la garganta.

Julia se incorpora, desiste de darle un beso, como suele hacer en cada despedida, y desfila entre suspiros hacia la salida ante el semblante desconcertado de su anfitrión. Da un portazo y recorre el camino de la finca con la máxima celeridad que le permiten los tacones. En cuanto sobrepasa la puerta exterior y pone el pie en la carretera, se detiene en seco y resopla. Saca el móvil del bolso y llama al número que aparece como última llamada.

—Cuartel de Torrelavega —escucha al otro lado de la línea.

—¿Sargento Liaño? —acierta a formular Julia.

—Un momento, le paso.

Tres tonos después suena una voz reconocible.

—Soy Julia. La esposa de Germán Maeso.

—La escucho.

La mujer cierra los ojos y aspira la brisa fresca que llega de la costa. El aire que le faltaba en el salón es más que espléndido en ese momento, borra de un plumazo la angustia y le confiere determinación.

—Fue Benito quien mató a mi marido —apunta de forma categórica.

—¿Benito qué más?

—Benito Nistal. Vive en el barrio de La Arnía, entre Soto de la Marina y Liencres. No sé cómo se llama la calle. Es una carretera estrecha paralela a la costa y que acaba en unos prados. Su casa está enfrente del camping.

—Un momento. —El rumor de un tecleo ocupa la línea durante unos instantes—. ¿Es un hombre que tiene su residencia en Madrid?

—El mismo.

—No lo conocemos, pero nos aparece su nombre en la base de datos. ¿Está segura de que es él?

—Benito recogía con su coche a mi marido cada vez que iban a las montañas. Es la única persona que yo recuerde con la que Germán no usaba el vehículo de empresa.

—¿Y los acompañantes? Iban dos o tres con su marido en el coche.

—Uno de ellos pudo ser Vicente, un vecino que solo viene por aquí en vacaciones. El tercero no se me ocurre, pero seguro que fue algún amigo o familiar, en su casa siempre hay un montón de gente.

—¿Cree usted que había alguna razón para que Benito asesinara a su marido?

—Siempre estuvo loco por mí. De hecho, yo estaba en su casa cuando me ha llamado usted. Por eso no podía responder.

—En el ordenador me aparece que ese hombre ha presentado en los últimos días un par de denuncias bastante... —titubea— raras. Con lo que me ha contado y la información que tengo delante, no parece una persona muy de fiar.

—A simple vista nadie lo diría, es un hombre encantador. —Asoman a sus ojos un par de lágrimas—. Vaya decepción que me he llevado. Bueno, más que decepción, odio es lo que siento en este momento. Odio y asco.

—Manténgase alejada de él mientras se aclare el asunto —aconseja el sargento con un poso de autoridad.

—Así lo haré. Mi hijo es su taxista, de modo que estaré al tanto de sus movimientos.

—Ya nos comunicaremos con usted para tomarle declaración. Pero lo primero será visitar a ese hombre y que nos hable de las excursiones que hacía con su marido.

38

El sargento Liaño y el guardia Montiel se presentan en casa de Benito. Carol les informa de que es muy posible que se halle en el aparcamiento de la playa de La Arnía. Le encanta ese lugar.

Los guardias lo encuentran en el prado que hay a continuación del aparcamiento, un auténtico mirador en el que apostarse a contemplar el océano. Los días en que se comporta con bravura, el agua salta por encima de una gigantesca lastra que sirve de parapeto a la playa.

Benito no repara en su presencia. Pasa por momentos de amargura; le han negado la posibilidad de cura, su caballo ha desaparecido y, por si no fuera suficiente infortunio, hace un rato Julia lo ha dejado solo tras una sospechosa conversación telefónica.

—¿Benito Nistal? —pregunta Liaño antes de detenerse y poner los brazos en jarras.

Benito vuelve la cabeza. Al ver aproximarse a los guardias, más que sobresaltarse lo que experimenta es una sensación de hastío. Aprieta el *joystick* hacia adelante, la silla avanza un metro y se queda al filo del precipicio. Unos centímetros más y volará sobre la playa desde una altura considerable.

Su semblante trémulo revela una repentina desesperación. Mueve la silla adelante y atrás, ejercicio que ilustra sus propias dudas: lanzarse al vacío o resignarse a un futuro con toda seguridad ingrato.

Los guardias se acercan a él lo justo para que los pueda oír bien, pero sin hostigarlo y dar pie a que cometa una barbaridad.

—Tranquilo, solo deseamos hacerle un par de preguntas —aclara el sargento.

—Está bien.

—Queríamos hablar con usted en relación a las rutas que hacía en compañía de Germán —explica el sargento con la intención de aparentar normalidad.

—Sí, íbamos juntos —confirma Benito, desconcertado por un cuestionario que no esperaba.

—¿Solían ir los dos solos o se sumaba alguien más?

—A veces venía con nosotros Vicente. Su finca linda con la mía y somos buenos amigos.

—¿Algún otro acompañante?

—Su cuñado también se solía apuntar.

Los guardias contabilizan los acompañantes del montañero y lo celebran con un cómplice cruce de miradas.

—¿Siempre contrataba a Germán como guía?

—Siempre. Dominaba a la perfección esa cordillera. Además, sabía que me gustaba disfrutar de la montaña, pero no sufrirla.

—Hace trece años de la desaparición de Germán —sondea con vaguedad el sargento.

—Fue una lástima. Era un hombre muy majo. A su mujer le afectó mucho.

—¿Y a usted le afectó?

—También, también. Cómo no —responde sin excesivo convencimiento.

—¿Contrató a otro guía a partir de ese momento?

Benito traga saliva y vuelve la cabeza hacia la lastra.

—No se dio el caso.

—O sea que no volvió a contratar guías de montaña...

Se toma su tiempo antes de replicar.

—No volví a las montañas. Perdí el interés.

—Una coincidencia curiosa —sale al paso Montiel.

—¿Qué coche solían emplear para ir a los Picos? —pregunta Liaño.

—Siempre el mío —responde Benito con naturalidad—. Era más práctico. A mí no me importa madrugar. Recogía a Germán en Santander y partíamos desde allí.

—¿Qué modelo de coche tenía usted?

—En aquellas fechas un Volvo S60 de color gris.

—¿Recuerda las rutas que emprendían?

—Uf, muy poco. Hace tantos años.

—Haga memoria. Es importante.

—Solíamos ir hasta Unquera por la costa y después tomábamos una carretera que discurre por el desfiladero de La Hermida en dirección a Potes. Desde allí continuábamos hacia el teleférico de Fuente Dé. Otras veces nos desviábamos antes de llegar al desfiladero, creo que era en Panes, y enfilábamos la carretera hacia Arenas de Cabrales. Y desde allí... Uf, ya no me acuerdo. Tanto pueblo, tanta montaña...

—Desde Arenas de Cabrales tal vez se dirigían a Sotres. Es una de las opciones más comunes entre los montañeros, además de la conocida Ruta del Cares.

—Eso, eso —ratifica Benito—. Dejábamos el río Cares a la derecha y tirábamos hacia Sotres. Desde ese pueblo recuerdo que salían muchas rutas. No me pregunte los nombres de los picos porque, salvo el Naranjo de Bulnes, no sería capaz de mencionar ninguno. Solo que eran altos como demonios.

—¿Le suena el nombre de Ándara?

—En absoluto —asegura sin una pizca de duda.

—En esa zona hay gran cantidad de bocaminas. En una de ellas fue encontrado el cadáver de Germán.

—¡Qué horror! No tenía ni idea.

—¿Julia no le ha dicho nada? Tenemos entendido que ustedes son amigos.

—Me dijo que habían encontrado el cadáver de su marido en las montañas, pero no entró en detalles. Hace un rato que se ha ido de mi casa con una excusa rarísima. —Pone los ojos en blanco y lanza un suspiro de desasosiego—. Ahora lo comprendo. Hablaba con ustedes sobre mí. Por ese motivo se ha puesto tan nerviosa y se ha largado como alma que lleva el diablo.

—La autopsia ha determinado que a Germán lo golpearon en la cabeza y luego empujaron su cuerpo a un pozo que hay en el fondo de la cueva —tantea el sargento.

—¡Qué crueldad! —lamenta Benito con un asomo de ira—. Matarlo como a un perro y dejar a su familia con la angustia de no conocer su paradero durante años.

—Germán salió de ruta junto a dos personas, quizá tres, en un coche que no era el suyo. Usted me ha contado que un vecino solía apuntarse a sus excursiones, y a veces también su cuñado. Creo que la cosa está bastante clara.

Benito contiene la respiración, cierra los ojos y sujeta con fuerza el *joystick*. Los guardias temen que se lance al vacío. El hombre entorna el rostro, dirige una mirada turbia a los guardias y empuja la palanca con vehemencia. El sargento sale disparado para impedirle que salte.

Los guardias desconocen que la intención de Benito no es lanzarse a la playa, sino maniobrar y situarse frente a ellos, dispuesto a escenificar una especie de duelo desigual: dos hombres armados frente a un anciano en una silla de ruedas.

—Sospechan que mi vecino, su cuñado y yo matamos a Germán, ¿verdad? —formula Benito.

—Los indicios apuntan en esa dirección —confirma el sargento.

Benito reclina la cabeza hacia atrás y suspira. Se toma su tiempo antes de regresar a la posición natural.

—He mentido. He mentido a todo el mundo durante años —suelta de forma inesperada.

Montiel sonríe a la espera de escuchar lo que parece una pronta confesión. El sargento se muestra más prudente y todavía no da la batalla por ganada.

—¿Sobre qué aspectos ha mentido usted? —quiere saber el sargento.

Benito reacciona con hosquedad, pero no dirigida a sus interlocutores, parece más bien un reproche interior.

—Las montañas me importaban un pimiento. Contrataba a Germán para hacerme amigo de él y así poder estar cerca de Julia. Solo con ese fin. Estar junto a la persona que amas es lo más bonito de este mundo, aunque no la puedas tocar. Con oler su perfume al cruzar a su lado es suficiente.

—Y como Germán era un obstáculo para oler su perfume, se lo cargó —grita con estupor el guardia. Debe de pensar que la autoridad se mide en decibelios.

Benito reacciona con un gesto de indiferencia.

—En ese caso lo hubiera hecho el primer día. Me hubiese ahorrado un montón de sudor. Ustedes no saben el calor que reflejan esas montañas calizas en verano. Son un auténtico horno.

—A lo mejor le faltó valor para hacerlo y por ese motivo invitó a su vecino —insinúa Montiel—, y tal vez también al cuñado, a acompañarlo para que lo ayudaran. Cargarse a un hombre fuerte como Germán no tiene que ser fácil.

Benito le dedica una sonrisa colmada de desdén.

—Cuando Germán desapareció yo estaba en México.

—¿Y qué hacía en México? —pregunta el sargento, sorprendido por el súbito giro de la conversación.

—Apuntar con una pistola a una pobre mujer después de una noche de farra y con el tequila saliéndome por las orejas. ¿Sabe usted cuántos grados tiene el tequila?

—Pues no.

—Muchos. Tantos que te nublan el juicio.

—¿Qué pasó esa noche, Benito?

—La mujer no me entregaba sus ahorros, me puse nervioso y disparé, pero ocurrió un milagro que no es momento de contar ahora. Luego me subí a la moto, aceleré a tope y, en el primer cruce, una furgoneta me llevó por delante. Pagué por mi fechoría. Todos acabamos pagando por lo que hacemos. De una manera o de otra, nadie se libra.

Liaño reacciona con estupefacción y un leve recelo. Se fija en las escuálidas e inertes piernas de Benito.

—Esa silla...

—Esta silla es la consecuencia de aquella madrugada de locura.

El sargento enmudece. Trata de encontrarle algún sentido al relato mientras Montiel toma la delantera.

—¿Podría demostrar que estaba en México cuando desapareció Germán?

—En la Jefatura de Policía tienen la prueba —desvela Benito con un halo de misterio.

Los guardias, que acumulan suspicacias por toneladas tras un relato tan extravagante, llegan a la conclusión de que el hombre echa mano de una estrategia de distracción. Habilidad no le falta, y de imaginación tampoco anda escaso. No creen ni una palabra. Sospechan que la mayor parte de su testimonio es falso.

—¿Qué tiene que ver la Jefatura de Policía con su estancia en México? —se envalentona el guardia.

—Allí hay un cactus —apunta Benito.

—¿Un cactus en Jefatura? Suena a tomadura de pelo —desliza Liaño con un poso de irritación en la voz—. ¿Se aprovecha usted de su condición para burlarse de nosotros?

—En absoluto.

—¿Entonces?

—El cactus que le regalaron al tenista en el hospital es mío. La doctora Laguna me lo robó para simular que la cirugía había sido obra de unos mexicanos. Supongo que están al corriente de ese asunto. Si no me creen, llamen a Jefatura y pidan que le pasen por encima un detector de metales. Se llevarán una buena sorpresa. No se me ocurre mejor prueba que esa.

Los guardias lo escuchan con desidia. Piensan que se burla de ellos. Eso sí, con inteligencia y cierto lirismo.

Benito desliza una última observación en voz baja:

—Si no hubiera sido por ese cactus, sí sería un asesino. Lo que ocurrió fue un milagro.

—Lo que nos faltaba por oír —escupe Montiel.

—Por cierto, hablen con sus colegas. Quiero que me lo devuelvan. Presenté una denuncia del robo, pero no me han hecho ni caso.

Liaño le dedica a Montiel un gesto con la barbilla en dirección al coche. Considera que es hora de plegar velas y dejar a Benito en su mundo de realidad y ficción al cincuenta por ciento.

—No podemos dejarlo aquí. Este tío se va a tirar al mar —estima Montiel.

—No lo creo. En internet dice que ha trabajado toda su vida en el cine. Y se nota, ya ves que si se nota. —El sargento deja escapar una risita—. Cuando nos hayamos ido, el muy puñetero empujará la barrita con el dedo y volverá a casa con la creencia de que nos ha engañado. Así que vámonos.

—Deberíamos llamar a la viuda. La mujer está de los nervios desde que sospechó que pudo ser este hombre quien mató a su marido.

Liaño clava las pupilas en el rostro de Montiel. Le hubiera gustado ver escritas en él las instrucciones para resolver un caso tan estrafalario, pero lo único que percibe en el semblante de su compañero es una tez granulosa, como si le fuese a brotar una segunda generación de acné.

Montiel abre la puerta del coche sin quitarle el ojo a Benito. El sargento camina alrededor del vehículo con el móvil pegado a la oreja.

—¿Julia? Soy el sargento Liaño. Hemos interrogado al sospechoso que nos mencionó. No parece peligroso. De cualquier manera, es mejor que se mantenga alejada de él por el momento.

—No pensaba verlo nunca más, agente. ¡Maldito canalla!

39

El inspector Blasco siempre ha tenido a Marcos Laguna como sospechoso principal en el caso de Nico Romero, mientras relegaba a Donato al banquillo de los suplentes. La honestidad incólume del entrenador, esa aura de mentor incorruptible, lo ha mantenido en el limbo de los justos. Pero hay ocasiones en que los hombres honestos dejan de serlo cuando les pintan la cara de morado. A nadie le gusta poner la otra mejilla y que se la rompan. A Donato le han partido el pómulo y despojado del honor; rebajado a piltrafa de buenas a primeras, así que lo mismo cambió de opinión y en su interior se desató la cólera. Los santos también escupen.

El inspector se masajea las sienes con las yemas de los dedos. Es el momento más determinante del caso. Interrogará a Marcos Laguna, por fin. Desde que su hija se destapó como autora de la cirugía, ese hombre se ha convertido en el objetivo primordial de la investigación. Tras el mensaje que Nico le envió a su novia minutos antes de ser estrangulado, el montañero dio un paso al frente y se colocó a la cabeza en la lista de candidatos.

A la derecha del inspector, Palacios se ha sentado dispuesta a teclear en el ordenador. Enfrente, Marcos Laguna se remanga, y no a causa del calor de la sala, sino porque da la impresión de que le gusta llevar las muñecas al aire, como un leñador antes de reventarle el alma a un árbol.

Blasco juguetea con el bolígrafo entre los dedos como si fuera un saltimbanqui. Enredar con el bolígrafo le sirve para mejorar la concentración.

—Señor Laguna, le hemos citado para tomarle declaración porque consideramos que es una pieza importante en este rompecabezas.

—Muy bien —reacciona Marcos con apatía, sin despegar los labios.

—Un testigo afirma haberle visto durante varios días merodear por los alrededores del hospital.

—Que yo sepa, no está prohibido —repele el montañero sin inflexión alguna, como si la cosa no fuera con él.

—Por supuesto que no. Pero nos llama la atención que su presencia en el perímetro del hospital haya coincidido con los tristes sucesos acaecidos ahí dentro. Con todos los parques que hay en Santander, me choca que elija siempre el mismo para pasar el rato.

—No vengo por gusto.

—Vaya, yo siempre pensé que al parque se iba a disfrutar.

—No es mi caso.

—¿Cuál es su caso, señor Laguna? —Blasco se altera una pizca—. ¿Cuál es entonces el motivo de que elija siempre ese lugar?

—En realidad no vengo al parque, sino al hospital, a visitar a unos pacientes.

Blasco acerca el torso a la mesa y se apoya en los codos. Es lo que acostumbra a hacer para ganar autoridad.

—No me diga que tiene amigos ingresados en el centro —articula con un asomo de crispación.

Marcos se toma su tiempo antes de contestar y habla con un énfasis pausado, una rotundidad colmada de paciencia. El apremio y la impetuosidad de Blasco no van con él. Sería capaz de ponerse unas lentillas en lo alto de una montaña rusa.

—Amigos, no; clientes. Los montañeros franceses heridos en los Picos eran mis clientes. Los llevé en la furgoneta hasta el comienzo de la ruta y debería haberlos recogido de no haber ocurrido el accidente.

El comentario desconcierta a Blasco y no menos a Palacios, que deja de teclear y se muerde el labio inferior. Los policías no esperaban una respuesta que debilitara su hipótesis y, sobre todo, su capacidad de reacción.

—Pero ha acudido varios días... —titubea el inspector.

—Y volveré los que sean necesarios. Hago un seguimiento diario de su evolución. Algunos están graves y otros solo tienen huesos rotos.

—¿Con qué objetivo? Se supone que su relación con ellos era laboral y, dadas las circunstancias, entiendo que esa vinculación ya ha terminado.

—Lo mínimo que debo hacer es interesarme por ellos.

—Asombroso —susurra Palacios.

—No tiene ningún mérito. En la montaña la lealtad es una religión.

Marcos debe de pensar que igual a tipos más tiernos el tratamiento intimidatorio del inspector los amilane, pero él tiene callo hasta en las orejas, especialmente en las orejas, y no las agacha con facilidad.

—¿Y necesita ir todos los días? —escarba el inspector.

—Todos los que puedo. Veo a los médicos y luego hablo con los familiares por teléfono o les mando un mensaje. Viven en Francia.

—El testigo al que me refería nos ha contado que no deja usted de mirar hacia las ventanas de las habitaciones.

—Bueno, a algún sitio tengo que mirar.

Blasco resopla y suelta un aspaviento provocado por la frustración. Sus conjeturas razonables, incluso sólidas, van camino del sumidero. La presencia de los montañeros en el hospital ha desbaratado sus argumentos en un santiamén.

—¿Ha subido a las habitaciones de los montañeros en alguna ocasión?

—Hay tres chicos en la cuarta planta y el resto está en la segunda. A los de la cuarta sí he podido visitarlos, pero a los de la segunda no me han dejado. Colocaron un guardia de seguridad en el pasillo a cuenta del problema del tenista.

—Problema causado por su hija —repele Blasco—. Supongo que de eso sí está al corriente.

—Claro.

—¿Ha hablado alguna vez con la doctora Laguna sobre Nico Romero?

—Nunca.

—Su hija ha confesado que chantajeó al tenista. Lo obligó a pagar un montón de dinero para financiar su fundación. —El inspector ladea el rostro y lo acerca a Marcos—. Mira que me extraña que nunca hablaran de ello.

—Sabía que mi hija tenía una fundación, pero nunca me dijo que el tenista fuera uno de los donantes.

Blasco mira de soslayo a Palacios, que frunce los labios como si fuera a darle un beso a la pantalla del ordenador. El interrogatorio no avanza por los cauces previstos. De hecho, está encallado. Marcos es un muro sobre el que las preguntas rebotan incluso con más fuerza de la que impactan.

—O sea que desconocía el acuerdo entre la doctora Laguna y Nico —insiste Blasco más por inercia que esperanzado de sacar algo en limpio.

—Por completo. Cuando murió mi hijo Bruno fue como si se reventaran las costuras de la familia. Mi hija se convirtió en otra persona. A decir verdad, ninguno de nosotros volvió a ser el mismo.

—¿Sabía usted que Nico era uno de los chicos del trineo?

—No tenía ni idea.

—O sea que la doctora Laguna mantuvo en secreto el chantaje.

—Al menos a mí no me lo contó. No sé si mi hija Rosana estaba informada, pero yo no sabía nada.

La pose intimidatoria no ha dado resultado. Blasco repliega el tronco hacia la silla y vuelve a juguetear con el bolígrafo.

—Si no nos ha mentido, deduzco que entre la doctora Laguna y usted no había ningún acuerdo, ningún plan para acabar con la vida de Nico Romero.

—Hace meses que no hablo con Raquel. Y tampoco lo he hecho a raíz de su entrada en la cárcel. El asunto judicial lo lleva Rosana, que es abogada, y no quiero interferir.

—¿No ha llamado a su hija desde que ha ingresado en prisión? —se extraña el inspector.

—Todavía no.

—No lo veo muy normal.

Marcos contiene la respiración.

—No sabría qué decirle, y ella tampoco sabría qué decirme a mí.

—Vaya. Imaginaba que entre padre e hija...

—Ya le he dicho que mi familia dejó de serlo hace tiempo.

—Barajamos la hipótesis de que la doctora Laguna pudo sedar a Nico con alguna sustancia y luego estrangularlo como venganza por lo que el tenista y sus amigos le habían hecho a su hijo. ¿La cree usted capaz de hacer una cosa así?

Marcos se observa con detenimiento las uñas de ambas manos. Es una forma de tomarse su tiempo antes de contestar.

—Es posible —admite con voz queda.

Sobresaltada, Palacios deja de teclear y se dirige a Marcos.

—No he entendido bien. ¿Ha dicho usted que «es posible» o que «no es posible»?

—He dicho que es posible —confirma Marcos.

Blasco desvía la mirada hacia Palacios. Esta enarca las cejas y vuelve a teclear.

—Yo esperaba que usted protegiera a su hija en la declaración —reconoce el inspector.

—Ella no necesita mi protección. Nunca la ha necesitado.

—Entonces es usted consciente de que su hija pudo haber cometido un asesinato.

—Si te arrancan el corazón, no te vas a cruzar de brazos esperando que te arranquen también el alma.

Media hora después de que Marcos haya salido de la sala, la agente Palacios se acerca al escritorio de Blasco.

—Acabo de leer el informe que nos han pasado desde el hospital. Durante el intervalo de tiempo en que se cometió el asesinato de Nico, quince personas visitaron las consultas de Traumatología, Endocrinología y Urología. Siento decirte que ninguna de ellas se llama Marcos Laguna.

—No me fastidies. —Blasco se frota los ojos con los dedos, como si hubiera sufrido un repentino ataque de sueño. Comenta con desgana—: ¿Sabes por qué al galgo le cuesta tanto echarle el guante a la liebre?

—Por lo que corre la puñetera, supongo.

—Por los quiebros. Cuando el galgo la tiene a un palmo, la liebre hace un viraje de noventa grados y le chafa la jugada. Pues eso es lo que nos pasa a nosotros. —Resopla el inspector—. A ver, dime quiénes tenían cita entre las diez y las once de ese maldito lunes.

—He examinado con detenimiento a los quince pacientes. El único que responde al perfil que buscamos es un hombre llamado Darío Maeso. Acudió a la consulta de Urología.

—¿Dónde vive?

—Junto a la plaza de toros.

—Pues vamos a tomar el aire.

40

Un noventa y cinco por ciento está muy cercano al cien por cien, pero no es lo mismo. Esas son las posibilidades que maneja el sargento Liaño. Ese cinco por ciento se reducirá a cero en cuanto la Seguridad Social confirme que el historial laboral de Benito no incluye ningún contrato con productoras mexicanas o estadounidenses durante el período en que se produjo la desaparición de Germán. La rocambolesca historia del cactus ha quedado en segundo plano.

—Menuda imaginación la del tío este —suelta Montiel.

—Mientras llega el historial, voy a llamar a Jefatura a ver si hay un cactus perdido en algún armario. Van a pensar que estoy chiflado.

El sargento marca el número de la Jefatura de Policía. Desde centralita le pasan con el inspector.

—Blasco al habla.

—Soy Liaño. Te pongo al corriente de nuestras pesquisas en el caso del cadáver encontrado en las montañas. Visitamos a Marcos Laguna y la cosa no fue como esperábamos. Nos desmontó los argumentos uno por uno. Me dio hasta vergüenza haberlo acorralado. En esta profesión un día te sientes un superhéroe y al día siguiente un supermierda.

—Pues en el caso del tenista también nos ha hecho un quiebro de mucho cuidado.

—Tras el gatillazo de Marcos Laguna, tenemos un segundo sospechoso. Le hemos tomado declaración a un tío que no sabemos si es un genio o está pirado. ¿Sabes algo de un cactus?

—¿Cómo?

—Nos ha dicho que tenía un cactus en su casa y que ha desaparecido.

—A Nico Romero le regalaron uno después de la cirugía. Lo guardamos como prueba.

—El hombre nos ha dicho que alguien se lo robó y luego se lo regaló al tenista en el hospital.

—No me digas que es el mismo, porque esto es una completa locura —reacciona Blasco con incredulidad.

—Nuestro sospechoso dice que presentó una denuncia por robo hace unos días. Os tiene que sonar, va en silla de ruedas.

—Sí, además vino muy enfadado, por lo que me han dicho.

—¿Os mencionó algo de una bala? —quiere saber Liaño.

—No comentó nada. Solo que se lo habían robado de la galería de su casa.

—Nos ha contado que el cactus se tragó una bala. Suena a chaladura de las gordas. En cualquier caso, sería importante saber si ese cactus tiene una bala dentro, con eso me bastaría.

—Menudo cuentista está hecho ese pájaro.

—Lo sé, pero hazme el favor de echarle un vistazo a esa planta.

—Voy al archivo y te llamo.

El inspector Blasco se levanta del escritorio y se dirige al almacén con la sensación de estar siendo víctima de una cámara oculta. Algo tan absurdo no puede pasarle a él. Repasa las estanterías hasta dar con una caja en la que se puede leer: «Caso Nicolás Romero. Prueba 1».

Traslada la caja hasta la entrada del edificio, la deja sobre la cinta del detector de rayos X y le hace un gesto al agente Torres para que ponga en marcha el dispositivo. El inspector da media vuelta y se dirige al monitor. Dentro de la caja se aprecia la silueta de un cactus plantado en una maceta. Ante los ojos estupefactos de ambos policías, se aprecia en el centro de la planta un objeto con forma alargada y redondeada en uno de los extremos.

—Ese chisme se parece mucho a una bala —sugiere Blasco.

—¡Es una bala! —confirma Torres—. Mira que llevo años sentado aquí y nunca había visto nada parecido.

—El agente se coloca unos guantes de látex y abre la caja. Extrae con cuidado la maceta y la coloca sobre una mesa. En medio del cactus se aprecia una mínima hendidura, similar a un ombligo, lo que sugiere que fue el orificio por el que penetró la bala. Con el paso del tiempo el agujero se ha cerrado, pero conserva una especie de cicatriz.

—Un momento. Hay algo que no comprendo —anuncia el agente Torres —. Voy a pasar la maceta otra vez por el detector. —Se levanta de la silla y la coloca sobre la cinta—. La situaré con el orificio de entrada en dirección a la cinta. ¿De acuerdo?

El agente regresa a su silla y pulsa un botón.

—Obsérvalo bien. —Señala con el dedo un punto de la pantalla y vuelve la cabeza hacia Blasco—. La bala entró por este lado, pero está al revés.

—No te comprendo.

—El orificio de entrada está en el lado derecho, de modo que la bala debía tener la punta mirando hacia la izquierda. Sin embargo...

—Está invertida —reconoce Blasco con incredulidad—. O sea que ha entrado de culo.

—Lo más seguro es que rebotara en algún metal o una superficie dura y, cuando alcanzó al cactus, apenas le quedaba fuerza, por eso no lo ha podido traspasar. Es lo único que se me ocurre.

—Yo tampoco encuentro otra explicación.

El agente devuelve la maceta a la caja.

Sumido en la perplejidad más absoluta, Blasco regresa con la caja bajo el brazo al archivo. La deposita en su sitio y vuelve a su despacho. Se sienta, resopla hasta agotar el aire de los pulmones y telefonea al cuartel de Torrelavega.

—Qué rápidos sois en la capital —bromea el sargento.

—Rápidos y eficientes. Te vas a quedar de piedra con lo que te voy a decir. Lo de la bala es cierto.

—No me fastidies.

—Acabo de comprobarlo en el detector.

—Pero... esto es una aberración.

—Los rayos X no mienten.

—Y el hombre de la silla tampoco, por lo que veo —reconoce Liaño con una cara tan larga como su desconcierto.

El sargento Liaño tiene sobre su mesa un informe del historial laboral de Benito Nistal. Cada participación en una película puede limitarse a dos días de trabajo o alargarse a seis meses. La desaparición de Germán se produjo el cuatro de mayo de 2006. Pues bien, del dos de marzo al cinco de junio Benito había trabajado para una productora cinematográfica cuyo nombre era Tamales Films, con sede en México D.F.

El sargento indica a Montiel con el mentón que se acerque a su escritorio. Toma un rotulador y subraya la línea completa. Montiel echa un vistazo al trazo amarillo y arruga el rostro.

—El viejo tenía razón.

—Creo que nos hemos quedado sin sospechoso.

—Pues ya van dos.

Liaño sepulta la cabeza en el pecho, incapaz de disimular su abatimiento. Decide pegar un telefonazo a Julia.

—Disculpe que le moleste de nuevo.

—No es molestia. Puede llamar las veces que quiera.

—Cabe la posibilidad de que hayamos convertido a Benito en un asesino demasiado pronto. Tenemos documentación y pruebas que confirman su presencia en México cuando su marido desapareció.

—¿Están seguros?

Liaño vuelve a leer la línea del historial laboral y asegurarse de las fechas.

—Por completo.

DESPUÉS DE LA entrevista con los guardias, Benito regresa a casa desanimado. Los últimos días han sido pródigos en disgustos. Dedica a Carol una sonrisa tan desoladora que hasta la mujer se alarma. Se planta en la galería con la misma sensación que tendría un seminarista tras descubrir de repente que no cree en Dios. Se dedica a contemplar los urros de la costa, rocas gigantescas que emergen del mar y presentan caprichosos relieves. De todas las formaciones rocosas de esa zona, Benito siente verdadera devoción por una figura en particular, conocida como Puerta del Mar. Su geometría recuerda un dolmen en medio del océano, una «n» inclinada hacia la izquierda, como si la fuerza del viento la empujara con la intención de derribarla y no lo hubiera conseguido tras milenios de empeño pertinaz.

Benito visitó por primera vez la costa de Liencres hace veinte años y dicho antojo geológico lo encandiló. Lo utilizó como emblema de su cuadra. Muchos aficionados a la hípica creen apreciar una herradura deformada, otros achacan su forma a la N inicial de su apellido, ajenos a lo que representa en realidad: una escultura pétrea tallada con paciencia por el agua y el viento.

Algo atrae la atención de Benito y lo saca de la vaga contemplación. De soslayo ha creído ver una mancha oscura. Tal vez solo ha sido una de esas moscas orondas que se estrellan como kamikazes contra los cristales de la galería. Vuelve la cabeza hacia su izquierda. Junto a las hortensias se recorta el perfil de un caballo con el morro hundido en la hierba. Benito hubiera dado un salto de alegría si las piernas se lo permitieran. En vez de saltar, alza los brazos con los puños cerrados, como lo haría un hincha eufórico.

—¡Carol! —grita—. Carol, *Tricky* ha vuelto. Ha vuelto. ¡Caaaaarol!

La mujer no contesta. Debe de estar en la cocina con la música a todo volumen.

—Esta mujer cada vez está más sorda —gruñe.

Desplaza la silla hacia un extremo de la galería y pega la nariz al cristal. Observa al caballo con detenimiento. A primera vista no aprecia ninguna anomalía en su forma de moverse.

Un par de días después de su huida, *Tricky* aparece en el prado como si nada hubiera ocurrido. Tal vez se escapó, se ha dedicado a merodear por los prados de la zona y, de buenas a primeras, ha decidido regresar. No obstante, Benito sabe mucho de caballos y su propia hipótesis está más cerca de un acto de fe que de una alternativa razonable.

De repente se escucha música a gran volumen, lo que significa que Carol ha abierto la puerta de la cocina. La mujer se presenta en la galería con el semblante agitado.

—Me ha parecido que me llamaba. No sé si es cierto o son imaginaciones mías.

—Mira. —Benito alarga el brazo en dirección al extremo de la finca—. *Tricky* ha vuelto.

—Menos mal. —La mujer resopla—. Era usted otra persona desde que desapareció. ¿Qué le habrá pasado?

—No encuentro explicación. No lo veo saltando a la finca de Vicente y luego a la carretera. Lo que se le da bien a *Tricky* es correr, no saltar. —Chasca la lengua—. Se escapa de casa, se tira dos días por ahí y regresa cuando le apetece. Imposible.

—Bueno, los gatos son capaces de eso y más. Se escapan, incluso saltan muros altísimos, y vuelven cuando les interesa. El mío lo hace cantidad de veces.

—Carol, los gatos no pesan quinientos kilos —aclara Benito en tono condescendiente—. Creo que alguien lo robó, se arrepintió a las primeras de cambio y decidió devolverlo.

—Usted mismo acaba de decir que pesa quinientos kilos. No lo veo tan fácil.

Benito se emboba con el animal y se olvida del misterio que encierra su desaparición.

41

2 de diciembre de 1988

Con la bendición del pronóstico meteorológico —anuncia anticiclón para los próximos días—, Marcos recoge a Germán en su casa de Santander. Maquinan el plan desde hace semanas: ascensión invernal a Peña Santa, situada en el macizo occidental de los Picos de Europa.

A las siete de la tarde dejan a su izquierda el lago Enol y toman una pista que los conduce hasta el aparcamiento de Pandecarmen. Salen del coche con sumo cuidado. Es noche cerrada y el suelo helado cruje bajo sus pies. Buena señal: el hielo ha de ser duro y compacto. Se colocan el foco frontal, se cuelgan las mochilas a la espalda y enfilan el sendero que conduce al refugio de Vegarredonda. La noche es gélida, estrellada, bellísima, pero también traicionera. Cualquier resbalón puede conducir al desastre. No hay ni un alma en varios kilómetros y la temperatura ronda los cinco grados bajo cero.

El refugio se vislumbra desde lejos. En sus ventanas se aprecia una luz tenue. En cuanto Germán entorna la puerta, le llega un agradable olor a sopa. Tres montañeros navarros preparan la cena con el guarda como anfitrión. Los seis intercambian un rato de charla. Comparten el plan de escalada que afrontarán al día siguiente por la cara norte de Peña Santa. El grupo navarro se internará por la Canal Escalonada, que se bifurca hacia la derecha para confluir más arriba con la Canal Estrecha. Marcos y Germán tienen previsto alcanzar la cumbre por la segunda. El guarda frunce los labios y entorna la mirada. No parece muy conforme con la decisión de la pareja.

—Tened mucho cuidado con esa canal. Es más puñetera de lo que parece. —Alza el dedo admonitorio—. En marzo del año pasado, dos chicos zamoranos salieron del refugio y se dirigieron a la cara norte. Al día siguiente, como no teníamos noticias de ellos, pedí a un par de montañeros que me acompañaran al Jou Santo. En cuanto nos acercamos, ya vimos los cuerpos. Al ser tan cerrada, la canal se comportó como un tobogán. Sus cuerpos se deslizaron sin freno y no aguantaron los impactos contra las rocas. No murieron de repente, es probable que tardaran horas. Tuvo que ser espantoso. Esos chicos solo tenían diecinueve años y vosotros no parecéis mucho mayores. —Vuelve a agitar el dedo índice frente a los rostros de la pareja—. Así que no quiero repetir la experiencia. Soy guarda, no enterrador.

Germán se considera un buen escalador y acepta el comentario como la típica lección de adulto resabiado a joven intrépido. Marcos se toma muy en serio la advertencia y la guarda junto a los temores que ya llevaba consigo desde que salieron de Santander.

La sobremesa no se alarga en demasía. Los montañeros echan un último vistazo al cielo estrellado y se embuten en el saco de dormir. Algunos añaden una manta de abrigo que no sobra; en el exterior la temperatura ha descendido ya a diez grados bajo cero.

Marcos no pega ojo. En la cabeza le revolotea la última conversación que tuvo con su hermano, diez años mayor que él y con mucha más experiencia en bregar por las montañas.

Fue a finales de octubre, en la casa familiar. Marcos le detalló las intenciones de hacer una escalada invernal a Peña Santa junto a Germán. Echó mano del mapa y ambos se sentaron frente a una mesa camilla. El hermano explicó los pormenores de la ascensión, señaló los puntos más peliagudos e hizo hincapié en la importancia vital que tenía la calidad y el grosor del hielo en una escalada. Subrayó con la entonación el término «vital» para que Marcos no se lo tomara a la ligera.

—Mis amigos de Cangas de Onís me han dicho que esta mañana ha caído la primera nevada en el macizo occidental de los Picos. Hoy es jueves, ¿no? Pues deberíais esperar otros ocho jueves como mínimo antes de intentarlo.

—Eso son dos meses, hermanito.

—Exacto. Incluso poco me parece. La Canal Estrecha tiene cuatro resaltes verticales. El primero de veinticinco metros y el resto de unos quince, muy técnicos para dos chavales como vosotros. Si dejáis que caigan unas cuantas nevadas antes de trepar por ahí, la base de los resaltes se colmará de nieve y los quince metros se quedarán en siete. Lo mismo ocurre con la pendiente. La nieve rebozará la roca y los noventa grados de inclinación no pasarán de cincuenta.

—De acuerdo.

—Tenéis que prestar mucha atención a las paredes de la canal. Si la capa de hielo es fina, solo podréis introducir la mitad del tornillo. Y eso es muy peligroso, hermano. Sería como colgarse de esa lámpara. —Señaló la endeble lámpara de araña que colgaba del techo—. ¿Tú te colgarías de ahí? Yo no, desde luego. Y menos con una pista de hielo debajo dispuesta a conducirte al otro barrio.

A LAS CINCO y media de la madrugada, Marcos y Germán sacan la nariz por la puerta del refugio y comienzan a caminar. Los compañeros navarros hace un rato que han iniciado la andadura.

Los primeros metros de caminata resultan duros. Las mochilas pesan en exceso para un cuerpo que aún no se ha terminado de despertar. Los hombros flaquean y las piernas se hunden en la nieve como patas de elefante avanzando entre dunas.

Germán encabeza la caminata. Fue suya la idea de enfrentarse a esa montaña en condiciones invernales. Marcos no ha dormido bien. Ha sumado una pesadilla tras otra y el cuerpo no le responde como él esperaba. Hay momentos en que da algún que otro traspié y la mente también emite señales de zozobra.

Germán avanza con paso firme. El frontal dibuja un óvalo perfecto sobre el manto de nieve. Los amigos apenas hablan. Lo único que se escucha es el crujido que producen los crampones al perforar la nieve.

La noche cede con parsimonia. Al este, una línea apenas distinguible de la oscuridad insinúa que el día empieza a despuntar. Germán se detiene y hace una señal con la mano a Marcos para que contemple el amanecer. La luz perfila las cumbres y comienza a colonizar los valles, a imprimir tonos violetas a la neblina. El paisaje sirve de bálsamo a Marcos. Siente las piernas más ligeras y la mente ya despejada del todo.

Cuando se quieren dar cuenta, se han presentado en el Jou Santu, la base de Peña Santa. Aunque esa zona guarda una inclinación menor que las canales, el hermano de Marcos le ha aconsejado que se ande con ojo. Una mala pisada puede mandarlos contra las rocas.

Germán mira a un lado y a otro en busca del itinerario más seguro. A su izquierda vislumbra un par de cuernos con forma de gancho que sobresalen del relieve liso. No le cabe ninguna duda; bajo la nieve se esconden los restos de un rebeco, seguramente pasto de los lobos.

Marcos consulta el reloj. Son las ocho y media. Se ha terminado el camino de aproximación, se acabó el período de calentamiento. Comienza la escalada de verdad.

Un poco de alimento para el estómago y la pareja pondera las opciones frente a la cara norte de Peña Santa, la auténtica reina del macizo.

—La roca está cubierta por una capa finísima de hielo —apunta Marcos—. Yo diría que aumenta de espesor cerca de la cumbre, pero no estoy seguro. La cosa está complicada.

Será él quien encabece el primer tramo de ascensión. El frío conserva la nieve en muy buenas condiciones por el momento, lo que permite a los montañeros moverse sin cuerda con bastante seguridad.

—En cuanto aparezca el primer tramo vertical, nos encordamos —anuncia Marcos.

Al llegar al pie de la primera pared, se detienen y extraen las cuerdas de las mochilas. Escalan encordados unos metros sobre un hielo compacto que los incita a disfrutar de la escalada. Pronto el gozo deja paso a la incertidumbre: a medida que la ascensión comienza a ganar verticalidad, el hielo pierde su solidez y se convierte en nieve inconsistente. El miedo se dispara, y lo peor del miedo es que reduce la concentración. Los chicos son afortunados, a los pocos metros las hojas de los piolets vuelven a penetrar en hielo compacto.

Marcos encuentra un clavo con un trozo de cuerda anudada que posiblemente se colocó en verano. Asegura la cuerda en el clavo y gana confianza para afrontar el siguiente tramo. Lo que en principio se le presenta como un hielo idóneo no tarda en perder su solidez y se topa con hielo hueco, inconsistente, traidor. En la mayoría de los casos, los peligros de la montaña no provienen de la dificultad orográfica, sino de la confianza traicionada. Marcos es consciente de ello. Su hermano se lo ha recalcado hasta la saciedad. La montaña te atrae, te seduce, te da la mano y, cuando menos te lo esperas, la suelta y vuelas sobre el abismo. El arrepentimiento resulta baldío si eres el protagonista de un velatorio.

El hielo tiende a romperse en grandes placas. Marcos se queda paralizado, no se atreve a dar ni un paso. Escarba con el piolet en busca de una grieta que le permita protegerse. Descubre la cabeza de un clavo a menos de dos metros. Suda tinta para llegar a él y entrar en la canal. Establece una reunión* en un lugar cómodo donde realizar una maniobra para asegurarse. A partir de ese punto es Germán quien va por delante en el segundo tramo. Las condiciones son inmejorables. La canal da paso a una hermosa cascada que les permite disfrutar de lo lindo. Todos los tramos deberían de espolear el placer de escalar como lo hace esa cascada.

Germán encuentra debajo del hielo anillas ancladas en escaladas de verano, se protege con un tornillo corto y espera a Marcos para un segundo anclaje que les garantice seguridad.

Marcos vuelve a liderar la ascensión hacia el tercer tramo vertical. Atisba un hielo hermoso ahí arriba y se encarama sin pensárselo dos veces. En el momento en que más confiado se siente, advierte una capa de hielo hueco que se hace añicos bajo los pies. Cruje como si se rasgara un cartón. Le separan treinta metros de Germán en los que no

---

* Se considera **reunión** al punto en el que se produce el anclaje entre los escaladores y la roca o hielo. Se practica con el fin de soportar la fuerza generada por el escalador en caso de caída o durante un rapel. En 1988 las cuerdas que usaban los alpinistas rondaban los cuarenta metros, de modo que esa sería la distancia máxima a la que se podría realizar la reunión en esa época.

ha podido protegerse con ningún agarre. El desprendimiento de un trozo de hielo significaría un vuelo sin retorno. Surgen por primera vez las dudas. El miedo se convierte en pánico. Las pesadillas nocturnas tenían como escenario ese trecho, forrado por una capa de hielo a punto de desprenderse.

Marcos avanza de puntillas por encima de placas de hielo prácticamente huecas y que de vez en cuando se desmoronan. Asiste a una verdadera paradoja: la zona más fácil de la canal es la que otorga menos seguridad por culpa del hielo endeble. La angustia se dispara hasta que logra colocar una pequeña protección en una grieta diminuta que le confiere seguridad para salir. Se detiene e improvisa una nueva reunión debajo del último tramo vertical. Fija un amarre en un lugar que ofrece unas condiciones perfectas.

Por fin, una tregua, unos instantes de calma. Ambos se recrean con el panorama. Hacen fotos y bajan pulsaciones. Un trazo finísimo, con forma de dientes de sierra, perfila el macizo central. Pero no pueden perder mucho tiempo en contemplaciones. El sol es el mayor enemigo del hielo. Unos metros más arriba se acaba la cascada y Marcos logra alcanzar la Brecha Norte. Se asoma a la cara sur de Peña Santa cargado de expectativas, pero no le gusta lo que ve: roca que en condiciones normales sería de escasa dificultad yace casi descarnada, sin un gramo de nieve. En verano, justo encima de ese tramo, hay que superar unos canalizos poco profundos. Reza para que estén cubiertos de nieve. Sus temores se confirman al verlos desnudos, y, lo que es más grave, tapizados con una capa finísima de hielo que los convierte en una perfecta rampa de patinaje. Los aborda como buenamente puede. Clava las puntas de los crampones sobre la roca y a duras penas logra sujetarse con las manos. Alza el pie y empotra un poco la bota, pero no es suficiente y está a punto de resbalar. La tensión repunta. Nota su respiración alterada, no tanto por el esfuerzo como por la congoja. Es el primer momento de la escalada en que se plantea dar media vuelta. Se toma su tiempo antes de continuar. Una concentración máxima y la fe depositada en la punta de las botas lo sacan del atolladero.

Se ha disipado la neblina en el macizo central, que luce cubierto por un manto blanco, como si estuviera bañado en nata.

La pareja camina un trecho por la cresta hasta improvisar un rapel que los sitúa debajo del último tramo. Se encuentra en unas condiciones deplorables. Las canales rellenas de nieve quebradiza representan lo más parecido a una lotería. Germán se ofrece a comandar ese turno, pero no le sobra el entusiasmo. Marcos lee la angustia en el rostro de su compañero y decide mantenerse en cabeza.

Caben dos posibilidades para seguir hacia la cumbre: afrontar un tramo vertical que supera los noventa grados, colgándose en los piolets sobre un hielo delgado y con la única protección de un tornillo a medio meter, o bien efectuar una travesía de cuarenta metros sin posibilidad de protección e intentar subir por la canal fácil que se utiliza en las ascensiones de verano. Decide abordar la pared que excede los noventa grados y clava los piolets en el hielo. Su cuerpo queda prácticamente colgado. Aunque su cabeza piensa en impulsarse con los brazos y colocar los pies bajo el voladizo, sus músculos se niegan en redondo a obedecer. Lo intenta varias veces sin éxito. No consigue moverse ni un milímetro. Mira hacia atrás para sondear la opinión de su compañero. Germán se limita a resollar. Es incapaz de tomar decisiones en ese momento; con seguir los pasos de Marcos ya tiene suficiente.

Afrontar una travesía en esas condiciones resulta una temeridad. Aunque siempre queda la opción de retroceder y dar la aventura por terminada. «El año tiene muchos días, pero vida solo hay una», rememora Marcos los avisos de su hermano.

En ese instante lo más sensato es abandonar, pero recuerda de inmediato la ilusión con que Germán le había hablado de la escalada invernal en Peña Santa hasta convencerlo de afrontarla a primeros de diciembre, y lo contento que se había puesto al escuchar que el pronóstico meteorológico anunciaba dos días idóneos para ascender. Marcos hubiera preferido dejarla para más entrado el invierno, como le aconsejó su hermano, cuando una buena manta de nieve cubriese la cordillera y la capa de hielo estuviera más consolidada. Pero el momento de los arrepentimientos había caducado.

Marcos levanta el pulgar y señala la cumbre con el mentón. Ha tomado la decisión de abordar la travesía. Es vertical y está expuesta a un precipicio considerable, pero la nieve parece de buena calidad y, aunque despacio, avanza con seguridad. Cree que conseguirá sobrepasar la travesía y enfilar la cumbre. La osadía no dura mucho, flaquea en cuanto percute con el piolet y el hielo suena como un tambor. Su rostro se tensa y surgen las dudas. Si introduce un tornillo y la capa de hielo aguanta, la cumbre quedaría al alcance de los dedos. En caso de que se desprenda, ya sabe lo que le espera. Se vuelve hacia Germán en busca de una respuesta. Las pupilas de su compañero lo invitan a seguir, le suplican que clave ese tornillo, brillan de emoción ante la cercanía de la cúspide.

Regresan las tribulaciones y las pesadillas nocturnas. La voz de su hermano se abre paso desde el estómago y resuena en su cabeza como el zumbido de una alarma. Las piernas de Marcos comienzan a temblar. Los latidos del corazón se disparan, al igual que la frecuencia respiratoria. Tiene la sensación de que la apretura del arnés le va a cortar la circulación sanguínea. Gira la cabeza hacia el abismo durante una fracción de segundo y aparta la vista. Es más edificante la contemplación de la cumbre, tan próxima y tan distante al mismo tiempo. Si no tuviera guantes, se mordería las uñas, que es lo que solía hacer cuando no sabía la respuesta de un examen.

Tras un último vistazo a la cima, esboza un gesto de fastidio y devuelve el tornillo a la mochila. Lanza un largo suspiro de alivio. Sus ojos siguen la línea de cuerda hasta encontrarse con el rostro de Germán, pintado de desolación. Marcos experimenta una mezcla de frustración y culpa. Regresa despacio hasta el lugar donde lo espera su compañero. Al llegar a su altura, le dedica una mirada furtiva y le suelta un escueto «¡vámonos!».

No media ni una palabra entre ellos. La decepción es de tal calibre que amenaza con amargarles el descenso.

Marcos decide acometer la bajada por la Canal Ancha. Su hermano le había dicho que rapelar por esa vía es el itinerario más directo en invierno. Germán asiente con desgana. Negada la posibilidad de alcanzar la cumbre, bajar por una canal u otra le trae sin cuidado.

Terminado el rapel de la canal, alcanzan una campa de nieve de unos doscientos metros con una inclinación de cuarenta y cinco grados. Ese trayecto se suele abordar ya sin cuerda.

Destrepan con soltura durante un tramo, pero el cansancio acumulado en la escalada les pasa factura. No solo les afecta a los músculos, también mengua la concentración. Los pasos son cada vez más pesados e inseguros. Germán se sienta en una roca. Agacha la cabeza y respira de forma entrecortada. Su pecho se infla y desinfla como un fuelle. La fatiga lo ha dejado exhausto. Preocupado por la flojera de su compañero y consciente de que a él tampoco le sobran las fuerzas, a Marcos se le ocurre rapelar el trecho que falta. Como las piernas no están para muchos trotes, decide que sea la cuerda quien cargue con sus cuerpos agotados.

No encuentra anclajes de rapel del todo fiables, así que introduce los suyos. Al martillear, nota los brazos plomizos, como si tuviera los bíceps rellenos de cemento. A duras penas consigue remachar los anclajes y, desde luego, no queda muy contento con el resultado. En otras circunstancias hubiera sido más estricto, pero en ese momento solo piensa en llegar cuanto antes al Jou Santo.

Marcos introduce la cuerda por el anclaje recién instalado, inclina el cuerpo hacia atrás y se lanza hacia abajo. No se ha descolgado ni diez metros cuando escucha un chasquido. El anclaje no ha soportado su peso y ha saltado por los aires. De inmediato percibe en sus manos cómo la cuerda ha perdido la tensión. Su cuerpo rebota contra la nieve y resbala por la campa abajo. Gira y gana velocidad a medida que se desliza. Tiene que dar gracias a la suerte de que sean las piernas, y no la cabeza, las que se empotren contra las rocas.

Una oleada de dolor acude a su pierna derecha, que ha penetrado hasta la rodilla en una grieta vertical. Vuelve la cabeza hacia atrás en busca de Germán, pero su compañero ha quedado muy arriba y en una zona imposible de divisar. Marcos no solo lamenta el daño sufrido. Al soltarse el amarre, ha arrastrado la cuerda en su caída. Su compañero no podrá rapelar y acudir a ayudarlo. A Germán no le quedará otro remedio que destrepar los ciento ochenta metros que los separan, y el descenso le llevará un buen rato.

El dolor de la pierna se torna insoportable. Intenta sacarla de la grieta, pero las aristas, afiladas como cuchillas, atenazan la pantorrilla como lo haría una pinza. Rasgaría los músculos si lo intenta. Sus ojos retornan al punto donde inició el rapel con la esperanza de atisbar el gorro rojo de Germán, pero lo único rojo que vislumbra es la cuerda serpenteante sobre un manto blanco.

Pasan los minutos y al dolor se une la bajísima temperatura, que comienza a hacer mella. Frío, dolor agudo y angustia forman una nefasta combinación. Por si fuera poco, Germán sigue sin aparecer. Marcos no le encuentra sentido a la incomparecencia. Su compañero no se encontraba tan lejos; por muy agotado que esté, ya debería haber llegado hasta él.

Es entonces cuando se le pasa por la cabeza una idea sombría. Cree que Germán lo considera un cobarde al haber renunciado a la cumbre, de la que solo distaban unos metros. Marcos había truncado su anhelo de los últimos meses. Como contraprestación, Germán ha decidido abandonarlo a su suerte.

Si el frío resulta inaguantable, el dolor no se queda atrás. El paisaje se difumina poco a poco delante de sus ojos y pierde la consciencia. Con la pierna empotrada en la grieta y el azote de un viento gélido, el hilo que lo mantiene vivo será más débil a cada minuto que pase.

42

Mayo de 2019

Blasco y Palacios apenas tienen tiempo de saborear la brisa cantábrica; ocho minutos después de abandonar la Jefatura aparcan frente al domicilio de Darío. Antes de llamar al portero automático, se percatan de que un hombre alto y con la envergadura de dos se baja de un taxi para minusválidos y camina diligente hacia el portal.

Blasco se dispone a llamar al timbre. Al verlo acercarse, deja el dedo suspendido en el aire.

—¿Tú crees que es él? —pregunta el inspector.

—Menudo armario. Por edad, desde luego que sí encaja.

—Será mejor preguntárselo y salir de dudas.

Blasco sale al encuentro del fortachón y lo encara en medio de la acera. El hombre camina hacia los policías haciendo malabares con el mando del coche.

—¿Es usted Darío Maeso?

—Sí, ¿ocurre algo? —suelta con inquietud el taxista.

—No tiene por qué.

—Tengo algo de prisa —se queja, y señala el portal con el mentón.

—¿Y quién no? Vivimos en el siglo XXI —ironiza Palacios.

—Deberá acompañarnos a la comisaría para tomarle declaración —explica Blasco.

—Yo no he hecho nada —repele Darío con voz lastimera.

—Vamos a la comisaría. ¿O prefiere que se entere todo el barrio de lo que tenemos que contarle?

—¿Y no me pueden adelantar algo?

—Queremos charlar con usted sobre la muerte de Nico Romero.

Darío esboza una mueca de desagrado, sube al coche y se sienta en medio de la banqueta trasera. Sacude la cabeza confundido, como un jugador al que le pitan una falta que no ha cometido. Mira por la ventanilla con desazón. A sus ojos, Santander se torna de repente una ciudad ajena, un decorado teatral. Termina por dirigir las pupilas al espejo retrovisor, donde se recorta el rostro sereno de Blasco.

Unos minutos más tarde, los policías lo acompañan al despacho del inspector.

—Como tiene prisa, no nos andaremos con rodeos —apunta con ironía Blasco.

El inspector invita a sentarse a Darío. Ahora que lo tiene a un metro de distancia, se percata de su voluminoso torso.

—¿Qué hizo usted el jueves por la mañana? —espeta Blasco.

Darío se pasa la mano por el mentón, como si el trajín lo ayudara a recordar.

—Tuve tres o cuatro servicios, como todos los días. Mis jornadas no son muy distintas unas de otras. ¿Por qué lo pregunta?

—Fue el día en que murió Nico. Su a-mi-go Ni-co —subraya Blasco.

—No murió, lo mataron —enmienda Darío con expresión de pesadumbre.

—Lo estrangularon, y creemos que usted podría contarnos algo al respecto.

—¿Piensan que fui yo? —Darío se clava el índice en el pecho.

—Pudiera ser.

—Eso es una completa locura. Éramos amigos, muy amigos.

—Los amigos no se pelean —interviene Palacios—. Hay testigos que afirman haber presenciado una buena bronca hace unos días en la plaza de Cañadío. Algunos creyeron reconocer a Nico como uno de los implicados y decían que el contrincante era un tío grande y fuerte.

—Pues claro que éramos nosotros. Quién no se ha peleado alguna vez con sus amigos y a los diez minutos se ha olvidado de todo. Es mejor eso que guardar el rencor en las tripas. Al menos, yo pienso así.

—No hasta el extremo de que el propietario de un pub tenga que llamar a la policía asustado por el escándalo. Había vasos rotos en un radio de quince metros.

—Se nos fue de las manos, lo reconozco, pero hablaré con el dueño del local y le pagaremos los desperfectos.

—No nos interesan los desperfectos —aclara Blasco—. Nos preocupan más los motivos de la riña.

—Son cosas nuestras.

—No lo dudo, pero unos días después de esa pelea a Nico lo han matado en la habitación del hospital y, casualidades de la vida, usted pasó por delante de la puerta esa misma mañana.

—Nico y yo éramos uña y carne —reconoce Darío, al que está a punto de escapársele alguna lágrima.

—Si tan amigos eran ustedes, ¿por qué se enzarzaron en una discusión?

—Ya le he dicho que son cosas... —responde Darío con rabia.

—No nos ha dicho lo que queremos oír —interrumpe Palacios—. A la gente le extrañó que Nico tuviera esa forma tan violenta de comportarse.

—Eso significa que lo conocían poco. Solía ser él quien desenfundaba primero, créanme.

—Sigue usted sin desvelarnos el motivo de la pelea. —Blasco se emplea con firmeza, pero sin elevar el tono—. Y tenía que ser un motivo extraordinario como para que luego usted se presentara en el hospital y lo estrangulara con una cuerda —trata de provocarlo con un farol.

Darío gesticula con las manos en señal de impotencia.

—Yo no maté a Nico. Los amigos se pelean, pero no se matan.

—Tienen ustedes un sentido muy particular de la amistad.

—Es cierto. Nos conocemos desde niños. Nuestra amistad era una roca. —Cierra el puño para ilustrarlo.

—Nico nos llamó para que le tomáramos declaración. Iba a contarnos algo importante. Y, un rato antes de llegar, alguien entró en la habitación con una caja de bombones bajo el brazo y se lo llevó por delante. Nico era alto y fuerte, pese a su problema en la mano. Así que tuvo que ser alguien más fornido que él.

—Ya les he dicho que no fui yo —vocifera. Entrelaza los dedos y se sujeta la nuca con las manos. Sus gigantescos bíceps eclipsan el fondo del despacho.

—Esa zona del hospital estaba vigilada. Solo podían acceder los familiares de los pacientes y quienes fueran a consulta. Bien, pues su nombre figura en las citas de Urología de esa mañana. A Nico lo asesinaron entre las diez y las once. Y su cita era a las diez y cuarto.

Darío pasea la mirada por la sala y la vuelca de nuevo en Blasco. Vocaliza con serenidad.

—Estuve en la consulta de Urología, es cierto. Tomar esteroides durante tantos años me ha pasado factura. —Se señala la entrepierna con el pulgar.

—¿Qué le pasa ahí abajo?

—¡Esas puñeteras pastillas! Mi mujer y yo queríamos tener un hijo, pero la cosa está complicada.

Blasco desliza una mueca interrogativa hacia Palacios, que enarca las cejas en señal de desconocimiento.

—No tenía ni idea de que hubiera una relación entre una cosa y la otra —reconoce Blasco.

—Esas sustancias pueden bloquear la formación de pequeños «Daríos», ya me entiende.

—No lo sabía.

—Acudió a consulta porque quiere ser padre —clama Palacios—. ¡La coartada perfecta para pasearse alegremente por las habitaciones!

—La cita estaba fijada hace un mes —reacciona el hombre con displicencia y un asomo de abatimiento—. Es tan sencillo de comprobar como llamar al hospital. Háganlo si no me creen.

—Eso no cambia nada. Tuvo acceso a ese pasillo —insiste Blasco.

Darío vacila antes de contestar.

—Aproveché la visita al médico para ver a Nico. Es cierto. Le gustan —rectifica—, bueno, le gustaban los bombones, así que le llevé una caja. Y bien grande.

—Para que las enfermeras la vieran desde lejos y no sospecharan —completa Palacios con una risita malévola.

—No, porque es muy goloso, así de claro. Y en los últimos meses no se cuidaba una mierda. Los bombones y un rato de charla le irían al pelo. Nico necesitaba levantar el ánimo después del tajo en la muñeca y el negro futuro que tenía por delante.

—Es curioso. En el interior de la habitación no encontramos la caja. Me parece un poco mezquino regalar una caja de bombones a alguien, darle a probar unos cuantos y luego llevársela. —Palacios se ceba con él—. Es de tener muy poca clase.

—Ni siquiera los probó —apunta Darío con voz mortecina.

—Pero... ha dicho que le gustaban —contraviene el inspector.

La mirada mustia de Darío vuela por la sala con parsimonia.

—Al principio pensaba que estaba dormido, así que dejé la caja en la mesita y subí la persiana para que el traqueteo lo despertase, pero seguía sin abrir el ojo en el sillón. Le di una palmada en la cara y, al ver que no reaccionaba, le agité la melena. Me detuve cuando vi una marca roja alrededor del cuello. Caí en la cuenta enseguida de que lo habían estrangulado. Hace unos meses me habló de que se había metido en un lío con unos mexicanos, pero que lo iba a dejar. Imaginé que esos tíos habían ejecutado una especie de represalia, de modo que eché mano a la caja y salí zumbando.

—En ese caso, lo más lógico hubiera sido llamar a las enfermeras. Digo yo.

—Para cargarse a una persona como Nico tendría que hacerlo un hombre fuerte. En cuanto vieran este corpachón, me inculparían; ustedes lo acaban de decir. Nadie debía entrar en esa habitación y yo me había saltado el protocolo. Encontrarían huellas mías por todas partes. Iría a la cárcel de cabeza y mi madre no podría aguantar otro golpe.

—¿Otro golpe? —se extraña Blasco.

—El cadáver encontrado en los Picos de Europa es el de mi padre. Lo enterramos hace un par de días.

—Vaya. Lo siento —se disculpa el inspector—. Conozco el caso, pero no lo había relacionado con usted.

—Cuando les dije que tenía prisa, no era para quitármelos de encima. Estoy con el papeleo. Es agotador.

—Lamento haber sido tan hosco. Discúlpeme.

Blasco se viene abajo. Si lo que dice Darío es cierto, aquello supondría volver al principio de una investigación cada día más farragosa y turbia. Se lleva la mano a la frente y luego se la restriega por la cara. Al conocer la noticia luctuosa, Blasco rebaja el grado de hostilidad hasta hacerla desaparecer.

—A su gran amigo lo han matado. Seguro que Nico le hizo alguna confidencia que nos pueda servir.

—Conocía el asunto de las apuestas y pensé que ese había sido el motivo. Luego se habló de la doctora que le había cortado el nervio... Es todo lo que les puedo contar.

—En ambos casos tenemos serias dudas. Nos tiene que ayudar a buscar otros candidatos.

Darío se recuesta en la silla.

—No tengo ni la menor idea.

—Sabemos que Nico tuvo una trifulca con su entrenador, ¿le confesó algo?

—De esa trifulca no, pero sí me había dicho que era un poco pesado. Además de entrenador, quería ejercer también de padre, de agente, de confesor... Ya me entienden. Ese tío debía de ser un grano en el culo.

—Eso lo sabemos —confirma Blasco—. Y también que Nico le dio un buen puñetazo en el vestuario. A su amigo le gustaba sacar los puños a pasear.

—Más de lo que ustedes imaginan.

—¿Cuándo fue la última vez que habló con él?

—Después de la pelea ya no volví a verlo. Me llamó el día antes de su muerte para contarme que la operación había sido un fiasco y que estaba hundido. Por eso decidí pasar a visitarlo después de la consulta.

—¿Y Nico no le dijo nada más por teléfono?

—No. Solo que los médicos pensaban realizarle un injerto en el nervio dañado. Iban a utilizar un nervio de la pierna. Uf. Me parecía un milagro. Me alegré un montón por él. Se moriría de pena si no podía volver a jugar al tenis.

—Puede irse —dicta Blasco—. Déjenos sus datos y permanezca localizable en todo momento.

Darío entrega una tarjeta de su empresa a Blasco.

—Estoy disponible veinticuatro horas. Duermo con el móvil en la mesita. Y ahora, con lo de mi padre, ni siquiera duermo, porque cuando lo hago tengo unas pesadillas horribles. Mi madre y yo pensábamos que algún día encontrarían el cadáver, que él descansaría y nosotros también. Pero no se imaginan lo que es ver el cuerpo de tu padre, un tío sano y fuerte, convertido en un esqueleto.

Blasco echa un vistazo rápido a la tarjeta y la guarda en el bolsillo.

—Lo siento mucho, de verdad.

Darío hace amago de levantarse de la silla, pero se queda a medias.

—Al salir de la habitación de Nico vi a un tío en medio del pasillo. Me miraba de una forma muy rara.

—¿Un tío? ¿Paciente, médico, celador...?

—Iba en pijama, así que sería un paciente. Llevaba la cabeza vendada y cojeaba un poco.

—A lo mejor se extrañó de verle a usted salir de una habitación con acceso restringido.

Darío mueve la cabeza de lado a lado.

—No parecía un gesto de extrañeza sino de... ¿cómo decirlo? De resquemor. Como cuando metes una colilla en la arena de la playa, esperas que nadie se dé cuenta y, de repente, ves que alguien se ha percatado de la jugada. Algo así.

—Lo investigaremos —anuncia Blasco sin mucho convencimiento.

Palacios se apoya en el quicio de la puerta y hace un gesto a un agente para que acompañe a Darío a la salida.

Blasco permanece sentado con la sensación de haber terminado una batalla y haber empezado otra cuya duración y desenlace es incapaz de aventurar.

Palacios frunce los labios y los mueve como si se enjuagara la boca.

—No esperaba que Darío se fuera de rositas después de ver su nombre en el listado de las consultas de Urología y constatar su presencia en la habitación de Nico.

—Estoy convencido de que no ha sido él —asegura Blasco.

—¿Del todo?

—Ya me conoces. Nunca doy por sentado nada hasta que no tengo pruebas concluyentes. Mira lo que pasó con el montañero del parque: humo. Cuando todo encaja con tanta facilidad pienso que me he equivocado en algún paso. Si he aprendido algo en esta profesión es que las cosas suelen ser más complicadas de lo que parecen.

—Esto no hay quién lo entienda, así que voy a tomar un café.

—Un momento. —Blasco paraliza la huida de Palacios—. Nico le contó al doctor Lomas que la doctora Laguna lo chantajeaba, pero le ocultó el origen de ese chantaje. Le dijo que se lo confesaría otro día. A nosotros sí tenía previsto contárnoslo, por eso nos llamó.

—La doctora lo reconoció de forma implícita: Nico había dejado en silla de ruedas a su hermano y ella lo odiaba. Seguro que lo amenazó con hacerlo público si no contribuía al sostenimiento de la fundación.

—Si el conflicto era entre el tenista y la doctora, ¿por qué se pelearían Nico y Darío? No tiene el menor sentido.

—Estoy seguro de que la causa de la pelea fue el accidente del trineo. Y eso era lo que Nico quería contarnos. Hasta ahora lo había ocultado porque, en caso de confesarlo, los patrocinadores le darían la espalda y la prensa lo haría picadillo. Pero después de lo que nos relataron el repartidor de agua mineral y sus compañeros de entrenamiento, creo que Nico estaba harto de la doctora Laguna y de las apuestas; hasta el gorro de perder partidos y, sobre todo, harto de la desilusión de sus padres al verlo perder. Y llegó un momento en que estalló. Quedó con sus amigos para contárselo y a uno de ellos no le gustó la idea.

—En la pelea intervinieron tres hombres, al menos eso es lo que me ha contado la gente del pub —explica Palacios—. Tenemos a Nico y a Darío. Nos falta uno. Tal vez a ese tercer individuo la confesión de Nico sí le hiciera verdadera pupa y fue la causa de que intentaran arreglarlo a gritos. ¿Dónde narices estará el tercer palo de esta baraja?

—Te recuerdo que las barajas tienen cuatro palos —enmienda Blasco con sorna.

—El cuarto era una chica, según me dijeron. Una chica asustada que no hacía más que llorar y limpiarse los mocos.

—La clave es el desconocido. Por eso Darío no ha querido contarnos nada. «Cosas de amigos», «cosas nuestras»... De ahí no lo sacábamos. Tal vez el tercer miembro del grupo es un tipo importante y la noticia destrozaría su carrera. Ese individuo es la clave de este maldito rompecabezas. Ya sabes que no me gusta aventurar, pero me atrevería a decir que fue él quien adornó el cuello de Nico con un lazo.

—¿Y si fuera el hijo del entrenador? —aventura Palacios—. Es posible que se enterara del puñetazo que le había propinado Nico a su padre. Tal vez coincidieron en Cañadío y comenzó la bronca.

—Creo que Donato jamás se lo contaría a su hijo. Respecto al otro tenista joven, Tristán Peña, ese no tenía ningún interés en soltar prenda.

—Santander es una ciudad pequeña. El hijo del entrenador se pudo enterar por otras fuentes.

Blasco guarda silencio. El caso lo ha dejado agotado. Se recuesta en la silla y se masajea las sienes. Palacios aprovecha la aparente relajación del inspector.

—Ahora sí que voy a tomarme ese café. La máquina me está reclamando. —Se coloca la mano abierta detrás de la oreja—. ¿No la oyes?

Lo único que oye Blasco es el revoloteo de sus propias tribulaciones.

—Cuando Darío contó lo del paciente en pijama casi no le presté atención. Ahora que lo pienso...

—¿El cojo de la cabeza vendada?

—El mismo. —Blasco tamborilea con el bolígrafo sobre la mesa—. ¿Te acuerdas dónde estaba el móvil de Nico cuando entramos en la habitación?

—En la mesita, junto a una botella de agua de las pequeñas.

—Buena memoria.

—Alguna virtud tenía que tener.

—La novia de Nico me remitió el mensaje que el tenista le envió unos minutos antes de su muerte. Seguro que lo recuerdas, porque te lo conté.

—Si me lo contaste entonces seguro que lo recuerdo.

—Las dos veces que fuimos a verlo lo pillamos con el telefonito en las manos. Y con más razón si terminaba de enviar un mensaje a Lidia. De modo que debería haber caído al suelo en el momento del forcejeo. Sin embargo, estaba en la mesita.

—Cierto. Y los teléfonos no levitan, que yo sepa. ¿Dónde quieres ir a parar? —pregunta Palacios, extraviada entre tantos datos contradictorios.

—Es posible que el mensaje no lo enviara Nico, sino otra persona con la intención de inculpar al montañero que merodeaba por el parque.

—Pero salió del móvil de Nico.

—¡Exacto! —Blasco chasca los dedos—. Quien lo envió tal vez lo hizo con la intención de que pareciera que procedía de Nico. Observó al montañero varios días y le llamaron la atención sus botas. En ese caso, ¿quién mejor que un paciente del hospital para pasarse todo el día mirando por la ventana?

—Si estaba en la planta de Nico, podría campar a sus anchas por el pasillo agarrado a la percha del suero y pasar inadvertido. El tercer hombre es cojo, pero tiene buena vista. Interesante.

Blasco dirige el dedo índice hacia su compañera.

—Pide al hospital el listado de todos los varones ingresados en la segunda planta durante la última semana.

—Espero que ese paciente no sea mexicano —bromea Palacios—, porque te juro que desenfundo la pistola y me pego un tiro en el pie.

43

ROSANA

La situación procesal de mi hermana no tiene buena pinta. Ha confesado su participación en la cirugía, pero se niega a asumir el asesinato del tenista. Y mantiene la misma postura cada vez que habla conmigo. «Quería joderle la vida, pero no quitársela», me repite con rabia hasta agotarme. A mí no tendría por qué mentirme. Soy su abogada, su hermana y el único salvavidas al que agarrarse en este momento.

He quedado en visitar a mis padres para ponerlos al corriente de la situación y prepararlos para lo que se avecina. Mi padre volverá pronto, ha bajado al supermercado. A mi madre es más fácil encontrarla. Apenas sale de casa, aunque sería más acertado decir que casi no se levanta del sofá. Se dedica a ver la televisión y doblar folletos publicitarios que encuentra en el buzón.

Me da un beso al abrirme la puerta y regresa a la cocina. Lleva la misma bata de siempre, un estampado de amapolas que hace tiempo que perdieron su tono carmesí. Cada vez que vengo a casa me recibe en bata o en pijama, zapatillas y una melena desgreñada que me recuerda a las ramas de los eucaliptos.

Se limpia las manos con un paño de cocina y hace un gesto con la barbilla hacia la olla a presión, que emite un siseo.

—Voy al baño. Cuídamela. Que no pase de la segunda raya.

Como si no lo supiera. Es la misma olla suiza de toda la vida. Se la compró a una vecina que ejercía de distribuidora y sigue igual de eficiente que el primer día. La bata de mi madre y la olla suiza son las únicas cosas que no han cambiado en esta familia con el paso de los años.

Sobre la mesa hay algo que no esperaba ver en esta casa ni por asomo: un ejemplar del Código Penal. Una versión antigua, deduzco por la encuadernación y la tipografía de la portada. Hojeo las primeras páginas. Se editó en 1985, o sea que es una edición obsoleta. Me extraña encontrar un libro de legislación en una casa donde la única persona que guarda relación con el Derecho soy yo, que ya cargué con todos los textos al mudarme.

A mi padre nunca le he notado el menor interés por los libros. Sus lecturas se limitan a la revista *Desnivel*, y alguna que otra vez lo he visto atrapado entre las hojas de un diario deportivo. En el caso de mi madre, tiene el revistero del salón repleto de publicaciones de moda. Una circunstancia de lo más llamativa, la moda y ella son como el agua y el aceite: conviven sin mezclarse.

Trato de encontrarle algún sentido a la presencia del libro. En 1985 yo ni siquiera había nacido. Me ronda la mente el recuerdo de nuestra mudanza. Me sorprendió hallar varios manuales universitarios en el trastero. Cuando le pregunté a mi madre respecto a su procedencia, me contó que el piso era de segunda mano y que esos volúmenes se encontraban en la librería del salón en el momento de comprarlo. No se desprendieron de ellos. Pensaron que tal vez en el futuro pudieran sernos de utilidad a alguno de nosotros.

Le doy vueltas a una idea peregrina: ¿Aquellos libros se encontraban en el piso o pertenecían a mi madre?

La válvula de la olla sobrepasa la segunda raya en el preciso instante en que ella reaparece. Bajo un punto la intensidad de la vitrocerámica y dejo el libro con disimulo sobre la mesa. Mi madre consulta el reloj de pared.

—Le quedan dos minutos —anuncia, y alza las cejas en dirección a la olla.

Tengo que salir de dudas.

—Mamá, si te suelto de buenas a primeras la palabra Justiniano, ¿a qué te suena?

Se da media vuelta y me lanza una mirada de asco.

—A un nombre muy feo, horrible.

—Si te lo digo en latín, tal vez te guste más: *Codex Iustinianus*.

Gira el rostro hacia la campana extractora y cierra los ojos. Coloca las manos en las asas de la olla, como si necesitara apoyarse en algo. Vacila unos instantes y por fin se decide a contestarme.

—Sí, hija. *El código de Justiniano*, una de las obras claves del Derecho Romano.

Como suponía, los libros del trastero pertenecían a mi madre. Ella era su verdadera y única dueña. Nada de herencias inmobiliarias.

—Dejaste la facultad, ¿no es cierto? —quiero saber.

Agacha la cabeza y se encoge de hombros.

—Era una carrera muy difícil —recita entre dientes en un tono que suena a evasiva.

—Me pareció que los manuales del trastero correspondían a los tres primeros cursos y alguno de cuarto. No sé el plan de estudios que seguías tú, pero no creo que fuera muy diferente al mío.

—Puede ser. Ya no recuerdo. Fue hace mucho tiempo.

—Qué curioso, los últimos cursos a mí me parecieron los más fáciles. En mi facultad lo más complicado era primero, fíjate. Ahí se cargaban a unos cuantos. Era una especie de filtro.

Mi madre contiene la respiración.

—A lo mejor tienes razón y pasé el filtro, pero se me hacía muy cuesta arriba y tuve que dejarlo.

Se vuelve hacia la olla con el propósito de darme la espalda a mí y a mis preguntas incómodas. No la veo con ganas de profundizar en el tema. La biografía de mi madre siempre ha supuesto para mí un enigma, y el comentario sobre su paso por la universidad, el enésimo regate a mi suspicacia.

Me acerco a ella y le poso la mano en el hombro.

—Te quedaba muy poco para terminar —insisto—. Tuvo que haber alguna razón para que abandonaras los libros en el trastero.

—Déjame, hija. —Sacude el hombro con la intención de que retire la mano, como si el peso la incordiara—. Ahora estoy con la comida.

Como abogada, conozco el ritual que sigue alguien que no está dispuesto a contar circunstancias personales por mucho que se le apremie. Paciencia me sobra y alargo un poco más el interrogatorio, pero no suelta ni una palabra respecto a su aventura universitaria. Ni sujeta a un potro de tortura le haría cambiar de opinión.

Apaga el fuego, deposita la olla en el fregadero y abre el grifo para que enfríe antes de destaparla. Permanece hipnotizada mirando el gorgoteo del agua sobre el metal y lanza un suspiro profundo, como si su válvula interior también se hubiera aflojado. Aquella mirada opaca escondía unas ganas terribles de hablar y callar al mismo tiempo. Yo heredé de ella esa voluntad contradictoria, con la diferencia de que mi madre era capaz de poner coto a su lengua y yo siempre terminaba por soltarla.

Un portazo seco revela que mi padre acaba de llegar. Deja la bolsa de la compra sobre la mesa y me da un abrazo.

—No habrás comprado miel, ¿verdad? —le digo, y señalo las bolsas.

—Pues no.

—Menos mal. —Saco del bolso un par de tarros y los deposito en la mesa—. Un tarro de bosque y otro de brezo. A ver cuál os gusta más.

—No tenías que haberte molestado.

—Tengo media docena en casa.

En cuanto se presenta la ocasión, lo arrastro a mi habitación, lejos del radar de mi madre. Me siento en la cama y le pido que haga lo mismo.

—Papá, ¿por qué dejó mamá la universidad?

Cabecea, se frota la nariz y responde al cabo de unas cuantas maniobras faciales destinadas a ganar tiempo y fraguar la respuesta adecuada.

—Era una carrera muy difícil —responde sin mirarme.

Sonaba como si ambos se hubieran puesto de acuerdo para ofrecer la misma versión en caso de que el asunto se convirtiera en tema de conversación familiar.

—Papá, hablas con una persona que la ha terminado, no sé si lo recuerdas.

—Bueno, yo no he ido a la universidad. Te cuento lo que ella me dijo.

—Y tú la creíste, claro.

Se gira y por fin tengo sus ojos frente a los míos.

—¿Y por qué no la iba a creer? Sé que la universidad no es moco de pavo.

Mi padre es distinto a mi madre. A él sí le podría sacar la verdad con un poco de insistencia, pero no es el momento. He venido a ponerlos al día sobre la situación delicada por la que atraviesa mi hermana. Se avecina la cárcel, de eso no me cabe duda, lo que sigue en el aire es el tiempo que tendrá que pasar encerrada.

Antes de abandonar la habitación, mi padre me pone la mano en la rodilla.

—¿Esos tarros? —pregunta con una pizca de recelo—. Nunca te ha gustado la miel. Recuerdo que tu madre pretendía dártela mezclada con leche cuando te resfriabas y no había manera de que la tomaras. Una vez estuviste a punto de vomitar.

—Los gustos cambian.

—No me lo trago.

—Ya te he dicho que tengo un excedente en casa.

—Una mujer a la que no le gusta la miel resulta que sobrecarga la despensa. Venga, hija, no te hagas la abogada conmigo.

No pensaba ponerlo al corriente de nuestras pesquisas para encontrar a Diego, pero ha llegado el momento. Conozco el carácter de mi padre. Hay cosas que puedo decir, otras que debo callar y alguna que es preferible dejar a medias. Y eso es lo que haré en esta ocasión. Mi padre desconoce que Darío es uno de los chicos del trineo. Prefiero ocultárselo. El taxista no es la misma persona del instituto. Se volcó en el cuidado de Bruno y en este momento debe de estar destrozado con el asunto de su padre.

Apoyo la espalda en la pared, estiro las piernas y le cuento lo sucedido en la última semana. No solo nuestros avances en la búsqueda de Diego, también las consecuencias penales que comporta la muerte de Nico para mi hermana y para él.

—Después del interrogatorio de Raquel, uno de los policías me comentó que te habían visto merodeando por el hospital —trato de sonsacarlo.

—Sí, el otro día estuve en Jefatura.

—¿Te interrogaron?

—Más o menos. Fue algo rápido.

—¿Por qué no me avisaste? Debería haber estado presente.

—No quería preocuparte. Además, no tenía nada que esconder.

—¿Qué querían saber?

—Me dijeron que Nico era uno de los chicos del trineo, algo que yo no sabía. Los policías sospechaban que, como venganza, Raquel pudo sedar al tenista y yo estrangularlo.

—Ahora lo entiendo. Saben que Nico fue uno de los chicos que embistió a Bruno, y no sería de extrañar que mi hermana y tú hubierais querido matar dos pájaros de un tiro: vengaros de Nico y cerrarle la boca definitivamente para que no pudiera inculpar a Raquel.

—Pues hay que ser retorcido para pensar esas cosas.

—Retorcido, no, todo lo contrario. Sería lo más lógico. Por favor, asegúrame que no has tenido que ver.

—En absoluto, hija. Ni siquiera lo conocía.

—En cuanto al caso de Germán, tu nombre ha vuelto a sonar.

—Estuvo aquí la Guardia Civil hace poco y me hicieron unas cuantas preguntas.

—Papá, dime que la familia de Germán se equivoca con sus sospechas.

—Por supuesto —gruñe—. De repente soy el culpable de todo: del estrangulamiento del tenista, del asesinato de Germán, y hasta de la muerte de Kennedy me van a culpar.

—Y ¿qué les dijiste?

—La verdad. Que me crucé con Germán en un pueblo e iba acompañado de otros montañeros. Esos tíos fueron quienes lo mataron.

Una vez que se han aclarado mis dudas, regresamos a la cocina, donde mi madre ya ha servido la comida. Eludo los asuntos tratados con mi padre en la habitación. A su depresión no le sienta nada bien este tipo de calambrazos emocionales.

De vuelta a casa, echo cuentas mientras conduzco. Mi madre tenía veintidós años cuando nací. Y los manuales del trastero se correspondían con los cuatro primeros cursos. La conclusión cae por su propio peso: mi madre abandonó los estudios tras quedarse embarazada de mí.

¿Por esa razón la recuerdo siempre tan abatida durante mi infancia? ¿Comenzó a ser carne de sofá en el momento en que renunció a la universidad?

Tengo la certeza de que, tras el embarazo, abandonó la facultad. No lo hizo porque creciera la dificultad de los estudios, como ella dice, sino su tripa.

No puedo esperar ni un minuto más. Detengo el coche en una gasolinera y llamo a mi padre. Le pido que me cuente la verdad o cuelgue. No admitiré versiones edulcoradas. Él duda en un principio si cumplir mis deseos o mantener el secretismo guardado durante años, pero termina por confesar. En el fondo necesita desahogarse.

Mi madre y él eran una pareja muy feliz y divertida en su noviazgo. Recuerdo las fotos del trastero. En todas ellas hacían el ganso, incluso mi madre se empleaba con más arte que mi padre a la hora de esbozar cabriolas delante de la cámara, algo que me había desconcertado.

Mi padre comenzó a trabajar como guía de montaña en una empresa de aventura. En aquella época no abundaban los guías profesionales, y los pocos que había andaban sobrados de trabajo. Mi madre empezó sus estudios de Derecho y sacaba unas notas extraordinarias. El mundo judicial le apasionaba y se veía al cabo de unos años como abogada. Sentada en un despacho frente al Sardinero o en una oficina con vistas a un patio interior, poco importaba el escenario siempre y cuando a sus espaldas, colgado de la pared, un diploma dijera: «Petra Rubio, licenciada en Derecho».

El embarazo saboteó sus sueños. Su padre la presionaba para que abortara y prosiguiera con la carrera. Mi madre no sabía qué hacer. Tenía fuertes dolores de cabeza y cayó en una depresión. Se puso en manos de un psiquiatra, que le recetó un montón de pastillas. Y otras más para prevenir la úlcera que le podían ocasionar las primeras. El medicamento que ejerció como remedio para su estómago se llamaba misoprostol. En aquel momento se ignoraba que ese fármaco podía producir malformaciones en el feto, en concreto, anomalías en brazos y piernas, en especial si se tomaba en las primeras fases del embarazo. También podía acarrear un parto prematuro, pues entre sus efectos indeseables constaba su capacidad para dilatar el cuello del útero y producir contracciones.

Aunque mi padre no me lo dice, creo que el parto prematuro que me trajo al mundo se debió al abuso de dicha sustancia. Y quizá mi malformación pudo tener la misma causa. Solo de pensarlo me entran escalofríos. No hay en mi vida un momento de paz.

Si continúo escuchando la voz de mi padre, me echaré a llorar y no pararé en una semana. Tampoco quiero colgar el teléfono, lo hundiría aún más de lo que está. Me acurruco en el asiento, apoyo la cabeza en el volante y cierro los ojos. Bajo el volumen del móvil al mínimo y lo meto en el bolso.

Siempre me he sentido culpable del accidente de mi hermano. Ahora me siento culpable hasta de haber nacido.

44

15 de diciembre de 1988

Tras el accidente en las montañas, Marcos pasa un par de semanas en el hospital. Supera con dificultad una neumonía, y allí también le curan los desgarros producidos en la pierna.

En cuanto Germán tiene noticia de que su amigo ha salido de la clínica y se encuentra lo bastante recuperado, se planta en su casa sin avisar. A Marcos lo rescataron los montañeros navarros, y siempre tuvo la certeza de que Germán lo había abandonado.

No le hace ninguna ilusión la visita de quien considera un desertor. Su mejor amigo se presenta en casa con el ánimo de lavar su imagen y explicar lo inexplicable. Marcos le ha ocultado a su madre los detalles del accidente, de modo que la mujer recibe a Germán con el cariño de siempre y lo acompaña hasta el salón, donde se encuentra su hijo recostado en un sillón con la pierna vendada. Marcos no muestra el menor ánimo de entablar conversación. Si fuera por él, habría dado a Germán con la puerta en las narices. Ni siquiera le habría permitido saludar.

—Aquí te dejo con tu amigo. A ver si tú lo animas un poco —sugiere la mujer a Germán antes de salir del salón.

Germán lee en el rostro de su anfitrión que no es bien recibido. Marcos mantiene la compostura con estoicismo. No quiere montar una escena y que su madre se entere. El accidente corresponde a ese tipo de percances que quedan entre amigos y nunca trascienden a terceras personas, y mucho menos a su madre.

—¿Cómo te encuentras? —se pronuncia Germán desde el umbral, con las manos metidas en los bolsillos del pantalón. La mirada recia de Marcos le impide dar un paso más y sentarse en el sofá donde han planeado juntos tantas rutas.

—Imagina cómo estoy después de haber permanecido durante horas empotrado en una grieta —vocaliza Marcos con dificultad, en tono lúgubre, lo que aumenta la gravedad de sus palabras.

—Me hago cargo —lamenta el otro en tono conciliador.

—Pero lo peor vino después, en forma de una neumonía que no me ha mandado al otro mundo de milagro. Con los ataques de tos, me doblaba vivo. Me agarraba con fuerza las costillas porque pensaba que se iban a partir por la mitad en cualquier momento; escupía sangre; la cabeza me estallaba de dolor. No podía dar tres pasos seguidos a causa de la fatiga. Cada vez que me duchaba, el vapor me ahogaba y tenía que abrir la ventana del baño. Cómo quieres que me sienta, pues como una auténtica piltrafa.

Germán avanza con la intención de acomodarse en el sofá y no parecer un mayordomo indeciso.

—Quería explicarte...

—No quiero que me expliques nada —interrumpe Marcos, ayudado de un gesto intimidatorio que insta a su amigo a mantenerse donde está—. Quiero que des un giro de ciento ochenta grados y te largues. —Esboza con los dedos el giro de un compás—. ¿Te acuerdas de lo que es un ángulo de ciento ochenta grados o te hago un dibujo?

—Dame un minuto para que te cuente lo que pasó y luego me haces el dibujo que tú quieras.

—Si pudieras invertir el orden te lo agradecería. Estoy muy cansado. Una neumonía te deja hecho polvo. Nunca has pasado por algo así, ¿verdad?

—Jamás.

—Mejor. Si algún día te ocurre, lo entenderás.

—Somos amigos desde tercero de primaria, chaval, así que deja que te cuente algo importante.

Los ojos de Marcos echan chispas.

—Te sentó mal que me rajara y no metiera el puñetero tornillo, ¿verdad? Tú querías hacer cumbre a toda costa, al precio que fuera. Pero el hielo estaba a punto de desprenderse. Hasta el peso de una mariposa lo hubiera despegado de la roca.

—Me fastidió, no lo puedo negar, pero eso no tuvo nada que ver —repele Germán.

—Te agradecería que desaparecieras. Si te encuentras a mi madre en el pasillo, le dices que habías olvidado que tenías clase en la academia esa de traidores donde estudias y eres un alumno aventajado.

—No me iré de aquí hasta que me escuches. Si tú eres testarudo, yo lo soy más. Ya me conoces. Me puedes ganar en la escalada, pero nunca en cabezonería. ¿Te queda claro? Y, si no estás de acuerdo, llamaré a tu madre y le contaré lo que ocurrió allí arriba. Porque supongo que no la tienes al corriente...

—Ella te adora y, si se entera de la verdad, no tendrías madriguera en Santander donde esconderte.

—Lo sé. Por eso quiero que me escuches y la mantengamos al margen.

—Si no hay más remedio... —cede Marcos ante el avasallamiento. Pone los ojos en blanco y cambia de postura en el sillón para amortiguar el dolor de la pierna.

Marcos no puede levantarse y empujar a Germán fuera del salón, le faltan fuerzas. Tampoco quiere avisar a su madre y que se entere del suceso. Ella trataría de arreglar las cosas entre ambos y, a su juicio, no hay nada que arreglar.

Germán se percata de que Marcos ha izado la bandera blanca, al menos de forma provisional, y aprovecha para acomodarse en el sofá y contar su versión.

—La forma más rápida de llegar hasta donde estabas tú era rapelar, pero habías arrastrado la cuerda en la caída. No me quedaba más remedio que destrepar lo más rápido posible. Lo único que necesitaba era tiempo, algo que a ti te faltaba.

—Ni lo dudes. La estaba espichando poco a poco. Me castañeteaban los dientes. Había perdido el gorro en la caída y tenía las orejas congeladas. Y la pierna me dolía como si me pasara por encima un tanque y me desgarrara los tejidos. —Marcos apunta a Germán con su dedo índice de forma amenazante—. Y todo por improvisar un puñetero rapel. Te vi tan molido, que me pareció lo más adecuado en ese momento para evitar que te desplomaras —separa y enfatiza las sílabas a fin de subrayar su generosidad—. Si metí mal los anclajes y salí volando fue por jugármela.

—Y te lo agradezco, ¿cómo puedes dudarlo? Por eso quería bajar cuanto antes. Al levantar la cabeza para clavar el piolet, me di de narices con algo que me sobrecogió: un bicho enorme, como mínimo tenía un metro y medio de largo.

Marcos arquea las cejas en señal de indiferencia.

—¿A un lobo lo llamas un bicho enorme? No me fastidies. Un oso sí es un bicho enorme. Un lobo es un perro desgreñado.

—No era un lobo —protesta airadamente Germán—. Los lobos no tienen manchas.

—Si tenía manchas sería sangre de alguna oveja. Eso o que estaba mudando el pelaje.

Germán no entra al trapo. Es consciente de que Marcos sufrió una tortura en la caída y durante la convalecencia.

—Tú y yo hemos visto docenas de lobos, con pelaje viejo y nuevo. Lo que había allí no era un lobo. Ese bicho ni se le parecía. Tenía la cabeza redondeada. —Frunce el entrecejo y vacila un instante—. Por cierto, ¿te acuerdas de que divisamos los restos de un rebeco en el Jou Santo?

—Pues no.

—Pensé que lo habían devorado los lobos, pero nunca habíamos encontrado ninguno a tanta altitud.

—Se habría desorientado. —Un soniquete burlón le sirve a Marcos para transmitir menosprecio y cierto hastío.

Germán no pierde la compostura ni el afán por convencerlo.

—Ese bicho era un felino. Y creo que fue él quien se merendó al rebeco.

—¿Felino? Entonces igual se trataba de un gato montés.

—Te puedo asegurar que era un felino grande. Avanzó con sus enormes zarpas y se acercó a mí, pero no me rugió, ¡te lo juro! —Germán alarga los brazos y aprieta los puños—. Esperaba que levantara el hocico, me enseñara unos colmillos como sables y rugiera hasta hacer temblar la montaña. Sin embargo, me amenazó con una especie de aullido, como el lloriqueo de un niño. Pero claro, cualquiera intentaba bajar con ese bicho delante.

Marcos escucha con desgana. Da un sorbo al zumo de naranja que tiene en la mesa y se suena los mocos.

—Los felinos no aúllan, los felinos rugen. Además..., no tengo el cuerpo para fantasías infantiles. Asume de una puñetera vez que me dejaste tirado y lárgate. Es lo que llevo esperando desde que has entrado. Reconoce de una santa vez que lo hiciste por venganza y desaparece de mi vida.

—Marcos, escucha... —porfía Germán con los dientes apretados de rabia.

—¿Ya no te acuerdas de las veces que te he ayudado en las escaladas cuando te las has visto tiesas en una pared? Para una vez que te necesito y me dejas a punto de palmarla a dos mil metros. Y quince días después me vienes con un cuento infantil.

Germán se lleva las manos a la cabeza, se despeina compulsivamente, trata con desesperación de encontrar alguna forma de convencer a Marcos. Desde luego, el relato no suscita verosimilitud. Marcos necesitaría una gran dosis de fe para aceptarlo.

—Lo que te digo es cierto —insiste Germán—. Si no lo quieres entender, el problema lo tienes tú.

—Eres un auténtico cretino. Tienes un sentido ridículo de la vida. Piensas que los animales se comportan como en los dibujos animados y tratas de persuadirme de que el equivocado soy yo. Empezamos por un lobo y al final va a resultar que era un gato en celo.

Germán se arrellana en el sofá y se da por vencido. Ha perdido el interés por defender sus argumentos. Podría tejer explicaciones durante horas y no lograría convencerlo.

Marcos vuelve la cabeza hacia la pared, aunque ha dejado de prestar atención hace tiempo.

Abatido, Germán suaviza el tono de voz al nivel de una confesión.

—Si hubiera sido un tigre, un jaguar o un león, me habría devorado al instante. Pero ese bicho se limitó a observarme con unos ojos bellísimos, de color gris profundo, melancólico. Como si fuera consciente de que aquel no era su lugar, que se había equivocado de día y de presa. De repente se giró y quedó de perfil, con la cabeza erguida. Sus ojos cobraron un tono azulado, igual de melancólico que antes pero mucho más hermoso. Casi no hundía las patas en la nieve. Sus zarpas eran gruesas en proporción al tamaño del cuerpo, como raquetas forradas de lana. Estaba claro que era un animal adaptado a moverse sobre la nieve. Pelaje blanco tirando a beis, con manchas negras por todo el cuerpo. —Germán se dirige ahora a Marcos con un tono sosegado, pero de profundo convencimiento, como si rezara—. No sé a qué especie pertenecía, pero te aseguro que es el animal más bello que he visto jamás.

Marcos lo escucha con la única esperanza de que termine su monserga sentimental y se largue. Si para Germán la amistad acababa de esfumarse, para Marcos terminó en el instante en que su amigo «lo dejó solo», una expresión tabú en la montaña. Salió con vida en unas circunstancias tan extremas gracias a la cuerda roja tendida sobre la nieve. Llamó la atención de los chicos navarros que descendían después de haber hecho cumbre. Es a ellos a quienes les debe la vida.

45

ADOLFO

Mayo de 2019

La batida por Liébana ha resultado un fracaso. Necesitamos pistas nuevas sobre Diego y el único que puede aportarlas es Darío. Le pido su número de teléfono a Benito y lo llamo con la esperanza de que nos sirva de ayuda.

—Ah, hola —me responde con una pizca de desconfianza.

—Rosana y yo hemos recorrido Liébana y no hemos descubierto nada sobre Diego.

—Vaya, lo siento. Recuerdo que trabajó en esa comarca.

—En la última productora de miel que pisamos parecía que sí les sonaba, pero no soltaron prenda. ¿Te suena Miel de Peñaloba?

—En absoluto.

—No sé si creerte. Nos dijiste que no sabías nada de él desde hace años y nos mentiste.

—¿Cómo? —Noto una leve irritación en su voz.

—Sobre la tumba de Nico había un ramo de flores con una banda de tela alrededor que decía: «Tus amigos Diego y Darío no te olvidan».

—¡¿Estuviste en el entierro de Nico?! —se extraña.

—Pues claro. Teníamos la esperanza de que apareciera ese miserable.

—Diego no podía venir. Me dijo que vivía en Grecia desde hace unos años y le resultaba muy complicado llegar a tiempo. Me pidió que comprara un ramo e incluyera su nombre.

—Tengo la impresión de que incluso desde tan lejos sigue dando órdenes —pienso en alto—. ¿Y cómo se enteró de la muerte de Nico si tú no sueles hablar con él?

—La noticia salió en todos los medios de comunicación. Nico era un jugador bastante conocido. Incluso lo pudieron llamar los padres de Nico.

—¿Nico y Diego conservaban la amistad?

—Más o menos.

—¿Y Nico y tú?

—Por supuesto. Era un tío de primera. Cuando volvía de los torneos quedábamos para ir a cenar. Y, si no podía, hablábamos por teléfono.

—Diego te llamó y te encargó las flores, o sea que tenía tu número de teléfono.

—No lo he cambiado nunca y la referencia del taxi está en internet.

—Si tanto rechazo te producía Diego, me cuesta entender que vuestros nombres aparecieran juntos en el ramo.

—No pensé en mí, sino en los padres de Nico. Fuimos muy amigos. Yo sabía que a ellos les gustaría el detalle.

—No guardarás alguna foto de Diego, aunque sea antigua.

—Un momento, creo que tengo una. Me la mandó la primera vez que visitó Grecia.

—¿Me la podrías enviar al móvil? Me iría muy bien conocerlo.

En unos segundos llega a la pantalla de mi teléfono la foto de un tipo de unos veintitantos años, sentado en la escalinata de un templo. Posee una arquitectura muy similar al Partenón, pero con unas dimensiones menores.

—Perdona mi actitud en el aparcamiento de la playa, pero el trato que le disteis a Rosana en el instituto me sacó de quicio.

—De joven cometí una monstruosidad, pero eso no quiere decir que sea un monstruo.

Le agradezco el gesto y damos la charla por concluida.

Algunas personas cambian, incluso no ahorran esfuerzos en convertirse en lo contrario de lo que fueron. Darío era un claro ejemplo: conservó la licencia de taxi de su abuelo y adquirió una furgoneta destinada a trasladar minusválidos para resarcirse de lo ocurrido en la nieve. El caso de Diego es bien distinto.

No han pasado ni diez minutos después de colgar el teléfono cuando recibo una llamada. En la pantalla aparece un número que no figura en mis contactos. Imagino que es algún cliente de la escuela.

—¿Adolfo? Soy Julia, la madre de Darío.

—¡Julia! —Me sorprende su llamada. No nos conocemos más que de un breve saludo junto al taxi de su hijo—. Siento mucho lo de Germán.

—Gracias. —Atenúa la voz—. Es muy duro asumir que tu marido está muerto, pero mucho peor no saber dónde ni lo que le ha pasado.

—Me hago cargo.

—Por fin terminó la pesadilla y tengo que seguir viviendo. Te he llamado porque deseaba saber cómo se encuentra Benito.

—Algo decaído. Puedes llamarlo. Estaría encantado de charlar contigo.

—No debo hacerlo en este momento. Por eso te llamo a ti.

—¿Qué te lo impide?

—El otro día estuve en su casa. Me tuve que ir de forma brusca y quería saber cómo se lo había tomado.

—Últimamente le suceden cosas muy raras y las campea como puede.

—Pero ¿está bien?

—Es un luchador. Lo superará.

—Sé que debería llamarlo, pero necesito algo de tiempo.

La relación entre Benito y Julia solo les concierne a ellos, y ya son mayorcitos para mandarse papelitos a través de los amigos. Me desentiendo del tema.

—Por cierto, acabo de hablar con tu hijo.

—¿Ah, sí?

—Hemos charlado sobre Diego. —Aprovecho la oportunidad que me brinda la mujer para hurgar en su memoria, aunque sea a base de mentiras—. Rosana y él se conocían del instituto. A Rosana le encantaría recuperar el contacto y pensábamos que Darío nos podía ayudar a localizarlo. A ella le daba vergüenza, así que yo me he ofrecido. Pero Darío tampoco me ha podido contar mucho. ¿Sabes algo sobre ese chico?

—Pues si él no está al tanto, yo poco te puedo contar.

—Darío y Diego fueron amigos desde niños, pensé que tal vez mantenías relación con sus padres.

—Cuando eran pequeños quedábamos las tres familias para ir a la playa, pero en cuanto crecieron perdimos el hábito.

—¿No viste a los padres de Diego en el entierro de Nico?

—Con el cadáver de mi marido en la mesa del forense, no tenía ninguna gana.

—Lo entiendo, discúlpame. Nos llamó la atención que Diego no asistiese.

—De ese muchacho no tengo noticias desde hace siglos.

—Darío nos contó que Diego trabajó en una granja productora de miel en Liébana. ¿Nunca te llevó a casa ningún tarro?

—Puede ser, pero ahora mismo no me acuerdo.

—En una de las productoras de miel tuvimos la sensación de que lo conocían. Se llamaba Miel de Peñaloba. La «o» tiene forma hexagonal, imita las celdillas de los panales. Quizá ese detalle te sirva para recordar.

—Ahora que lo dices, es posible que la hayamos consumido alguna vez. Lo que no recuerdo es si la trajo mi hijo o la compré yo.

—Los propietarios son Juanjo y Sofía. La granja está en Mogrovejo, tienen tres perras... No sé qué más contarte —porfío, consciente de que puedo resultar pesado.

—Ummm. Me encantan los perros. Si viviera en el campo yo también tendría unos cuantos. Sobre todo, de raza bóxer. Son mi debilidad.

—Pues creo que una de las perras era de esa raza. Fue curioso. Nos recibió vestida de etiqueta.

—¿Vestida de qué?

—Tenía una mancha blanca en el pecho que parecía una pajarita.

El comentario anecdótico despierta el interés de Julia.

—*¡¿Smoking?!*

—¿Cómo?

—¿Estás seguro de que era bóxer?

—Creo que sí. Tenía el morro muy chato y babeaba un montón.

—¿De color canela?

—Por completo, salvo la mancha.

—No puede ser *Smoking*. Habrá muerto hace años. —Julia se ha alejado del teléfono o habla con un hilo de voz—. Pero tal vez sea su hija, su nieta...

—Perdóname, pero no pillo este lío generacional.

Percibo un tibio suspiro al otro lado de la línea.

—¿Puedes llevarme a esa granja? —suelta con determinación.

—No me digas que de repente te han entrado ganas de comprar un perro.

—Nunca se sabe. —Ahora sí escucho su voz cercana y nítida, incluso su respiración alterada—. Teníamos una perra y le pusimos el nombre de *Smoking* porque tenía una mancha con forma de pajarita en el pecho. Mi marido se la llevaba siempre a las montañas, y también desapareció. Tal vez esa gente de la granja la encontró y, al verla sin dueño, se quedaron con ella. ¿Te importaría acercarme a ese lugar?

Esa misma tarde recojo a Julia en su casa y salimos en dirección a Mogrovejo. Julia no abre la boca durante las dos horas de trayecto. Tiene los ojos clavados en la carretera y la mente dispersa entre el recuerdo de su marido y la esperanza de encontrar a su perra. De ahí no la saco. Hago algún comentario para incitarla a charlar, pero me contesta con monosílabos o muecas.

Aparco frente a las puertas de la finca. Julia acerca la cabeza a los arabescos de las puertas. En cuanto las perras la huelen, se acercan y nos ladran sin agresividad, como si lo hicieran para ganarse el pienso.

—Qué perras más guapas —celebra Julia.

—A mí, mientras no muerdan...

—Pastor belga, beagle y bóxer. Son razas pacíficas.

Tras observar con detalle a la hembra bóxer, Julia se agarra a los barrotes y suspira.

—La mancha es idéntica. Esta perra desciende de *Smoking*, no cabe duda.

—¿Quieres que hablemos con los dueños?

—Sería una buena idea. Tal vez me puedan ayudar.

Toco el timbre. De inmediato aparece Juanjo por la puerta de la casa, se acerca y, como hizo con nosotros en su momento, abre las puertas sin prestar atención a la identidad de los visitantes. Me dedica una sonrisa en cuanto me reconoce.

—Si ya has terminado el tarro que te llevaste, vas a tener un subidón de azúcar de mucho cuidado —me suelta a modo de bienvenida.

—Hoy venimos por otro tema, pero no te robaremos mucho tiempo.

—El que sea necesario. Las abejas no necesitan pastor.

Las perras merodean alrededor de Juanjo. Hago las presentaciones. Julia no se anda con preámbulos y aborda el asunto que nos ha traído hasta aquí.

—¡Qué perra más elegante!

—¿Cuál de ellas? —pregunta Juanjo.

—La bóxer.

—Se llama *Samba*.

—¿Qué edad tiene?

—Seis años.

Julia mira al cielo, pensativa, debe de estar echando cuentas.

—¿Cómo la conseguiste? —pregunta de forma impulsiva.

Juanjo reacciona con recelo. Al escuchar el timbre seguro que pensaba encontrarse con los habituales compradores de miel, en ningún caso con un interrogatorio hosco.

—Se la compré a un tío de Cabuérniga —responde en tono seco.

—¿Recuerdas su nombre?

—Debe de estar anotado en algún sitio —señala la casa con el dedo—, pero ahora mismo no caigo.

—Supongo que recuerdas si la compraste a un particular o a un criadero.

—Un particular.

—Veo las mamas algo hinchadas. Imagino que ha tenido una camada hace poco.

—Parió hace seis semanas.

Juanjo observa a Julia con desconfianza. Me doy cuenta de que ya no profesa por mí el entusiasmo de los primeros momentos. Seguro que le disgusta el cariz inquisitorial que ha tomado la conversación.

—¿Tienes cachorros a la venta? —pregunta Julia.

—Los he vendido todos. Lo siento.

—O sea que ya los has destetado.

—Lo que quiero decir es que ya están... apalabrados —rectifica Juanjo.

—Qué pena. Me encantaría llevarme uno.

—Te puedo avisar en la próxima camada. O si prefieres una cría de pastor belga. —Juanjo señala una perra que anda por el patio con restos de paja en el lomo—. Esa está preñada.

—Prefiero un cachorro de bóxer. De esta perra en concreto.

Julia la observa con verdadero deleite. Se muere por acariciarla.

—¿Por qué es tan importante para ti saber quién me la vendió? —pregunta Juanjo, decidido a encontrar explicación a tanta pregunta.

—A mi marido lo asesinaron hace trece años en los Picos de Europa. Llevaba siempre consigo una perra idéntica a esta, con la misma marca en el pecho. Y no es una marca muy común.

—Vaya, lo siento —lamenta Juanjo, sacudiéndose de un plumazo el resquemor acumulado.

—Los perros son muy fieles. Puedo asegurarte que esa perra no se movió de la cueva durante horas, de modo que los montañeros que la encontraron tuvieron que pasar por allí. No es una ruta muy transitada en primavera. Es posible que se cruzaran en algún momento con los asesinos de mi marido y nos puedan ofrecer alguna pista.

—Qué duro tiene que ser perder a un marido de esa manera.

—Mucho. Ahora comprenderás mi interés por conocer la procedencia de la perra.

—Me hago una idea.

Julia mete la mano en el bolsillo interior de la chaqueta, saca una tarjeta de visita con el emblema del taxi de Darío y se la ofrece a Juanjo.

—Este es el teléfono de mi hijo. Si recuerdas quién te vendió la perra, te agradecería que nos llamaras.

—Así lo haré. No te preocupes. —Juanjo lee la tarjeta y alza la vista hacia Julia—. O sea que mataron a tu marido en las montañas... ¡Maldita escoria! —escupe con rabia.

—Es posible que ese hombre de Cabuérniga se cruzara en algún momento con quienes asesinaron a mi marido.

—Si encuentro algún dato sobre el tío que me vendió a *Samba*, te llamaré. —Blande la tarjeta para subrayar su compromiso.

—Por cierto, en caso de que alguno de los compradores se eche atrás, me quedaría con un cachorro.

—¿Macho o hembra?

—Preferiría una hembra, pero si es macho me lo llevaré encantada.

—Veré qué puedo hacer —concluye Juanjo, acompañado por un gesto de complicidad.

Nos despedimos de él, que cierra las puertas y hace un último ademán de cortesía. Nos observa hasta que subimos al coche. Y lo hace con una mirada de preocupación. Intuyo que ese tío de Cabuérniga no es tan anónimo como nos ha contado.

Doy marcha atrás y enfilo la pista.

—Cuando estuve aquí con Rosana vimos una camada de bóxer.

—¿Dónde?

—En una nave que hay detrás de la casa.

—¿Podría verlos? A fin de cuentas, llevan la sangre de *Smoking*.

—Habría que saltar la valla y entrar en la finca sin que se enteren los dueños.

—Es una locura. Dejémoslo.

—Como veas.

—La otra opción es acomodarme en el sofá de mi casa y comerme la cabeza. —Cavila durante unos instantes y no tarda en cambiar de opinión—. Si no es muy arriesgado, entremos, aunque las perras nos pueden oler.

—Si vamos pegados al muro no se enterarán.

—Muchas gracias por ayudarme. —Me dedica una sonrisa breve, pero cariñosa.

—Por cierto, tengo la mosca detrás de la oreja. Juanjo tenía todos los cachorros vendidos, luego apalabrados y, al final, hasta te daba a elegir entre macho y hembra. Me parece una política comercial muy poco seria.

—Al escuchar lo ocurrido con mi marido se le ha ablandado el corazón.

Cobijo el coche en el camino, sepultado bajo los robles y rodeado de helechos. Abordamos la valla por el mismo punto en que lo hice con Rosana. La alambrada permanece cortada. Julia se sube la falda, se encarama al muro y lo salta sin despeinarse, pese a que roza los setenta años. Caminamos en paralelo al cercado. Dejamos de lado la nave destinada a obrador y abordamos la vieja por la parte de atrás. Conduzco a la mujer hacia la primera ventana. Se agarra a los barrotes y pega la nariz al cristal.

—No veo más que el techo.

—Un segundo.

Extraigo una piedra de un montón de escombros y la sitúo bajo la ventana. Julia pone un pie sobre ella, echa mano a los barrotes y se encarama.

—Ahora sí. Ahí están los cachorros. Cinco maravillosas criaturas. Espero que sea fiel a su palabra y me reserve uno.

—¿Has dicho cinco? El día que vine yo había seis.

—Se le habrá muerto alguno. O tal vez la madre lo ha podido asfixiar sin darse cuenta. A veces ocurre.

—Junto a la cama de los cachorros me pareció ver algún otro cubículo vacío.

—Sí, hay dos más.

—Tiene sentido. El propietario nos ha dicho que otra perra estaba preñada.

—Ese hombre tiene montado un criadero. Esas perras paren como conejas y él se forra a su costa.

—Pero no hay machos —discrepo—. Y, sin machos... Ya me entiendes.

—No le hacen ninguna falta —enmienda Julia sin perder de vista a los cachorros—. Cruza sus hembras con machos que aporten un buen pedigrí o campeones en concursos caninos. De esa forma los cachorros valen un buen dinero. —Gira la cabeza hacia mí—. Claro, por eso falta uno.

—El muerto.

—No. Creo que ese cachorro sigue vivo. Cuando un criador cede un macho para una monta, hay dos formas de pagarle: con dinero o a cambio de un cachorro. Esa es la costumbre entre los criadores que yo conozco. Por lo que veo, Juanjo ha pagado en especie. Aunque yo hubiera esperado hasta las ocho semanas para destetarlo.

—No tenía ni idea de cómo funciona esto.

—En el lado opuesto de la nave han levantado varias paredes de ladrillo. Tienen pinta de ser trasteros. Si quieres podemos echarles un vistazo.

—¿Trasteros en una nave en medio del monte? Mira que me extraña.

Julia se baja de la piedra. Para que no quede ningún rastro de nuestra presencia, devuelvo el pedrusco a la escombrera.

—¿Dónde dices que están esos «trasteros»? —pregunta con una mezcla de ironía y curiosidad.

—Más adelante.

Realizo la misma operación que en la ventana anterior. En esta ocasión, acaparo unos cuantos ladrillos rotos e improviso un alza. Julia pone los zapatos en él y se propulsa con los barrotes.

—Hay unos tres metros entre los tabiques —indica—. Y te aseguro que no son trasteros. Ya me parecía a mí. Diría que son *boxes*.

—¿Qué narices es eso?

—Benito los llama «habitaciones» para caballos. Ahí tienen un criadero de perros, y aquí están montando una cuadra.

Julia pone pie a tierra, se aparta de la ventana y se frota las manos para sacudirse el polvo.

—Ya he visto la descendencia de *Smoking*. Podemos volver a casa si quieres.

Retornamos por el mismo camino. Saltamos la valla y subimos al coche.

Al circular por delante de la casona con la torre, me pide que me detenga. Reduzco la velocidad y pego el coche a la pared para no estrechar el paso.

Julia sale del vehículo y se dirige a unas puertas de hierro, muy parecidas a las de la finca de Juanjo. En medio del prado pastan varias yeguas y un par de potros. La mujer regresa con un brillo de suspicacia en las pupilas.

—Esta finca es enorme y linda con la del tío de los perros. No me extrañaría que la futura cuadra estuviera destinada a estas yeguas.

Una idea comienza a rondarme la cabeza, una especulación inspirada en el trasiego de sementales caninos que me ha contado Julia. Recuerdo que Benito me habló de la importancia que tenía en los cruces la elección de un semental y una yegua idóneos. ¿Y si *Tricky* hubiera estado en este cercado u otro parecido los días que desapareció con el fin de inseminar a una yegua? Es un purasangre. Sus crías deben de valer una fortuna. Tal vez Juanjo y Sofía aprovechan su presencia en los mercadillos de la comarca para vender miel y, a la vez, rastrear posibles sementales. Aunque me resulta extraño que la pareja pudiera conocer a *Tricky*. El muro de la finca no permite atisbar el interior.

Parece una idea descabellada, pero sin sobrepasar el límite de lo absurdo.

Julia me mira con el rostro entornado. Alguna repentina tribulación debe de rondar por su cabeza.

—¿Tienes prisa?

—Ninguna.

—Cuando lleguemos a Santander, ¿te importaría subir a mi casa un momento? Solo serán unos minutos.

—No tengo ningún problema.

Una vez que reiniciamos la marcha, no suelta ni una palabra. La vuelta no es muy distinta de la ida. Soy yo quien toma la iniciativa.

—Si me lo permites, aunque no son cosas mías, me gustaría saber el motivo por el que no has llamado a Benito y me has usado a mí como agente diplomático. Ayer mismo estabas con él.

—Es una larga historia.

—Bueno, tenemos un buen trecho hasta tu casa.

Se toma su tiempo antes de soltarse.

—La Guardia Civil pensaba que pudo ser Benito quien mató a mi marido.

—¿Benito?

—Apenas te conozco y está mal que te cuente estas cosas, pero no vamos a hacer siempre lo correcto.

—Me parece bien. De hecho, yo lo estoy dejando.

—Ese hombre siempre ha estado loco por mí. Y contrataba a mi marido como guía para hacer rutas de montaña con la única pretensión de verme.

—Vaya, vaya... Menudo truhan.

—El sargento que lleva el caso me dijo que tenían sospechas fundadas de que había sido él quien lo había matado. Odié a Benito por lo que había hecho, no sabes cómo lo odié. —Comprime los labios y arruga la frente—. Luego el sargento me volvió a llamar y me contó que era posible que estuviera en México cuando Germán desapareció. No sabía qué pensar; ayer dejé a Benito con la casa empantanada, hui por miedo... Por eso quería saber cómo se lo había tomado. Pero no puedo llamarlo para decirle que he dudado de él. Supongo que lo comprendes.

—Del todo.

Me lo agradece con una sonrisa gentil. Viento favorable que aprovecho para obtener información sobre Benito.

—Hace unos días Rosana y yo nos encontramos con Elisa a la entrada de la finca. Nos dijo algo que nos dejó perplejos. Algo así como que Benito podía hacer daño a alguien o hacérselo a sí mismo. Y ahora me dices que pudo haber matado a tu marido...

—En la época en que nos conocimos no era el tipo tranquilo que ves ahora. Tenía un carácter... —titubea—. No sé cómo decirlo, bastante pendenciero.

—No comprendo.

—Solía beber al acabar el rodaje diario. Se iba por ahí con algunos técnicos y la liaban.

—No me lo puedo imaginar.

—La silla de ruedas es como un marco a través del cual tiendes a encuadrar todas sus acciones, incluso a interpretar su carácter. Pero no siempre estuvo sentado en ella. No siempre fue un tipo tranquilo al que le gusta pasear por la playa.

—Lo has llamado pendenciero. ¿En qué grado?

—Emborracharse, montar escándalos...

—Me dejas de piedra.

—En esa época fue cuando comenzamos a salir. Fuimos novios durante un tiempo, incluso íbamos a casarnos, pero en cuanto supe cómo era de verdad, hice la maleta y volví a Santander.

—Un momento. Él me dijo que estaba casado con Elisa antes de conocerte.

—Te mintió. Estuvimos un año de novios y, al ver que no hacía vida de él, decidí regresar a casa. A Elisa la conoció después. Siempre he pensado que nunca la quiso y que se casó con ella por despecho.

—Será mentecato...

—No le gusta reconocer sus debilidades, pero las tiene. Y muchas más de las que imaginas.

—Elisa también nos dijo que no se había quedado parapléjico tras caerle un caballo encima, que fue lo que Benito me contó a mí, pero no nos quiso revelar lo que le ocurrió de verdad.

—Eso es algo muy delicado. Lo correcto sería que te lo comentara él mismo.

—Habíamos quedado en enviar lo correcto a paseo —suelto en tono desenfadado.

Sonríe de nuevo, esta vez de un modo más generoso.

—Cuando salía de jarana con los compañeros, siempre llevaban armas de fogueo en el bolsillo. Se las robaban por la noche al maestro armero y las devolvían de madrugada. En una de esas noches de juerga, él se equivocó y arreó con una pistola auténtica mientras el resto de la cuadrilla sustraía armas de fogueo. Después de fundirse todo el dinero que llevaban encima, se metieron en la primera casa que encontraron en un pequeño pueblo cercano a Querétaro con la intención de robar, no les importó que la dueña estuviera dentro. Como la mujer no les entregaba los ahorros, Benito la quiso asustar y disparó. El tequila, que había hecho temblar sus principios morales, también hizo temblar su mano, y la bala salió en la dirección errónea, rebotó en una olla que la mujer tenía puesta al fuego y se incrustó en el cactus, lo primero que la mujer tuvo a mano para protegerse. Luego se subieron a las motos, se saltaron el semáforo en rojo y Benito tuvo la mala suerte de toparse con el morro de una furgoneta que salía de madrugada a repartir periódicos.

—¡Dios santo! El milagro de Itzel fue un atraco a mano armada... ¡auténtico!

—Lo que ocurrió es demasiado trágico como para contarlo, por eso Benito lo envuelve en una leyenda. —Deja escapar una mueca irónica—. Queda más cinematográfico y él es un hombre de cine.

—¿De dónde viene el nombre de Itzel?

—Como comprenderás, no le preguntaron a la mujer cómo se llamaba antes de intentar robarla. Se lo sacó de la manga. Me suena que es de origen maya.

—¿Cómo sabes tú todo eso? ¿Te lo ha contado él?

—Fue un técnico de sonido quien lo hizo, uno de los miembros de su cuadrilla. Nos llevábamos muy bien y, de hecho, conservamos una buena relación. Cuando le dije que pensaba casarme con Benito, me agarró del brazo, me llevó detrás de un decorado y me puso al corriente de las hazañas de su vida nocturna. Ese hombre fue el que le consiguió los micrófonos utilizados por cantantes famosos en sus grabaciones. Benito pagó tres mil dólares por ellos.

—¡¿Tres mil dólares?! Me dijo que los había conseguido en un estudio que iban a desmantelar.

—Así fue. Pero se subastaron y la puja llegó hasta esa cantidad. Un verdadero dineral en aquellos tiempos.

—Y los tenía muertos de risa en una caja de cartón hasta que tu hijo los sacó de allí y montó un perchero. ¡Tres mil dólares invertidos en un perchero!

—Siempre le gustó despilfarrar.

—Es curioso. A su mujer le molestaba que el caballo estuviera aquí, decía que debería estar en Madrid ganando carreras, pero que a Benito el dinero no le importaba.

—No iba muy desencaminada. Siempre ha manejado los billetes como si fueran del Monopoly. En la fundación de parapléjicos, por ejemplo, la mitad de los ingresos provenían de su bolsillo. Y a mi hijo le paga por sus servicios bastante más de lo que recibe de otros clientes. Carol también tiene un buen sueldo. Fíjate cómo se desvive por él.

—A primera vista parece un tío de lo más encantador.

—Y lo es. Lo que te he contado de las juergas ocurrió hace años. Aunque hay cosas que no han cambiado...

—Ni van a cambiar, ¿verdad? —me apresuro a completar el comentario que su prudencia ha dejado en el aire.

Julia me ha despejado unas cuantas dudas. El incidente con la silla en el mar pudo ser un intento de suicidio, pero no es algo que ella me pueda esclarecer. Acaba de enterrar a su marido. No considero oportuno plantearle la posibilidad de que Benito hubiera querido llevarle la delantera.

Enfilamos una calle bastante inclinada y aparco frente a un supermercado. Julia entra en su casa con ímpetu y se dirige al comedor. Con un gesto me invita a que la siga. Sobre la mesa hay un sobre amarillo. Lo despega y vierte el contenido sobre la mesa.

—¿Y estas fotos? —pregunto.

—Son las últimas que hizo mi marido antes de morir. La Guardia Civil las reveló y me mandaron una copia para ver si identificaba algún detalle útil para la investigación. Las he revisado veinte veces y no he encontrado nada raro.

Julia selecciona las fotos y se queda con una de ellas, donde aparecen varios coches aparcados en una explanada rodeada de montañas.

—Este es el aparcamiento donde dejan los coches quienes se dirigen a la zona de Ándara. En una de las bocaminas apareció el cadáver de mi marido. Él no usó el todoterreno ese día. El sargento pensó que pudo haber subido en el coche de Benito, que tenía un Volvo gris oscuro. Mira bien esa foto, por favor. Hay dos coches grises. ¿Alguno de ellos es un Volvo? Yo no entiendo de marcas.

—Uno es un Toyota y el otro un Fiat.

—O sea que no hay ningún Volvo...

—No, y se aprecia todo el aparcamiento.

En su rostro brotan de repente arrugas de alarma.

—El sargento tenía razón. Mi marido no subió con Benito a las montañas. Tengo que llamarlo cuanto antes y pedirle disculpas.

—Estaría bien por tu parte.

Julia entrecierra los ojos, acerca el rostro a la foto y señala con el dedo otro de los vehículos. Como expelida por un muelle, levanta la cabeza, se tapa la cara con las manos y masculla:

—Esperaba encontrar un coche que no aparece y, sin embargo, aparece uno que no esperaba encontrar.

46

ADOLFO

Rosana me invita a comer en un restaurante de Soto de la Marina. Es su forma de agradecerme que la haya acompañado en el peregrinaje por Liébana. Al cruzar el pueblo, a través del parabrisas veo algo que me llama la atención.

—¡Frena! —grito, y bato el aire con un enérgico braceo—. Mira a tu izquierda.

—¡La Viga! —lee Rosana en la pared de un local pegado a la carretera.

—Ves la paja en el ojo ajeno y no ves la viga en el tuyo —recito—. Aparca donde veas un hueco, por favor. Vamos a echar un vistazo. Hace unos días conocí a un vagabundo que me contó una historia muy rara. Me habló de una pelea en la plaza de Cañadío y mencionó que uno de los contendientes llevaba un chaleco con girasoles. Me pareció un vagabundo alcoholizado y no le hice ni caso. Cuando se cargaron al tenista, en las imágenes que emitían en televisión llevaba puesto un chaleco lleno de girasoles.

—Yo también lo he visto algunas veces con esa prenda.

Entramos al local por una terraza salpicada de abundantes plantas. Antes de alcanzar la zona cubierta, pasamos al lado de una pizarra donde se desglosa el menú del día. El restaurante cuenta con un pequeño escenario situado al fondo destinado a actuaciones musicales.

En las paredes cuelgan esqueletos de peces elaborados a base de pequeños listones pintados con un estilo colorista. Al lado del escenario se aprecian un par de lámparas compuestas por palos ensamblados y que simulan árboles. Sobre el escenario cuelga una parrilla montada también a base de palos.

Me acerco a la barra mientras Rosana se queda en medio del local observando uno de los peces.

—Tenéis un restaurante muy original —comento al camarero a modo de saludo.

—Lo ha decorado el jefe. Es un verdadero artista. Los listones que forman el esqueleto de los peces y los palos de las lámparas son madera de deriva. Ya sabes, los restos que arrastra el mar a la playa.

—Impresionante —añado—. No conocía este local.

Sobre la barra me da la bienvenida una calavera poblada con docenas de dientes afilados como cuchillas.

—No parece la cabeza de una sardina precisamente —ironizo.

—Es un escualo —aclara—. Lo que no sabemos determinar es la especie. Es muy posible que se trate de un marrajo.

Comparto con el camarero el propósito de la visita.

—Hace unos días me crucé con un vagabundo cerca de la playa. Me soltó un refrán: «Ves la paja en el ojo ajeno y no ves la viga en el tuyo». Tal vez tenga algún sentido. No lo sé. Pasábamos por aquí, hemos visto el letrero y nos ha dado por entrar.

—¿Qué aspecto tenía ese hombre?

—Barba de varios meses, mucha mugre encima...

—¿Edad aproximada?

—No sé... Entre el pelo y la barba, apenas se le veía la cara.

—El único que se me ocurre es uno al que llaman El Caloca.

—Vaya nombrecito.

—Le gusta recoger algas en la playa. Su nombre científico es *gelidium*, pero en esta zona lo llamamos «caloca».

—¿Algas? ¿Y para qué las quiere?

—Las vende. Se las apoda «oro rojo» por su gran valor. Se usan en la industria textil, para producir abonos, en alimentación...

—Me gustaría hablar con ese hombre si fuera posible.

—Vive muy cerca de aquí. Si continuáis hacia las playas, girad a la derecha una vez pasado el taller. Es una casa vieja con las paredes de color verde aceituna.

—Ese hombre fue testigo de una pelea en Santander. Y creemos que pudo identificar a los tíos que discutían.

—No me extrañaría. Vive solo y se pasa el día de un lado para otro.

—O sea que este restaurante podría ser la viga del refrán —cavilo—, aunque no se me ocurre qué tiene que ver con la pelea. Tal vez esos chicos estuvieron aquí antes de ir a Santander.

—Puede ser. Viene mucha gente joven. Por la noche el local se pone a tope. —El camarero señala el escenario con la barbilla—. Habrás visto que tenemos música en directo.

—Me lo he imaginado al ver las fotos de Jim Morrison, Amy Winehouse y Hendrix. A lo mejor me puedes ayudar. El hombre me dijo que uno de los chicos llevaba un chaleco con girasoles. ¿Pudo ser Nico Romero?

—Casi seguro. Era un buen cliente. Una verdadera lástima lo que pasó.

—O sea que venía con frecuencia al local.

—Si no tenía torneos, acudía muchos fines de semana a cenar y se tomaba una copa. Le encantaba lo que yo llamo el «tresillo indio».

—¿Qué es eso?

—Unas butacas de madera procedentes de la India. Están aquí a la izquierda, pegadas a la pared.

—¿Recuerdas si el fin de semana anterior a su muerte se dejó caer por aquí?

—Sí, cenó con unos amigos.

—¿Podrían ser tres en total?

—Creo que cuatro. Nico, dos amigos y una chica.

—Tres chicos y una chica. ¿Qué aspecto tenían los chicos que acompañaban al tenista?

—Uno, bastante bajo; el otro, alto y fuerte. Tan alto como Nico y muy fuerte, cuadrado. —El camarero levanta los brazos y cierra los puños a fin de subrayar la musculatura del cliente.

Bien pudiera tratarse de David, Goliat y Hércules. El vagabundo mencionó a una tal Casilda, pero no dijo que estuviera metida en la pelea. O tal vez se largó cuando se calentó la cosa. Lo que sí parece claro es que el hombre los vio aquí y luego en la plaza de Cañadío.

—Pudo ser una casualidad que El Caloca coincidiera con ellos en ambos sitios, aunque mucha casualidad me parece. Juraría que los siguió hasta Santander.

—Guarda la moto en un almacén cercano al restaurante, así que cruza con frecuencia por esta calle.

—Si fue a por su moto y arrancó tras ellos, debería haber algún motivo para seguir a esos chicos —sugiero—. Tengo que ver a ese hombre como sea.

Abandono la barra en busca de Rosana. La encuentro junto a la pizarra del menú donde reza que hoy tienen un plato tailandés llamado «pad kaprao». La agarro del brazo y la acompaño hacia la zona donde están las mesas.

—¿Ves esas butacas? —Señalo el conjunto—. Son indias. Pues bien, Nico Romero tuvo su culo pegado a una de ellas hace una semana.

—No fastidies.

—Estuvo con dos chicos y una mujer. Con lo que me ha contado el camarero y lo que me soltó el vagabundo, apostaría que fueron esos tres los de la famosa pelea: David, Goliat y Hércules. Uno pequeño, otro grande, y el tercero grande y fornido como un toro.

—He dado una vuelta por el restaurante porque me parecía más interesante la decoración que vuestra charla. Pensaba que eso del vagabundo y la viga era una completa chifladura.

—Y la cosa no termina aquí. Ese tío los vio en este local y es muy probable que los siguiera hasta Santander.

—¿Por qué un tío medio zumbado haría algo así?

—Eso es lo que me gustaría saber. Por cierto, vive muy cerca. Podríamos acercarnos.

Rosana cede. El asunto empieza a despertar su curiosidad.

Subimos al coche y seguimos las instrucciones del camarero. La casa de El Caloca no resulta difícil de localizar; apoyado en la pared hay un ciclomotor cercano a la jubilación. Junto a la moto, un montón de redes de color verde atadas con cuerdas.

—Estas redes son de pesca, imagino —apunta Rosana.

—Tienen los agujeros muy grandes, creo que las usa para recolectar las algas. El camarero me ha dicho que se dedica a ello.

Toco el timbre. No parece que funcione, al menos no se percibe sonido alguno en el interior, así que termino por llamar a la puerta con los nudillos.

Sale a nuestro encuentro el hombre que me abordó en la carretera. No muestra una mirada huraña, como la otra vez, más bien al contrario, transmite un talante bonachón y algo fatigado. Incluso se podría adivinar un amago de sonrisa bajo la barba densa.

—Hola, me llamo Adolfo y ella es Rosana. Queríamos hablar contigo un minuto.

—Bien, bien. —El hombre junta las manos a la altura del pecho, como si fuese a iniciar una plegaria.

—Cuando nos vimos cerca de la playa, me hablaste de una pelea. Cuéntanos lo que viste en la plaza de Cañadío.

El hombre alza los brazos, extrañado por mi pregunta.

—Pues la pelea —explica con llaneza.

—Sí, eso ya lo sé. Pero supongo que podrás decirnos algo más. El refrán, por ejemplo, ¿a qué venía eso de la paja y la viga? Imagino que te referías al restaurante que hay cerca de aquí.

—Claro, claro... La gente se quedó con los gritos... La cosa venía de atrás. —Alza las cejas con parsimonia, como si fueran las esclusas de un canal.

—¿Quieres decir que los viste en el restaurante antes de la pelea?

—Claro, claro... Yo volvía a casa... Ellos salían de cenar.

—¿Y qué pasó?

—¿En el restaurante o en la pelea?

Da la impresión de que se pierde en algunos momentos de la conversación. Su cabeza rige a medias.

—Al salir del restaurante —puntualizo.

—Dos discutían, otro miraba... La chica... cruzada de brazos.

—¿Sobre qué discutían?

—Goliat decía que estaba harto de ocultar algo... David decía: «Las cosas están bien como están». —Se lleva las manos a la cabeza y se tira con suavidad del pelo—. Algo así, no recuerdo bien.

—O sea que David trataba de convencer a Goliat para que se mantuviera callado.

—Claro, claro...

—¿Y Hércules?

—Salió luego... con la chica.

—¿Hércules? ¿Goliat? Nadie se llama así —interviene Rosana, incapaz de reprimir su escepticismo y una ligera irritación.

—No recuerdo sus nombres... A las personas hay que ponerles nombres.

—¿Mencionaron en algún momento lo que debían mantener oculto?

—Algo turbio. —Se lleva el dedo índice a la nariz.

—Tras la discusión frente al restaurante, ¿tú los seguiste hasta Santander?

—Claro, claro... Con la moto.

—¿Por qué?

—Sabía que la cosa terminaría mal...

—No los conocías de nada y, sin embargo, te importaba cómo acabarían la noche.

—Sí los conozco.

—Pero si ni siquiera sabes sus nombres.

El Caloca tiene una extraña forma de hablar, salpicada de silencios y mohínes.

—No me acuerdo... Fue hace mucho tiempo... Los conozco desde críos... Eran malos chicos, siempre en líos... Hierba mala nunca muere.

Rosana adopta de repente una expresión de desconcierto.

Lo que dice El Caloca puede tener sentido. Hay momentos en que el hombre parece un vagabundo demente; sin embargo, recupera de inmediato la lucidez, aunque apenas le dura, como si fuera éter y se volatilizara al poco tiempo de quitarle el tapón.

—¿De qué conoces a los tres chicos? —prosigo al percatarme de que el hombre colabora más de lo que sospechaba.

—Los veía todos los días.

—Imagino que eran vecinos tuyos o algo por el estilo.

Menea la cabeza de lado a lado.

—No, no, pero los conozco bien, bien...

—El otro día me dijiste que esos tres te habían robado cuatro mil euros y las tarjetas. No te lo tomes a mal, pero no pareces de esas personas que lleven tanta pasta en el bolsillo.

—Me lo robaron... Esos tres.

—¿Nico y sus amigos? No tiene el menor sentido.

—Sí. Entraron en mi casa cuando estaba en el trabajo... Los pillé. Me golpearon con un taburete... Y todo por ayudar a la chica.

Empiezo a perderme en un laberinto de referencias indescifrables. Este hombre manifiesta una notable inclinación a mezclar breves interludios de cordura con flagrantes desvaríos.

—¿A qué chica? —suelto con cierta desgana.

—A la hermana de la doctora que ha salido en las noticias...

Rosana se lleva las manos a la cabeza. De repente, sus pupilas y las mías convergen, como dos marionetas tensadas por un hilo.

—¿Te refieres a la hermana de la doctora Laguna? —pregunta Rosana con el recelo por las nubes.

—Sí, la hermana mayor.

Rosana me mira con un asomo de turbación.

—Esto es nuevo y sorprendente —me susurra—. Me relaciona con Nico y sus amigos. ¿Qué está pasando aquí?

—Tal vez el hombre mezcla ideas, recuerdos, noticias que ha visto por la tele. Yo no me fiaría mucho de él.

Reanudo la conversación sin desvelar que la hermana de la doctora es la chica que tiene delante. Tal vez esa información frenase su lengua.

—Me gustaría saber de qué conoces a esos tres y a la hermana de la doctora.

—Del instituto.

—¿Eras profesor?

—Me ocupaba de las puertas, la calefacción, la sirena...

—O sea, el conserje —interrumpo la retahíla.

—Sí, eso, el conserje... Lo fui hace tiempo... Esos tres golfos eran alumnos.

Rosana me agarra del brazo, como si hubiera recibido un flechazo en el pecho y necesitara apoyarse para no caer.

—No veo qué tiene que ver la hermana de la doctora con los chicos —continúo.

—La humillaban todos los días... Yo procuraba ayudar a la chica... Se lo tomaron a mal. Un día se vengaron de mí... Entraron en mi casa, me robaron... Me golpearon...

El hombre agacha la cabeza y desliza unos cuantos gemidos; acto seguido se limpia las lágrimas con la manga de la camisa y entra en casa sin despedirse.

No tenemos intención de volver a molestarlo. Nos acaba de proporcionar una valiosa información.

—Este hombre es Julián —confiesa Rosana con la respiración entrecortada—. El conserje que me protegía de esos malnacidos. ¡Dios santo! No parece la misma persona.

—Creo que no te ha reconocido.

—Estoy segura. De estatura no he cambiado, pero con el pelo corto y las gafas...

La puerta de la casa se abre de nuevo. Reaparece El Caloca con unos cuantos folios en la mano.

—Los guardaba desde hace tiempo —anuncia el hombre, orgulloso.

—¿Qué es esto? —dice Rosana.

—Los tres diablos —afirma el hombre con un destello de ira en la mirada.

Son fotocopias de las fichas de alumno. Deben de corresponder al paso de los chicos por el instituto.

—¿Cómo es que tienes estas fotocopias en casa?

—Voy a ir a la policía... a denunciarlos...

Las fichas resultan bastante borrosas. Las caras no se distinguen bien unas de otras. Leer los nombres entraña menos dificultad.

—Nicolás Romero, Diego Carpio y Darío Maeso. Vaya, vaya. O sea que estos son los que te robaron y te dieron la paliza por defender a una alumna —recapitulo.

El Caloca asiente satisfecho.

—Diego se apellida Carpio Barragán, no Cobo Saiz, como nos contó Darío —murmura Rosana.

El hombre entrecierra los ojos para intentar reconocer las caras.

—Este decía lo que había que hacer. —Señala la cara de Diego—. O era este otro. —Desliza el dedo hacia la ficha de Darío—. No veo bien... El chico no paró de buscar por toda la casa hasta que encontró el dinero... Este otro me golpeó con el taburete... —explica el hombre. Esta vez indica con claridad el rostro de Nico.

Rosana se echa a llorar y deja de prestar atención a la maniobra de identificación. El Caloca alarga su relato.

—Este miraba por la ventana para vigilar..., o era ese. —El hombre acerca aún más sus ojos a las fichas y vuelve a dudar. Mueve con torpeza el dedo entre las fotos de Darío y Diego. La de Darío es la última que queda bajo su uña negra.

—O sea que a Diego le gustaba la pasta; al tenista, dar mamporros; y a Darío, vigilar.

—Claro, claro... Eran malos.

Tengo la impresión de que Darío tenía vocación de pregonero, le encantaba dar la voz de alarma en cuanto surgiera algún inconveniente, igual que ahora. Tal vez no era un mal chico, pero los otros dos lo tenían abducido, sobre todo Diego.

El Caloca se lleva las manos a la cabeza, separa el pelo con los dedos y deja al aire una larga cicatriz que discurre por encima de la oreja izquierda.

—Mira, mira... Dejé de trabajar después del golpe... La cabeza no iba bien... La vista tampoco...

—Y desde entonces te dedicas a las algas, supongo.

—Sí, apaño caloca.

El hombre escupe saliva en la mano y la arrastra por la cabeza para que el pelo se compacte y oculte la cicatriz.

—¿Te importa que nos llevemos estas fotocopias? —solicita Rosana.

—No, no, no puede ser. —Sacude la cabeza con energía e introduce los papeles bajo su camisa. Los sujeta con las manos, como si tuviera frío—. Tengo que denunciarlos... Me robaron. Iré a la comisaría con estos papeles...

—Haremos una copia y te los devolveremos —insiste Rosana.

—Y también voy a denunciar a Casilda —proclama cuando pensábamos que ya nos había contado toda la historia.

—¿Quién es Casilda?

—La jefa... Ella lo consintió todo... Ahora tengo que irme. —Hace un gesto de despedida con la mano y entra en casa.

—¿No vas a decirle que eres la chica a la que protegió en el instituto? —interpelo a Rosana.

—No es buena idea para ninguno de los dos. Pero el silencio no rebaja mi agradecimiento. Por lo que veo, esos tres demonios fastidiaron la vida a mucha gente.

—¿Y Casilda?

—Era la directora del instituto. No movió ni un dedo para ayudarme.

Tras las descarnadas revelaciones de El Caloca, damos media vuelta y regresamos al coche.

—Así que Diego Carpio Barragán, ¿eh? Darío nos ha mentido con los apellidos de Diego. Menudo estúpido —se enerva Rosana—. Y quizá no haya sido la única falsedad. Te dijo que vivía en Grecia y resulta que cenó con sus amigos hace una semana. O sea que se sube a dos aviones para acudir a una cena y luego tiene remilgos para asistir al entierro de Nico.

—Darío me dijo que vivía allí, incluso me envió una foto. Si no me crees puedo enseñártela.

Saco el móvil y le muestro la pantalla.

—Ahí lo tienes. Sentado en un templo griego.

Rosana amplía la imagen con los dedos y suelta una carcajada que no alcanzo a comprender.

—Así que un templo griego, ¿eh?

—Soy más de románico y gótico que del mundo clásico, pero aseguraría que es un calco del Partenón. Será uno de tantos restos arquitectónicos perdidos por el Peloponeso.

—Ese lugar no es el Peloponeso —se burla.

—No me digas.

—De hecho, este templo ni siquiera está en Grecia.

—¿Italia, tal vez? La arquitectura clásica es muy parecida en ambos países.

Rosana contiene la risa.

—Yo diría que se trata de la iglesia de San Jorge.

—¿Esto es una iglesia? Es clavada al Partenón, pero más pequeña. ¿Estás segura de que no es un edifico griego?

—Pues claro que no. Aunque su estilo arquitectónico sea clásico, se trata de una iglesia, y la puedes encontrar en Arenas de Iguña. Si quieres conocerla, se tarda algo menos de una hora en llegar al pueblo.

—Darío sabía que yo no soy de aquí y que no podría reconocer ese lugar. Pensaría que Diego vive en el extranjero y no volvería a incordiarlo con preguntas incómodas. Primero nos engañó con los apellidos y luego con la residencia de su colega. Su afán desde un principio era proteger a esa escoria.

—Si nos mintió de forma tan rastrera es porque algo se traían entre manos esos tres.

—El secreto al que se refería El Caloca era el asunto del trineo. Es de cajón.

—La policía iba a tomar declaración a Nico en el hospital cuando se lo encontraron muerto —recuerda Rosana—. Es muy posible que se hubiera decidido a contarlo y que a Diego no le gustara la idea de verse salpicado en un asunto tan escabroso. El Caloca los vería discutir a la salida del restaurante por ese motivo; Nico quería desvelar el asunto de mi hermano y Diego no compartía esa opinión, así que decidió cargarse al tenista.

—Darío ha protegido a Diego desde un principio, hasta el punto de enfrentarse a Nico en esa pelea.

—Nos va a costar encontrar a esa rata sin bigotes.

—No estaba en la granja ni apareció en el entierro. No me extrañaría que se hubiera ido de Santander hace tiempo.

—La policía seguro que no sabe ni que existe. Ese tío es un puñetero fantasma.

47

ADOLFO

Carol me recibe con las manos en alto, las agita como si fueran maracas. Escucho música de fondo, en concreto una melodía de Tom Jones procedente del salón. Pero la voz que interpreta *Delilah* suena algo más áspera y desentonada. Intuyo que se trata de una versión casera. Con los ojos clavados en la televisión y las manos aferradas al micrófono, Benito sigue la letra en perfecta sintonía con la melodía. Concentrado en la interpretación, ni siquiera advierte mi presencia. No se me ocurre sabotear un momento tan gozoso. Sentado en el sofá, aguardo hasta que termina la canción.

—¡Adolfo! No te esperaba hoy —estalla de alegría nada más verme.

—He comido con Rosana aquí al lado. Ella se ha vuelto a la oficina y yo me he dicho: «Voy a hacerle una visita a Benito y así le cuento un par de cosas».

—Si quieres incorporarte al Festival de La Arnía, ahí tienes un listado de doscientas canciones. —Indica con el mentón una carpeta apoyada en la mesa.

—No, gracias. Con un rival como tú no tengo nada que hacer.

Me guiña y suelta una carcajada. Olvida que tiene delante un micrófono y la risa resuena por toda la casa como una psicofonía.

—Estoy muy feliz, ¿se nota? Julia me ha llamado para pedirme disculpas por dudar de mí. —Señala su reloj con el dedo—. ¿Hoy no trabajas?

—Me toca librar y lo que tengo que decirte es importante.

—Espero que sean buenas noticias.

—Hay un poco de todo.

—¡Cómo no!

—Creo que al caballo se lo llevaron a una granja para montar a una yegua.

—No digas tonterías. —Se echa a reír.

—Dijiste que no veías a tu caballo saltando setos, ¿no es cierto?

—Lo dije y lo mantengo.

—Imagino que el potro de un purasangre puede valer una fortuna.

—Un riñón y medio.

—Estuve con Julia en una especie de granja donde envasan miel.

—¿Con Julia en una granja? —se sorprende.

—Así es. Te contaré el motivo en otro momento. Encontramos una camada de cachorros en una nave y ella me contó cómo funciona el negocio de los perros con pedigrí. Pues bien, tengo la impresión de que esa gente puede utilizar una táctica parecida con los caballos. Creo que *Tricky* pasó una luna de miel corta pero intensa.

—¿Dónde está esa granja?

—Mogrovejo, Liébana. En medio del monte.

—Hay mucha distancia hasta allí. ¿Cómo pudo saber esa gente que poseo un purasangre?

—No tengo respuesta para eso. El muro de esta finca es muy alto. Desde la carretera no se puede divisar al caballo a simple vista; hasta yo, que tengo un muelle en el cuello, debo estirarme para divisar algo.

Benito gira la silla hacia un lateral de la galería. Extiende el cuerpo para aproximar el rostro al cristal y señala el cercado.

—Desde la carretera no, pero desde el camping tal vez sí se alcance a ver el prado. Está más alto que el muro.

Me acerco al extremo de la galería.

—Bastante más alto —confirmo—. ¡Y hay un montón de caravanas! En la granja vimos un BMW con una bola para el arrastre de caravanas. Creo que esa pareja ha acampado ahí arriba en algún momento y ha visto el caballo. En un principio no me parecía que fuera gente muy dada a salir de casa, pero me equivoqué. Lo que no tengo claro es cómo pudieron sacarlo de aquí.

—Muy fácil. —Se encoge de hombros—. Por las puertas, nunca las cierro con llave. Echo el perno y a correr. No imaginaba que pudieran robarme el caballo.

—O sea que si alguien salta el muro puede abrirlas desde dentro.

—En cinco segundos. Habrán aprovechado para entrar cuando estaba en la playa.

—Tienes que llamar a la policía para que investiguen a esa gente de la granja.

Molesto con mi sugerencia, resopla y bate el aire con las manos.

—Después de denunciar el robo del cactus y contarles que me habían intentado ahogar, no me parece buena idea sugerirles que un apicultor me ha robado el caballo para montar una yegua. Le diré a Rosana que se encargue ella.

Saca el teléfono con la intención de llamarla, pero no llega a marcar su número.

—Has dicho que en la granja viste un coche con bola de arrastre de caravanas...

—Un BMW negro.

—Tal vez esa bola no está destinada a una caravana, sino a un remolque de caballos.

—No lo había pensado. Cómo se nota que soy urbanita.

—¿Había alguna caravana en el lugar donde viste el BMW?

—No, solo el coche. Y esa nave sería el lugar más apropiado para guardarla.

—Pues claro, hombre. —Satisfecho de haber dado con la clave, me vuelve a guiñar.

—Estaba convencido de que esa pareja no era muy de acampada, ya viven en medio del campo. —Me paro a pensar—. Si no vinieron al camping, ¿cómo se enteraron de que aquí pastaba un hermoso caballo?

—Pues no lo sé. Solo el veterinario, Darío y Carol saben que poseo un purasangre.

—¿Pudo ser Carol quien se fue de la lengua?

—No lo creo, aunque ya no pongo la mano en el fuego por nadie.

—Si Darío también lo sabe, entonces... el único pregonero que se me ocurre es Diego.

—¿Quién es Diego?

—Un amigo de Darío del instituto.

—No sé qué pinta ese individuo en todo esto.

—Estoy convencido de que trabajó hace tiempo con los propietarios de esa granja y de que mantiene relación con ellos.

—Pero no me conoce de nada.

—Darío sí.

—¿Crees que Darío ha sido cómplice del robo? A mí no me parece un chico maleado, todo lo contrario.

Un timbrazo inesperado interrumpe mis conjeturas.

—Será Darío. Tenemos que ir a Santander. —Benito pasa revista a su atuendo y se lleva las manos a la cabeza—.

¡Carol! —grita en dirección a la cocina—. Dile a Darío que pase un momento, aún no estoy preparado. El karaoke es mi perdición, se me pasa el tiempo volando.

—Sí, mejor que pase. Voy a decirle cuatro cosas a ese majadero —escupo envalentonado.

Darío entra flechado en el salón, pero no le doy tiempo ni a saludar. Me dirijo a él con rabia controlada. Los prolegómenos son lo mejor antes de acorralar a alguien contra las cuerdas.

—Vaya, de repente me ha llegado un repugnante olor a soplón —pregono.

—¿Soplón? —se ofende.

—Creemos que ese amiguito tuyo, Diego, fue quien informó a la gente de la granja de que Benito tenía un purasangre. Y tú el que se fue de la lengua. Menudo botarate estás hecho.

Contra todo pronóstico, no repele mi argumento. Clava las pupilas en el suelo y menea la cabeza, como si hubiera olvidado algo importante en la furgoneta.

—Es cierto. Le comenté a Diego que Benito poseía un caballo de categoría. Se dedica al negocio y quizá estaría interesado en acordar una monta, pero no imaginé que se lo llevaría así por las buenas.

—Maldito descastado ese amigo tuyo —rumia Benito—. Si no estuviera en esta silla le daría una buena patada en el culo.

Darío se deja caer en el sofá. Se dirige a Benito con aire santurrón.

—Diego me aseguró que, si estabas interesado, acordaría la monta. Te lo juro. Es un tío formal —se defiende.

—Lo normal sería prescindir de tus servicios, pero no sabría cómo explicárselo a Julia —arremete Benito, decepcionado con una persona de su total confianza.

Abatido, el taxista hunde la cabeza en el pecho, como si llevara un yugo en el cuello.

—Prescinde de mí si quieres, no me importa, pero te ruego que no comentes lo del caballo con ella. Está sufriendo mucho con el tema de mi padre. Es como vivir su muerte dos veces.

—Yo también he sufrido lo mío, ¿sabes? —reacciona Benito con furia—. La Guardia Civil pensaba que yo era un criminal abominable y tu madre creyó su versión. —Su rostro se congestiona y cierra los puños.

—Lo siento, Benito.

He observado que el taxista se muestra intimidado ante la presencia de Benito, incluso le dedica una curiosa reverencia a modo de saludo cada vez que se ven, como si la silla fuera un altar.

—Hoy es un «Lo siento, Benito» y hace cuatro días era un «Lo siento, Rosana». Eres un verdadero especialista en el arte de la disculpa —estallo.

—Tenéis razón —reconoce Darío—. Podemos hablar otro día del asunto del caballo, pero hoy no, por favor. Es muy gordo lo que ha pasado con Nico.

—No entiendo qué pinta Nico en esta historia.

—Después de lo que he descubierto estos últimos días... —Darío hace una pausa y suspira, cada vez más hundido en el sofá—. Estoy convencido de que fue Diego quien lo estranguló.

—¿Cómo?

—En un principio yo pensaba que Diego no quería que saliera a la luz el asunto del trineo. Pero aquello fue una gamberrada, con un final trágico, pero una gamberrada, y después de doce años supongo que el caso no iría muy lejos en el juzgado.

—Estoy más perdido que antes —reconozco. Rosana y yo estábamos en la cuenta de que el accidente de Bruno constituía el meollo de todo este asunto.

—El viernes anterior a que operaran a Nico, mi mujer y yo fuimos a cenar a La Viga, un restaurante de Soto de la Marina. Al llegar vimos a Nico y Diego sentados a una mesa, y no tenían cara de pasarlo muy bien precisamente. Me extrañó que no me hubiesen invitado; siempre quedábamos los tres juntos para cenar. Ahora comprendo el motivo. No se reunieron para hablar del accidente en la nieve, en ese caso me hubieran llamado. Quedaron para algo más grave. Estoy convencido de que Nico y Diego ocultaban algo gordo.

—O sea que el asunto del trineo no tuvo nada que ver. ¿Estás seguro? —pregunto con el fin de poner algo de orden en este galimatías.

—Cuando fui a ver a Nico al hospital, ya estaba muerto. Al salir vi a un tío en pijama al final del pasillo. No sé lo que le habría pasado, pero cojeaba. Me miró con recelo, se giró y se metió en su habitación. Estaba lejos y tenía la cabeza vendada, pero juraría que era Diego.

—¿No vivía en Grecia? Pues para residir tan lejos se pasa media vida en Santander. Llamarlo nostalgia es hilar muy fino.

Darío enarca las cejas y desliza una sonrisa por la que cabe un arsenal de cinismo.

—Tienes razón. Te mentí en mi afán por protegerlo. Sabía que a veces se dejaba llevar por la ira y se comportaba como una verdadera alimaña, pero habíamos sido grandes amigos. Y eso...

—Ese sujeto es un sádico y tú le has dado coba desde hace tiempo. Muchos músculos y pocas neuronas, chaval.

Darío se muerde el labio con saña.

—Al encontrarnos en el restaurante, Nico y Diego nos invitaron a cenar con ellos. Al terminar decidimos ir a Santander. En la segunda copa la cosa se salió de madre y la pelea surgió por una tontería, pero la mecha venía encendida desde el restaurante.

El relato se corresponde de forma milimétrica, e inesperada, con la versión de El Caloca.

Darío se debate entre el dolor y la culpa. Encubrir a Diego durante más de una década le va a suponer otro tanto de mortificación.

—Menudo lerdo. —Me sacudo la poca prudencia que me queda—. Fuiste incapaz de denunciar sus desmanes ya en el instituto. Como suele decir Benito, todos pagamos por lo que hacemos. Has llevado a cuestas la culpa por la tropelía cometida con Bruno y lo que te queda aún será más duro. Ahora no te lamentes, ya sabemos que eso lo haces de lujo. Lamentarte a posteriori y tomar medidas paliativas, como hacer de «sherpa» con el niño.

Benito avanza con la silla y se detiene frente a Darío. Desconoce la mitad de la historia, pero no le gusta lo que ha oído.

—Se me han quitado de repente las ganas de ir a Santander. Ya te llamaré si te necesito.

—Supongo que denunciarás a Diego en cuanto salgas de aquí —sugiero a Darío.

Asiente con la cabeza sin replicar. Se incorpora del sofá, se estira la camisa y sale del salón entre gimoteos.

Benito no sabe qué pensar sobre Darío. Siempre ha sido un chico amable, dispuesto. Nunca le ha puesto una mala cara si él se retrasaba en la playa o le anulaba un servicio. Si había que arreglar algo en casa, se ofrecía, y no le importaba desatascar una tubería o subir al tejado para eliminar una gotera.

Benito no olvida lo ocurrido con su padre y siente lástima por él, pero lo que más le preocupa es cómo puede afectar todo esto a su relación con Julia.

Si Darío ha descubierto que ha sido Diego quien mató a Nico, supongo que le faltará tiempo para presentarse en la comisaría.

—Benito, voy a seguir a ese mendrugo. No me fío ni un pelo.

Me subo al coche y en breve le doy alcance. Lo sigo a distancia, aunque es muy probable que vaya metido en sus tribulaciones y se le olvide mirar por el retrovisor. Al llegar a Santander observo que no se dirige hacia Jefatura, continúa por la S-20. El navegador me muestra un desvío hacia el barrio de la Albericia que se ha saltado. Me empiezo a preocupar cuando me percato de que también ignora la siguiente salida. Ahora el tráfico es más fluido y tengo miedo a perderlo, así que me acerco a la furgoneta. En una de las últimas rotondas antes de llegar al Palacio de Deportes, se desvía a la izquierda y detiene el vehículo en el aparcamiento del Hospital Ribemar. Hago lo propio, pero lejos de la furgoneta. No se baja del vehículo. Imagino que viene a recoger a algún paciente. Bajo la ventanilla, saco un cigarrillo y lo enciendo. Pongo música de Pink Floyd para amenizar la espera.

Observo que Darío habla por teléfono. Supongo que ha dado prioridad a algún servicio y después presentará la denuncia.

Al cabo de un buen rato sale del hospital un hombre con una venda en la cabeza y una leve cojera. Me encuentro bastante lejos y no lo diviso en condiciones. Darío se baja del coche, abre los brazos y me parece oír que grita: «Diego, estoy aquí». El hombre de la venda se acerca a la furgoneta y Darío le da una palmada en la espalda. Una cariñosa palmada en la espalda y luego un amago de caricia en el cuello. Imagino que lo hubiera abrazado de no ser por esa cabeza convaleciente. Ha primado la cautela sobre la efusividad.

Por fin he dado con el miserable chico del tupé. Me asombra la extraña camaradería entre ambos. Diego se ha cargado a Nico con una cuerda y a Darío parece no importarle lo más mínimo. Hace media hora se culpaba de haber protegido a un monstruo en casa de Benito, y ahora lo premia con una caricia. Pocas cosas hay que tengan menos sentido.

Ambos se suben al taxi. La furgoneta da marcha atrás y se reincorpora a la S-20. Me sitúo a la distancia idónea para evitar que algún vehículo se interponga y pierda la pista en caso de una repentina salida de la autovía. Dejamos Santander en dirección a Torrelavega. Un rato más tarde Darío toma la autovía de Oviedo. Al llegar a Unquera abandona el trazado y vira hacia la carretera que conduce a Panes. Al ver que se dirige hacia el desfiladero de la Hermida, sospecho que el resto del camino ya lo conozco. Sigo su estela durante un largo trecho. No me importa perderlo de vista en algunos momentos porque el destino me queda claro. Dos horas después de salir de Santander, la furgoneta cruza Mogrovejo y se adentra en la pista. Circulo despacio y dejo que el taxi se aleje. Aparco en el camino que sale a la derecha antes de alcanzar la granja. Al amparo de robles, algún cerezo y un zócalo de helechos, un coche verde resulta invisible.

La imagen del aparcamiento del hospital no se me va de la cabeza. La incongruencia humana no puede llegar a esos extremos. Me va a costar asimilarlo. Desde la palmada en la espalda hasta la ruta que nos ha traído al campo. Una sucesión de contrasentidos gobernada por el absurdo.

Por el retrovisor avisto un todoterreno de color oscuro que circula por la pista en dirección al monte. Supongo que pertenece a algún ganadero.

Un solo de guitarra de David Gilmour me devuelve al mundo de la perfección acústica. Su guitarra es un violín de seis cuerdas. No toca como si estuviera a punto de morderlo un *pitbull*, como hacen otros músicos, sino que se acompaña de la elegancia de un metre.

Una llamada telefónica me saca de la perfección acústica. Me extraña leer en la pantalla el nombre de Julia.

—¿Adolfo?

—El mismo.

—Tengo que contarte algo importante. El otro día, cuando estuviste en mi casa, recordarás que echamos un vistazo a las fotos de mi marido. Yo esperaba encontrar el coche de Benito en el aparcamiento, pero no estaba.

—Exacto. No había ningún Volvo.

—Lo que sí encontré fue otro coche que me resultaba muy familiar. No te dije nada porque tenía que comprobarlo. No pude hablar con mi hijo para comentárselo, pero me puse a revisar fotos de cuando los chicos eran jóvenes y ese vehículo aparecía en un montón de ellas. Los tres chicos, muy chuletas, apoyados en él, como si fuera el símbolo de su libertad o algo parecido. Era el mismo coche rojo con una banda blanca en un lateral que aparecía en el aparcamiento. Supongo que has adivinado quién era su propietario.

—¿Diego? —auguro por pura lógica.

—Ese diablo se pasaba muchas tardes en mi casa. A veces incluso se quedaba a cenar. Bien, pues él fue quien mató a mi marido.

—¡Cielo santo! Es una verdadera sabandija.

—Esta noche vendrá Darío a cenar y se las enseñaré. En cuanto vea esa foto, lo va a desguazar.

Me siento tan perdido que me limito a escuchar.

—Te he llamado porque me dijiste que Rosana quería retomar la relación con Diego por su amistad en el instituto o algo así. Pues que se ande con ojo.

Me despido de Julia y dejo el móvil en el asiento del acompañante. Me recuesto. Bajo la ventanilla y una ligera brisa zarandea los robles, que responden con un siseo.

Me cuesta entender que en un cerebro humano pueda caber tanta perversidad. Marcos se ha pasado trece años señalado por ese crimen con una diana pintada en la espalda mientras su hijo deambulaba por el salón en una silla de ruedas. No sé cómo ha podido soportarlo. Yo habría enloquecido.

A los quince minutos de que el taxi se perdiera por la pista, Darío regresa con la furgoneta vacía. Da la impresión de que su amigo se recuperará de las heridas en la granja.

Diego reside aquí junto a Sofía y Juanjo. Doy por seguro que el BMW negro es suyo. Y también la moto cubierta con una lona. Ahora entiendo el motivo de que la pareja guardara silencio cuando les preguntamos por él en nuestra primera visita. Han sido sus lacayos. Trataban de protegerlo, como había hecho Darío durante años. Peones ingenuos en un juego macabro. También cabe la posibilidad de que hayan callado por miedo a ese demonio.

Desde que Marcos me comunicó que su hijo no volvería a caminar, cada noche durante años me ha visitado la misma pesadilla: el trineo descendía por la ladera y arrollaba a los esquiadores principiantes que se encontraba a su paso, como si fueran bolos en una bolera. Tendidos sobre la nieve, todos ellos compartían el rostro de Bruno. El mismo mechón de pelo sobresaliendo bajo el gorro de lana, la misma mirada perdida. Parecían esculturas de santos robadas de un retablo y esparcidas de cualquier manera sobre la nieve.

A partir de aquel momento cada jornada de trabajo se convirtió en un suplicio. Renuncié a la instrucción de niños y empecé a admitir solo a adultos. Incluso en esas condiciones, el aire de la montaña se me hacía irrespirable. Terminé por dejar la estación una semana después del accidente y regresé a Navacerrada.

Aunque había transcurrido más de una década, jamás pude olvidar lo ocurrido aquella mañana.

Soy una persona pacífica, cualquiera de las abejas que pululan por estos prados es más agresiva que yo, pero con Diego haré una excepción. Ha llegado el momento de presentarme en la granja, quitarle la venda de la cabeza a ese canalla y ahogarlo con ella.

Saco el coche de la arboleda, retomo la pista y me planto en la entrada. Aparco junto al muro y toco el timbre. Sale a mi encuentro Juanjo con cara de pocos amigos. Esta vez las perras no lo escoltan, deben de estar recluidas en la nave.

Juanjo me habla desde el patio a través de los arabescos de las puertas. No lo veo con muchas ganas de charla.

—Hoy tengo la tienda cerrada. Nos hemos quedado sin existencias —me informa en un tono sarcástico, hosco y muy diferente de la actitud amable de otras veces.

—¿Ni siquiera la de eucalipto que guarda tu mujer? —bromeo con la intención de templar su talante.

Frunce el ceño y desliza una sonrisa forzada.

—Sofía no es mi mujer, es mi hermana.

Las cosas empiezan a cobrar sentido. Rosana tenía razón con su comentario sobre el anillo. Sofía y Diego son pareja. Los dos hermanos se encargan de la producción de miel, y juraría que Diego es quien corre con el negocio de los perros y los caballos, más lucrativo y menos laborioso que las colmenas.

Juanjo se da cuenta por fin de que su malestar por mi visita no está reñido con la buena educación y decide abrir las puertas.

—¿A qué has venido esta vez? —me pregunta sin variar el tono recio.

—No voy a andar con rodeos: vengo a ver a Diego.

—No está aquí —asegura con firmeza y una expresión desafiante.

—Pues me ha parecido verlo hace quince minutos. Ha venido en un taxi.

—¿Qué quieres saber de él? Y no me digas que fuiste monitor suyo de surf, como la otra vez, porque a Diego no le gustan esas chorradas. Invéntate otra cosa.

—Cuando vine con Julia hace unos días me dijiste que la perra se la habías comprado a un tío de Cabuérniga, pero no hacía falta ser muy avispado para darse cuenta de que estabas soltando una trola de las gordas.

—¿Y qué importa ahora a quién le comprara la perra?

Juanjo se agita nervioso, como un centinela que ha oído un ruido sospechoso.

—Julia lleva una semana pensando que quien mató a su marido fue un amigo mío llamado Benito. Hasta que descubrió en las últimas fotos que hizo su marido un coche distinto al de ese hombre. Y ese vehículo pertenecía a tu querido amigo Diego. Ahora dime si importa o no importa.

Arruga la nariz y se pasa la mano por la boca, como si notara los labios cuarteados. No quiero seguir con los prolegómenos. Me hierve la sangre solo de pensar que esa bestia se esconde en la casa y Juanjo ejerce de guardia pretoriana.

—Dile que salga o entraré yo —amenazo sin remilgos—. Lo que prefieras. No quiero causarte ninguna molestia, solo hablar con él.

Juanjo mira de soslayo hacia la vivienda con expresión de preocupación. Tarda un buen rato en quebrantar su mutismo.

—¡Diego! —grita sin dejar de mirarme—. Aquí hay una persona que quiere verte.

Pasan los segundos y la puerta de la casa permanece cerrada. La orden de Juanjo ha sido ignorada. En una ventana de la primera planta atisbo un rostro, pero el reflejo de las nubes me impide vislumbrar si corresponde a Sofía o a Diego. El cielo tiene el color de la ceniza húmeda y no ofrece los mejores augurios. Es posible que llueva en breve.

Al constatar que su petición ha sido desobedecida, Juanjo la repite.

Escucho un «Ya voy, hostia» en el interior de la vivienda, seguido de un portazo. Supongo que en unos instantes Diego aparecerá por esa puerta. Lo imagino con una mirada sombría, aire chulesco e incluso desafiante, torso enhiesto enmarcado en unos hombros poderosos. Un tío de baja estatura, pero con empaque. Auguro que caminará hacia mí con paso seguro pese a su cojera, clavándome las pupilas como si fueran dos punzones. En una palabra, un auténtico macho alfa con todas sus credenciales.

Se abre la puerta y comparece el monstruo.

Viste de forma común: una camisa de manga larga cuelga sobre los vaqueros. Ignoro si su estilo consiste en llevarla suelta o, ante las voces apremiantes de Juanjo, no le ha dado tiempo a introducirla bajo el pantalón. Zapatillas deportivas de color blanco, pelo corto y peinado hacia un lado con desgana o prisa. Al parecer, se ha desprendido de la venda en cuanto ha entrado en casa. Del pecho enhiesto y los hombros marcados tampoco hay rastro: pechito plano que termina en una barriga incipiente. Los brazos le cuelgan como dos toallas en un lavabo. No mide más de uno sesenta y pico. El muy cretino no tiene ni media bofetada. Cuando salía con Darío y Nico en el instituto, que pasaban del metro noventa, cuesta entender que este retaco fuera el líder de la horda. Quizá hacerse respetar era la única forma de que no lo pisaran sin querer.

La primera impresión responde a la descripción que me había hecho Rosana: «De joven tenía el aspecto de un tipo común». Pero si hay algo que se aprende con el tiempo, y lo digo por experiencia propia, es que la gente con aspecto común es la más peligrosa.

Al verme acompañado de Juanjo, su semblante adopta una expresión de incertidumbre. Se nota que mi presencia no le causa temor, pero tampoco indiferencia. Se me antoja que estaba haciendo algo importante y he trastocado sus planes.

Ha llegado la hora de las presentaciones y yo profeso la religión de ir al grano.

—Me llamo Adolfo y soy monitor de esquí. Estaba junto al pequeño Bruno cuando lo arrollasteis con el trineo. La misma persona que se quedó con él y llamó a emergencias mientras vosotros huíais como ratas.

La expresión de Diego no cambia al escucharme, como si me hubiera reconocido desde la ventana y supiera con exactitud el motivo de mi visita. Esas facciones... ese pelo liso... juraría que era él quien nos observaba tras el cristal. No es de extrañar. Darío lo ha informado de mi presencia en la zona y de mis intenciones. Hasta ahora, el hospital le ha servido de madriguera. Pero ha llegado el momento de salir a campo abierto, y en ese terreno las ratas tienen todas las de perder.

He notado que, al escuchar la mención del trineo, el rostro de Juanjo ha experimentado una repentina transfiguración. Se vuelve hacia Diego y le clava una mirada torva e incisiva. Comienzan a temblarle las aletas de la nariz, lo que ratifica que desconocía el suceso protagonizado por su protegido, o quizá le habían contado una versión distinta.

—Me voy dentro, tengo cosas que hacer. Os dejo que arregléis vuestros asuntos —aduce Juanjo antes de recorrer el patio con largas zancadas. Entra en casa y se despide con un portazo.

—Ahora estás solo, mamón. Ya no tienes al musculitos del taxi para que te defienda. Y, por lo que parece, Juanjo te ha dejado en la estacada después de conocer algunos detalles de tu currículum.

—No necesito a nadie —suelta con aplomo y un punto de insolencia.

—Muy bien. Eso es lo que diría un macho alfa en condiciones.

No solo profeso la religión de ir al grano, sino que soy un practicante devoto. Lo agarro por el cuello de la camisa con ambas manos y lo arrastro hasta la furgoneta en volandas. Cuando escucho que su cráneo emite un *clonc* al chocar con la chapa y su espalda queda pegada a la carrocería, lo fijo con la mano izquierda y levanto el puño derecho con la intención de empotrárselo contra la cara. Cierro el puño con tanta fuerza que me duelen los nudillos. Diego no opone resistencia. El asomo de insolencia se ha evaporado, y su lugar lo ocupa una expresión lánguida en la que leo resignación, pero no miedo. Ni siquiera trata de zafarse de mí, solo hace ademán de taparse el rostro con las manos. El muchacho capitula a las primeras de cambio. Vaya mierda de macho alfa.

—Antes de partirme la boca deberías dejar que te cuente una historia, luego ya no podré —me sugiere en medio de una sonrisa impúdica.

Descuelgo el puño. Con la mano izquierda lo mantengo preso contra la furgoneta.

—Solo me gustan las historias que acaban bien —insinúo.

—Esta no te va a gustar —aventura con un tono grave que raya en lo truculento—. Ya te lo garantizo.

Dudo si escuchar lo que tenga que contarme este malnacido o saltarle todos los dientes, uno tras otro, como en una cucaña. No he acudido a esta granja con el propósito de hacer justicia, ese capítulo se lo dejo a Rosana. Tampoco venía con la intención de saldar una venganza. Si me he presentado aquí ha sido para quedarme a gusto.

En ese instante comienza a llover.

—Es un asunto entre tú y yo —susurra tras un largo suspiro—, así que prefiero no entrar en casa. Subamos a la furgoneta, si no te molesta el olor a miel.

—Ya he empezado a acostumbrarme.

Le suelto la camisa y me lo agradece con una media sonrisa. Abre la puerta de la furgoneta y ocupa el asiento del conductor. Me invita a sentarme en la butaca del acompañante. Apoya la mano izquierda en el volante y con la derecha acaricia la palanca de cambios.

La lluvia arrecia y deja una cortina de agua sobre el parabrisas. El cobertizo desaparece poco a poco de nuestra vista. Diego vuelve el torso hacia mí y me suelta una frase que me inquieta.

—Voy a contarte una historia que no te dejará dormir durante una buena temporada.

El aguacero resuena en la chapa de la furgoneta como si en vez de gotas de agua cayeran guisantes congelados.

48

4 de mayo de 2006

Diego es mayor de edad y acaba de sacarse el carné de conducir. Su padre se ha comprado un coche nuevo. Le entrega las llaves del viejo como regalo de cumpleaños y por haber aprobado todas las asignaturas en la última evaluación, aunque al repetir curso resulta más fácil. El modelo es un Peugeot 309 de color rojo al que los rayos de sol han convertido en un rojo paliducho, desagradable a la vista. Parece una reliquia, necesita una puesta al día urgente. A Diego se le ocurre pegar una banda de vinilo blanco en los costados. El trasto adquiere un cariz más llamativo. Poco elegante, pero llamativo. Le encanta moverse por Santander con la ventanilla bajada y la música a todo trapo.

Nico y él suelen quedar con Germán de vez en cuando para emprender rutas de montaña; su hijo Darío valora más la esponjosidad de su colchón y rara vez se apunta. Para Germán supone un orgullo mostrar la belleza de las cumbres a los amigos de su hijo y conducirlos por las rutas más sugestivas. Los fines de semana que no tiene clientes y el clima es benigno, les propone acometer alguna aventura en los Picos de Europa. A los chicos les asombra el dominio que tiene de la cordillera. Sus pies parecen garfios y sus manos, auténticas garras.

No solo los lleva con él para imbuirles amor por la montaña, su principal interés es conocerlos a fondo y, de paso, enterarse de lo que hace Darío desde que sale de casa hasta que regresa. Germán conoce la versión doméstica de su hijo, pero no tiene idea de su carácter en cuanto pisa la calle.

Diego está tan entusiasmado con su coche nuevo que propone a Germán llevarlo a la ruta de este fin de semana. Darío no tiene planes y termina por apuntarse, algo que agrada a su padre.

Diego disfruta conduciendo por las carreteras estrechas de la comarca de Cabrales, ricas en curvas y flanqueadas por precipicios en algunos tramos. A su lado se sienta Germán y detrás, repantingados, Nico y Darío. Nico viaja hipnotizado por el espectáculo sobrecogedor que ofrece el valle entre Poncebos y Sotres, mientras que Darío parece algo amodorrado. El quinto miembro de la tripulación no es humano; se llama *Smoking* y es una perra de raza bóxer que Germán lleva siempre consigo a la montaña.

El hombre les avanza los pormenores de la ruta: dejarán el coche en el aparcamiento de Jito Escarandi, situado entre Sotres y Tresviso, y comenzarán a subir por un camino que conduce al refugio del Casetón de Ándara. Una vez allí, Germán decidirá a qué cumbre dirigirse en función del cansancio. Deberá ser una ruta suave, ya que Darío es un novato en la montaña. Unos metros antes de llegar al Jito Escarandi, Diego nota un repentino traqueteo en el coche. Mira con angustia a Germán en busca de una explicación.

—Hemos pinchado —anuncia Germán con las cejas enarcadas y sin darle mayor importancia—. Ve despacio para no destrozar el neumático y para ahí delante.

Diego sigue sus órdenes y detiene el coche en el aparcamiento, donde hay más vehículos pertenecientes a montañeros que han madrugado más que ellos. Se baja enrabietado y da una vuelta alrededor del coche hasta detectar la rueda afectada: la trasera izquierda.

Desconoce el procedimiento para cambiar una rueda pinchada, así que se limita a mirarla. Resopla y le propina una patada al neumático, como si la goma tuviera la culpa de haberse tragado un clavo.

Germán sale del coche, se planta a su lado y le apoya la mano en el hombro.

—Supongo que tienes rueda de repuesto.

—Claro, claro. En el maletero.

—Con mirarla no se va a arreglar —le suelta al ver que hace la estatua.

Nico y Darío se desperezan y salen del coche. La perra aprovecha que la portezuela trasera ha quedado abierta, salta del asiento y da un par de carreras para reconocer el terreno.

—Germán, no tengo ni idea de cómo se cambia —reconoce Diego.

—Me lo temía. No pasa nada. Imagino que tendrás gato.

—¿Gato? —Duda unos instantes—. Ah, sí. Debe de estar todo en el maletero.

Germán asume que ninguno de los chicos va a colaborar en la reparación. No importa. Él es ducho en cambiar neumáticos e incluso de todoterrenos, que pesan el doble.

Diego tira de una palanca que hay bajo el volante y un *clac* revela que el pestillo del maletero ha sido liberado. Germán lo abre, saca las mochilas y las deja en el suelo. Levanta la tapa que ejerce de fondo.

En el interior de la rueda de repuesto se halla encastrado el gato junto con la manivela. Al desatornillar el gato, topa con una bolsa de cuero. La abre pensando que pueda guardar el tornillo de seguridad. Lo que extrae no es metálico ni tiene forma de tornillo. Se trata de un bote de plástico. Al leer la etiqueta adhesiva se lleva una desagradable sorpresa: lo que tiene en sus manos es un frasco de esteroides. Su conclusión no puede ser más desagradable: «Diego, el amigo íntimo de mi hijo, se hormona en secreto para que los músculos le crezcan más rápido. La rueda de repuesto le debió de parecer el escondite más seguro».

Con el nerviosismo sobrevenido tras el pinchazo, Diego no ha caído en la cuenta de que el secreto oculto en el maletero queda al descubierto.

Germán reacciona con preocupación. Él no es partidario de administrar al cuerpo ese tipo de sustancias. Y con menos razón a esa edad.

A pesar de la decepción, se mantiene mudo, disimula como si no hubiera visto nada. Mientras Nico y Darío estén presentes mantendrá la discreción y no abrasará a preguntas a Diego. Lo que más le inquieta es que esas pastillas no sean para consumo propio y ronden de un bolsillo a otro entre el grupo de amigos.

Germán esconde la bolsa en un hueco, cambia la rueda, devuelve la bolsa de plástico a su escondite y atornilla el gato. En el momento de volver a meter las mochilas en el maletero, le parece ver algo que se mueve en un promontorio. Abre su mochila con rapidez, saca los prismáticos y enfoca entre los brezos que tapizan la ladera en busca de la mancha itinerante. Ordena a los chicos con una mueca que se queden quietos y guarden silencio. Después de trazar un par de panorámicas improductivas, por fin localiza un animal asomado con timidez a una roca. Se halla demasiado lejos para valorar la especie, pero es un bicho salvaje, de eso no hay duda. Se cuelga los prismáticos del cuello y extrae la cámara de fotos de la mochila. A continuación, enfoca hacia el peñasco donde apenas se deja ver el animal, a sabiendas de que la mitad de la foto la ocuparán los coches del aparcamiento que tiene en primer plano, circunstancia que no puede evitar. Si se mueve para mejorar el encuadre, le dará tiempo a emigrar. En estos casos no importa la composición de la foto, sino que el bicho quede retratado. Dispara y baja la cámara a la altura del pecho. Ignora si ha conseguido el objetivo. No podrá comprobarlo hasta que no revele el carrete.

Se cuelga la cámara del cuello y retoma los prismáticos. Da la impresión de que el visitante se ha ocultado de nuevo, pero puede comparecer en cualquier momento. Germán permanece unos minutos vigilante, con la mirada puesta en el altozano. Al cabo de un rato decide dar por terminada la espera. Intuye que tal vez el animal ha huido ladera arriba y pueda localizarlo a medida que se internen en el valle.

Comienzan a ascender por un camino flanqueado por brezos y salpicado de rocas, un paisaje característico de esta primera parte de la ruta. Unos tramos más arriba, la roca grisácea y adusta será la protagonista absoluta del panorama. La luz de la mañana le otorga a estas montañas calizas una blancura cegadora, como si hubieran extendido una gigantesca sábana desde el valle hasta rayar con el horizonte.

El camino ofrece un buen firme, lo que no resta ni un ápice de inclinación. Cuando les falta la mitad del trayecto para alcanzar el refugio, Nico se lleva la mano a la espalda y hace gestos de dolor. Se detiene y mira angustiado a Germán.

—¿Queda mucho?

—Media hora hasta el refugio —informa el montañero—. Y desde allí unas dos horas hasta la cumbre, pero ya con una inclinación seria.

—Me he resentido —suelta Nico. Se lleva las manos a las costillas, contorsiona la espalda y adopta una expresión de rabia.

Germán lo observa con preocupación. Teme que la lesión que acarrea se pueda agravar. Nico no es solo un chico que juega al tenis al salir del instituto; ha ganado varios torneos en categoría juvenil y se barrunta que pueda tener una carrera prometedora.

—En ese caso nos damos la vuelta —dicta Germán de forma categórica.

—No fastidies —protesta Diego.

—Nico está hecho polvo. Si continuamos, la lesión se puede agravar. El terreno que vamos a pisar no es arena de playa precisamente.

—Vale, vale —asume el joven a regañadientes. El día es espléndido y se había hecho muchas ilusiones. Germán les había adelantado que en el valle de Liébana había niebla, de modo que, si ascienden a cualquiera de los picos, desde allí arriba tendrán un mar de nubes a sus pies. Un precioso espectáculo al que la inoportuna lesión de Nico le obliga a renunciar.

—Tranquilos —tercia Nico—. Vosotros seguís con la caminata y yo me doy la vuelta. No hay problema.

—¿Y qué vas a hacer mientras tanto? —le pregunta Germán—. Tardaremos toda la mañana en llegar a la cumbre y regresar.

—Caminaré con tranquilidad hasta el aparcamiento. Me sentaré en una campera y me comeré el bocadillo. Y luego bajaré despacio hasta Sotres. Os esperaré allí.

—Yo me quedo contigo —interviene Darío, al que las primeras rampas ya han minado las fuerzas.

—No es necesario, de verdad. No quiero fastidiarle la excursión a nadie —confirma Nico con la autoridad que otorga ser el dueño del dolor.

Germán observa a Diego. Lee en sus ojos la ilusión que tiene puesta en la marcha y cambia de parecer.

—De acuerdo. Nosotros tres continuaremos. —Se dirige a Nico—: Si te aburres puedes bajar hasta Arenas, que es un pueblo más grande. Echas un vistazo por el centro de Sotres, y cuando veas algún todoterreno de empresas de aventura con intención de regresar, le dices al conductor que eres amigo mío y te bajará encantado. En esta zona nos conocemos todos.

—Creo que me quedaré en Sotres.

—Pues te recogeremos allí a la vuelta —aclara Germán—. Nos mandas un mensaje y nos dices dónde estás.

Nico asiente e inicia el descenso despacio. Los demás prosiguen en dirección al refugio.

Por el momento, a Germán no le preocupan las pastillas. Esa mancha difusa, atisbada desde el aparcamiento, no se le ha ido de la cabeza. Los rebecos prefieren zonas de más altitud, así que puede tratarse de un corzo, un zorro, una comadreja, un lobo, un gato montés, incluso un oso... Germán se inclina por un gato montés. No obstante, su presencia ha sido efímera, insuficiente para determinar la especie.

Charlan de mil asuntos que surgen sobre la marcha. Germán suelta anzuelos de vez en cuando y los chicos hincan el diente con facilidad. La táctica le sirve para enterarse de que tal vez la lesión en la espalda de Nico no tenga su origen en la confrontación con otro tenista, sino en otro tipo de enfrentamientos menos deportivos.

Al invierno le cuesta despedirse, prueba de ello es que en las zonas más sombrías los recibe algún que otro nevero.

Cien metros antes de llegar al refugio se topan con un extraño artilugio. Unas vías de hierro sobresalen del lado derecho de la ladera, donde se ha tapiado una vieja bocamina, y cruzan por encima del camino. Sobre ellas descansa abandonada una vagoneta oxidada en la que se extraía mineral.

El camino termina en un refugio llamado Casetón de Ándara. La presencia de un todoterreno en la explanada contigua anuncia que el guarda se encuentra en el interior. A la izquierda del Casetón nace un sendero que zigzaguea a través de un canchal con el fin de sortear la muralla rocosa que circunda el refugio. Una vez superado el escollo, alcanzan una zona llana. La intención inicial de Germán es tomar el sendero que conduce a la base de los picos Samelar y Sagrado Corazón, cualquiera de ellos asequibles a las piernas de Darío, poco diestras en manejarse por esos terrenos.

Germán no ha dejado de cavilar sobre el animal que ha atisbado tras cambiar la rueda y se ha esfumado acto seguido. Conserva la esperanza de que la cámara haya captado alguna imagen con calidad suficiente para identificarlo.

Se detiene y echa mano de los prismáticos. Traza un barrido parsimonioso de izquierda a derecha.

—Papá, ¿por qué miras tanto con esos puñeteros chismes? —quiere saber Darío—. Aquí no hay más que piedras.

—Suele moverse por esta zona una familia de rebecos y me gustaría fotografiarlos. A veces suben a los riscos y, si los pillas a contraluz, te queda una foto para enmarcar.

Germán interrumpe el barrido y enfoca un punto lejano.

—Guau. Allí veo algo.

Sin moverse del sitio, cuelga los prismáticos del cuello y echa mano de la cámara. Gira el zoom al máximo y dispara.

—Están por ahí arriba —asegura con los ojos puestos en la falda de una mole de roca con la base cubierta de nieve.

Cambia de opinión de forma repentina. Vuelve sobre sus pasos y toma el sendero que vira hacia el suroeste.

Comunica a los chicos que dejarán la ruta prevista para otro día y se dirigirán hacia la Pica del Jierro o al Valdominguero, en función de las fuerzas que les resten. Habla en plural, pero piensa en Darío, el menos acostumbrado a bregar por terrenos escarpados.

El sendero se adentra en un valle y lo bordea a media altura por el flanco derecho. Un indicador de madera clavado en la tierra indica que esa zona se conoce como Pozo de Ándara. Una pradera estrecha y larga ocupa la hondonada. La mitad izquierda, protegida del sol por una ladera de roca, yace cubierta de nieve. En la vertiente sombría se aprecia un gran número de cuevas que no parecen naturales. De hecho, están precedidas por escombreras de piedra menuda.

—¿Y esos agujeros? —pregunta Darío.

—Son bocaminas. Como la de la vagoneta que hemos dejado junto al refugio. Hay muchas en esta zona.

—O sea que cada cueva es una mina —intuye Diego.

—Más o menos. Cuando los mineros encontraban una veta de mineral, excavaban hasta que se terminaba y luego picaban en otro sitio. No soy un experto, pero supongo que así es como trabajaban.

A Darío se le ve interesado en el tema.

—¿Son profundas?

—Algunas disponen de túneles bastante largos con raíles para la circulación de los vagones. —Germán extiende el brazo hacia la explanada—. Hace cien años un gran lago ocupaba todo el valle, pero una voladura en una de las minas fracturó la capa de pizarra que frenaba la filtración del agua y el lago se vació casi por completo. Un par de pequeñas lagunas, una en cada extremo de la pradera, es lo único que queda del antiguo pozo. No las veis porque están heladas y cubiertas por la nieve que ha caído esta noche.

El grupo deja el sendero y desciende unos treinta metros hasta alcanzar la hondonada.

—Podéis subir por la escombrera y echar un vistazo a cualquiera de las bocaminas —propone Germán—. Pero tened cuidado al cruzar, la nieve está blanda. El hielo no avisa.

Darío escucha a su padre con los dientes apretados, tratando de contener la excitación. No duda ni un segundo en aceptar la invitación.

—Yo me largo a verlas, ¿vienes? —apremia emocionado a su amigo.

—Pues claro.

—Yo he visto esas cuevas muchas veces —se desentiende Germán—. Os espero aquí abajo.

Darío da un amplio rodeo para evitar la superficie nevada y enfila la escombrera con ímpetu; Diego lo sigue con más serenidad. Ambos penetran en una bocamina con forma semicircular. De inmediato se percibe un drástico cambio de temperatura. Allí dentro hace un frío invernal. El túnel está cubierto de charcos, fango y piedras resbaladizas. Darío avanza sobre las piedras con los brazos en cruz para mantener el equilibrio. Diego prefiere dar media vuelta y esperarlo en la boca de la cueva. Desde allí contempla la llegada de una pareja por el mismo sendero que han usado ellos. Caminan despacio, de vez en cuando se hacen una foto y se dedican carantoñas. Calzan zapatillas deportivas, así que difícilmente serán capaces de sobrepasar los profundos neveros que escoltan las montañas. Tal vez tengan pretensiones más modestas, como visitar los restos de la mina.

La perra se revuelca en la nieve, ladra como una loca, corre hacia la pareja, da un par de vueltas a su alrededor y regresa junto a su amo. Se pega a sus rodillas con la boca abierta, la lengua fuera y el resuello agitado. Germán le sacude la nieve del lomo y le acaricia la cabeza. Acto seguido echa mano a los prismáticos en busca de un nuevo avistamiento, algo que va a ser difícil mientras no salgan del valle, ganen altitud y se acerquen a las estribaciones de la cordillera. Si no se da prisa, perderá el rastro del animal. Gira en redondo hacia la bocamina y hace un gesto con la mano a Diego para continuar la marcha. El chico entra en la cueva con la intención de transmitírselo a Darío, y encuentra a su amigo hipnotizado por la presencia de un pozo al final del túnel. No se alcanza a ver el fondo. Darío disfruta tirando piedras a las paredes del inmenso agujero. El último impacto coincide con un silbido y una orden procedentes del exterior.

—Chicos, vámonos —se escucha a Germán, que comienza a impacientarse.

—Ya has oído a tu padre.

—Ahora voy —responde Darío sin mucho afán de abandonar la distracción que le aporta la resonancia de una piedra al estamparse contra la roca.

Diego obedece las indicaciones de Germán y sale de la cueva. Desciende por la escombrera para reunirse con el montañero, que espera de pie, embelesado y con los prismáticos sobre la nariz. En la falda de uno de los picos se aprecia un nevero estrecho y alargado, como una ceja canosa. Suelta los prismáticos y echa mano de la cámara. Enfoca y dispara varias veces. Ha mencionado a los chicos la existencia de una familia de rebecos, pero lo que en verdad persigue es una presencia tan misteriosa como intermitente.

Devuelve la cámara al pecho y maldice. Al bicho le gusta jugar al escondite con Germán y él va siempre un paso por detrás.

Al verlo tan obsesionado, a Diego le entra la curiosidad.

—¿Me dejas los prismáticos?

—Por supuesto.

—Tú no buscas rebecos. A mí no me la das —presume Diego.

Germán sonríe, libera la correa del cuello y se los cede. Pesan una barbaridad. Le explica cómo funciona la rueda de enfoque. El chico gira la rueda hasta que alcanza una perfecta nitidez. Tarda un rato en localizar el nevero. Lo recorre en toda su extensión. Se aprecia hasta el reflejo del sol en la nieve helada, pero no encuentra ningún ser vivo. Aparta los prismáticos y resopla.

Durante el camino Germán no se ha olvidado de las pastillas, ni de su recelo hacia Diego, simplemente se ha visto relegado a un segundo plano, atraído por la figura enigmática del animal. No pensaba recriminarle el comportamiento mientras estuviera presente su hijo, por lo que aprovecha que Darío permanece en la cueva y aborda al muchacho con un tono seco e intimidatorio.

—He visto las pastillas en el maletero.

El chico cambia la expresión de felicidad por una mueca de desconcierto.

—Son vitaminas —replica con lo primero que le viene a la cabeza—. Las tomo para concentrarme a la hora de estudiar.

—No me tomes por estúpido. Aún puedo leer las letras pequeñas, y en la etiqueta ponía otra cosa.

—Tranquilo. Sé lo que hago. Soy un adulto —escupe con rabia. La situación resulta incómoda para ambos.

—No es lo mismo cumplir dieciocho años que ser un adulto.

—Pues no veo la diferencia.

—Que no la veas no significa que no exista.

—Germán, no me vengas con esas —reprocha Diego sin acritud, con la única intención de que se olvide del tema—. Estábamos disfrutando de las montañas, es un día maravilloso, y ahora me sueltas un sermón.

—No lo veas como un sermón, más bien como un consejo. Hay otras formas de ponerse fuerte sin meterse sustancias extrañas en el cuerpo.

—Vale, vale. —Diego aparta la mirada para eludir su expresión desafiante—. Venga, vamos a subir de una vez a esa montaña y olvidemos el tema.

—Antes de subir a ningún sitio quiero que me aclares una cosa. ¿Esas pastillas las tomas tú solo o las compartes con los amigos? Y me refiero a uno en concreto.

Antes de que el chico tenga oportunidad de responder, Darío sale de la cueva, trota por la escombrera y se reúne con ellos. Germán duda si continuar con la conversación e involucrar a su hijo, o dejarlo para otro momento más oportuno.

Darío observa tensión en el rostro de su padre y una amarga resignación en el de su amigo.

—¿Qué pasa aquí? ¿Me he perdido algo?

Germán guarda silencio. Es Diego quien lo informa.

—Tu padre ha descubierto las pastillas en el maletero.

Darío contempla a su padre con temerosa cautela.

—Ya le he dicho que soy mayor para tomar esteroides si me apetece —anuncia Diego para que su amigo sepa lo que se cuece.

Las pupilas de Darío saltan de uno a otro. Desconcertado, no sabe cómo reaccionar. Germán recupera la actitud beligerante y se dirige a Diego en tono admonitorio.

—Eres muy joven para engancharte a esa mierda. ¿Has leído los efectos secundarios?

—No me vengas con esas. Todos los medicamentos tienen un montón.

Darío da un paso hacia su padre y traga saliva.

—Papá, le estás echando a Diego una bronca que no merece.

Germán vuelve la cabeza hacia su hijo con parsimonia.

—¿Qué quieres decir?

—No es Diego quien toma esas pastillas.

El hombre se dirige a su hijo con brusquedad y un buen acopio de sarcasmo.

—No me dirás que las consume su padre a escondidas y se olvidó de sacarlas del coche después de regalárselo a Diego.

—Su padre ni siquiera sabe lo que son los esteroides —explica Darío con los labios apretados.

Germán no tarda en reconocer ese gesto. Es el que su hijo esboza cuando lo reprende porque las notas no son buenas.

—Hijo —grita Germán—, ¿no serán tuyas?

—Desde la primera hasta la última —admite Darío con firmeza y el mentón bien erguido.

Germán lo agarra por los hombros y lo menea como si fuera un peluche.

—¿Y por qué narices están en el maletero de tu amigo?

—No las iba a dejar en casa —responde Darío con un punto de insolencia—. Mamá me inspecciona la habitación cada vez que limpia.

—Si no las tomaras, no tendrías que esconderlas.

Diego asiste a la disputa en calidad de observador imparcial. Considera que ambos tienen razón. Se siente culpable por permitir que el maletero de su coche sea el botiquín ambulante de Darío, pero son amigos y la amistad está por encima de todo.

—¡Mira qué brazos! —Darío se señala los escuálidos bíceps y unos muslos igual de enclenques, y lo efectúa con una vehemencia que sorprende a su padre y lo saca de quicio—. ¡Mira qué mierda de piernecillas!

—Pues ve al gimnasio en vez de a la farmacia —ruge Germán, endemoniado por la equivocada actitud de su hijo.

—Haré lo que me apetezca —encrespa el tono Darío. La disputa debe de oírse en todo el valle, amplificada por el eco que devuelven las laderas rocosas.

—¿Cómo has dicho? —explota Germán.

—Que haré lo que me dé la gana —lo desafía Darío, que se ha sacudido ya la condición de hijo reverente.

Germán ha consentido las primeras embestidas, pero la última lo ha sacado de sus casillas y no va a ser tan condescendiente. Vuelve a acercarse a Darío repleto de ira y agita el dedo índice frente a su nariz. Su hijo no solo ha tomado una decisión equivocada, sino que le falta al respeto y cuestiona su autoridad, algo que no había ocurrido jamás y jamás debería ocurrir.

—Se acabó la costumbre de dormir hasta las doce y luego pasarte el día en la playa haciendo el gandul. Este verano madrugarás todos los santos días, vendrás conmigo a las montañas y empezarás a escalar. Verás qué músculos echas sin necesidad de tomar basura.

Darío arde por dentro. Él tampoco está acostumbrado a que lo amenacen o le den órdenes en presencia de sus amigos. Si su padre lo hubiera reñido en privado, podría haber agachado la cabeza, pero lo ha escarnecido delante de su amigo, la peor afrenta para su orgullo.

No contento con los reproches, Germán propina un par de empujones a su hijo.

—En cuanto lleguemos al coche, tiras ese bote al primer contenedor que encontremos, ¿me oyes? —Vuelve a asestarle otro empujón, esta vez más impetuoso, que desplaza con facilidad el cuerpo escuálido de Darío—. Y este verano, mochila a la espalda y a las montañas desde bien pronto. Con la fresca es como mejor se anda.

Darío tensa la boca y cierra los puños. Ha pasado en un instante de la irritación a la cólera. Le esperan unas vacaciones penosas y muy diferentes a sus previsiones.

Los tres amigos habían planeado un verano de lujo tras acabar el bachillerato. Nico, que era quien andaba más sobrado de billetes, pondría la pasta. Darío se había encargado de reservar un apartamento en Noja y había elaborado un programa de actividades de lo más estimulante, agenda a la que se unirían unas chicas de Burgos que solían disfrutar el mes de julio en el camping. El coche para pasarse todo el día de un lado para otro corría de cuenta de Diego.

Darío ha vivido durante meses dentro de una ensoñación. Su padre lo ha despertado a gritos y ha profanado el santuario de su recién estrenada libertad. Le ha arrancado el caramelo de la boca cuando empezaba a salivar. Iba a ser el primer gran verano de sus vidas, algo parecido al descubrimiento de un continente. El plan se ha hecho añicos por unos comprimidos. Y lo peor es que el padre de Darío no es de los que se arrepienten a la hora de rebajar los castigos. Su testarudez es bien conocida por los chicos.

Germán agarra por los brazos a Diego.

—Lo siento, muchacho, se acabó la excursión. Ya la reanudaremos en otro momento.

—Vale, vale. No pasa nada —asume sin la más mínima queja. Lo último que le importa en ese momento es la ruta.

Antes de emprender el camino de regreso, Germán echa mano a la funda de la cámara con la intención de guardarla. La sesión de fotos ha terminado.

Aunque no ha hablado en exceso, la discusión ha dejado la boca seca a Diego, que deja los prismáticos sobre una roca, se quita la mochila, saca la cantimplora y da un buen trago antes de afrontar la bajada, que imagina será tensa y rápida, dadas las circunstancias.

Darío observa a su padre con asco. Entreabre los ojos, cegado por un odio repentino, desmedido y feroz. Resopla como un bisonte en plena estampida. La inquina se ha materializado en un ataque de rabia. Echa mano a los prismáticos y los lanza con saña hacia el lugar donde se encuentra Germán, arrebato que supone un gesto de desafío hacia su padre y una inequívoca señal de desprecio.

Los prismáticos vuelan sobre la cabeza de Germán y aterrizan en el espumoso manto de nieve bajo el que se esconde una laguna helada. El impacto contra el hielo asusta a Germán, y las manos pierden el control de la cámara justo cuando se disponía a enfundarla. El disparo accidental capta un insulso cielo azul visitado en ese momento por una nube huérfana.

El hombre vuelve la cabeza hacia los chicos. Sus pupilas rezuman asombro, una profunda decepción y la triste constatación de una derrota.

Con el afán de recuperar los prismáticos cuanto antes y verificar si han sufrido algún daño, se olvida por un instante de su hijo y corre hacia ellos. No llega a dar ni tres pasos cuando su bota derecha se desliza hacia delante como si fuera un patín de *hockey*. Germán cae de espaldas. Su nuca rebota contra el hielo con extrema violencia. La fina capa de nieve fresca ha sido incapaz de amortiguar el golpe.

Diego echa a correr hasta alcanzar la zona nevada y la invade con cautela. Se planta junto al brazo izquierdo de Germán, encogido y aferrado a la cámara, igual que si guardara un tesoro. El cuerpo yace con las piernas abiertas, estiradas e inmóviles. El brazo derecho ha quedado oculto bajo el cuerpo tras un intento de apoyo frustrado. Diego da un respingo hacia atrás al observar el rostro inexpresivo y la mirada clavada en el cielo. La garganta de Germán emite un gorgoteo, como si la laringe se le hubiera encasquillado.

El joven suelta un berrido tan agudo y estridente que desgarra el aire.

49

Diego hinca las rodillas en la nieve. Pone la mano izquierda en el cuello de Germán y la derecha en el pecho. De pie junto a su padre, Darío emite suspiros entrecortados. Mira a su amigo con ansiedad, a la espera de que le dé buenas noticias. Diego niega con la cabeza y se le eriza el vello al reconocer que el corazón de Germán ha dejado de latir.

Tras un resoplido largo y profundo destinado a contener la ira, Diego lanza un grito furioso.

—¡¿Qué has hecho, cretino?!

—¿Estás seguro de que ha muerto? —balbucea Darío.

—Por completo. —Hace un aspaviento elocuente—. No hay que ser un genio para reconocer esas cosas.

—«Tened cuidado. La nieve está blanda. El hielo no avisa.» —Darío parodia a su padre. Su semblante transmite congoja, pero no parece sacudido por la culpa o por un súbito arrepentimiento—. Pues ha sido él, precisamente él, quien ha cometido la imprudencia.

—¿Imprudencia? ¡Eres tú quien le ha tirado los prismáticos! —brama con rabia—. Tu padre pensaba que quizá se habían roto. Ni siquiera se ha acordado de que estaba en medio de una laguna helada.

Darío agita la cabeza y cierra los puños.

—Me ha puesto de los nervios con sus amenazas. ¿No lo has visto?

Darío observa el cadáver con un asomo de turbación. Gimotea y se limpia los ojos con las mangas del chubasquero. El abatimiento no le dura en exceso. Frunce la nariz y pasea la mirada por el valle, preocupado porque el suceso haya tenido espectadores indeseados. Parece más angustiado por la inseguridad que por la aflicción.

—Ahora vuelvo —informa.

—¿Adónde narices vas?

—Al entrar en la bocamina he visto venir gente por el sendero.

—Yo también los he visto. Era una pareja.

Darío mete las manos en los bolsillos del chubasquero y recorre a buen paso unos cien metros en dirección al fondo del valle. Camina por el lado de la pradera, donde la nieve se ha deshecho, y regresa más nervioso de lo que se fue.

—Tu padre está muerto. ¿Qué vamos a hacer? —pregunta Diego.

Darío se mesa el cabello con rabia en lugar de contestar. Su cabeza vaga en busca de una solución.

Al divisar los prismáticos, se adentra en la nieve con sumo cuidado y los recupera. Vuelve con la misma cautela, abre la mochila de su padre y los guarda.

—Tendremos que llamar a emergencias —le propone Diego.

Darío se cubre las orejas con las manos y agita la cabeza, como si no quisiera oír.

—Ni se te ocurra. Nada de eso.

—¿Por qué? Ha sido una desgracia. Tú...

—Al final del valle he visto huellas de la pareja. Han bajado desde el sendero a la pradera y deben andar husmeando por ahí. Seguro que han visto lo sucedido.

—Después de los gritos que habéis dado, no me extrañaría.

—Para grito el tuyo. ¡Menudo histérico! Y la puñetera perra no ha dejado de ladrar en toda la mañana. En este valle hay un eco del demonio. Estoy convencido de que alguien ha presenciado la escenita. Tenemos que hacer algo ya.

—Llamar a emergencias. Eso es lo que tenemos que hacer. Te has portado como un desgraciado, pero no lo has matado tú.

—En el aparcamiento había un montón de coches. Es probable que la mitad de los montañeros hayan tomado la dirección del otro valle, donde mi padre quería ir al principio, y el resto anden por ahí arriba dando por saco.

—En todo caso, habrán observado una discusión entre padre e hijo, tampoco es tan grave. Deberíamos llamar...

Darío interrumpirme con furia a su amigo:

—¡Ni se te ocurra! ¡La gente que anda por ahí contará que me han visto lanzarle los prismáticos! Al final, todo se sabe. Mi madre se enterará de que mi padre ha muerto por mi culpa y eso no puede ser. ¡Ella no debe saberlo, me haría la vida imposible! A la Guardia Civil le extrañará que un guía de montaña, harto de pisar hielo y nieve, se resbale en una charquita helada. Nos preguntarán qué ha pasado, rascarán hasta que cantemos. Y te conozco bien, Diego. Eres como una esponja, en cuanto te estrujen lo soltarás todo. Tirarán del hilo, descubrirán que vendo pastillas y mi vida se irá por el desagüe.

Darío mira con desesperación a su amigo. Sabe que no necesita convencerlo para que guarde silencio. Para ellos la amistad está por encima de cualquier cosa. Se pone a prueba en situaciones así, momentos de vida o muerte, nunca mejor dicho. Amistad significa lealtad, el mejor blindaje ante cualquier contratiempo. Y la lealtad es absoluta o no lo es, no admite grados.

Aunque no haya presenciado la tragedia, Nico aguarda en Sotres. Darío deberá contarle lo ocurrido, pero en él confía menos.

Diego acaricia la espalda de Germán abrumado por la incomprensión, el espanto y la tristeza. Comienza a sollozar.

—¡Tu padre está muerto por culpa de unas puñeteras pastillas!

Darío muda su expresión, que adquiere una dureza pétrea.

—Déjate de reproches. —Saca el móvil del bolsillo y echa un vistazo rápido—. Yo tengo cobertura, ¿y tú?

Diego mira la pantalla de su teléfono.

—Dos rayitas.

—La pareja que acaba de pasar, si ha contemplado la escena, ya habrá llamado a la Guardia Civil. Dentro de nada vamos a tener aquí al helicóptero dando vueltas. Y estamos en medio de la nieve, como para no vernos. —Lanza un bufido—. Tenemos que arreglar esto de una puñetera vez.

Diego se levanta sin dejar de contemplar el cadáver. Conserva la ingenua esperanza de que en algún momento se incorpore y se sacuda con la mano el verdín de los pantalones, como le ha visto hacer tantas veces.

—Hay que ocultarlo —sugiere Darío—. La bocamina es un buen sitio. Profunda, oscura y alejada del sendero. Será difícil localizarlo allí dentro. —Traga saliva—. Otra cosa importante: tenemos que transmitir la idea de que mi padre iba solo, ¿vale? Mi madre no sabe que hoy estaba con nosotros, y el todoterreno se ha quedado en el garaje. Creerá que ha ido a dar un paseo por el Sardinero.

—Ahora mismo no puedo pensar —admite Diego mientras se aplasta la cabeza con las manos.

Darío se frota la barbilla y da rodeos alrededor del cuerpo de su padre sin dejar de cavilar.

—Aparte de la pareja esa, a lo largo del camino no nos hemos cruzado con nadie. ¿Tú recuerdas haber visto a alguien?

Diego niega con la cabeza.

—Al pasar por el refugio no vi al guarda, pero no me fío ni un pelo. Lo mismo nos ha visto desde dentro. Charlábamos a grito pelado.

Diego vuelve a negar.

—Ahora toca simular que mi padre estaba solo —insiste Darío—. Si encuentran el cuerpo y revelan el carrete, verán que no aparece nadie más. Así que haré fotos hasta acabarlo.

Contempla la cabeza de su padre. La correa de la cámara fotográfica le rodea el cuello. Se hinca de bruces frente al cuerpo, alza la cabeza sin el menor recato y extrae la correa de la cámara. Diego se tapa la cara, no lo puede soportar.

Darío dispara con la cámara a diversos puntos sin esforzarse en el encuadre. La prisa y el nerviosismo le atenazan los dedos y no cuida el enfoque. Llega un momento en que el pulsador se bloquea, señal de que se ha terminado el carrete. Borra las huellas con el forro del chubasquero, introduce la cámara en la funda y la aloja en la mochila del muerto.

—Venga. Ayúdame —ordena.

Extrae el móvil y la cartera de la mochila de Germán, guarda esta última en su propia mochila y deja caer un pedrusco sobre el móvil varias veces, hasta que el aparato no es más que un amasijo de plástico y circuitos electrónicos. Los guarda en un bolsillo de su chubasquero.

Entre los dos arrastran el cuerpo en dirección a la cueva de forma desmañada, a empellones. La bocamina alberga un largo túnel que termina en un pozo. Remolcan el cadáver por él hasta alcanzar el borde del agujero. Diego ya no lo soporta más y regresa a la entrada de la cueva. Decide que ha llegado el momento de abandonar la escena. Con un nudo en el estómago, deja que sea Darío quien haga de enterrador.

Un entierro sin tierra.

En ese instante se escuchan los ladridos de la perra.

—Maldito bicharraco —despotrica Darío.

El chico recapacita. Si la perra permanece en los alrededores, no tardará en buscar a su dueño. Husmeará hasta dar con la cueva y ofrecerá el mejor señuelo. Sus ladridos alarmarán a cualquier montañero que ande por la zona y no tardarán mucho en descubrir el cadáver.

Germán solía llevar lonchas de cecina en la mochila. Unas se las comía él —le encantaba masticarlas como si fuera chicle— y el resto se las daba a la perra. Darío abre la mochila de su padre y busca en el fondo hasta que localiza un pequeño paquete envuelto en papel de aluminio. Lo desenvuelve, comprueba el contenido y se lo guarda en el bolsillo. Cierra la mochila y lanza un sonoro suspiro de alivio.

Sin miramientos, como si el cuerpo de su padre fuera un fardo de harina, se ayuda del empeine para arrojarlo al pozo. El impacto contra el fondo de roca devuelve un rumor seco.

Mientras Diego sigue paralizado, Darío sale del túnel dispuesto a cerrar el último capítulo. Silba para que la perra lo acompañe. En un principio se hace la remolona, se aposenta junto a la cueva y gime. En cuanto le muestra una loncha de cecina, corre hacia él.

En otra de las bocaminas cava un pequeño agujero y entierra los restos del móvil de su padre.

Diego termina por unirse a Darío. Acompañados de la perra, los dos amigos enfilan el camino de regreso. Durante la marcha Diego permanece mudo, con las manos metidas en los bolsillos del chubasquero y la cabeza hundida en el pecho. A veces le da una patada a una piedra. Es la única muestra de rebeldía.

En el aparcamiento no encuentran a Nico por ningún lado. Darío consulta su móvil y lee un mensaje suyo: ha decidido quedarse en Sotres. Los espera en la terraza del restaurante Peña Castil, al final del pueblo.

—Tenemos un problema —se alarma Darío—. No me fío de Nico al cien por cien, así que no podemos contarle la verdad.

—¿Y qué le vas a decir, que tu padre se ha perdido? ¡Un guía de montaña perdido en la montaña! Ni el más tonto de la clase se lo creería.

—Ya se me ocurrirá algo de camino. Vámonos.

Darío atrae a la perra con las últimas lonchas de cecina y el animal entra en el coche.

Es mediodía cuando llegan a Sotres. Nico dormita en una de las mesas de madera de la terraza, escoltado por un bote de refresco y una bolsa de patatas fritas vacía.

—Nico, vámonos —lo apremia Darío desde el coche mientras da un par de palmadas en la chapa.

Nico echa mano a su mochila, sale disparado y la deposita en el maletero. Al abrir la portezuela se extraña de ver a la perra y no al dueño.

—¿Dónde está Germán?

Darío no responde, ni siquiera atiende la interpelación de su amigo.

Nico se acomoda y hace una carantoña al animal.

—¿Dónde has dejado a tu padre? —pregunta de nuevo.

Al comprobar que no va a obtener respuesta, saca sus propias conclusiones y decide compartirlas.

—Ya me lo imagino. Cuando dije que quería volver porque me dolía la espalda, la intención de Diego era continuar y tú, por el contrario, querías acompañarme. Tu padre hizo caso a Diego y a ti te molestó. Supongo que discutisteis y te mandó a la porra.

Al ver que el atosigamiento de Nico no va a cesar, Darío decide responder, aunque de forma vaga.

—No hemos discutido por eso. Vaya estupidez.

Darío está haciendo tiempo. No sabe qué contar a Nico sobre la ausencia de su padre.

La salida del pueblo resulta peliaguda. Una carretera estrecha sembrada de curvas muy cerradas y con gran inclinación obliga a Diego a circular en primera. No está muy ducho en la conducción, en caso de encontrarse con un coche de frente no va a saber qué hacer.

Nico no ceja.

—¿Qué ha pasado entre padre e hijo? A ver si alguno de los dos me lo va a explicar o tengo que preguntárselo a la perra.

—Un momento, que nos vamos a matar —replica Diego con las manos agarrotadas sobre el volante y la vista fija en el asfalto.

Superan con éxito el tramo de curvas y abordan una recta no muy larga. Se cruzan con el todoterreno de una empresa de aventura. El rótulo que luce el vehículo aporta a Darío una idea salvadora.

—Cuando llegamos al aparcamiento nos encontramos con Marcos, un guía que fue amigo de mi padre. Hacía tiempo que no se veían, así que mi padre ha decidido regresar con él y así ponerse al día. O a lo mejor es que no se fía de Diego al volante. —Suelta una risita forzada—. Por aquí hay unos precipicios de mucho cuidado.

—Esta perra no se separa nunca de tu padre.

—*Smoking* ha cambiado de bando, ¿verdad? —Darío rasca la cabeza de la perra, que le responde con un lametazo en la mano—. Mi padre me dijo que no iba a llenar de pelos el todoterreno de su colega. Así que me pidió que la bajara yo.

Nico asiente. Da por satisfactoria la aclaración.

Durante el largo trecho que resta hasta Santander, Darío solo responde a la cháchara de Nico con monosílabos. Su cabeza está en otra parte, en busca de alternativas ante lo que se le avecina. No puede presentarse en casa con la perra y sin su padre. Debe dar con una solución lo antes posible, y los kilómetros vuelan.

—Nico, tu casa será la primera parada —anuncia Diego con la intención de que la iniciativa suene natural.

—Pero la de Darío te pilla antes —se extraña.

—Tengo que ir al taller para que me arreglen la rueda pinchada y me viene mejor así —improvisa Diego con astucia.

Detiene el coche frente al portal de Nico. Su corazón baja de pulsaciones en cuanto el amigo saca la mochila del maletero y se aleja. A continuación, estrella la frente contra el volante, resopla y cierra los ojos durante unos instantes. Ahora que Nico ha desaparecido de la escena, surgen otros dilemas.

—¿Qué hacemos ahora con la perra? —quiere saber Diego—. No tendrás previsto llevarla a una perrera municipal y contar que la has encontrado en el campo.

—Ya lo he pensado, pero no puede ser. Tiene un chip con nuestros datos.

—¿Entonces?

Darío enarca las cejas y se encoge de hombros.

—No se me ocurre nada.

—Tengo una amiga que vive en una granja. Su hermano y ella se dedican al negocio de la miel y tienen perros. Es posible que no les importe alojar a *Smoking*.

—¿Dónde está la granja?

—En Mogrovejo, un pueblo de Liébana.

—Ufff. ¿Te importa llevar a la perra tú solo? Ir hasta allí y volver nos llevará toda la tarde y no quiero que mi madre se preocupe. No sabe dónde estoy.

—Por mí no hay inconveniente. Casi mejor, así nadie te verá.

Diego aparca frente a la casa de Darío, que le hace una caricia en el cuello en señal de gratitud. El encubrimiento le ha salido muy barato.

Los tres amigos volvieron a verse las caras el lunes en el instituto. Darío les transmitió su preocupación y les contó que su padre no había regresado a casa. Su madre y él creían que había desaparecido. A Nico la noticia le produjo una gran desazón; entre Germán y él se había forjado una gran amistad a raíz de las excursiones a los Picos. Darío depositó sus sospechas en el montañero con el que su padre se encontró por azar y que debería haberlo llevado de vuelta a Santander. Se trataba de un viejo amigo de Germán llamado Marcos Laguna.

Nico creyó a pies juntillas la versión relatada por Darío en el coche y ratificada por Diego. Tras pasar una semana sin que Germán diera señales de vida, Nico se convenció de que ese tal Marcos había matado a Germán y ocultado su cuerpo en algún escondrijo de la cordillera. Rosana, la hija mayor de Marcos, iba al instituto, aunque dos o tres cursos por debajo. En cuanto Nico descubrió su cuerpo menudo en el patio, asumió el papel de macho vengativo y descargó su ira sobre la chica, encandilado por la idea de que a Marcos le haría más daño ver sufrir a su hija que sentirlo en carne propia.

Unos meses después sobrevino el accidente en la pista de esquí. Nico vio de lejos a Rosana y soltó: «Mirad, el pingüino está en la nieve, su medio natural». El comentario sirvió de inspiración a Darío, que dio la orden de lanzarse a por ella.

Los chicos disfrutaron de una década plácida. Nico vivió convencido de que el autor de la desaparición de Germán había sido Marcos. En cuanto a sus ocupaciones, Darío desechó la idea de ir a la universidad y, al jubilarse su abuelo, se quedó con su licencia de taxi. Se dio cuenta de que adaptarlo para minusválidos podría ser un buen negocio: la demanda de esos servicios iba en aumento. Por su parte, Diego se instaló en la granja, junto a Sofía y Juanjo. Se dedicó a la cría de perros de raza y, poco a poco, dio el salto a los caballos.

Cuando Nico se topó con la doctora Laguna en la consulta, se esfumó la tranquilidad. La doctora lo reconoció como uno de los chicos del trineo, pero Nico le devolvió la bola, como le gustaba decir a él. Le contó a la doctora que había sido Marcos quien había hecho desaparecer a Germán, tras encontrarse en las montañas el día de la excursión. La doctora Laguna se enfureció al escuchar una acusación tan aberrante. Su padre le había contado docenas de veces que aquel día había recogido a unos montañeros en Sotres y los había llevado hasta Pandébano, desde donde emprendieron ruta hacia los Urrieles. Pandébano se encuentra en dirección oeste, y el lugar donde desapareció Germán, más bien al este. Y no se puede estar en dos lugares tan distantes al mismo tiempo.

Tras la firme confesión de la doctora, Nico barajó la posibilidad de que sus amigos le hubieran mentido durante años. Tenía en mayor consideración a Diego y sabía que era más fiable. Lo invitó a cenar en el restaurante La Viga y le enseñó una foto de Bruno en silla de ruedas para agitar su conciencia. Diego agachó la cabeza y le rogó que la guardara. Se vino abajo y le contó lo ocurrido en las montañas.

En medio de la cena aparecieron Darío y su mujer. Como no podía ser de otra manera, Nico los invitó a unirse a la mesa. La presencia de la esposa de Darío ejerció de cortafuegos momentáneo. Nico aprovechó la salida de la chica al baño para vomitar su ira sobre Darío. En ese instante se encendió la mecha. Las amenazas de Nico de acudir a la policía se vieron respondidas de forma airada por Darío, mientras Diego trataba de mantener la calma.

Al salir del restaurante, decidieron pasar el resto de la velada en Santander, enmendar lo que se había torcido y tranquilizar los ánimos. Una insinuación de Darío sobre la lealtad, indigerible para Nico, contribuyó a que este lo empujara y la cosa se liara. Al día siguiente de operar a Nico, Diego tuvo un accidente de moto en la S-20, producido por el nerviosismo que lo atenazaba desde la dichosa cena. Lo trasladaron al hospital Ribemar y lo ingresaron en el área de Traumatología. Su habitación no distaba mucho de la de Nico.

Tras el bajón anímico sobrevenido por el asunto de la mano, Nico telefoneó a los dos para comunicarles que tenía pensado contarle a la policía lo ocurrido en las montañas y les aseguró que no había vuelta atrás.

En cuanto Diego pudo levantarse de la cama, fue a la habitación de Nico, que se alegró —y al mismo tiempo se extrañó— de verlo con un turbante y caminando de lado. Trató de convencerlo de que mantuviera la boca cerrada; ambos conocían de sobra a Darío y sabían que era un hierro al rojo cuando se calentaba, no tenía término medio. Nico le confesó que no le asustaba. Lo habían informado de que un guardia jurado vigilaba el pasillo y nadie podía acceder a esa zona del hospital. De modo que siguió adelante con su plan de declarar ante la policía.

Darío aprovechó una consulta al urólogo para acceder al pasillo, entrar en la habitación y estrangularlo. Siempre iba sobrado de sangre fría, así que, con el cadáver de Nico recostado en el sillón, sustrajo su teléfono y envió un mensaje a la novia. Le informó sobre la presencia sospechosa de un hombre con aspecto de montañero en el parque. Ese hombre era Marcos. Darío lo conocía de sobra porque había ejercido de taxista para su hijo en innumerables ocasiones. Colgó el teléfono, se sacudió los zapatos para desprender el barro de la suela y lo arrimó a las patas del sillón.

Mientras Diego caminaba por el pasillo, lo vio salir de la habitación de Nico con una caja de bombones en la mano. Al verse descubierto, Darío se dio media vuelta y desapareció en dirección a las consultas.

Darío había ejecutado una jugada magistral. En un primer momento señaló a Marcos, pues al hombre le sobraban razones para acabar con Nico. La policía siguió esa pista y depositó sus sospechas en el montañero. Como le salió mal la estratagema y la policía lo situó a él en el punto de mira, desvió la atención hacia Diego, que había sembrado la habitación de huellas. En esa ocasión Darío reunía unas cartas ganadoras.

Entre los tres habían destrozado una familia poco a poco, a picotazos, como hacían los mineros en las montañas hace un siglo para extraer el mineral. Ahora tocaba despedazarse entre ellos.

50

Mayo de 2019

Una pareja a la que Carol no conoce se planta en casa de Benito.

—Somos los agentes Merino y Palacios —se presentan—. Queríamos hablar con Benito Nistal.

—Pasen al salón —indica Carol. Acto seguido cierra la puerta y regresa a la cocina.

Tras una semana tan convulsa, Benito ya no se asusta al recibir a policías en su casa. Ni siquiera la presencia del mismísimo Lucifer alteraría su ánimo. Lo que le sorprende es la caja de cartón que la agente Palacios sujeta en las manos.

—¿Me traen un regalo?

—Podríamos llamarlo así —responde Palacios—. Al menos estamos seguros de que le va a gustar.

La agente entrega la caja a Benito, que la abre con cautela.

—Oh, Dios, mi *myrtillocactus* —exclama con un chispazo de felicidad y gratitud en el semblante.

—Lo acostumbrado en estos casos sería citarlo en Jefatura, pero teníamos ganas de conocerlo en persona —explica Merino.

—Vaya, me lo tomaré como un cumplido.

—Desde que nos llamaron del cuartel de Torrelavega para preguntarnos si teníamos un cactus con una bala dentro, no me lo quito de la cabeza.

—Tendrá que explicarnos el misterio o lo meteremos en la cárcel —bromea Palacios.

—Fue un milagro, aunque supongo que ustedes no creen en ellos.

—Depende del día.

Benito no considera oportuno contar a los agentes el suceso de México. Si lo hizo con los guardias civiles fue porque lo habían acusado de un crimen y no le había quedado más remedio.

Deja la caja en el suelo, acuna la maceta en el regazo y conduce la silla hacia su pequeño jardín. Besa la maceta y la deposita en su emplazamiento original, girándola en el último momento para que ofrezca su mejor cara.

—¿Cómo es que se lo robó la doctora Laguna? —quiere saber Palacios.

—Venía mucho a verme. Yo era uno de los parias que mantenía su fundación y ella es muy buena relaciones públicas. Pasábamos buenos ratos de charla. En algún momento debí de decirle que este cactus procedía de México. Es la típica persona avispada que no pierde ripio en una conversación.

—Esa mujer le robó el cactus, pero no está implicada en el asunto de la silla, como usted pensaba —le explica la agente.

—¿Seguro?

—Estaba detenida cuando ocurrió.

—Ya me lo contó su hermana. Yo di por hecho que había sido la doctora o alguien de su confianza —reconoce Benito, sumido en una repentina confusión—. La llamé para reprocharle el fraude de la fundación y más tarde me vi en medio del mar.

—No se preocupe. Tarde o temprano daremos con el responsable.

La agente Palacios se acomoda en un sillón; Merino se apoya en el quicio de la puerta que comunica con la galería, disfruta de las vistas sin perder el hilo de la conversación.

—Además de traerle el cactus y ponerle al día sobre el chapuzón, queríamos comentarle el asunto del caballo —explica Palacios—. Lo hemos visto al entrar. Parece que se encuentra en buen estado.

—El veterinario lo ha reconocido y no ha encontrado nada digno de mención.

—Yo pertenezco al Grupo 1 de la Policía Judicial —anuncia Merino—. Hicimos lo que nos sugirió su abogada: visitar la granja. Sus sospechas eran correctas. Fue allí donde el caballo pasó un par de días.

—¿En serio?

—Los dueños son un hombre y una mujer. Pensábamos que iban a negar los hechos, pero ocurrió todo lo contrario. El hombre no escatimó en halagos hacia el animal. Nos dijo que era un ejemplar precioso y que no había visto nada igual.

—¿Esa gente estaba orgullosa de lo que había hecho? —se desespera Benito.

—Desde luego. ¿Y por qué no habría de estarlo?

No es la réplica que esperaba obtener. Nadie en su sano juicio roba un caballo y se jacta de ello frente a la policía.

—Disculpen, pero no entiendo ni una palabra.

—Esa gente no robó su caballo.

—¿Quién se lo llevó entonces?

—Pues ellos mismos, supongo. El dueño nos mostró el acuerdo para la monta. Contó que no solían firmar ese tipo de contratos, solo el certificado de cubrición cuando nacía el potro, pero como había que trasladar al caballo tantos kilómetros, no estaba de más. Y ese documento estaba firmado por usted.

Benito da un zarpazo al aire en señal de disconformidad.

—Yo no he firmado nada.

Merino dedica una mirada de asombro a Palacios, que reacciona con un encogimiento de hombros.

—Creo que hay un malentendido —apunta Merino. Abre una carpeta, extrae un documento y se lo entrega a Benito—. El dueño nos enseñó este acuerdo firmado por usted. Al parecer fue una mujer quien realizó la gestión.

Benito lee con parsimonia y se extraña de ver su firma estampada. Lo manosea, como si la textura del papel fuera más reveladora que el propio contenido.

—¿Una mujer? —pregunta intrigado.

—Quizá su abogada lo hizo en su nombre.

—Mi abogada no pudo ser. Fue ella quien presentó la denuncia y me ayudó a buscarlo.

—El dueño nos habló de una tal Elisa.

Benito alza la cabeza como si hubiera oído un trueno.

—¡Es mi esposa! —espeta con expresión de perplejidad y un atisbo de insolencia.

—En ese caso, es posible que fuera ella quien negoció las condiciones y falsificó su firma.

—A mis espaldas, la muy... —reprime su lengua—. Por eso se presentó aquí, no para interesarse por mí. Y lo peor de todo es que no he visto ni un céntimo de la operación. Se ha quedado con el dinero de la monta para gastárselo en sus juergas nocturnas.

—Eso no lo sabemos. Desde luego, los propietarios de la granja desconocían que su mujer actuaba a sus espaldas.

—Por eso aprovechó para llevar y traer el caballo cuando yo estaba en la playa. Seguro que ella misma les abrió la puerta —cavila Benito, que devuelve el documento al agente con un ademán hosco.

—Lo importante es que el caso se ha resuelto mucho más rápido de lo que esperábamos —aclara Merino—, aunque no con el resultado que esperaba usted.

La agente Palacios da la visita por terminada. Se incorpora y se encamina hacia la salida. Merino sigue sus pasos.

—Bueno, nosotros nos vamos. Investigaremos el incidente de la playa.

Benito se revuelve en la silla.

—¿Incidente? Yo lo llamaría intento de homicidio.

—Como quiera. Ya le he dicho que trabajamos en el caso —zanja Palacios y se despide con la versión desganada del saludo reglamentario.

Los policías abandonan la casa con la sensación de que Benito les ha tomado el pelo con el asunto de la bala, y tampoco otorgan excesiva credibilidad a lo que él considera intento de homicidio. Caballos, cactus, sillas que se meten en el mar... Mucho han de confabularse los astros —deben de pensar— para que a una misma persona le ocurran tantas cosas extrañas en tan poco tiempo.

De vuelta a Jefatura, Palacios saluda a Blasco al cruzar por delante de su despacho.

—Los compañeros acaban de traer a Diego Carpio —anuncia el inspector, sin aguardar a que su compañera se siente—. Nos espera en la sala.

—¿Ahora mismo? —reniega Palacios, apabullada por el apremio.

—En cuanto llegue su abogada empezamos.

Las pruebas reunidas contra Diego son contundentes. En la habitación de Nico han encontrado una buena colección de huellas: en la mesita, el sillón, la botella de agua, el teléfono... El forense ha dictaminado que el objeto con que se estranguló al tenista era circular y de unos cinco milímetros de grosor; lo más probable es que se tratara de un cable, pero no se puede descartar como hipótesis el tubo del sistema de goteo del suero. En cuanto al motivo, las razones de Diego para aniquilar a Nico ofrecían pocas dudas: Diego era el sospechoso principal del asesinato de Germán ocurrido hace trece años —la Guardia Civil de Torrelavega investigaba el caso—, y Nico pensaba revelar a la policía lo ocurrido en las montañas. Ante unas circunstancias tan adversas, eliminar al mensajero era lo más práctico para evitar que el mensaje llegase adonde no debía.

El inspector Blasco augura que Diego lo va a tener peliagudo, por no decir imposible, para salir de semejante atolladero.

Blasco comienza el interrogatorio con cuestiones menores, incluso algunas anecdóticas, para que el detenido se tranquilice. Poco a poco entra en materia y desliza interpelaciones más comprometedoras. La reacción de Diego no es ni mucho menos la esperada. No hace otra cosa que agachar la cabeza, soltar monosílabos, carraspear con frecuencia y encajar las acometidas del inspector sin prestarse a la batalla, como si una voz interior anulase su voluntad.

Cuando lo arrestaron y lo llevaron detenido a Jefatura, deseaba declarar y hacerlo cuanto antes. Llegado el momento, ese ímpetu se ha disipado. Algo ha debido de ocurrir en esas últimas horas para que cambie de actitud de una forma tan drástica. Tanto es así que en diez minutos los policías dan carpetazo al asunto.

El inspector Blasco suponía que el detenido iba a presentar batalla durante el interrogatorio, aunque tuviera todas las de perder, y se ha llevado un buen chasco. El juez mandará a Diego a la cárcel de forma inmediata. A pesar del éxito obtenido, el inspector está muy lejos de sentirse satisfecho.

Diego sabía que estaba en su mano rebatir los argumentos que obran en su contra en el caso de Nico Romero. Desde el motivo por el que la policía encontró huellas suyas en la habitación hasta el móvil del crimen. Si se lo hubiera propuesto, podría haber salido airoso del interrogatorio. En caso de que no le creyeran, se desabrocharía la camisa y mostraría la cicatriz de ocho centímetros que le recorre el abdomen, una herida que le haría ver las estrellas en caso de tirar con fuerza del tubo del goteo para estrangular a alguien.

Si no ha abierto la boca durante el interrogatorio es por otro motivo bien distinto. Sabe a ciencia cierta que, mientras él despachaba con un par de agentes en el barrio de la Albericia, a veintitantos kilómetros de allí se estaba jugando otra partida.

En el cuartel de Torrelavega se ha presentado un individuo con una furgoneta. Ha cambiado el mono de trabajo por indumentaria de calle: no acude dispuesto a vender miel, sino a contarle al sargento Liaño una historia poco edificante.

La abuela de Diego vivía en Redo, un pueblo cercano a Mogrovejo, y el chico pasaba algunas temporadas con ella, sobre todo en verano. Así fue como conoció a Sofía y comenzaron su relación. Cuando Diego iba a visitarla a la granja, echaba una mano en cualquier tarea. Le encantaba la vida en el campo.

Un buen día se presentó en la granja con una perra de raza bóxer en el asiento trasero de su coche. El chico le contó a Juanjo que la perra lo había seguido durante una excursión por las montañas y, como el dueño no aparecía, le daba pena abandonarla. Juanjo y Sofía se hicieron cargo de la situación y le dieron cobijo. Tenían más perros en la finca y no les suponía ningún inconveniente.

Pues bien, hace solo unos días se había acercado a la granja una mujer de unos setenta años acompañada de un hombre de unos cuarenta, un tipo alto y de melena rizada que ya había acudido con anterioridad a comprar miel.

La mujer había señalado a una de sus perras, en concreto a *Samba*, una bóxer que lucía una mancha muy inusual en el pecho: una especie de pajarita blanca. La mujer la observó con detenimiento y sospechó que pudiera ser descendiente de una perra que tuvo su marido y que había desaparecido con él hace trece años. A Juanjo no le cabía ninguna duda: la perra que Diego llevó a la granja en su momento era el animal al que se refería la mujer, una hembra llamada *Smoking*, apodada así en alusión a la pajarita en el pecho.

El sargento Liaño escucha con atención, asiente con la cabeza tras cada frase de Juanjo y toma notas en un cuaderno.

—¿Recuerda usted el coche con el que Diego se presentó en su granja?

—Por supuesto. Un Peugeot 309 rojo con bandas blancas de unos quince centímetros de ancho. Esas bandas no venían de serie, las había pegado él. Eran muy llamativas. A mí no me gustaban nada.

El sargento extrae fotos de un sobre y las dispersa sobre la mesa dibujando un abanico. Deja caer el dedo índice sobre una de ellas.

—¿Puede ser este el coche al que usted se refiere?

Juanjo tarda una fracción de segundo en reconocerlo.

—Es el mismo. No hay duda.

—Estas son las últimas fotos que hizo Germán Maeso antes de desaparecer, el marido de la mujer que lo visitó.

—Sospeché que Diego estaba en el ajo, por eso he venido.

—El día que desapareció Germán, un testigo lo vio en Sotres junto a más personas. Pero usted dice que Diego acudió solo a la granja.

—Exacto. Se presentó él con la perra.

—Solo o acompañado, tiene toda la pinta de que Diego pudo estar detrás de lo que le pasó a Germán.

—Matar al padre de su mejor amigo. Qué salvajada, por Dios.

Juanjo agacha la cabeza, se lleva la mano al pecho y acelera el parpadeo, una forma implícita de pedir perdón por haber amparado a un asesino y no haberse dado cuenta de ello.

El sargento prosigue con su relato.

—Lo ocultó en el pozo y, para evitar que la perra llamara la atención, se la llevó en el coche y se la encasquetó a usted.

—Había muchas cosas que no me gustaban de Diego, pero las pasaba por alto porque mi hermana lo quería mucho. Lo que nunca hubiera imaginado es que llevara al demonio dentro.

—No sé si al demonio o a un primo carnal, pero de la maldad de ese muchacho no quedan muchas dudas.

—Menudo miserable —escupe Juanjo.

—¿Ha comentado usted con él su intención de declarar ante nosotros?

—Esta misma mañana, justo antes de venir aquí.

—¿Y qué le ha dicho exactamente?

—Que pensaba acudir al cuartel de Torrelavega y contar lo que pasó con la perra. No podía dormir tranquilo con todo esto en la cabeza.

—Supongo que Diego le ha pedido que no testificara.

—Me lo ha suplicado, pero no he cedido. Aunque sea el marido de mi hermana; si es un criminal, tendrá que pagar. —Inclina el cuerpo hacia delante—. Sargento, nunca imaginé que llegaría a tener un asesino en la familia. Todo esto se me hace muy raro.

—Si le sirve de consuelo, le diré que en este caso todo es muy raro.

El inspector Blasco y la agente Palacios abandonan la sala de interrogatorios y regresan al despacho de Blasco. A ninguno de los dos se le ha borrado la expresión de perplejidad tras la declaración de Diego. Nadie en su sano juicio responde con tanta desgana cuando de sus palabras pende una invitación para entrar en la cárcel.

Blasco apoya los codos en la mesa, entrecruza las manos y asienta la barbilla en ellas. Desvía la mirada hacia Palacios, una mirada pesada, gelatinosa, de foca cansada de hacer malabarismos con la pelota.

—Algo no cuadra —admite el inspector tras un suspiro—. Los culpables se defienden siempre. Cuanto más culpables son, con más rabia sacan las uñas.

—Vaya tela. —Palacios resopla—. Ha tenido hace cuatro días una conmoción cerebral tras un accidente de tráfico, se ha hecho un buen estropicio en el estómago, se estaba recuperando de un esguince de tobillo... En unas condiciones tan penosas, ¿cómo se le pudo pasar por la cabeza estrangular a alguien?

—Creo que tenemos otro caso «Toño Quad» —cavila Blasco.

—¿Qué quieres decir?

—¿Recuerdas el caso de las carreras de quads en la playa?

—Claro que sí.

—Es posible que vayamos a encerrar al tío equivocado.

51

ADOLFO

Por fin un día de calma. Rosana no tiene programado ningún juicio y ha decidido tomarse el día libre. Las últimas jornadas han sido atroces para ella en todos los sentidos, pasto de heridas que se abren y cierran sin tregua, como la cortina de un probador.

Desea presentarme a su familia, pero antes nos pasamos por casa de Benito, que tiene novedades que contarnos.

Lo acaba de visitar la policía. Los agentes estiman que la doctora Laguna tal vez no fuese la inductora de su accidente en la playa y, sobre el episodio del caballo, al parecer no se lo robaron, sino que Elisa acordó la monta con los propietarios de la yegua.

La explicación de la policía concuerda con lo que Julia y yo habíamos descubierto en la granja. Me desconcierta, no obstante, la indigna intervención de Elisa.

—Benito, no me hubiera imaginado que tu mujer te la jugaría de esa manera.

—Ya te dije que no la conoces.

—Yo tampoco pensaba que fuera tan abyecta —salta Rosana.

—Queríamos comentarte algo importante respecto a ella. No sale de fiesta todas las noches, como tú imaginas.

—Pues ya me dirás qué hace por ahí hasta las dos de la madrugada.

—Trabaja en la tele —anuncia Rosana—. En el Canal Doce.

—¿Como actriz? Pero si hace tiempo que no...

—Como vidente.

—¡¿Vidente?! ¿Qué historia es esa? —repele en tono escéptico.

Le muestro un vídeo en el teléfono.

—Esa mujer no es Elisa —reniega y aparta el aparato con un gesto arisco.

—En cierto modo tienes razón. Se hace llamar Noa. Es el nombre artístico que usa en el programa.

—Te repito que esa no es mi mujer.

—Está muy maquillada, pero escucha su voz.

Reproduzco el vídeo con el volumen al máximo a fin de sortear sus reticencias. Benito arruga el entrecejo. Acerca la nariz al teléfono a regañadientes.

—Es verdad. —Juguetea con el *joystick* mientras cavila—. ¿Cuánto dura ese programa?

—Dos horas. De once de la noche a una de la madrugada.

Se toma su tiempo antes de reaccionar.

—Justo. Se tarda una hora desde la urbanización hasta Madrid. Luego el tiempo de maquillaje, vestuario y demás... Lo que no entiendo es que le haya dado por trabajar.

—Andas muy flojo de liquidez. Reconócelo —apunta Rosana con un tono afectuoso que no resta firmeza al mensaje.

Benito sepulta la cabeza en el pecho y adopta la expresión enfurruñada de un niño malcriado.

—Bueno, bueno, no será para tanto.

—Cuando denuncié el robo del caballo tuve que hablar con tu gestor para que me diera los datos del animal. Charlamos un rato y, aunque no me desveló cifras, saqué algunas conclusiones. Entre ellas, que tus cuentas sufren algún que otro... descalabro.

Benito reacciona con aspavientos.

—Mis cuentas están perfectamente.

—No soy yo con quien tienes que hablar de estos temas, pero, como amiga, no puedo hacer oídos sordos.

—¡Patrañas!

—No me extrañaría que tu mujer trabajara en esa televisión para llevar algo de dinero a casa —sugiero.

—No me fastidies. Nunca le faltó de nada.

—Tal vez ahora sí —salta Rosana.

—A lo mejor por eso gestionó la monta sin informarte —me atrevo a aventurar—. Sabía que, si te encargabas tú, el dinero volaría en un santiamén.

Malhumorado, Benito se entretiene con el *joystick*. La silla avanza y retrocede como si padeciera un tic.

—Supongo que está enterada de que tus cuentas flaquean —sospecha Rosana.

Benito asiente con la cabeza y gruñe antes de contestar.

—Ella las conoce y yo también. ¿Qué os creéis, que no sé sumar? —Su voz se convierte en un susurro—. Soy un poco inconsciente, en eso tenéis razón, pero no me chupo el dedo.

—Tenías problemas de liquidez, pero financiabas la fundación de mi hermana. No lo comprendo.

—Bueno —titubea—. Los últimos meses no pude aportar mucho, pero con lo entregado antes lo compensaba de sobra.

—¿Los otros parapléjicos donaban la misma cantidad que tú?

—Ni mucho menos. Calculo que la mitad de los fondos procedían de mi bolsillo.

—Mi hermana no deja de sorprenderme. —Rosana se echa a reír—. Ya entiendo el motivo por el que le apretaba las tuercas a Nico. Se había quedado sin tu generosa donación y su tren de vida comenzaba a resentirse.

—Desde que murió Bruno, amigo mío, me temo que para esa mujer dejaste de ser un paciente para convertirte en un cajero automático —recalco.

—Pues sí.

—Raquel te engañó a distancia, pero tu mujer lo hace delante de tus narices.

—¿Cómo?

—Trabaja en la tele, pero no quiere que lo sepas. Acuerda una monta a tus espaldas y se lleva la pasta. Incluso he llegado a pensar que fue ella quien desconectó la batería de la silla.

—¿Elisa? —se alarma y da un respingo hacia atrás.

—Claro. Mejor quedarse con tu herencia completa que con un pellizco, que es lo que le tocaría según tienes registrados tus bienes.

—Es mezquina y egoísta hasta la saciedad —recrudece el tono de voz—. Me la ha jugado con el asunto del caballo, también sé que me desprecia. —Chasca la lengua—. Pero de ahí a pretender enviudar de repente...

—Yo pienso igual que Benito —conviene Rosana—. Tiene el colmillo retorcido, pero no hasta el punto de concebir el homicidio de su esposo.

—A lo mejor es porque nuestro amigo te ha contagiado su ingenuidad —deslizo con segundas.

Rosana me obsequia con una sonrisa cáustica.

—Si Elisa supiera que iba a heredar el dinero de su marido, no hubiera montado el lío del caballo ni se hubiera dejado ver por aquí. Se habría limitado a ir a la playa y esperar el momento idóneo para cazar a su marido dormido en la silla. Y una vez terminada la faena, habría regresado a Madrid a la espera de que sonara el teléfono.

—Tal vez vino a gestionar la monta, se enteró de que Benito se veía con Julia y tuvo un ataque de ira —aventuro.

—Callad, por favor. Todo eso suena muy cruel —clama Benito, y se tapa las orejas con las manos—. Aunque habléis de una mera suposición, es terrible. Además, es imposible que Elisa conozca mi historia con Julia. Darío no se la iba a desvelar, tratándose de su madre, y con Carol nunca ha hecho buenas migas.

—¿No sospechas de nadie más? —le pregunta Rosana.

—Excluida tu hermana, no se me ocurre ningún nombre.

Me viene a la cabeza el comentario que nos hizo Elisa sobre el daño propio y ajeno.

—No sería una idea tuya, ¿verdad? —Miro de soslayo a Rosana en busca de su complicidad.

—¿A qué te refieres?

—A darle un abrazo a las olas y acabar con todo.

—No —brama—. ¿Cómo se te ocurre una cosa así?

—Todos perdemos la cabeza en algún momento.

Benito entorna el rostro y sonríe de un modo desolador.

—No vas desencaminado. Antes de conocer la técnica del médico australiano, lo había probado un par de veces. Una en la estación de tren de Villalba y otra con mi coche en el puerto de Cotos. En las dos fracasé. Fueron días más oscuros que sus noches. Cuando la doctora Laguna me habló de la operación milagrosa, se me abrió el cielo, por eso no me importó financiar la fundación con más dinero que el resto. Tenía tanta ilusión puesta en esa cirugía que cada mañana era como si amaneciera dos veces. La esperanza es el verdadero motor del alma. Luego vino esa doctora y me la robó.

—En ese caso, habrá que buscar otros candidatos que pudieran moverte la silla —sugiere Rosana.

—Nos contaste que Carol se encontró a Darío en la furgoneta, jugueteando con el móvil. ¿Y si fue Darío quien te desconectó la batería y luego regresó al taxi? —insinúo.

—No fastidies. Darío me sacó del agua.

—Te sacó del agua porque estaba con Carol cuando flotabas a la deriva. No le quedó más remedio —enmienda Rosana.

—No creo que fuera él. Su madre me adora. Le causaría un gran disgusto —discrepa Benito.

—En ese caso perdería a uno de sus mejores clientes —añade Rosana, que tiende a interpretar las circunstancias con un sesgo económico.

—Cierto —aplaude Benito—. Me ha dicho muchas veces que necesita dinero y que quiere aumentar el número de clientes fijos.

—De acuerdo. Vosotros ganáis. Fue una racha de viento la que empujó la silla —zanjo el tema y me doy por vencido—. Ya no aguanto más sin humo en los pulmones, así que me fumo un cigarro en la galería y nos largamos.

Me acerco al perchero y extraigo la cajetilla de la chaqueta. Con el ansia de llevarme un pitillo a la boca cuanto antes, pego un tirón a la chaqueta. El envite hace temblar el micrófono que ejerce de gancho.

—¡Cuidado muchacho! —me abronca Benito en tono cariñoso—. Ese micrófono es una reliquia. Nada menos que el Newmann que utilizaba el mismísimo Marvin Gaye.

—Vaya, tienes un capítulo de la historia de la música clavado en esa tabla —señala Rosana, que no había reparado hasta el momento en la presencia del perchero.

Benito se echa a reír.

—Lo mismo me dijo Darío cuando instaló los micrófonos. Ese perchero lo montó él. A ese muchacho le chifla Marvin Gaye. A veces nos juntábamos los tres en el karaoke y él siempre elegía alguna canción suya. Yo estaba del *Whats´s going on* hasta las mismísimas narices.

—¿Cuántos micrófonos había en la caja? —pregunto.

—Diez o doce.

—En el perchero veo siete. Darío podría haber colocado cualquiera de los micrófonos sobrantes y guardarse el Newmann de su querido Marvin en calidad de tesoro familiar, y tú ni te habrías enterado.

—Pues sí, la verdad. De hecho, ahora no sé ni dónde anda la dichosa caja.

—Tengo que reconocer que el taxista fue muy honesto. Instaló el micrófono de su ídolo en un perchero destinado a una casa ajena cuando podía habérselo llevado con toda tranquilidad a la suya y colocarlo en una vitrina —pienso en alto.

—No tiene casa. Él y su mujer viven de alquiler. Quieren comprar un piso en cuanto puedan.

—¿Fue idea de Darío usar los micros como ganchos del perchero o solo hizo el montaje?

—La idea fue suya, y el montaje también. Luego se le ocurrió lo del karaoke —aclara Benito—. Ese muchacho incluso colgó la lámpara del techo. Antes había una lámpara de araña horrible.

—Algo bueno debe tener —reconozco.

—Sí, es muy dispuesto. La habitación de invitados de la primera planta la arregla poco a poco, en los ratos libres. Me dijo que daba pena verla llena de trastos y con las paredes desconchadas como si hubiera sufrido un bombardeo.

Una extraña idea me azota las meninges desde hace un rato. Más que extraña, endiablada.

—¿Puedo subir a ver esa habitación? Desde ahí arriba tiene que haber unas vistas extraordinarias —disimulo mis intenciones.

—Por supuesto.

Devuelvo la cajetilla de tabaco a la chaqueta y subo escalera arriba. Descubro una habitación convertida en trastero. Las puertas del armario parecen recién barnizadas. El plafón del techo también reluce; intuyo que es nuevo. La presencia de una lijadora, botes de pintura y una caja de herramientas confirma que el taxista se ha metido de lleno en la reforma. Abro el armario por mera curiosidad y reparo en un rollo de papel pintado escondido tras unos recortes de contrachapado. Lo despliego para conocer los gustos estéticos de un asesino. Un fondo verde, que simula la textura de la hierba, ha sido tomado por una banda de ositos. ¿Ositos? Vuelvo a enrollarlo y lo dejo en su sitio. Encima de la cajonera reposa una bolsa de plástico. En su interior hay cuatro piezas de madera con forma de gato, acompañadas por los correspondientes tornillos. Diría que son tiradores para acoplar a los cajones. Ositos y gatitos. Ajá. Me llevo una buena decepción. Los gustos de Darío no son muy allá y, sobre todo, muy propios de su edad. Dejan mucho que desear y no se corresponden con los de un criminal de su naturaleza.

Me acerco a la ventana y disfruto de unas vistas al mar extraordinarias. La abro y me asomo: es como sentarse en un trampolín y sobrevolar el acantilado.

Regreso al salón sumido en una creciente confusión.

—Benito, lo que tienes ahí arriba no es una habitación de invitados, salvo que el invitado sea Peter Pan.

—Ah, ¿no? —desconfía.

—Solo le falta la cuna para convertirse en un cuarto infantil.

—Pero si no tenemos nietos.

—Se me acaba de ocurrir una idea de lo más descabellada, pero la soltaré porque con vosotros tengo confianza.

Creo que Darío planeaba venirse a vivir a esta casa, y el ocupante de la habitación iba a ser su bebé.

—Aún no les ha visitado la cigüeña. Si algún día tuviera descendencia, no podría venir a vivir aquí. Esta es mi casa —me recrimina Benito, que sigue sin adivinar las aviesas intenciones del taxista.

—Por poco tiempo. En caso de que las olas te hubieran mandado al otro barrio, tu mujer no tendría ningún interés en el chalé. Con tu economía en bancarrota y lo poco que le gusta esta tierra, lo vendería de inmediato. Y Darío sería quien le hiciese la primera oferta.

Benito tarda lo suyo en asumir la situación.

—Si lo que dices es verdad, me parece una aberración. —Se altera y lo paga con el *joystick*, que recibe unas arremetidas cada vez más hostiles—. O sea que ese chico reformaba mi casa para meterse en ella... Primero pensaba quitarme de en medio y luego comprarla por cuatro duros.

—Creo que lleva poniéndola a su gusto desde hace tiempo.

—¿Ah, sí?

—Cuando me contaste que había solado el camino de entrada, me extrañó que le diera cuatro metros de anchura. Me pareció un derroche innecesario para una silla que mide ochenta centímetros. Tú siempre dejas el coche en la calle, de modo que ese tío no pensaba en tu silla, sino en su furgoneta.

—¡Cielo santo! —Se lleva la mano a la frente.

—Supongo que lo tenía planeado hace tiempo, le faltaba dar el paso —presumo.

—No te entiendo.

La inocencia de este hombre me saca de quicio.

—De haberte ahogado, la policía pensaría que había sido fruto de una negligencia. Si se percataban de que la batería estaba desconectada, el testimonio de Darío los conduciría a la doctora Laguna como principal sospechosa. Recuerda que Darío conocía el fraude de la fundación y estaba presente en el momento de llamarla. Lo normal es que la doctora Laguna tomara medidas drásticas para silenciarte.

—¡Pero si me colgó el teléfono!

—Da igual —interviene Rosana—. La llamada a mi hermana quedó registrada en tu móvil y sería la prueba definitiva.

—Darío desconocía que la doctora estaba detenida cuando la llamaste. Pensaba cargarle el muerto, situarla en la diana, como hizo con Diego en el asesinato de Nico. Es un maestro de la confusión —concluyo.

Benito admite por fin la naturaleza siniestra de la maniobra del taxista.

—No contento con eliminarme y quedarse con mi casa, la decoraba a su gusto el muy... —Se golpea la rodilla con indignación—. ¡Y con mi dinero! No se puede tener menos decencia.

—¿Nunca te extrañó que fuera tan hacendoso? —quiere saber Rosana.

—Pues no. Yo soy muy generoso, le pago bien sus servicios. Y pensaba que él hacía las reformas como contrapartida.

—Lo que me extraña es que se tomara la libertad de acondicionar esa habitación para un bebé. Carol se iba a dar cuenta, y lo mismo puedo decir de tu mujer.

—Carol no pisa ese cuarto; acordamos que limpiara solo la planta baja. Respecto a Elisa, lo considera un nido de telarañas, así que tampoco es muy amiga de visitarlo.

—Aunque no le gustara llenarse de polvo, podría subir en algún momento y darse cuenta —objeta Rosana.

—La intención de Elisa era que Benito regresara a Madrid. No me extrañaría que ella y Darío hubiesen hablado ya de esa futura venta, al igual que habían pactado lo del caballo —especulo—. Y por ese motivo Darío había empezado ya con la reforma sin tapujos.

—Tengo que admitir que puedes tener razón —reconoce Benito por fin.

—Lo peor de todo es que ese mamón ya se habrá largado y, con lo astuto que es, a la policía le va a costar pillarlo.

52

ADOLFO

ROSANA DENOMINABA A los tres chicos «la horda» en alusión a su maldad y sus embestidas en grupo. Hace un par de semanas el clan saltó por los aires y cada uno decidió hacer la guerra por su cuenta. Como en cualquier conflicto, el más fuerte es el que gana. Y, en este caso, también era el más listo.

Rosana y yo pensábamos que Darío protegía a Diego, pero nos equivocamos en el orden de los factores. Y ya hemos visto cómo le ha remunerado por sus servicios.

Diego me lo contó todo antes de que el timbre de la granja anunciara la presencia de un coche de policía junto a las puertas de la finca.

Aunque había dejado de llover, permanecí dentro de la furgoneta durante un buen rato. No quería interferir en su detención. Diego se apeó con el rostro contrito, miró con el rabillo del ojo hacia la casa y se acercó a las puertas. Quería ser él mismo quien las abriera. Se plantó delante del coche policial y mostró las manos con las palmas hacia arriba y las muñecas pegadas.

Doy por seguro que Juanjo y Sofía observaban la escena desde las ventanas de la vivienda, en las que se reflejaba un cielo de creciente luminosidad que despachaba ya las últimas nubes.

Al día siguiente del episodio vivido en la granja, acompaño a Rosana a casa de sus padres. Quiere presentarme a su familia como la persona que —me dice— le ha ayudado tanto los últimos días.

—Nadie hubiera adivinado que Darío fuera tan sutil —espeta Rosana.

—Ejecutó una maniobra perfecta de principio a fin —reconozco con una mezcla de admiración y náusea.

—El único testigo que podría sembrar dudas es Nico, y yace bajo una lápida de granito. Diego lo va a tener muy difícil para evitar la cárcel. Algo que tampoco me produce el menor desvelo, como comprenderás.

—Mientras Diego se familiariza con su nueva *suite*, el demonio de los esteroides se parte de risa.

—Qué pena que no fuera su padre quien se los tomara a puñados, así no habría nacido ese monstruo —estalla Rosana.

—La lealtad puede ser una virtud o una condena, según se mire. Y, en este caso, a Diego le ha salido rana.

La intención de Rosana es reactivar a sus padres. Que salgan del marasmo en el que han vivido desde hace tiempo. Durante el trayecto en coche, me pone al día sobre su familia.

Tras la muerte de Bruno, la vida de Marcos se redujo al mínimo. Salvo que le salieran clientes, en sus jornadas se limitaba a dormir, comer y hacer la compra.

De la noche a la mañana le cargaron con dos muertos, uno detrás de otro. Resollaba como un boxeador a punto de besar la lona cuando le llegó una noticia que puso patas arriba sus recuerdos y, con ellos, una de sus convicciones más firmes. Un guía le contó que había encontrado el esqueleto de un bicho de lo más extraño en los Picos de

Europa, en una zona de difícil acceso próxima a la canal de Pedabejo. No tenía cuernos, lo que a primera vista invitaba a pensar que pudiera corresponder a una cierva que se hubiera despeñado, pero el rabo de un metro negaba tal posibilidad. La mandíbula tampoco se asemejaba a un ternero, entre otras cosas porque no poseía dentadura de rumiante. Lo más lógico sería pensar en un lobo, pues en la cercana Vega de Liordes había ganado en abundancia. Volvió a examinar las mandíbulas y advirtió que eran más cortas que las del lobo y más redondeadas. Descartado el lobo, concluyó que lo más parecido era el gato montés, pero la envergadura del gato no alcanzaba ni por asomo a la del esqueleto.

Marcos le hizo fotos y se las mostró a ganaderos de Liébana, Cabrales y el valle de Valdeón, conocedores de su fauna y acostumbrados a pastorear en esas montañas. Le contaron que no guardaba parecido con ninguna de las variedades que pululan por la cordillera. Eso significaba que pertenecía a una especie ajena por completo a esas montañas.

Investigó en internet y a su cabeza acudió una idea cercana al absurdo: ¿podría tratarse de un leopardo de las nieves?

Marcos siempre había pensado que Germán le había soltado un cuento para justificar su huida cobarde en Peña Santa. Pero cabía la posibilidad de que el ataque del felino hubiera sido real.

Esa y no otra sería la razón de que Germán llevara siempre consigo una cámara de fotos y unos prismáticos. Se obsesionó con el animal; quería demostrarle a Marcos que ese bicho existía de verdad.

Marcos regresó a casa alicaído, mortificado por la posibilidad de que Germán no hubiera sido un desertor vengativo.

Posibilidad, que no convencimiento, pues no dejaba de preguntarse qué pintaba un animal propio del Himalaya en esas montañas. Internet en los años ochenta estaba en pañales, así que durante semanas visitó la hemeroteca y se zambulló en viejas ediciones de periódicos nacionales y regionales. Tras largas horas de consulta, dio con una información que despertó su inquietud. En septiembre de 1983, la primera ministra de la India visitó España. Como gesto de cortesía, obsequió al Gobierno español con un cachorro de leopardo de las nieves capturado en la región de Ladakh, al norte del país. Su madre había muerto presa de cazadores furtivos y el cachorro vagaba entre una manada de yaks, con el riesgo de ser aplastado. Al enterarse de la presencia del cachorro en Madrid, los propietarios del zoo de Santillana del Mar se mostraron muy interesados en dar cobijo al animal. A pesar de hallarse a nivel del mar —el leopardo de las nieves habita por encima de los mil metros y llega hasta los seis mil—, consideraban que tanto las instalaciones como el clima —más fresco en verano que en la meseta— resultarían idóneos para el felino y compensarían el déficit de altitud. Según rezaba en el periódico, el leopardo nunca llegó a Santillana. Durante el traslado, la furgoneta en la que lo transportaban sufrió un accidente en el descenso del puerto de Pozazal y el animal escapó de la jaula. Así se lo confirmaron en el propio zoológico, e incluso le mostraron los archivos: el primer ejemplar de dicha especie llegó a Santillana en 1997 procedente de Magdeburgo.

El leopardo debió de huir en busca de lugares más frescos, escarpados y de mayor altitud. Los Picos de Europa representaban lo más parecido a su hábitat. Allí podría camuflar su pelaje blanquecino con manchas negras entre la nieve y las rocas calizas. Y lo consiguió, porque nadie lo avistó jamás. Ni siquiera los guías, que se pasan media vida en la montaña, vislumbraron su silueta escurridiza. Por alguna razón los naturalistas apodan a esa especie «el gato fantasma».

En cuanto Marcos se enteró de que Julia disponía de las últimas fotos que había hecho Germán, le rogó que le permitiera revisarlas. En buena parte de ellas aparecían montañas poco significativas y rebecos a pares. En una de las fotos, un rebeco se erguía en lo alto de un risco y un nevero ocupaba más de la mitad de la imagen. El encuadre no había sido realizado con mucho criterio, y Germán siempre anduvo sobrado en ese aspecto. El protagonismo de la foto debía recaer en el rebeco, y Germán lo había situado tan cerca del borde superior que los cuernos casi despegaban de la imagen. Volvió a observarla y un detalle captó su atención: unos diminutos puntos negros salpicaban el nevero. Parecían las típicas manchas de nieve sucia. Pero Germán había desaparecido en primavera, la nieve debería presentar una pureza virginal. Se puso las gafas que usaba para leer y no tardó en descubrir que las motas negras no correspondían a cercos de nieve sucia; más bien parecían las manchas características de un felino, en concreto un enorme gato en medio de la nieve. La fisonomía del animal recordaba las trazas de un gato montés, como había vaticinado el guía. Al compararlo con el volumen del rebeco, calculó que al menos duplicaba el tamaño del gato. Lo acompañaba una cola prodigiosa que lo ayudaba a equilibrar el cuerpo en los saltos. Marcos devolvió la foto al sobre y se quitó las gafas. No le quedaba ninguna duda: era un leopardo de las nieves.

Afligido y al mismo tiempo emocionado, reconoció que el muy testarudo de Germán había conseguido fotografiar al animal y, de ese modo, proporcionarle la prueba que necesitaba para reconocer que no lo había abandonado tras la caída. Desconocedor de que ese leopardo no suele atacar a humanos, Germán huyó para evitar que el bicho lo despedazara. Su intención era pedir ayuda a los montañeros navarros y sacarlo de la grieta.

Tras revisar las fotos, Marcos experimentaba en los últimos días una sensación amarga. Incluso muerto, Germán había ganado la disputa de los tercos.

ROSANA APARCA JUNTO al portal del piso familiar. En cuanto abre la puerta, me percato de que la realidad no es muy distinta a la que prometían sus comentarios previos. Su padre yace pegado a la ventana, como el maniquí de un escaparate; su madre nos recibe sentada en el sofá del salón, con la televisión a bajo volumen. Se dedica a doblar las cuartillas publicitarias sacadas del buzón en un ejercicio de papiroflexia sin pretensiones.

Rosana me los presenta y se dirige a su madre de inmediato.

—Mamá, he pasado por la Facultad de Derecho. Han revisado tu expediente y, si te reincorporas, te convalidarían la mayor parte de las asignaturas. Te quedarían solo seis para terminar la carrera. Te puedes matricular de tres este año y dejar el resto para el curso que viene. ¿Qué te parece?

Petra contempla a Rosana como si fuera un murciélago que se ha colado en el salón.

—En cuanto te den el título —prosigue Rosana sin dejarle tiempo de reacción—, te vienes conmigo al despacho.

—¿Estás loca? Sería una carga para ti —se desmarca su madre.

—En absoluto. He visto tus notas. Eras muy buena en Derecho Civil y yo necesito ayuda. No te puedes imaginar el trabajo que tengo. La gente cada vez se quiere menos.

—«Era». —Sonríe de forma irónica—. Tú lo has dicho, pero ya no me acuerdo de nada.

—Puedes volver a la universidad o dedicarte a ver la tele y a comer pistachos hasta que se te ponga la cara verde —arremete Rosana, señalando una bolsa depositada en la mesa, y luego la televisión, en la que se emite un informativo. La noticia y la imagen que aparece en la pantalla despiertan su interés. Rescata el mando a distancia y sube el volumen.

> Un extraño suceso ocurrió ayer en la comarca de Liébana, donde una furgoneta se empotró contra la iglesia de Mogrovejo. Lo curioso del caso es que el conductor, un hombre de treinta y tres años llamado Darío Maeso, no murió fruto del impacto, sino a causa de un *shock* anafiláctico producido por la picadura de varias abejas. Al parecer, el hombre transportaba una colmena en la parte trasera del vehículo, seguramente con la intención de trashumar, una práctica muy común entre los apicultores para aprovechar distintas floraciones. Un hecho a primera vista extraño, pues la furgoneta era un taxi para minusválidos. Los familiares están desconcertados con lo ocurrido; el hombre era alérgico a la picadura de abeja y no comprenden cómo pudo correr ese riesgo. Otra circunstancia que trae de cabeza a la familia es la abolladura del paragolpes trasero del vehículo, que se encontraba en perfecto estado la víspera de producirse el accidente.

Rosana devuelve el mando a distancia a la mesa y se tapa la boca con la mano, quizá para sofocar un grito de estupor. Petra no desliza ningún comentario. Vive en su mundo y para ella las noticias no son más que un sonido de fondo; es más amiga de los concursos. Apoyado en la pared, Marcos contempla las imágenes con indiferencia, como un accidente de tráfico más. En mi caso, comparto con Rosana la sensación de estupor, y con la familia del fallecido, la de desconcierto.

Un plano corto se centra en el morro estrujado contra la iglesia. El siguiente plano recorre la parte trasera. El parachoques aparece doblado. Yo había visto esa furgoneta hace un par de días, de hecho, seguí su estela durante horas y la pieza estaba en su sitio. Tal como se aprecia en televisión, no se podría desplegar la rampa para subir una silla.

Rosana clava los ojos en la pantalla y acto seguido en los míos. Tengo la impresión de que también ha reparado en ese detalle y se hace la misma pregunta que yo.

—¿Habrán golpeado al taxi por detrás? —me sugiere.

—Tiene toda la pinta.

—Lo de la colmena dentro de la furgoneta no tiene sentido. Darío no iba a ser tan estúpido de inmolarse.

—Quizá alguien metió la colmena en el taxi sin que él se diera cuenta.

—Quienquiera que le dejara el regalito siguió al taxista y, cuando tuvo la oportunidad, se empotró contra la furgoneta a sabiendas de que el impacto alteraría a las abejas.

—Creo que fue Diego —aseguro sin titubear—. Cuando seguí al taxi hasta la granja, metí el coche en el camino. Estuve allí un cuarto de hora, hasta que volvió a pasar la furgoneta en dirección contraria después de haberlo dejado en casa. Supongo que durante este tiempo Darío estuvo charlando con Juanjo y Sofía. Diego aprovechó el paréntesis para acercarse al colmenar, echar mano a una colmena y meterla en la furgoneta que, como es natural, estaba abierta. Nadie cierra un vehículo en medio del campo.

—¿Le pudo dar tiempo a hacer todo eso? —duda Rosana.

—Está acostumbrado a manejarse con abejas. Vive allí.

—Bueno, pues capítulo cerrado de una santa vez —masculla Rosana con un destello en la mirada que no sé cómo interpretar: ¿alivio, satisfacción, desquite?

Se acerca a su padre, que sigue apostado en la ventana. Extrae del bolso una tarjeta de visita y se la entrega.

—Para ti también traigo deberes.

Marcos lee la tarjeta con indiferencia.

—Nuria del Cerro. ¿Quién narices es esta mujer? —gruñe.

—Una psicóloga. Lo pone muy clarito debajo del nombre.

—Yo no necesito a nadie. —Devuelve la tarjeta a su hija con desdén.

—Quiero que dejes de dar paseos por la montaña y vuelvas a escalar de verdad —afirma ella en tono seco, sin inflexión.

—¿Y esta mujer me va a ayudar desde un diván? —Desliza una mueca de menosprecio—. No me fastidies.

—Solo a dar el primer paso. El resto tendrás que darlos tú solito.

Rosana blande la tarjeta a un palmo del rostro de su padre y la introduce en el bolsillo de su camisa, al que propina un par de golpecitos cariñosos con la palma de la mano.

—Tienes la mollera como esa pared —añade—, así que te he reservado la primera consulta para la semana próxima.

—No voy a ir —proclama Marcos, orgulloso de su férrea determinación.

—Si no vas a verla, yo no volveré a pisar esta casa —zanja Rosana en tono bravucón, como un jugador de póker que arrastra sus últimas fichas al centro de la mesa.

Marcos arruga el rostro y guarda silencio. A Rosana le va a costar que dé su brazo a torcer.

—¿Prefieres pasar todo el santo día con la nariz pegada a la ventana? —le pica Rosana—. ¿Estar pendiente de que el ferry de Inglaterra salga a su hora? ¿Vigilar el coche para que no te lo roben? —Señala la cristalera a través de la cual se observa el todoterreno aparcado en la calle.

Tras el gesto meramente alusivo, algo llama su atención. Aparta la cortina y pega la nariz a la ventana. Transcurridos un par de segundos, se vuelve hacia mí. Con un gesto furtivo me indica que me acerque.

—El todoterreno que ves ahí es el de mi padre. Tiene el parachoques delantero abollado —murmura recelosa.

—Si anda todo el día por las montañas, no sería de extrañar que se hubiera llevado por delante algún pedrusco.

53

ADOLFO

ANTE LA INSISTENCIA de Rosana, vuelvo a examinar el vehículo. Tiene la parte baja de la carrocería salpicada de barro, una baca más alta de lo normal —supongo que para transportar las mochilas cuando el vehículo va lleno de clientes— y la rueda de repuesto anclada en el portón trasero, algo muy común en los todoterrenos.

—Me detuve en el camino a ver lo que sucedía con Darío y Diego —susurro al oído de Rosana— y pasó un vehículo como ese. No le presté mucha atención porque estaba pendiente de la furgoneta.

—¿Pudo ser mi padre?

—No estoy seguro del todo. Lo avisté durante medio segundo por el retrovisor. Pensé que se trataba de algún ganadero.

Rosana se dirige a su padre con expresión de preocupación.

—Papá, ven un momento.

Marcos se acerca a la ventana sin sospechar las intenciones de su hija.

—Echa un vistazo a tu coche. ¿No ves nada raro?

—Pues no —reacciona el hombre con naturalidad.

—Yo diría que al parachoques delantero le has metido un buen meneo.

—Ayer me empotré contra un contenedor de basura y pensé que no había sido para tanto.

La inquietud de Rosana va en aumento.

—Para doblar el parachoques de un Land Rover, el contenedor tenía que estar lleno de basura hasta los topes.

—Imagino que sí, pero no me dio por levantar la tapa para comprobarlo —confirma con un exagerado arqueo de cejas.

Marcos elude la mirada de su hija, se aleja de la ventana y se refugia en el otro extremo del salón, junto al equipo de música, como si ese rincón fuera una trinchera donde zafarse de la conversación. Rosana no ceja y se acerca a él. Antes de abordarlo de nuevo, vuelve la cabeza hacia el sofá para asegurarse de que su madre sigue distraída.

—Papá —susurra—. Ese parachoques... ¿tú no habrás...?

—¿No habré qué? —repele Marcos, confundido ante la vaga acusación de su hija.

—No habrás sido tú quien se ha empotrado contra la furgoneta...

Marcos se encoge de hombros.

—¿Humm?

—Es mucha casualidad que el accidente del taxi y el beso de tu coche al contenedor ocurran el mismo día.

—Ya te he dicho que no frené.

—Aunque estuviera repleto de escombros —interrumpe Rosana—, un contenedor de plástico no puede oponer tanta resistencia a un parachoques de hierro como para doblarlo de ese modo.

—No te creas, los coches ya no son tan duros como antes.

Rosana le clava el dedo índice en el pecho.

—Tú sabías que ese chico era alérgico a la picadura de abeja. Te lo conté el día que os traje la miel.

—Pues ahora mismo no lo recuerdo. —Marcos se lleva la mano a la barbilla y adopta un tono reflexivo.

—Te acuerdas de que no me gustaba la miel cuando era niña y no de algo que te dije hace cuatro días.

—Le pasa a la gente que se hace mayor.

—Cometí el error de contarte nuestra excursión a la granja y las sospechas de que los propietarios seguían manteniendo algún vínculo con Diego.

—De pequeña hablabas poco, pero desde que eres abogada te has desquitado.

Rosana no puede evitar una sonrisa ácida. Se dirige a mí tras un suspiro profundo que resuena como un aguacero.

—¿Y si no fue Diego quien embistió al taxi?

—No sé qué pensar. Tu padre me tiene muy despistado. Da la impresión de que quiere jugar contigo al ratón y al gato.

Rosana da un par de paseos por el salón con aire reflexivo y vuelve a plantarse frente a mí. En esta ocasión no mide el volumen de sus palabras y lanza a los cuatro vientos una acusación en toda regla.

—Creo que fue mi querido padre quien envió al taxista al otro barrio.

Marcos vuelve a encogerse de hombros, pero esta vez su semblante es incapaz de sacudirse la culpa.

—Todo el mundo tiene un punto débil —musita Marcos mientras juguetea con los botones del equipo de música—. El de Sansón era la melena, y el de ese taxista, los aguijones.

—Y tu punto débil es no saber mentir —lo acusa Rosana con los brazos en jarras y los labios fruncidos—. Adolfo vio tu todoterreno. En los prados colindantes a la granja hay un montón de colmenas. No es tan difícil saltar la pared, robar una y meterla en el coche. Luego, para que no te picasen, seguro que la tapaste con esa lona cochambrosa que utilizas cuando tienes una avería y te tumbas debajo del motor. A que sí, papá.

El rostro de Marcos pasa de la perezosa ingenuidad a la asunción de culpa.

—Ni yo mismo lo hubiera contado mejor —admite por fin.

—Pero... ¿cómo sabías que Darío iba a acudir a esa granja?

Marcos vacila, agacha la cabeza y suspira. Intuyo que se acerca una confesión.

—Hace un par de días fui al hospital, como de costumbre, a charlar con los médicos de los montañeros. Allí vi el taxi de Darío. Me acerqué a saludarlo. Habíamos compartido muchos ratos cada vez que llevaba a Bruno a algún sitio. Noticias buenas y malas, esperanzas y frustraciones, ya sabes. Al regresar al aparcamiento, iba tan distraído con la lectura de los partes, que en vez de caminar por la acera crucé por la zona del parque donde han montado esos aparatos gimnásticos amarillos, los que usa la gente mayor para la artrosis. Al subir al coche me di cuenta de que la suela estaba embarrada e iba a dejar perdida la alfombrilla. Así que me bajé y sacudí los zapatos contra un árbol. Entonces empecé a rebobinar, a rebobinar... —Gira el dedo índice a la altura de la sien—. Cuando el policía me interrogó, me dijo que un testigo había visto a un hombre con botas de montaña en el parque durante varios días y el policía pensaba que podía ser yo. Dedujo que el barro que encontraron en la habitación del tenista procedía de mis botas. Una estupidez, pues cualquier zapato puede cargar la suela de barro tanto o más que unas botas de montaña, pero dejé que continuara soltando basura sobre mí. —Arquea las cejas y sonríe—. Y entonces se me encendió la bombilla. Cuando yo era más joven iba con ropa y botas de montaña a todas partes, pero hace tiempo que me he civilizado: solo me las pongo si salgo de ruta.

—Alguien mintió para implicarte —aventura Rosana.

—Exacto. El testigo del que me hablaba el policía no era un vecino que sacaba el perro al parque. Tenía que ser un paciente del hospital que me conocía y trataba de encasquetarme la muerte del tenista. Todo cuadraba salvo un detalle: en la habitación de Nico habían encontrado barro, lo que significaba que alguien lo había arrastrado hasta allí en sus zapatos. Pero el paciente que me vio merodear por el parque estaba ingresado, así que no pudo pisar la calle. De modo que ese testigo anónimo tenía que estar fuera del hospital y visitarlo con asiduidad, pues dijo que me había visto varios días. ¿Quién va y viene al hospital con tanta frecuencia, hija mía?

—Alguien que tiene un taxi para minusválidos puede ser la respuesta, ¿verdad, papá? Darío era el puñetero testigo anónimo —sentencia Rosana.

—Claro que era él. Y yo no entendía la razón de que me hiciera esa faena. Así que lo llamé ayer por la mañana, pero no le conté el motivo. Quería quedar con él y que me explicara cara a cara por qué demonios me había implicado en la muerte del tenista de una forma tan rastrera. Me dijo que en ese momento iba a recoger a un cliente en el hospital y que lo tenía que llevar a Mogrovejo. Le propuse quedar por la tarde, pero me contestó que tardaría cuatro horas entre ir y volver. Cuando me habló de Mogrovejo, me acordé de tu miel; cada vez que abría el armario de la cocina me daba de narices con los tarros que nos regalaste. En la parte inferior de la etiqueta se mencionaba el pueblo. Supuse que algo tenía que ver con la granja donde sospechabas que se escondía Diego. Yo no podía esperar, no quería esperar —subraya—. Era muy posible que el cliente al que iba a recoger fuera Diego.

—Ese malnacido te atribuyó hace tiempo la muerte de Germán y ahora pretendía hacer lo mismo con la de Nico —explica Rosana, que planta cariñosamente las manos en la cara de su padre—. Papá, siempre estuviste en la cabeza de ese miserable.

—Un privilegio repugnante.

—Tengo una duda: ¿Bruno llamaba «sherpa» a Darío cuando ibais al hospital?

—Nunca se lo oí.

—¡Qué raro! Es lo que nos contó a nosotros. —Rosana me dirige una mirada cargada de suspicacia y la desvía de nuevo hacia su padre—. Otra curiosidad. ¿Mi hermano veía documentales del Himalaya?

—Hubiera sido muy cruel mostrarle ascensiones a montañas de ocho mil metros cuando él no podía subir ni las escaleras del portal. ¿A qué viene eso?

—Darío nos contó que Bruno lo llamaba «sherpa» porque había aprendido el nombre en esos documentales.

—Pues te mintió.

—Creo que lo hizo para revestir de ternura su relación con Bruno, granjearse nuestra estima y que no sospecháramos de él.

—Ese tío era un auténtico manipulador —explota Marcos—. Espero que se pudra allá donde esté.

—Su obsesión por ti llegó hasta el final. Tu cara a través del parabrisas fue la última imagen que se llevó a la tumba.

—Bueno, en realidad fue este dedo. Ya me entiendes. —Marcos alza el dedo corazón con guasa y esgrime una sonrisa traviesa para que a su hija no le queden dudas.

—Marcos, no mientas a tu hija —resuena la voz de Petra como un eco lejano.

Los tres giramos la cabeza hacia el sofá con presteza, como si hubiéramos escuchado un grito de socorro.

—Petra, cállate, por favor —grita Marcos.

—¿Qué está pasando aquí? —clama Rosana, desorientada.

—No fue el dedo de tu padre la última imagen que se llevó ese canalla a la tumba —explica Petra en tono sosegado y sin desviar los ojos de las cuartillas publicitarias.

Presa de un arrebato, Marcos se planta frente a ella con el rostro crispado.

—Calla, por favor te lo ruego —la recrimina con furia.

—¿Qué has querido decir, mamá? —tercia Rosana.

—Petra, no sueltes ni una palabra más —se desespera su marido. En esta ocasión usa un tono más suplicante que intimidatorio.

—Mamá, no le hagas caso y di lo que tengas que decir —insiste Rosana.

Marcos dobla el tronco y agarra a Petra por los hombros con firmeza.

—No estropees más las cosas, haz el favor.

—¡Suéltame! —clama Petra sin alterar su entonación ni su compostura.

Marcos retira las manos como si hubiera sufrido una descarga eléctrica, da unos pasos hacia atrás y ahoga un suspiro. Petra se lleva a la boca un pistacho antes de continuar.

—Era yo quien conducía —proclama sin una mínima inflexión en la voz.

—¿Tú? —se alarma Rosana.

Petra se vuelve hacia su hija.

—Escuché la conversación de tu padre con ese tal Darío. —Sacude la cabeza y desliza una media sonrisa—. Tú piensas que soy un fósil y me paso el día delante de la tele, pero te equivocas. Eché mano a las llaves del todoterreno y me planté allí. Hice paso a paso lo que has contado, con una sola diferencia: no tapé la colmena con la lona. Tu padre la había tirado por fin, así que la cubrí con lo primero que pillé: un saco de dormir que guarda debajo del asiento.

—Papá, ¿es cierto lo que dice? —lo interpela Rosana. Marcos arquea las cejas y las deja suspendidas.

—Me temo que sí.

—Pero ¿cómo la dejaste...?

—Cuando fui a por las llaves del coche para buscar a ese majadero, ya no estaban. —Señala un cajetín de madera anclado junto a la puerta—. Si en vez de tu madre hubiese sido otra persona, la hubiera llamado al móvil para intentar detenerla, pero ya sabes que mamá no tiene.

—¿Y qué hiciste luego? —pregunta Rosana a su madre.

—Seguí a la furgoneta por la pista en dirección al pueblo. Era una pista estrecha, de hormigón y con muchas curvas. Esperaba que el vaivén fuera suficiente para que las abejas se alteraran. Al llegar al pueblo, la pista termina en una cuesta muy pronunciada y la iglesia se encuentra abajo del todo. —Petra contiene la respiración—. De repente me vinieron a la cabeza un montón de imágenes: tu hermano en la silla, pintando golondrinas con la lengua fuera. —Pasea la mirada con languidez por el salón hasta alcanzar los ojos de Marcos—: ¿Te acuerdas de que sacaba la lengua sin darse cuenta y se lamía los labios mientras pintaba? —Vuelve la vista hacia Rosana—. Todos esos recuerdos acudieron de sopetón. Se me revolvieron las tripas. El odio acumulado durante años se concentró en la furgoneta. La pista se bifurcaba al final de la cuesta: hacia la izquierda en dirección al aparcamiento, y a la derecha se adentraba en el pueblo. La iglesia quedaba justo en medio. Tengo entendido que en el siglo XVII la construcción era de primera, no como ahora, que los pisos son una basura. Entonces se me ocurrió que una curva cerrada y una iglesia de piedra sólida eran una buena combinación. Clavé las manos en el volante, aceleré a fondo y empotré a ese hijo de Satanás en el contrafuerte.

—Pero, mamá... —Rosana gime de impotencia.

Me comporto como lo que soy, un invitado sin voz ni voto en un asunto familiar. Apoyado en la pared, junto a la ventana, dejo que diriman el asunto entre ellos.

Petra introdujo una colmena en la furgoneta de Darío. La picadura de una sola abeja podría llevarlo al cementerio y ella reclutó cincuenta mil. Se aseguró a conciencia de que el plan tuviera éxito.

El semblante de Rosana es el vivo reflejo de la desolación.

—Oh, Dios, mamá. Si descubren lo que has hecho, esta familia se irá al carajo.

—Ya estamos en el carajo, hija mía —reconoce Petra—. Hace tiempo que nos empadronamos en él.

Rosana se planta delante de Marcos.

—No sé qué vamos a hacer, papá. Raquel en la cárcel, mamá en la cola para entrar...

—No se te ocurra decir eso, ¿de acuerdo? —trata de disuadirla con aspereza—. Ni de broma.

—Pudo haber testigos...

—El todoterreno es mío. Así que, a todos los efectos, fui yo quien se empotró contra esa furgoneta —esgrime con determinación tras agarrar las manos de su hija—. Rosana, era yo quien iba en ese coche. Yo y solo yo, ¿vale?

Rosana suspira, se aferra a mi brazo y me conduce a la cocina. Cierra la puerta y me invita a que me siente.

—Hace unos días estuve aquí y mi padre me contó algunas cosas sobre la juventud de mi madre que me dejaron asombrada. Se notaba que quería ponerme al día de más asuntos y quedamos en una cafetería junto al juzgado. Entonces me di cuenta de que no conocía en absoluto a mi propia madre. Yo pensaba que no le interesaban mis problemas en el instituto y que prefería dedicarse a dormitar en el sofá, pero estaba al corriente de todo. Mi padre me contó que en una ocasión le pidió que fuera al instituto e investigara sobre mí, porque me oía llorar cada vez que llegaba a casa y le pedía dinero con frecuencia para reponer material escolar que, se supone, debería durar varios cursos.

»Cuando mi padre fue a recogerme al hospital después del atropello, pasó antes por el instituto, se enteró de los ultrajes que sufría y se lo comentó a mi madre. Entonces ella le mostró un folleto de los que saca del buzón donde se publicitaba una promoción inmobiliaria, echó mano a un rotulador, hizo un círculo sobre la foto de un bloque de viviendas y le dijo a mi padre que aquella iba a ser nuestra nueva casa. Justo al otro lado de Santander, donde no alcanzase ni la sombra de aquellos majaderos. Fue tajante. A mi padre no le dio tiempo de apelar. Unos días más tarde, expuso la idea mientras cenábamos como si hubiera sido una iniciativa suya.

Rosana se apoya en la encimera y juguetea con el rollo del papel de aluminio mientras piensa en alto.

—Ya sé el motivo de que hubiera un Código Penal sobre la mesa el día que vine a verlos. Aunque era una versión antigua, se informaba sobre lo que le podía ocurrir a mi hermana tras la detención. Estoy convencida. —Traga saliva—. Mi madre ha cambiado una barbaridad. Hace unos meses hubiera sido incapaz de conducir el carrito de la compra y mira lo que ha hecho. Incluso parece haber asumido por fin la muerte de mi hermano.

—Eso me ha parecido al mencionar los recuerdos de cuando pintaba.

—De los tres chicos del instituto, dos están muertos y el tercero pasará treinta años entre rejas —lamenta con un asomo de rabia—. Esto no es lo que yo esperaba el día que empezamos la búsqueda de Diego.

—No es culpa tuya.

—La puñetera caja de Pandora, que cuando se abre...

—En realidad era una tinaja —matizo para arrancarle una sonrisa—. Lo leí en una revista.

Regresamos al salón. Petra y Marcos se encuentran en aparente calma. Rosana desliza hacia su madre un gesto a medio camino entre la impotencia y la complicidad.

—O sea que lanzaste la furgoneta hacia el contrafuerte de una iglesia.

—Bueno, creo que se llaman así esos muretes que sobresalen por los laterales.

La chica no sabe si reír o llorar. Se vuelve hacia mí con un amago de sonrisa irónica.

—El experto en iglesias es Adolfo, aunque a veces las confunde con templos griegos.

—Contrafuerte es correcto.

Agradecimientos

EN PRIMER LUGAR, a Mathilde Sommeregger, mi editora; contar con ella para llevar las riendas de la edición es todo un privilegio. Gracias a los brillantes consejos de Núria Ostáriz, la novela ha ganado armonía, brío y calidad. A Leticia García, por dotarla de orden gramatical. Y, en general, a todo el personal de la editorial Maeva por su implicación en la distribución y divulgación de la novela.

Particularmente agradecido a Gema Gómez y José Ignacio Álvarez. Su asesoramiento médico ha sido determinante en una historia que tiene un hospital como escenario clave.

A Javier Chanca por contarme los protocolos de actuación de los cuerpos policiales.

A los montañeros Joaquín Álvarez —ha sido fundamental la consulta a su obra *A 50 días del otoño*—, Fernando Zamora, Jorge Ruiz y Fernando Calvo.

A María Antonia Martínez y Silvia Carnicero, pertenecientes al Instituto de Medicina Legal y Ciencias Forenses de Asturias y Cantabria, respectivamente. Su asesoramiento en el campo forense ha resuelto mis dudas y me ha abierto los ojos de cara a enriquecer la trama.

Carlos Santana, perteneciente al GREIM (Grupos de Rescate Especial de Intervención en Montaña de la Guardia Civil), me transmitió la forma de proceder en los rescates.

Agradecido a Esther Sánchez por revelarme la existencia de algunos lugares de Santander que desconocía, y a José Miguel Ibáñez, apicultor (Gran Dujo), quien me puso al día sobre las técnicas en la producción de miel.

A Rafa Ruiz (Ráfagas), Fernando Dimas y Raquel Vega por enriquecer mis conocimientos sobre el esquí.

ADOLFO, EL VERSO LIBRE, EL ANTIHÉROE

Cuando comencé a pergeñar el personaje de Adolfo, no buscaba un detective al uso, más bien todo lo contrario. Me interesaba un individuo lo más alejado posible de los cánones de género a los que estamos acostumbrados cuando abrimos las páginas de una novela negra, en su mayoría pobladas de profesionales de la investigación: guardias civiles, policías, periodistas, forenses... Perfiles capaces de usar una metodología estricta a la hora de enfrentarse a la resolución de un crimen o un enigma.

Ese era un territorio conocido, incluso me atrevo a decir que manoseado, y entiendo que la literatura ofrece múltiples oportunidades para huir de los caminos trillados y afanarse en experimentar. Así fue como nació Adolfo, el verso libre, el antihéroe. Aunque él tampoco va de *antinada*, él simplemente va, se deja llevar por las olas del mar y de la vida en general. Y esa desafección me parecía muy interesante desde un punto de vista narrativo, sobre todo porque en una investigación con rigor se necesita otro talante. Se precisa responsabilidad, racionalidad y comedimiento. Pues bien, a Adolfo le quedan grandes los tres conceptos, especialmente el último.

Él mismo asume sin paliativos su naturaleza indómita en una página de *Ocho jueves*:

«Siempre he vivido así. Mi único plan consiste en no seguir ningún plan, o sea, aplicar el instinto, como el resto de los mamíferos. Si tengo hambre, cazo; si tengo sed, busco una charca; en caso de necesitar cobijo, hago un agujero en la tierra o exploro el terreno hasta encontrar una cueva deshabitada. Los mamíferos no tienen aspiraciones, tienen necesidades, y las satisfacen como buenamente pueden. Día a día. Ese es mi caso: en verano acudo al mar atraído por las olas y en invierno regreso al abrigo de las montañas nevadas. Mi agenda responde a un ejercicio de trashumancia puro y duro».

A sus cuarenta y tantos años, ha ido pasando por diversos trabajos. De muchos de ellos lo han echado o ha salido trasquilado. Actualmente ejerce como monitor de esquí en invierno y de surf en verano, una forma de ganarse la vida muy común entre jóvenes expertos en ambas disciplinas.

Digamos que su carácter se acerca mucho al complejo o síndrome de Peter Pan, pero quizá resulte excesivo hacerle cargar con un peso de ese calibre, porque hay roles que sí desempeña con madurez. Su relación de pareja, por poner un ejemplo, había sido muy sólida en los últimos años. Lo mismo ocurre con el vínculo férreo que mantiene con sus padres, a los que visita con frecuencia. Y tampoco manifiesta deseos de huir de los problemas cuando afectan a gente a la que quiere. Es un trance por el que ya pasó en *Doce abuelas*. En cuanto se enteró de la muerte de su amigo Ricardo, su sentido del compromiso lo llevó a colaborar con la viuda. En ese caso, su propósito fue investigar lo que estaba pasando, aunque ello le supusiera ir en contra de sus intereses, pues su objetivo en esas fechas era buscar trabajo como monitor de esquí en los Pirineos. La situación se repite en *Ocho jueves*, donde su apego a la lealtad y al deseo de justicia exceden cualquier previsión.

Al margen de su pereza por tener una vida profesional asentada, lo que en verdad me interesaba en la personalidad de Adolfo era observar su capacidad de respuesta ante una circunstancia dramática que ya de primeras le sobrepasa. Tenía curiosidad por ver cómo se puede desenvolver un personaje profano en asuntos policiales en un medio tan poco propicio como es la resolución de un asunto trágico que lo afecta de lleno. Su reacción ante una situación de esta naturaleza no dista mucho de la que tendríamos cualquiera de nosotros tras el daño sufrido por un miembro de nuestra familia o un buen amigo.

No están a su alcance las herramientas propias de un profesional de la investigación. Él actúa con más coraje que recursos, con más instinto que técnica, acudiendo al método de ensayo-error o a las bravas directamente. En su caso, el hambre de justicia y un gran sentido de la honestidad son capaces de suplir cualquier carencia previa.

Como escritor, tampoco yo quería pasarme cuatrocientas páginas lidiando con un personaje amargado, adusto, seco. En el desarrollo de una novela, considero que la desgracia no puede teñir de negro todo el panorama. Es preciso que haya rendijas por las que penetre la claridad: para que se dibujen las sombras tiene que haber algo de luz. Las historias necesitan respirar, que el lector pueda sacar de vez en cuando la cabeza del drama, tomar aire y volver a zambullirse en la crudeza del relato. Algo así como montarse en una montaña rusa, ascender muy despacio por una rampa, arrastrado por el suspense hasta alcanzar lo alto de la instalación. Y, desde allí arriba, tras unos instantes de pausa incierta, descender de forma frenética y con la sensación de aceleración infinita. Entre medias se suceden las torsiones, los balanceos, incluso los giros divertidos. Adolfo asume ese rol en la novela, el de dotar al discurso de giros inesperados, intervenciones que estiran los labios del lector hasta robarle una sonrisa, notas de humor en una partitura de réquiem.

Sus aportaciones en los momentos más delicados oxigenan el relato. Desde una perspectiva narrativa es muy de agradecer la carga irónica que imprime a sus comentarios, la aparente desafección que es solo aparente, sus pasadas de frenada en momentos que exigen control; en definitiva, un talante que ejerce de contrapeso al discurrir dramático de una novela negra.

Tanto en *Doce abuelas* como en *Ocho jueves*, Adolfo se topa primero y se asocia después con mujeres que están atravesando un momento doloroso. En *Doce abuelas* la coprotagonista acaba de sufrir la muerte de su marido en unas circunstancias extrañísimas que ella está muy lejos de entender: aparece congelado en lo alto de un mirador frente al mar. A la natural pesadumbre se le suman la perplejidad ante lo sucedido y el desafío que supone encontrar al culpable. En el caso de *Ocho jueves*, la mujer protagonista es incapaz de superar una doble tragedia sucedida hace unos años. Los avatares de la vida la han golpeado desde su nacimiento y han minado su voluntad hasta dejarla en manos de la resignación y una sensación permanente de derrota. Las pocas veces que ha pretendido levantar la cabeza, el destino le ha respondido con un latigazo.

En ambas novelas se necesita la presencia de un personaje capaz liberar a esas mujeres del marasmo, activarlas, espolearlas para que, en la medida de sus posibilidades, sean capaces de sobreponerse a la amargura y poner todo su empeño en solucionar el caso. En las dos historias, la presencia de Adolfo ejerce la misma función: apoyo emocional para superar el mal trago y, a nivel de trama, se comporta como catalizador de la investigación. Será él quien las dé un empujón para que salgan del pozo, se pongan en marcha y, juntos, se dediquen a buscar pistas de inmediato. En muchos casos dando palos de ciego, pero en otros obteniendo algún que otro éxito que los anima a seguir a proseguir la investigación, aunque suponga meterse en intrincados laberintos.

Además de que el carácter de Adolfo estuviera muy bien definido desde un principio, también me parecía importante dotarlo de un aspecto físico que fuera tan singular como su personalidad. De modo que le he plantado las trazas de un tipo larguirucho, de movimientos ágiles —su actividad profesional así lo exigía—, con melena rizada y una vestimenta informal. Mi objetivo no era otro que reforzar su carácter desenfadado y dejar bien claras las reminiscencias juveniles.

De esa manera lograba un notable contraste con los personajes femeninos de ambas historias, y ya no solo en cuanto a los caracteres, sino también en la estética. Era fundamental marcar distancia entre los dos personajes femeninos y Adolfo, dejar patente que las mujeres y él jugaban en ligas distintas. Genoveva (*Doce abuelas*) era violinista en una orquesta sinfónica. Una mujer refinada, de alto nivel económico, urbanita hasta los tuétanos y que, por tanto, se iba a ver muy perdida —y empequeñecida— en un entorno rural frío, nebuloso, que no llegaba a ser beligerante pero casi. Desde luego lo que sí parecía era muy poco colaborador. Rosana (*Ocho jueves*) es abogada, poco sociable, con un problema físico de nacimiento y que vive sumida en un sufrimiento perpetuo desde sus años adolescentes. Una mujer que necesitaba ayuda aunque siempre renunciase a pedirla y se dedicara a rumiar el drama familiar.

Quien me sirvió de inspiración para conformar el aspecto físico de Adolfo fue Brian May, el guitarrista de Queen. El músico es alto —sobrepasa el uno ochenta y siete—, muy delgado en los primeros años del grupo y con una melena larga, rizada y muy reconocible. La mayoría de los músicos de esa época llevaban el pelo largo, liso y, en muchos casos, desgreñado. Sin embargo, May lo portaba con un empaque impropio de un rockero. Parecía un miembro de la cámara de los lores que hubiera abandonado su banca en plena sesión parlamentaria. Luego se desprendía de la aparatosa vestimenta que exige el protocolo, salía de Westminster con aire renovado y, dando largas zancadas, tomaba el metro y se plantaba en un garaje, donde lo esperaba un grupo de amigos.

Esa es la imagen en la que pensaba constantemente cuando movía a Adolfo de un lado para otro. Un tipo con porte larguirucho, vestimenta informal al tiempo que contenida, exenta de extravagancias.

La trama de *Doce abuelas* se desarrollaba en Ribadesella. Para afrontar la aventura de *Ocho jueves*, Adolfo se trasladó a la región cántabra, en concreto lo que se viene a llamar la Costa Quebrada (entorno de Liencres). Quizá para la tercera historia decida desplazarse a otro lugar donde haya montañas nevadas por las que deslizarse con sus esquíes o poner rumbo a una costa con fuertes olas sobre las que cabalgar con su tabla, embutido en un traje de neopreno. De lo que no me cabe la menor duda es que acabará metiendo las narices en algún fregado del que le va a resultar difícil salir.

Aquí puedes comenzar a leer el
nuevo libro de Pablo del Río

Introducción

Seaford, sur de Inglaterra. Septiembre de 2019

Las olas llegan mansas a la orilla, lamen la arena con timidez y regresan de inmediato al océano, como si la altura de los acantilados les infundiera respeto. Una mujer de mediana edad camina por la playa. Lleva una bolsa de tela en la mano izquierda y un pequeño rastrillo en la derecha. Le gusta recoger conchas y piedras curiosas. Hurga en la arena durante un buen rato. Cuando se canse, regresará a casa y se encerrará en el taller que tiene montado en el ático. Durante la tarde, se dedicará a colorear cada pieza reunida de un tono distinto. Luego, echará mano de una tabla de aglomerado y pintará un paisaje marino con acuarelas. Una vez concluida la pintura, pegará las piedras y las conchas en la base del cuadro, intercaladas con flores que ha secado previamente: verónicas, campanillas azules y narcisos. No tiene por costumbre firmar la obra; no se considera una artista. Se limitará a plantarle un marco a la tabla y a introducirla en una caja de cartón, junto con el resto de creaciones. Al llegar el fin de semana, depositará la caja en el maletero del coche y se presentará en alguno de los mercadillos de artesanía que abundan en el condado de Sussex.

Hoy ha habido suerte. Durante la noche, la marea ha arrastrado una buena cantidad de conchas y la mujer tiene la bolsa llena. Es el momento de dar media vuelta y regresar al pueblo. Al enderezar la espalda, escucha el ruido de un motor y observa una extraña sombra que cruza la playa. Levanta la vista al horizonte con la esperanza de encontrar un ultraligero, un dron o quizá un helicóptero de la Guardia Costera. Lo que vislumbra no se le parece en nada a esos artefactos. Diría que es la silueta de un hombre subido a una moto saltando al mar desde los acantilados.

1

Londres. Seis días antes

Harry sube al baño, se lava las manos y se atusa el pelo, que le hace las veces de toalla. Le encanta comprobar en el espejo el efecto mojado que permanece en su cabellera sin necesidad de recurrir a productos de estética. Entra en su habitación y abre el armario. Cambia el chándal y las zapatillas deportivas que lleva puestos por un polo de Ralph Lauren, unos pantalones de Hugo Boss y unos zapatos de Moschino. Baja por la escalera de madera, que reproduce el sonoro eco de sus pisadas en una casa de tres plantas y techos altos. Descuelga del perchero una parka Barbour, se envuelve en ella y elige un paraguas negro con mango de piel. Sale de casa, cierra la puerta con delicadeza y cruza el patio, circundado por una verja. Un autobús rojo se detiene frente a él y suelta un par de ronquidos por el tubo de escape que dejan en la acera un tufillo desagradable. Harry aparta la cara y reprime una grosería.

Se encamina a buen paso hacia la estación de metro de Hampstead. Hace transbordo en Leicester Square y se baja en la parada siguiente: Piccadilly Circus. En cuanto pisa la calle, echa una ojeada de inquietud al cielo; por el momento, no llueve en esa zona de Londres, a pesar de que llevan toda una semana con la borrasca encima. Rodea la hilera de gente que hace cola frente al cajero del Barclays.

Sentado en la acera, un hombre crea música de una forma un tanto original: sopla uno de esos conos con bandas de color naranja y blanco que se usan como elemento de señalización en las obras. «Ya tiene mérito sacarle una melodía a un cono de goma dura», piensa Harry, de modo que echa mano a la cartera y extrae unas cuantas monedas para premiar su osadía. Cuando se acerca al músico con ellas tintineando en la mano, se percata de que al hombre no le acompañan los recipientes habituales que usan los músicos callejeros para recibir los donativos: una caja, una gorra, la funda del instrumento... Su intención es llamar la atención de los transeúntes con el fin de que lean el mensaje que figura en su peto amarillo:

«Deja de financiar el cambio climático con tus ahorros».

Al percatarse de que el hombre no busca dinero, sino agitar conciencias, Harry vuelve a introducir las monedas en su cartera.

Enfila la animada calle de Regent Street y dobla por la primera a la derecha para adentrarse en el Soho. Cruza Carnaby y se planta en Ganton Street. En la acera izquierda, junto a una señal de tráfico de dirección prohibida, distingue una moto negra sin guardabarros delantero y con el baúl morado. Le parece que la moto escolta una tienda cuya fachada está forrada de madera y también pintada de negro. Encima de la cristalera se lee «Joyería Valentine» en un rótulo esculpido con letras voluminosas y grises de textura metálica. Nadie diría que se trata de una joyería hasta ver disperso por el escaparate un repertorio de piezas curiosas. En particular, una colección de anillos grabados con un aire que roza lo macabro: aros de plata en los que se han engastado cabezas de animales, alas de águila, piedras que simulan ojos... En el muestrario predominan las calaveras, auténtico sello de identidad de la casa, por lo que parece, pues en la mayoría de las joyas aparece alguna. Salta a la vista que en la composición de los collares se han quedado bien a gusto: las tradicionales perlas dejan paso a una ristra de cráneos de un centímetro de grosor. Más que a un escaparate, se asemeja a un osario. El centro de la exposición lo protagoniza un anillo de plata al que le han insertado una calavera siniestra, a la que una serpiente penetra por la cuenca de un ojo y sale por la otra.

Harry enarca las cejas y exhala un suspiro. En modo alguno responden a su gusto ese tipo de alhajas. Se cuelga el paraguas en la muñeca izquierda y entra en la tienda. En el interior le aguarda un pequeño museo de orfebrería devoto de la muerte; al menos, de forma simbólica.

El dependiente lleva pelo largo y lacio, gafas negras de pasta y patillas hasta la garganta. Viste una camiseta negra en la que destaca la cabeza de un conejo sobre la que trepa un escorpión. Del cuello le pende un colgante con una cuchilla de afeitar plateada. Sin levantar la vista de una especie de cuaderno, saluda a Harry desde el fondo del mostrador con gesto esquivo, como si estuviera concentrado en la contabilidad del local y el recién llegado hubiese saboteado sus cálculos.

Harry se acerca a él, hunde la mano en el bolsillo de la parka y saca un anillo de oro con una piedra engastada que parece reproducir un ojo de serpiente. La pupila rasgada y la piedra ribeteada de escamas así lo sugieren. Lo deposita en el mostrador. El dependiente echa un vistazo rápido al anillo y posa la mirada en Harry. Sus ojos, ampliados por las gruesas lentes, alumbran una mezcla de curiosidad y asombro. Debe de pensar que el estilo de vestir del visitante no concuerda en absoluto con la joya, y mucho menos con su clientela habitual: con toda probabilidad, moteros y músicos de rock, a juzgar por las fotos enmarcadas que decoran las paredes. A Harry no le suena ninguno de ellos. Ese género musical no le infunde la menor simpatía, más bien al contrario: una rabiosa ojeriza.

El dependiente cierra el cuaderno y lo aparta hacia un lado. Se dirige a Harry con una sonrisa hermética.

—No me digas nada. Te han regalado el anillo por tu cumpleaños y no va con tu estilo.

Harry niega con la cabeza.

—Mis gustos no tienen nada que ver —articula con solemnidad, como si empleara letras mayúsculas.

—¿Entonces? —El dependiente frunce el ceño.

—Lo encontré en el parque de Hampstead Heath.

—¿Un anillo de esta casa en Hampstead? Vaya, mis parroquianos se están aburguesando. —Se echa a reír con tantas ganas que traga saliva en exceso y la risa termina en un carraspeo.

Harry hace caso omiso del comentario inapropiado y prosigue con la crónica.

—Apareció en el estanque donde se bañan los perros.

—Vaya, vaya. O sea que lo encontraste dentro de un lago. Ya hay que tener buena vista.

—En realidad fue mi perro.

—Un animal con buen gusto —bromea otra vez el dependiente, que ha renunciado por el momento a la hosquedad inicial.

—Tengo un golden retriever y le encanta el agua, así que suelo pasar el rato lanzándole palos al estanque para que haga un poco de ejercicio. El anillo se debió de enganchar en uno de los palos. Me costó reconocerlo; estaba cubierto de fango.

El dependiente sujeta el anillo por el aro y lo gira para apreciarlo desde diferentes ángulos.

—Oro macizo de nueve quilates y la piedra tallada a mano. Esta pieza ronda las cuatro mil libras.

—Lo imaginaba, por eso estoy aquí. Si dispones de un registro, supongo que podrás identificar al dueño y devolvérselo. —Harry se encoge de hombros—. No me gusta quedarme con lo que no es mío.

—Vaya, eres un tío decente. —En su cara se desliza una fugaz mueca de gratitud—. ¿Cómo has relacionado el anillo con nosotros? —Escruta a Harry con suspicacia—. Hay miles de joyerías en Londres.

—Tengo una amiga que trabaja aquí al lado, en los almacenes Liberty. Algunos viernes quedamos cuando termina su horario y nos tomamos una pinta en algún pub del barrio. —Harry hace un gesto con la barbilla en dirección a la calle—. Ese escaparate no pasa desapercibido.

—Desde luego que no —presume.

—Y lo mismo te digo de la moto. Hace años que la veo aparcada en la acera.

—Esa moto es parte de la historia del Soho, lo mismo que esta joyería.

El dependiente desliza el anillo por el dedo índice hasta que hace tope. Lo enarbola con una sonrisa jactanciosa.

—Queda de lujo, ¿eh? —De improviso, su sonrisa cortocircuita—. No me hace falta consultar el registro. Apostaría diez contra uno a que sé a quién pertenece esta pieza. —Sus facciones se cargan de pesadumbre. Suspira embelesado, con la vista fija en el anillo, al que habla despacio y con un hilo de voz, como si, bajo el brillo mineral, hubiera algún atisbo de vida humana—: Tiraste el anillo al lago, ¿eh, querido Bernie? ¿Y luego te tiraste tú?

—¿Cómo dices? —se inquieta Harry.

—Juraría que el dueño de esta joya es un tipo llamado Bernie Morris. No es mal tío, ¿sabes? Más bien un depresivo crónico. Desde que lo conozco, siempre está con la misma cantinela: «Cualquier día de estos me tiro al mar, cualquier día de estos aparece mi cuerpo flotando en el Támesis...». —Sacude la cabeza con un asomo de preocupación—. Pues igual cambió de opinión y se tiró al lago ese de Hampstead, que debe de tener el agua más templada.

Presa de una desazón repentina, la faz de Harry se contrae.

—¿Crees que ese hombre se puede haber ahogado en el estanque?

—No lo descartaría. En los ratos de bajón, le daba por hacer cosas raras y soltar estupideces.

—Vaya. —Hace una pausa reflexiva—. Aparte de esa idea recurrente de tirarse al agua, ¿le recuerdas algún otro... desbarro?

—Pues ahora mismo... —Tamborilea con los dedos sobre el mostrador durante unos segundos con el fin de espolear su memoria—. Ah, sí. ¡Cómo no! Aquello fue glorioso. —Resopla—. En una ocasión, coincidí con él y un par de amigos suyos en un pub. Nos tomamos unas cervezas. No recuerdo el número, no las contamos, pero te aseguro que no fueron pocas. —Se le escapa una risa fanfarrona—. Al salir del garito y sin venir a cuento, echó a correr diciendo que lo perseguía una mujer. El muy zumbado gritaba que la tipa lo agarraba del culo. —El dependiente usa las manos para ilustrar el extraño comportamiento de Bernie—. Ya quisiera él que una tía que no fuera su santa esposa le tocara el culo. Recuerdo bien sus palabras y su expresión de pánico. Estaba como poseído. Mientras corría, miraba hacia atrás. Temía que la mujer imaginaria le bajara los pantalones. Agitaba la mano para quitársela de encima, como si espantara las moscas. Al cabo de un rato de carreras y aspavientos, se le pasó la tontería. Era un tío estupendo. ¡Estupendo! Pero en cuanto le daba el puñetero siroco... —Se lleva el dedo índice a la sien.

—Por lo que dices, supongo que era el alcohol lo que desencadenaba esa conducta tan estrambótica.

—Seguro que sí. No tiene otra explicación. A unos borrachos les da por cantar el himno de su equipo, a otros, por pegarse con el primero que se cruza en su camino, y a Bernie le daba por espantarse las moscas del culo —explica con expresión fatalista.

—¿Sabes algo de él?

—Nada en absoluto desde hace bastante tiempo.

El dependiente se quita el anillo y lo deposita en el mostrador. Se hurga con la lengua entre los dientes, como si hubiera detectado algún resto de comida.

—Si es verdad lo que dices, y ese hombre se tiró al estanque, me parece una verdadera tragedia —se apena Harry.

—Sí, una tragedia de cojo… —corrige sobre la marcha al percatarse de que su interlocutor gasta modales finos—. De las gordas.

—En ese caso, ¿cómo procedemos con el anillo? —pregunta tras unos segundos de vacilación.

El dependiente agarra la mano de Harry, la abre, le posa el anillo en la palma y la cierra con la misma delicadeza que despliegan los magos en sus trucos.

—Es todo tuyo. No quiero saber nada de esta pieza. —Frota el dedo índice con el pulgar un par de veces—. Ya cobré por ella.

—Pero… —Harry extiende la mano con la intención de reintegrar la joya al mostrador.

El dependiente la aparta, inclina la cabeza hacia delante y mira a Harry por encima de las gafas.

—Ya te he dicho que no quiero saber nada de este anillo.

Continúa en tu librería